異世界転生したけど、七合目モブだったので普通に生きる。　4

Shiratama

白玉

Ruby collection

Contents

登場人物紹介
アルフレッド・ラグワーズ
伯爵家長男18歳。
5歳で前世を思い出した転生者。
すべてが中の上な自分を
七合目と自称。
色々と無自覚。
ギルバート・ランネイル
侯爵家長男16歳。
乙女ゲームの攻略対象者。
氷の貴公子と名高い美貌と
無表情。
笑顔はアルフレッド限定。

アイザック・ランネイル
ギルバートの父親39歳。
宰相を務める侯爵家当主。
色々と残念なイケオジ。
グレース・ランネイル
ギルバートの母親38歳。
王妃の従兄姉の侯爵夫人。
社交界では名高き良妻賢母。
ディヴィッド・ラグワーズ
アルフレッドの父親41歳。
巷では豪放磊落との噂。
妻愛が溢れる伯爵家当主。
ルーカス・ラグワーズ
アルフレッドの弟15歳。
幼少からの病弱を脱却中。
ひたすら素直で真っ直ぐ。
オリビア・ラグワーズ
アルフレッドの母親38歳。
家族と領地を愛する朗らかな
伯爵夫人。たぶん最強。
オスカー・エバンス
ラグワーズ王都邸会計33歳。
既婚。子爵家出身。
アルフレッドの側近ナンバー2。
ディラン・ドレイク
ラグワーズ王都邸執事32歳。
独身。子爵家出身。
アルフレッドの側近ナンバー1。

異世界転生したけど、七合目モブだったので普通に生きる。4

37　パジャマパーティー

そう……。そもそもの発端はルーカスだ。

賑《にぎ》やかな晩餐《ばんさん》を終えたあと、俺はギルバートくんを客室に送って行った。でも部屋の中で数分……ほんの数分だけ彼とおやすみのキスを交わしたら、俺はちゃーんと彼の部屋を出たんだ。ギルバートくんに見送られながらね。

うん、あの時のギルバートくんは可愛かった。上気した頬もそのままに、スラリとした身体をほんの少しだけ気怠げに扉に寄せてさ、離れていく俺を潤んだ瞳《ひとみ》で見つめてくるんだよ。そりゃあもう艶《つや》っぽいなんてもんじゃない。もうね、後ろ髪を引かれるのなんのって。

けれど俺はグイグイと、いやギューギュー後ろ髪を引かれながらも早く立ち去らなきゃって、まるで暴風に立ち向かう旅人のごとく、固い決意で廊下を進んでいったんだ。だって一刻も早く魅力たっぷりの彼を部屋に隠してしまいたかったからね。

気を抜くと後ろに下がってしまいそうな両脚を叱咤《しった》しながら廊下を進んで、ようやくもう少しで中央階段に出るぞってとこまで歩いて行って……そう、まさしくそこで俺はその発端《ルーカス》に出くわしたんだ。

そうだよ、あれがなきゃこんな事にはなってなかったんだ――――。


「あ、兄上！」

階段の向こうの廊下へと曲がったばかりのルーカスが、俺を見るなり声を上げた。

どうやら後ろの従者を振り向いたタイミングで俺を見つけたらしく、そのまま従者らの間を擦り抜けたルーカスが俺の前まで駆け寄ってきた。

「ちょうどこれから兄上のお部屋へ伺うところでした！　ギルバート様をお送りして今お戻りですか？　てっきり兄上はお部屋に戻られたとばかり思っておりました」

あー、うん。ちょっとばかり色々とね、おやすみの挨拶《あいさつ》が美味《おい》しすぎて……。

なんてことはもちろん言わず、ニコニコと見上げてくるルーカスに俺は適当に頷《うなず》きを返すと、目の前の弟が手にしている籠《かご》へと視線を落とした。

「おや、夜食かい？」

ルーカスが手に抱えた小さめの籠の中には、クッキーやマカロン、マシュマロや小さなフィナンシエなどが少しずつ綺麗《きれい》に詰められている。さっきあんだけ夕飯食ったのにやっぱり成長期だねぇ、なんて感心してたら、目の前のルーカスが首を振った。

「兄上をパジャマパーティーにお誘いしようと思いまして！」

ちょっと照れたようにそう口にしたルーカスに、俺は思わず目を丸くしてしまった。

久々に聞いたなその言葉。何年ぶりだろう。ルーカスの行動範囲がベッド以外に広がってからやめたんだっけ。行儀悪いからね。

「食事のあと、もっと学院のお話やランネイル様との馴《な》れ初《そ》めなどを詳しく聞きたかったな、ってちょっと残念に思っていたんです。だってほら、母上がどんどん話を飛ばしたり広げておしまいになったでしょ？」

ああ、まあねぇ……。でも、それ自体は母上の通常運転でしょ。かなりテンション高めで運行してたけど。でも馴れ初め云々《うんぬん》に関しては、わざと俺とギルバートくんでボカす方向に持って行ってたんだけどね。ホラ、隠れ家のことは言えないからさ。

「そこで昔のパジャマパーティーを思い出したんです。ご就寝前の束の間にお話を伺えないかと思って。兄上はきっと明日以降もお忙しいでしょうし、次に兄上がお戻りになる来春では私の入学準備で入れ違いになるかもしれません。だからチャンスは今晩だと思ったんです。私はもっと兄上とお話がしたい……ね、兄上、これが最後の機会だと思うのです。童心に戻って兄弟でお話ししませんか？」

小さな籠をギュッと胸元に抱えながら、期待の眼差《まなざ》しで見上げてくるルーカスの後ろでは、従者二人が申し訳なさそうに頭を下げてきた。

いやいや、こちらこそすまないねぇ…ルーカスってば、きっと思いついた途端に厨房《ちゅうぼう》に走って行ったんだろう？　世話を掛けるね。

まあ時間もまだ九時前だし話をするのは一向に構わないんだけどね。でも馴れ初めについてはなぁ……なんて思いつつも、俺が「いいよ」って返事をしようとしたその時だ。

「パジャマパーティーですか？　初めて聞く言葉ですね」

後ろから声がした。

「あ、ギルバート様！」

え、と振り向くとそこには、麗しくも穏やかな微笑みを浮かべたギルバートくんの姿が……。

いつからそこに？　ぜんっぜん気がつかなかったよ。

「はい！　パジャマパーティーです。パジャマ、というのは平民の言葉でナイトウエアのことなんですよ」

いやルーカスや……。それはさすがにギルバートくんだって知ってると思うよ？　なんたって彼は歩く百科事典だからね。っていうか、なぜそんなに全力で喋《しゃべ》るんだい？　そりゃ向こうにいたギルバートくんまで届くはずだわ。

「なるほど、ナイトウエアでパーティーを開く。つまり気取りのない夜話《よばなし》の会ということですね。手に持っておられるのは、そのためのお茶菓子ですか？」

スッと俺の隣まで歩いてきたギルバートくんが、にこやかにルーカスの顔を見下ろした。そのギルバートくんの言葉にコクコクと頷いたルーカスは、なぜかちょっと得意そうに胸を張る。

「はい、けれどこれは普通に食べるものではないのですよギルバート様。なんと、パジャマパーティーではこれらの菓子を非常識にもベッドの上に座り込んで食べるのです。しかもベッドテーブルもトレイも使わずに。すごいでしょう？　最初に兄上が提案なさった時には、私もその破天荒さに仰天してしまいました」

「ベッドの上に座り込んで？」

ギルバートくんがキョトンと首を傾げた。かっわいー。

そりゃね、入学するまでサンドイッチすら食べたことのなかった侯爵子息としては、病気でもないのにベッドの上で、しかもテーブルもトレイもなしに座り込んで菓子を食うだと？　なんだそりゃ、になるわけだ。

「それは想像もつきませんね。けれどとても楽しそうです。ぜひ私も参加してみたいものですが……兄弟水入らずのお邪魔でしょうか」

申し訳なさそうに眉《まゆ》を下げたギルバートくんに、ルーカスはブンブンと首を振って見せた。

「そんな邪魔だなんて。ギルバート様もご一緒なら、もっと楽しいはずです！　でも侯爵家のご子息をナイトウエアで私室にお呼びだてするなど……」

ねぇ、というようにルーカスが俺に目を向けた。

うん、確かにそうだ。貴族の体面とか外聞としてはあまりよろしくない。それ以上に、薄いナイトウエア一枚のギルバートくんとベッドの上ってのが非常によろしくない。また俺の平常心が猛スピードで行方不明になるのは確実だ。なので俺は、見上げてくるルーカスに大きく頷いて見せた。

決して嫌なわけじゃないんだよギルバートくん。君のナイトウエア姿はすっごく見たいんだけどね。

でもそんなワケで今回は残念だけど……。

「ならば、私の部屋で開催してはいかがでしょう？」

ふふっと艶やかな唇に人差し指を添えたギルバートくんがニッコリと微笑んだ。

なにそのポーズ！　超可愛いんだけどっ……じゃなくて、はい？

「客人の私がお招きしたとあれば問題はないのでは？　ラグワーズ家がご用意下さった私のお部屋は、それはもう立派で……ベッドだってとても広くて素晴らしいのですよ。ルーカス殿、そんな部屋でパジャマパーティー、滅多にない機会だとは思いませんか？」

穏やかに目を細めたギルバートくんの言葉にキラキラと目を見開いたルーカスが、明らかにソワソワし始めた。あの……ギルバートくん？

「たっ、確かにそうですね」

身体を前のめりにさせ始めたルーカスに、俺の頭の中で警鐘が鳴り始める。

この流れはマズいんじゃなかろうか。ギルバートくんには悪いけど、ここはひとつキッパリと断って、早いとこルーカスを連れて退散しなければ。

「いや、ギル？　今日は到着したばかりだし、自覚は無いだろうけどきっと君も疲れているはずだよ。パジャマパーティーはまたいつでもできるのだから。ね、今晩はゆっくり休んだ方がい――」

「やはりお邪魔でしょうか……」

ギルバートくんが、シュンと眉を下げて視線を下に向けてしまった。

え、違う。違うよ！　君を邪魔に思うなんて有り得ないからね？

「まさか、そんなこと微塵《みじん》も思ったことはないよ。君は私にとっていつだって必要な存在だ」

慌てて彼の手を取るも、彼の視線は悲しげに下へ向けられたまま。どうしよう、強く言いすぎただろうか。

「私には兄弟がおらず、幼き頃は広い屋敷でポツンと一人きり……。子供同士の遊びなど知ることもなく育ったものですから、楽しげなお話につい厚かましくも割り込むような真似をいたしました」

申し訳ございません……と、ギルバートくんが消え入りそうな声で呟《つぶや》いたその刹那《せつな》。

「ギルバート様！」と目の前のルーカスがグッと一歩足を踏み出した。そのルーカスの瞳は僅《わず》かに潤みながらも強い決意に満ち、キリッとした表情でギルバートくんを見上げている。

「ぜひともパジャマパーティーをいたしましょう！　僭越《せんえつ》ながら兄上のお相手ならば私の義兄上《あにうえ》です、兄弟です！　ええ、これぞ兄弟水入らず！　兄弟三人で、共に力尽きるまでパジャマパーティーを楽しもうじゃありませんか！」

え？　力尽きるまで？　と、俺が首を傾げる間もなくギュギュッと拳《こぶし》を握りしめたルーカスが、いっそうキリリッと俺に視線を向けてきた。

「ね、兄上。お願いします。兄上はギルバート様のお身体をご案じのようですが、明日のご予定は午後からなのでしょう？」

いやまぁ確かに明日の予定は午後からだけどね……と俺がルーカスにコクリと頷いたその直後、

「そうですか、嬉《うれ》しいです。ありがとうございます」

パッと顔を上げたギルバートくんが、胸元に手を当てて嬉しそうに声を上げた。……え？

「わあ！　よかったですね！　ギルバート様！」

「はい、初めてのパジャマパーティー楽しみです。色々と教えて下さいね、ルーカス殿」

目の前では何やら嬉しそうに頷き合う二人の姿。……え？　あ、違う…っ、違うぞ！　今の頷きはOKってことじゃなくて……っ！　と俺が口にする間もなく、

「では、ただいまの時間が八時五十二分ですから、それぞれシャワーを浴びてナイトウエアに着替える時間を考えると、余裕を持って九時半に私の部屋に集合では如何《いかが》でしょうか。ああ、ルーカス殿はぜひアルフレッド様に声をお掛けしてご一緒においで下さいね？　ほら、兄君はお忙しい身でいらっ

しゃいますでしょう？」

素早く懐中時計を取り出したギルバートくんが速やかにタイムスケジュールを口にし、そしてルーカスもまたそれにコクコクと鼻息も荒く頷きを返している。いやあの……もしもし？

「嬉しいですアル。一緒にパジャマパーティーを楽しみましょう。ああ、そうとなれば私も色々と支度をせねばなりません。一足先に部屋へ戻っておりますね？」

キュッと俺の手を一度握り返したギルバートくんが、その手をスルリと引いて俺から離れた。そして彼が足取りも軽やかに踵《きびす》を返すその直前、俺へと向けたその微笑みは――。

なんとも、匂い立つほどに艶《あで》やかで、晴れやかで……。

………ぐぅ。


ということで今現在、俺はかなりのピンチだ。

ギルバートくんの電光石火の猛攻に、いつの間にやら開催された三人でのパジャマパーティー。でも、それはもういいんだ。実際楽しかったし、ギルバートくんもルーカスも楽しそうだったからな。

もちろん、ギルバートくんのナイトウエア姿を見た瞬間は、ブシューと鼻血を噴き上げてバッタリと地面に倒れ伏す自身が脳内に浮かんだけど、「お揃いですねー」というルーカスの暢気《のんき》な声でリアル鼻血の悲劇は避けられた。平常心の守護神ルーカス誕生の瞬間だ。

ラグワーズ特産の超長繊維綿で織られたナイトウエアをギルバートくんは大変お気に召したらしく、ちょっと恥ずかしそうにしながらも、その膝上《ひざうえ》までの上衣の裾《すそ》を「素晴らしい肌触りですね」とナデナデする姿は天使そのもの。ナイトウエアがオフホワイトなもんだから天使感はマシマシだ。

オフホワイトの彼、濃紺の俺、キャメルのルーカス。その色違いのナイトウエアを着込んだ三人で賓客用のゴージャスなワイドキングサイズのベッドに車座で座り込み、あれやこれやと話しながら過ごす時間は……そう、確かに楽しかった。

俺の隣で片膝を立ててカッコよく座ったギルバートくんの、その短めの下衣の裾から覗《のぞ》く素足や、薄いナイトウエアから見える鎖骨とかにドキドキしながらも、笑ったり驚いたりする彼の愛らしい表情を堪能できる夢のような時間を俺自身も満喫していたんだ。

そう、ルーカスが見事な早さで寝落ちするまではな。

「うわぁ広い！」とベッドの上でポヨンポヨンしたり、モリモリと菓子を食いつつウンウン首を振って、自分もよく通る声で話をしていたはずのルーカスは、わずか一時間半で撃沈した。

え、力尽きるの早くない？「朝までたっぷりお話ししましょうね！」って言ってたじゃん。

五分前には超元気だったのに、いきなりパタッと電池切れみたいに寝落ちするとか、お前は子供か？　腹一杯で眠くなるとか子供なのか?!　せめて歯ぁ磨け！

「アル……」

俺の耳元に甘い吐息がかかる。スルリと俺の左足を撫《な》で上げるのは、僅《わず》かにひんやりとして滑らかな彼の素足の感触。ちょっ……お願い、ちょっと待って！

背中を向けた俺に後ろからピタリと覆い被《かぶ》さったギルバートくんが、チュッと俺の耳たぶにキスをしてきた。唇を離す濡《ぬ》れた音が、やけに耳奥に響く。

腹に回されたギルバートくんの左腕にきゅっと力が込められ、密着した背中からいっそう彼の温《ぬく》もりが伝わってくる。

ヤバい、ヤバい、ヤバい、ヤバい……。ルーカス！　ルーカス戻ってきて！

けれど守護神ルーカスはもうここにはいない。連絡を入れた弟の従者らの手によって、迅速に自室へと運ばれて行ってしまった。そして部屋には、すでに防音完璧《かんぺき》な防護魔法陣も発動済み。もちろん発動したのはギルバートくんだ。

「せっかくですし、念のために」と素早く扉の魔法陣に魔力を流した彼は、ニッコリとした笑顔でベッドに戻ると、それはもう愛らしくも魅惑的にキュッと俺に抱きついてきた。

いや抱きつかれるのは大歓迎なんだよ？　嬉しそうに抱きついてくる彼を、俺は当然のごとく抱き締め返したしキスだってしてした。そりゃするでしょ。しない選択肢はない。だって可愛かったんだから。超可愛かったんだから。

でも状況が状況なもんで、俺も懸命に抵抗したんだよ？　いや彼に、じゃなくて煩悩に。そしたらなぜかこの体勢に落ち着いてしまった……なぜだ。

やはり、俺もルーカスと一緒に部屋に戻るべきだったんだ。あの時……そう、ベッドの端で丸まってしまったルーカスを従者らが回収しに来たあの時、俺も一緒に部屋を出れば良かったんだ。

今なら分かる。あれは守護神のくれた最後のチャンスだった。けれどそのチャンスも、ギルバートくんの高い攻撃力を前に消し飛んでしまった。

「アル？　もっとこちらに寄らないと、従者がルーカス殿を抱き上げづらいですよ」

そう言うや、俺の腰にガシッと腕を回してベッドの中央へと引き寄せてしまったギルバートくん。スルスルとしたシーツの特性を活《い》かした実に見事な技だった。あまりに見事で「私たちはもう少しお話しいたしましょう」と囁《ささや》かれた言葉に、思わず反射的に頷《うなず》いちゃったほどだ。

そんな俺にルーカスの従者らは、部屋に入ってから出るまで一度たりとも視線を合わせなかった。

いや……あの、そうじゃないから！　そんなに大急ぎで回収しなくていいから！

そう言いたいのに、やたらとキビキビと無言で動く二人と腰に回った腕の強さに、言葉をかけるタイミングを逸してしまった。そしてパタリと閉まってしまった扉。

ねえ……エリック、アンソニー。違うから。「人払いをしておきます」とか「ディラン様には私どもから」とか、違うから。

せめて俺にも部屋に戻るかどうか聞いてほしかった。「若様は？」くらい聞いてほしかったよ。きっかけくらい作ってくれても良かったんじゃないかな？　ねえ！

「ずっとそちらを向いているつもりですか？　アル……」

俺の顳顬《こめかみ》にそっと触れた彼の唇が、目尻《めじり》から頬へ、そして顎《あご》へと下りていく。

「ね、こちらを向いて下さい」

チュッと小さな音を立てて、顎から唇を離したギルバートくんが、その柔らかな頬を俺の頬へと擦《す》り寄せた。

いや、そちらを向くのはね……。ちょっと上を向くのもかなりヤバい状態なもんで。あー、うん。

いま一生懸命に色々と意識逸《そ》らして臨戦態勢を解除してる最中だから、もう少し待って。

「私にこうされるのはお嫌いですか？」

お嫌いなわけないじゃん。お嫌いならこんなにブチブチ理性は切れないし、フルマックスでガン勃《だ》ちしません。とっくに身体を押しのけて部屋から出てます。それができないから困っているんだよ。

肩越しにそっと俺の首元へ唇を落とすギルバートくんの、腹へ回されたその左手に、俺はしっかりと自分の右手の指を絡《から》める。

それ以上は下に行っちゃ駄目。いま非常に危険だからね。もう二センチで当たっちゃうから。

「そんなわけがないだろう、ギル。でもね……」

さり気なく彼の腕を上へと誘導しつつ、俺は乾いた喉《のど》を叱咤《しった》してどうにか声を出した。

繋《つな》いだ手を優しく握り返してくる彼の手の感触に、俺はギュッと目をきつく瞑《つぶ》りながら、まるで甘えるように首筋に唇を擦りつけてくる彼への劣情を、じっと押さえ込む。

「私にも、理性の限界というものがあるんだよ？　だからそんなに……」

誘惑しないで――――と続くはずの言葉は、彼の柔らかな唇に呑《の》み込まれた。薄いナイトウエアの下の、しなやかな彼の胸板が俺の肩に当たる。彼の鼓動を感じる。

言葉とは裏腹にその重ねられた唇を嬉々《きき》として受け入れ、吸い上げ、もっと深くと求めてしまうのは、もう我ながらどうしようもない。気づけば空いている左腕で彼の後頭部を引き寄せ、その小さな水音に混じる甘やかな彼の吐息に、ついつい口角が上がるのが抑えきれない。マジでヤバい……。

すでにブチブチと音を立てて引きちぎれ続けている理性は、集めるのも困難なほどに木っ端微塵の崩壊寸前。残りの理性も風前の灯火《ともしび》だ。

やはりあの時、俺も部屋へ戻るべきだった。たとえ微笑みを浮かべた彼にガッチリと腰を抱えられていようとも……、そう、たとえ――俺自身が内心そう望んでいたとしてもだ。

甘くて柔らかな舌先を俺に与えていたギルバートくんが、スッとその唇を離したかと思うと、腹に回している腕にグイッと力を込めた。

それに横向きを決め込んでいた俺の身体はあっという間に仰向けにされてしまう。いかん。気を抜いてた上に、手を繋いでいたのが裏目に出てしまった。すごいな、一瞬の隙を突く早業だ。

見開いた俺の目の前には、目眩《まばゆ》いプラチナブロンドをわずかに乱し、俺を真っ直ぐに見下ろしているギルバートくん。

彼はその輝く翡翠《ひすい》で俺を捉《とら》えたまま、濡れて紅色に輝く唇を開いた。

「私はチャンスは逃さない主義なんですよ。色々と」

俺を見下ろしながら、そう言って髪を掻《か》き上げ笑みを浮かべた彼……物凄《ものすご》いイケメンだ。

そんな彼にクラックラしながらも、俺は懸命に言葉を紡いだ。やべぇ、理性が働かない。

「……まだ、駄目だよギル。言っただろう？」

そう言いつつ、俺の左腕は上半身を起こした彼の腰を抱え込み、もっとおいでと引き寄せてしまう。

「ええ、存じていますよ、アル。けれど……」

俺の腕に引き寄せられるように、彼がその上半身を俺の身体の上に乗り上げた。

すでに彼には俺の状態はバレバレだろう。もちろん、薄いナイトウエア越しに、ずっと腰に当たっていた彼の状態もとっくに分かっていたからね。お互い様だ。

俺の瞳《ひとみ》を上から覗き込んでくる翡翠に目を細めて応《こた》えながら、右手を伸ばして彼の頬を撫でれば、まるで甘えるように彼が柔らかな頬を擦り寄せてくる。

「私は我慢が利かないもので、互いの両親から承諾を得た今はなおさら……。せめて一緒のベッドで眠りたいと思ってしまいましてね」

だって寂しいじゃないですか――と微笑んだ彼の、その溢《あふ》れ滴るような色香といったら……。ガシャリ、ガシャリと、凄《すご》い勢いで俺の中の枷《かせ》が破壊されていくのが分かる。かなりヤバいってことは分かっちゃいるけど、いるけどね。

あとはピアスをつけるだけ。実質の婚約状態だと言い張れる状況になったことが、俺に言い訳の隙を作ってしまった。その隙間から膨れ上がってくる欲望が俺に囁くんだよ。「もう、いいんじゃないか？」って。それに「そうだよな」って頷いてしまいそうな自分を止めているのは、残り僅《わず》かな理性と、すでに半壊状態の倫理観だ。

そんな俺の顎先を、彼の長い指がツッとなぞった。

「私のピアスがね……、出来上がったそうなんですよ。今朝がた、魔法陣で連絡がありました」

ふふっと、嬉しそうに彼がその指で悪戯《いたずら》げに俺の唇の上をなぞり、そして俺はたまらずその指をチロリと舌で舐《な》め上げ、そして――ガシャリ、とまた枷がひとつ壊れた気がした。

このままじゃマズい。

「ギル……？」

奥歯を一度強く噛《か》みしめてから、俺は彼の指を乗せたその唇をぎこちなく動かした。

「ギル、君は……危機感を持つべきだ。君が思うほど私の意志や理性は強くないし、君が考える以上に君は魅力的なんだよ。困ってしまうくらいにね。だから軽々しく誘惑してはダメだ。君と一緒にこのベッドで眠るのはやぶさかではないけれどね、これ以上の誘惑はやめて？　……君のためにも」

残り少ない理性ですべての煩悩と劣情を無理やり抑えつけ、俺は彼に精一杯伝える。

スルリと溢《こぼ》れた最後の言葉は、隠しきれなかった欲望の断片。参った……余裕がまったくない。

けれど目の前の彼はそんな俺の言葉にふんわりと、美味《おい》しそうに色づいた艶《つや》やかな唇を綻《ほころ》ばせると、ゆっくりとその端正な美貌《びぼう》を近づけ、そっとその唇を俺の耳朶《みみたぶ》に触れさせた。

「嬉《うれ》しいです、アル……。あなたになら何をされても嬉しいのに――」

その柔らかな、けれど切なげに響く彼の声が俺の鼓膜を震わせ、フッと力を抜いた彼の重みが身体にかかった瞬間。

カチリと……俺のどこかで、最後の小さな枷が音を立てて外れた。

ねえギルバートくん、君は何にも分かっちゃいない。

そんな言葉を、簡単に口にしては……ダメなんだよ？

本当に……駄目なんだよ。――ギルバート。

38　お味見

「ねぇ、ギル……？」

俺の身体の下で、ギルバートくんがその綺麗《きれい》な目を見開いた。うん？　そんなに驚くことかな。

君は存外軽いからね、こうして引っ繰り返すのも、組み敷くのも簡単な事だよ？

艶やかな髪を枕に散らし、パチリと瞬かせたその目で見上げてくる愛らしい彼に、俺はほんの少しだけ首を下げて顔を近づけた。

「君に恋焦がれている男の前で、そういった言葉を使うものじゃないよ」

ね……と小さく首を傾げた俺に、見上げてくるその彼の喉がコクリと鳴った。

うん、きゅっと動いた唇の端っこがとっても可愛い。すごく美味しそうだ。

「私はね、君に強請《ねだ》られてしまえば、部屋を出ることはおろかベッドから下りることも、君の手を外すことすらできやしない。それほど君に焦がれ、君に耽溺《たんでき》している」

瑞々《みずみず》しく煌《きら》めき揺れる翡翠を見下ろして「知っているよね」と目を細めて笑った俺に、彼が「アル……」と小さく声を上げるものの、俺はそれをチュッとキスで塞《ふさ》いでしまう。

「君を見れば心が浮き立ち、その声を聞けば胸が高鳴る。君を抱き締めるたびに、いつだって私の心は歓《よろこ》びで満たされる」

彼に言葉を落としながら、俺はゆっくりと彼のすぐ脇で囲い込むように立てていた両腕を曲げて、そっと身体を重ねていった。そして軽く開いていた彼の脚の間に身体を割り込ませ、腰を密着させる。薄いナイトウエア越しに重なった胸から彼の鼓動が伝わり、きゅっと挟まれた腰からは彼の温かな体温と互いの昂《たか》ぶりの強さが伝わってきた。

俺の身体を受けとめるように彼の腕が俺の背に回され、それに口角を上げながら俺は彼の頬にひとつキスを贈る。

「こうして唇が君の肌に触れるたび、いつだって私の中は君への劣情でいっぱいになるんだよ」

反対の頬にもキスを贈って、凜々《りり》しくも麗しいその目元に唇を押し当てれば、彼の長い睫毛《まつげ》がフサリと伏せられた。

その睫毛に沿って滑らせた唇で、閉じられた薄衣《うすぎぬ》のような瞼《まぶた》の上にもキスをひとつ。

「誘惑しないで、と言ったのはね――」

肘《ひじ》をついた右手で彼の髪を梳《す》いて、ふわりと開いた瞼の奥から現れた宝石のような瞳に見惚《みと》れながら、俺は言葉を続ける。

「それだけ君に対する私の情欲が大きすぎるからだよ。自覚するほどにはね。きっと十六の君の想像を超える淫猥《いんわい》さだ。自分でも呆《あき》れるくらいだよ」

俺の言葉に、目の前の桜色だった彼の頬にサッと赤みが差した。

ほらね……こんなに可愛らしくて初心《うぶ》な君だもの。軽いキスひとつでも力の抜けてしまう君なのに、簡単に「お味見」だなんて言ってくるんだから。

ふわりと赤らんだその頬に唇を落として、その唇から伝わる熱に口端を引き上げながら、彼の柔らかな耳たぶを唇で挟み込んだ。小さく肩を震わせた彼が可愛くて、そのまま軽く舌先で弾《はじ》く。

この世界の貴族の閨《ねや》教育は俺も受けたけどね。まぁ、その上品なこと……。それ楽しいか？　気持ちいいか？　って言いたくなったよ。貴族の閨は子孫製造作業だから仕方ないとはいえ、たぶん平民たちの方が豊かな性生活を送っているんじゃないかな。

チュッと耳たぶから唇を離して、それを耳の後ろから首筋へと這《は》わせていく。首筋も桜色に色づいて、とっても美味しそうだからね。

彼があのお作法をセックスだと思っているなら……俺はギルバートくんの予想を裏切ってしまうかもしれないなってね。そう思ってもう少しゆっくりと、って考えていたんだけど――――。

鎖骨の上の柔らかな肌を、舌の先でスルッと刺激して軽く吸い上げると、彼が「んんっ」と小さく鼻を鳴らした。

その彼の表情は実に扇情的……まったく困っちゃうよね。まあ、困るのはもうやめたんだけどね？

首元から顔を上げて彼の顔を覗《のぞ》き込むと、艶やかに頬を上気させた彼の、滴るような緑の瞳が俺を見上げていた。そんな可愛らしくも魅惑的な彼の鼻先に、俺は小さく鼻を擦りつけながら口を開く。

「けれど、君が望むなら……」

唇を動かすごとに、かすかに触れた彼の柔らかな唇の感触が伝わり、互いの吐息が混じりあった。

ね、ギルバートくん。君が望むことなら俺は何だって叶《かな》えたいんだよ。

もう、そういうことにしてしまおう……ね。

「お味見、させてもらおうかな」

戯《おど》けたようにそう言って、触れていた彼の唇をチロッと舐め上げた。

「愛しているよ、ギルバート」

上がりかけた彼の声を塞いだ唇で呑み込んで、深く合わせた唇で彼の上下の唇を押し開いた。魅惑的な唇の内側へと舌先を這わせて柔らかな粘膜をなぞり、ふわりと開いた隙間にすぐさま入り込む。そして、しっとりと温かな彼の口内で、いまだ戸惑う彼の甘い舌を根元から掬《すく》い上げ絡《から》め取り、彼の敏感な部分を擦《こす》り上げ、刺激していく。

そしてほんの暫《しばら》く、僅《わず》かに強《こわ》ばっていた彼の身体からスッと力が抜けて、彼が「……ん」と切なげな声を上げ始めた。それに頬を緩めながらスルリと上顎《うわあご》をくすぐると、まるで甘えるように彼がその俺の舌裏をチロリと舐め上げ、舌先を擦《す》りつけてくる。

幾度も角度を変えて、小さな水音を絶え間なく立てながら、そのふんわりとした唇を小さく吸い上げ擦り合わせ、強請るように差し出してくる彼の滑らかで弾力のある果実を念入りに可愛がっていく。

そうして背中に回った彼の腕がスルッとベッドに落ちて、彼がその手で俺の両腕を縋《すが》るように掴《つか》んだ頃合いで、俺はそっと彼から唇を離した。

赤みを増して濡《ぬ》れ光る唇に小さな口づけを幾度か繰り返しながら、俺は目の前の薔薇色《ばらいろ》に染まった頬へ両手を添えて、愛《いと》しい彼の瞳を覗き込む。

トロリと潤み蕩《とろ》けた瞳にニコッと微笑みを向けると、「アル……」とわずかに濡れた声が彼の唇から溢《こぼ》れ落ちた。

「すごく、可愛い」

そう言ってもう一度チュッとその唇に小さなキスを贈って、俺の手のひらにスリ……と甘えてくる彼の頬を左手で撫《な》でながら、首筋から撫で下ろした右手で彼の上衣のボタンを一つ、二つと外していった。徐々に露《あら》わになっていくきめ細かな素肌に、思わず唇を舐めそうになる。

三つめのボタンに手を掛けながら、露わになった彼の胸元へ待ちきれず唇を寄せて、白く滑らかな肌の上で陰影を作る鎖骨へと舌を這わせようとした時、「アル……」と彼が再び俺の名を口にした。

ん？　気が変わったかな？　でもここで止められるのはちょっとツラいかな……なんて思いつつ、滑らかな彼の胸元から顔を上げると、溢れんばかりの艶をまとったギルバートくんが、ほんの少し眉《まゆ》を下げながら潤んだ瞳を俺に向けてきた。

「私は……何をすればいいのでしょう」

――え？

その言葉に思わず絶句する俺に、頬を染めていちどキュッと唇を引き結んだギルバートくんが言葉を続けた。

「その……このままだと私ばかりが、その……」

そう言ってちょっと拗《す》ねたように、恥ずかしそうに視線を横に流した彼。

…………。

……やべぇ、可愛すぎる。一瞬、暴発するかと思った。

別にそのまま美味しく食べられてくれるだけでいいんだけど、と思いながらも、せっかくの彼からの申し出を俺は有り難く受け取ることにする。

「……っ！」

素早く彼の両腿《もも》の下にグッと自分の腿を押し込んで四つん這い状態で彼を見下ろすと、上がってしまった足の体勢に色濃く頬を染め上げた彼が俺を見上げてきた。

「じゃあ、脱がして？」

自分の上衣の胸を片手でツンツンと引っ張りながらそう言った俺に、彼はほんの少しの間だけ俺を見つめて、そして俺のボタンへと手を伸ばしてきた。

腕をついた俺の身体の下で、頬を染めながら俺の上衣のボタンをひとつひとつ外していくギルバートくん。はっきり言ってかなりクる。密着させた腰を小さく揺すると、彼の腿がキュッと俺の腰を挟んできた。

五つのボタンすべてが外され、長めの上衣がハラリと彼の身体の両脇に垂れ落ちると、俺の裸の上半身が剥《む》き出《だ》しになった。それに目を見張ったギルバートくんに「ありがとう」とキスをしながら俺はさっさと上衣を脱ぎ捨ててしまう。この際なので彼の上衣の残り三つのボタンも外してしまおうか。ゆっくり外すのも楽しかったんだけどね？

再び彼の三番目のボタンに片手を伸ばした俺の肩に、ギルバートくんの手が触れてきた。その彼のしなやかな手がそっと……けれど確かめるように俺の素肌の上を滑って、俺の肩から腕、腕から胸へと移動していく。

はいどうぞ、好きなだけ触って？　君のものだからね。

彼の手が腹筋に沿って動き、心臓の上にかかったところで、俺はすべてのボタンを外し終えた彼の上衣を、左右に大きく広げた。

薄布の下から現れたのは、想像通りの瑞々《みずみず》しくしなやかな彼の肉体。

白く滑らかな肌ながら、ひ弱さの全くない均整の取れた美しい身体に、思わずゴクリと喉《のど》が鳴った。

どうしても急《せ》いてしまう気持ちを抑えながら、程よく筋肉のついた彼の肩に手をかけて、ゆったりとした白い上衣を後ろに引き下ろして脱がせ、ベッドの下へと放り投げる。

世界一綺麗な彼を見下ろして、うっとりと見惚れていた俺に、彼が照れくさそうに微笑みながら両手を俺の背中へと差し出してきた。その彼の腕に誘われるように身体を沈め、重ねた身体で彼をギュッと抱き締める。

ピタリと合わさった互いの素肌から温かな熱が直接伝わって、重ねた胸から互いの鼓動が響いた。

なんて気持ちがいいんだろう……。

「愛していますアルフレッド」

俺の背中を抱き締めた彼が、俺の首元で囁《ささや》いた。その優しくも甘い天使の声に、まるでこのまま蕩けてしまいそうな幸福感が全身を満たしていく。

「愛しているよギルバート。君だけを愛している。たった一人、君だけだ」

密着した彼の首と艶やかな髪に頬をすり寄せ、まるで懇願のように愛の言葉を口にした俺の背を、ギュッと彼が抱き締めてきた。

本当に、君だけなんだよギルバートくん。愛しているんだ。

もう一度彼の首元に頬を擦りつけて小さく耳元を吸い上げてから、俺はその唇をそっと首筋へ、そしてさらに下へと這わせていった。

吸いつくような、というよりはサラリとした絹のような肌に唇と舌を這わせ、彼が小さく身体を震わせた場所を舌先で弾く。

「ハ……ッ……」

彼から上がる吐息が耳をくすぐり、クッと俺の肩を掴んだ彼の指先から熱が身体中に広がる。

時たま腰を揺すり上げて、いまだ下衣の下に隠された昂ぶり同士を擦りつければ、腰を揺らした彼が悪戯《いたずら》な俺の腰をキュッと太腿《ふともも》で挟み込んだ。

まるで俺の唇と舌を愛撫《あいぶ》してくるような肌の感触に陶然としながら、ゆっくりと右手を彼の肌へと滑らせて、脇から胸筋の縁に沿って、指先に強弱をつけながら彼の素肌をなぞり、確かめ、手のひらに彼の身体を覚え込ませる。

プクリとした彼の小さな尖《とが》りを親指でかすめ、わずかに感じる肋骨《ろっこつ》の隙間を中指でなぞり、それからまたそっと……その尖りの先端を下からかすめ上げた。

彼の喉から上がり始めた掠《かす》れるような甘い声に誘われるように、わずかにツンと勃《た》ち上がったその淡桃色の尖りへと、俺は舌を伸ばし、そして更に下へと手のひらを移動させていく。

舌のほんの先端で、かすかに淡桃の頂《いただき》に触れながら、対になったもうひとつの小さな尖りへも左の指先を触れていった。

すでに俺の背から彼の腕は外され、その腕は彼の口元と額に当てられていたけれど、熱っぽい吐息は溢《こぼ》れ続け、艶《なま》めいた小さな声とともに俺を煽《あお》り続ける。

彼の引き締まった脇腹を舌先でなぞり確かめながら、俺は彼の昂《たか》ぶりへ右手を伸ばすと、そっとその形に沿って下から上へと擦《す》り上げた。

「あ……っ」

彼が腰をピクンと跳ね上げて、ぎゅっと俺の肩に手を伸ばしてきた。まるで縋るようなその仕草に、腰骨の上をチュッと一つ吸い上げてから、右手はそのままに上げた顔をギルバートくんに寄せていく。肩にクッと食い込んだ彼の指がまるで近づく俺を迎えるように首へと滑って、俺はそれに目元を緩めながら彼の顔を覗き込んだ。

顎《あご》を引いて、俯《うつむ》くように下唇を噛《か》んだ彼の、その強く寄せられた眉間《みけん》にチュッとキスを落として、噛みしめられ形を変えた唇の合わせに沿って指先を滑らせる。

「駄目だよ、痛くなるでしょ」

指先で解放したその下唇の、その噛まれた箇所をペロリと舌先で舐《な》め上げて、紅色を濃くしたその愛らしい唇がもう噛まれないよう唇で塞《ふさ》いでしまう。

「ん……ぁ……」

俺の手の動きに合わせるように彼の喉奥から小さくも艶《つや》やかな嬌声《きょうせい》が上がり、熱っぽい吐息が彼の唇から俺の口内へと甘く広がる。

薄布を押し上げる昂ぶりの根元から、硬く通った裏側の芯《しん》を中指でなぞり、わずかに曲げた人差し指と薬指で両脇を擦り上げながら、彼の形と熱を確かめるように動かしていく。

二度、三度と根元から中ほどまで往復させ、ほんの一瞬だけ、クルリと親指を先端で踊らせると、引き締まった彼の腰がひねるように上がって、俺の腰にキュッと長い脚が巻き付いた。

それに気をよくしながら俺はすっかり引き上がってしまった唇をチュッと彼から離して、濡れ光る唇をハフッと動かした彼の、その欲情をのせて潤み輝く瞳《ひとみ》に微笑みを向けると、腰に巻き付いた彼の脚をかいくぐるように、彼の中心へと頭を沈めていった。

そして、背中を滑り上がる彼の両脚の感触に目を細めながら、手でなぞり擦《こす》っていた布越しの彼の昂ぶりを、パクリと————横から咥《くわ》え込んだ。

「……！　なっ……！」

とっさに伸ばされた彼の両手が俺の頭をバッと掴んだ。なので薄布ごと彼の硬い幹を咥えながら視線だけを上げると、頬を真っ赤にして驚愕《きょうがく》に目を見開いた彼の視線とパチリと合う。

「な、なにを……」

頭に置かれた彼の手に力が込められたけど、可愛らしいだけなので俺はそのまま彼に目だけで笑みを贈って、彼の昂ぶりを唇で挟み込みながらスルリスルリと手際よく下衣とその下の下着の紐《ひも》もほどいてしまう。

うん、そりゃビックリするよね。分かってた。貴族の閨《ねや》教育にフェラチオは出てこないからねぇ。

俺はそのまま彼の腰まわりを覆っていた二枚の布に手を掛けると、一気に下へとずり下ろした。

ぶるりと曝《さら》された彼の昂ぶり……陰茎はなかなか立派なもの。さすがは元・攻略対象者……なんて思いつつも、すぐさま今度は直接、彼の幹を唇でパクリと挟み込んだ。

うーん。野郎の股間《こかん》を触るなど、ましてや口にするなど冗談じゃねぇわと思ってたけど、きっと前世でも思ってたはずだけど、彼だとまったく抵抗がない不思議。

抵抗がないどころか大喜びでパクついちゃうあたり、やっぱり彼は他とはまったく違う存在なんだろう。ま、天使だしな。

羞恥《しゅうち》に顔を染め上げて腰を浮かせ、俺の肩にのった足を持ち上げようとする彼の両腿を抱え込み、ついでにもう少し下着と下衣をずり下げてしまう。

「そんなこと……！　アル……やめ……」

陰茎を挟み込んだ唇の内側で舌を伸ばし、尖らせた舌先で幹の裏側をくすぐり舐め上げ、タラリと彼の先端から溢《あふ》れ垂れてきた透明な雫《しずく》を形良く張り出した段差の下へと指先でそっと塗り広げた。

「ん……？　だってお味見……でしょ？」

ツツッと挟み込んだ唇と舌を上下に移動させながら喋《しゃべ》った俺に、ギルバートくんは堪えかねたように、バッと戻した両腕で目の上を覆ってしまった。

お陰で彼の美しく均整の取れた肢体すべてが俺の眼前に曝《さら》されて、何とも実に絶景極まりない。

官能に淡く色づいた肌は薄らとした潤いをのせて、その艶やかさはまるで真珠のよう。

俺が舌を動かすごとに張りのあるなだらかな筋肉の陰影が、その艶めきの上で薄らと形を変えるさまは、何とも淫靡《いんび》で扇情的だ。

たまんないね――――と舌先を根元のもっと下まで伸ばして一気に上まで舐め上げると、息を詰めた彼の喉から「……っ！」と押し殺したような声が上がった。

なかなかいいタイミングなので、いったん彼の太腿を解放して、中途半端に下ろした下衣と下着を素早く抜き取ってしまう。

長くて綺麗《きれい》な彼の脚が解放され、それを俺はまた嬉々《きき》として抱え込むと、いっそう彼の脚を大きく広げて再び彼の中心へと顔を埋《うず》めていった。そして、左手を添えた彼の先端にぴたりと閉じた唇を当てると、俺はゆっくりと、自分の唇を押し開くように彼の陰茎を口内へと押し込んでいく。

「ん……くっ……」

歯を食いしばり息を荒らげる彼の様子に目を細め、歯を立てないように細心の注意を払いながら、唇の裏側と舌で全体を刺激しながら喉奥へと、硬く勃ち上がったそれを呑《の》み込んでいった。

そうやって根元近くまで呑み込んだらスライドを開始。

フェラチオなんぞ初めてするけど、まぁ男同士だからね。気持ちいいところはだいたい分かるから。

彼がその両手を再び俺に伸ばして髪に手を差し込んできたけれど、その手と腰の動きはすでに快感を追い求める男《オス》のものだ。……うん、いいね。たとえセックスで抱かれる側だとしても、男を捨てる必要なんてありやしない。たくさん気持ちよくなって？

そうして、俺の頭を抱えた彼の指先にグッと力が入った。

口の中の彼がいっそうその質量を増すのを感じる。

「駄目だ……っ！　アル……！」

圧《おさ》えるような切羽詰まった彼の声に、俺はさらにスピードを上げながら唇と舌を上下させ、そして、

「……っ!!　……っく！」

言葉とは裏腹にグッと俺の口に腰を押しつけた彼が、その腰をぶるりと震わせながら勢いよく俺の

口の中に吐精した。

二度、三度と量を減らしつつ俺の口内を満たしていったそれは……うーん、初めて口にする味だ。でもマズくはない。旨《うま》くもないけど。

なので、そのままゴクリと飲み込んでしまう。彼のものだし、天然無添加だから問題ないだろ。ってことで、彼の根元から先まで指をキュッと動かして最後の残滓《ざんし》までオイシく……いや美味《おい》しくはないけどシッカリ飲み込んで、彼の陰茎から唇を離した。

彼を見れば、まだ息を上げて射精後の脱力タイム。

まあ三割くらいは未知のフェラチオとの遭遇に呆然《ぼうぜん》といったところかな。全裸でシーツに横たわり息を上げるギルバートくんは、とっても綺麗でたまらなく色っぽい。

その素晴らしい艶姿《あですがた》を曝す彼にキスを……と顔を近づけようとして、俺はピタリと身体を止めた。

……ちょっと待てよ。このままキスしちゃマズいんじゃないだろうか。

なんせ俺はフェラ直後で彼の精液を飲み込んだばかり。俺が彼なら、キスで強制的に自分の精液の味を知るとか絶対に嫌だ。

ということで、ベッドサイドに用意された水を飲むことにする。自分がされて嫌なことは他人にしてはいけませんってやつだ。なんならパジャマパーティーの名残で冷めたハーブティーもあるからな。念のためダブルで飲んでおこう。

広いワイドキングサイズのベッドの上を真ん中から端っこまで進んで、ベッドの端に腰掛けて水差しから水をグラスに注いだ。行儀悪いけど口の中をゆすぐように水を回して何回か飲み込んで、隣に置いてあるティーポットから冷め切ったハーブティーも注いで同じように飲み込んでいく。

おっ、このハーブティー冷めてもうめぇな……なんて思いながら、俺がグラスを傾けていた時だ。

ガシリと俺の肩が掴《つか》まれた。

振り向けば、もちろんそこにはギルバートくん。いや、他にいるわけないんだけどね？

「美味しそうですね……」

ニッコリと笑ったギルバートくんの目はまったく笑ってない。どっちかっつーと凄《すご》く挑戦的な目だ。

え、復活早くない？　さすがはギルバートくんだ。

「飲むかい？」

そう声をかけて、新しいグラスに注いだ水を彼に手渡すと、彼は全裸のままベッドに膝立《ひざだ》ちをしてグーッと、それこそ腰に手を当てる勢いで実に男らしくそれを一気に飲み干した。そして空になったグラスを俺に差し出すとひと言、

「気に入りませんね」

と口にして、その色っぽくも綺麗な唇を格好良く引き上げた。

あ、ハーブティーの方が良かったかな……と、俺がグラスを置いてティーポットに手を伸ばした瞬間、グイッと俺の肩が後ろに引かれた。

ベッド下に足を下ろしていたお陰で後ろにブッ倒れることは避けられたけど、ベッドに右肘《みぎひじ》を突いて「え？」と振り向く俺を、今度こそ腰に手を当てた膝立ちのギルバートくんが見下ろしてきた。

下から見上げる全裸のギルバートくんは、むちゃくちゃ綺麗で格好いい。上品かつ形のいい陰茎が

半勃《はんだ》ちな感じもかなりクる。食いつきてぇ……じゃなくて、え？

「あなたがどのように身体を鍛えているのか、あんなことをどこで覚えたのか、ぜひ詳しく伺いたいところですが……」

俺を見下ろしたギルバートくんが、引き上げたままの唇を実に美味しそうに動かした。

え、鍛え方？　いや前にも言ったけど、ふつーに使用人たちに交じってサボりながら適当に……。

「それよりも、なぜあなただけ下衣を着ているのでしょう。私は全裸だというのに。まったくもって気に入りませんね」

……はい？

「なぜ私ばかり……。結局私はボタンを外しただけでしたし……」

そう言ってちょっと拗《す》ねたようにムッと口を尖らせるギルバートくんは物凄《ものすご》く可愛い。

なるほど。負けず嫌いな彼なりに、色々と複雑な心境らしい。

「でも気持ちよかったでしょ？」

そう言って一番手近にあった彼の脇腹にチュッとキスをすると「ええ、まあ……」と、ちょっとだけ彼が目を泳がせた。

「とりあえずアルも脱いで下さい。このままでは終われません。いえ、私が脱がせて差し上げます」

何やら超優秀な頭脳の彼は、この短時間で色々と吹っ切れたらしい。さすがは次期宰相候補と言われるだけのことはある。精神的にもタフで順応が速い。速すぎるほど速い。

俺の心配のしすぎだったのか？　いや確かにフェラでは超ビックリしてたしなー、なんて思いながら、俺はグイグイと彼に腕を引かれるまま、再び乗り上がったベッドの上にゴロリと横になった。

いや、脱ぐのはいいんだけどね。でも俺、まだ絶賛ガン勃ち中よ？　素っ裸のギルバートくんを前に萎《な》えるとか有り得ないから。脱がしにくかったらゴメンね。ちょっと持ち上げてから脱がしてね。

横になった俺の脚の間に陣取ったギルバートくんは、俺の下衣の紐をスルスルとほどくと、次にその下の下着の紐も手際良くほどいていく。

うん、前世だったらゴムで一気にズザーってできるんだけどさ、この世界パンツのゴムないから。石油がないから天然ゴム貴重なのよ。

どうでもいいことを考えてガン勃ちの先端にサワサワと当たる彼の手の感触から意識を逸《そ》らしてたら、下衣と下着が一気に引き下ろされた。俺が彼にしたことだ。キッチリ張り合っちゃうところが、ギルバートくんだね。

「…………っ」

いや、ギルバートくん、そんなに凝視されると照れるんだけど……。ごめんね超元気で。

「おお……きいですね」

そう言ってサス……と手のひらを当ててきた彼に、思わず指で目頭を押さえた。

超綺麗な全裸の大天使に興味深げにガン勃ちを擦《さす》られるとか、鼻血案件だからね？　鼻を摘《つま》まなかった自分を褒めてやりたい。

いや体格なりだと思うよ、ギルバートくん。たぶん普通に中の上か、せいぜい上の下。いや他人の勃起《ぼっき》とかそもそも見ねぇし分かんないけど、俺、ぜんぶ七合目だから多分そんくらい。

彼も他人の勃起を初めて見たからそう思ったんだろう。いや、俺以外のは見なくていいんだけどね？

彼に「そう？」とだけ返して、サスサスと撫《な》でたりキュッと握ってくる彼をじっくりと堪能《たんのう》する態勢に入った。この絵ヅラは強烈に視覚にクる……。マックスかと思ってた俺の中の上が、またわずかに大きくなった。上の下に昇格したかもしれない。さすがはギルバートくん、育成上手だ。

その成長にちょっと目を見開いたギルバートくんが俺の根元をそっと握りながら、大きさを増したその先端に唇を寄せてきた。――やばい！

とっさに腕に力を入れて素早く身体ごと引いた俺に、可愛い彼の機嫌は急降下。「なぜです？」とピクリと片眉《かたまゆ》を上げながら目を眇《すが》めている。

「君はしなくていいから。今は……」

そう言った俺に、彼はますますムッとしながらジリジリと俺へ、いや俺の股間へにじり寄ってきた。

「ずるくありませんか？　私だってあなたにアレをしてあげたい。あなたが良くて私がダメなのは納得できません。初めてですが大丈夫。実地で上達してみせます。実習は任せて下さい。覚えはいいんです」

いや、そういうことじゃなくて！

腹筋で身体を起こして彼の肩を押さえると、ますます彼の口がムウゥッと尖《とが》った。もちろん俺は首を伸ばしてそのツヤツヤした唇にチュッとキスを贈る。

「とっても魅力的な申し出だけどねギル……どうか私の楽しみを取り上げないで？」

ね……と、もう一度チュッとキスをすると、目の前の彼が「楽しみ？」と小さく首を傾げた。

そんな彼を伸ばした腕で引き寄せると、彼はすぐに俺の首に腕を巻きつけながら抱きついてくる。

なので俺は、そのまま彼をヨイショと少しだけ持ち上げると腿《もも》の上に跨《また》がらせてしまった。身体の間で互いの中心がぶつかり擦《こす》れ合って、腰に甘い痺《しび》れが走った。

俺の頬にスリ……と頬を寄せ愛らしく甘えてくる彼の背を撫でて、そのままその手を下に下ろし、彼の柔らかな臀部《でんぶ》を手のひらで優しく揉《も》み上げる。

「君に食べられるなら、一番最初はこっち……って決めているんだよ」

そう言って撫でていた手でスルッと後ろの狭間《はざま》をなぞると、彼の腰がピクリと揺れた。

「でも最後までするのはピアスの後だ。だから今日は食べちゃダメ」

そう言って彼の腰を抱えて腰を揺らした俺に、ギルバートくんがほんの少し眉を下げて「残念です」と唇を重ねてきた。

いやまったく、君からのフェラは非常に魅力的だし妄想滾《たぎ》るし、実習訓練大歓迎なんだけどね？

でも最初にお邪魔する場所は、お口じゃなくて君の中がいい。それまで大事に取っておきたいんだ。

ギルバートくんに関しては、この先この立派なものを誰かに挿入する機会はないわけで……ってか俺が阻止するからね。お味見させて頂いた。

君を全部もらうのはピアスの後。すべての条件が満たされてからだ。そこは譲れない。

本当はお味見我慢してフルコースの予定だったんだけど、これぱっかりは仕方がない。俺の意志の弱さで色々前倒し、なんて毎度のことだ。この際ガッツリお味見させてもらおう。

彼が降らせてくる柔らかな唇を嬉々として受け入れながら、俺は抱えた彼の腰を幾度も揺すり上げては、怒張しきった自身を彼の中心へと擦りつけた。

彼の半勃ちだったものはとっくに大きく上を向いて、腰を揺するたびに互いのものが身体の間でぶつかり擦れ、甘い熱を生み出している。その何とも言えない気持ちよさに、俺はたまらず右手でそれらをまとめて握り込むと、ゆっくりと上下に擦り始めた。いわゆる兜合《かぶとあ》わせってやつだ。

とたんに彼の腰が震え、合わせた唇から小さな嬌声《きょうせい》が吹き込まれる。互いの先端から溢れ落ちる雫を指先で塗り込めながら、グイと密着し擦れ合い、熱と興奮を伝え合う肉棒同士を昂《たか》ぶらせていく。

と、その俺の手の上に彼の両手が重ねられた。そしてその手がギュッと、俺の動きを止めるように上から押さえつけてきた。

うん？　と彼と目を合わせると、彼がその瞳《ひとみ》に欲情と興奮を色濃く浮かべながらも、わずかに細めた目で俺を見下ろしている。

「これも……どこで覚えていらした知識ですか、アル」

濡《ぬ》れ光った妖艶《ようえん》な唇でそう言った彼に、俺は一瞬だけ目を泳がしそうになる。

いえ、前世のネットです。たぶん検索用語間違いです。ヘコんだ記憶が断片的にありまして……。

なんてことは、もちろん口が裂けても言えない。

なので「思いつきだよ。気持ちいいでしょ」と、ヒクつきそうな口端を引き上げて答えると、ギルバートくんは「なるほど」と、一応といった風に小さく頷《うなず》いてくれた。

そんな彼の顎下《あごした》にひとつキスを贈って、では改めて……と再び手を動かそうとしたその時、ギルバートくんがその握り込んだ俺の手を重ねた手でひっぺがしてしまった。そして代わりに彼のしなやかな両手が、俺と、そしてギルバートくんの怒張を包み込んだ。

「こ、今度は私がアルを……導いて差し上げます」

そう言ってキュッと唇を引き結んだギルバートくんが、艶色《えんしょく》に染まった頬をさらに染め上げながら、そっとその両手を上下に動かし始めた。

やばい……マジでクラッときた。なんつー可愛らしさだ。可愛すぎて思わず発射するかと思った。けど今出すのはあまりにも、もったいなさすぎる。

「嬉《うれ》しいよ」

そう言って彼の肌に唇を寄せて、チロリと彼の胸の尖りを舐《な》め上げれば、彼が小さく鼻を鳴らした。

慣れぬ手つきで自慰めいた性技を施してくる、いじらしくも淫靡《いんび》な天使の導きを存分に堪能すべく、俺は引き上がる唇もそのままに、彼の滑らかな肌に舌を這《は》わせていった。

◇◇

彼の肌は、本当に綺麗《きれい》だ。スベスベとして張りがあって、その感触は硬すぎず柔らかすぎず、かすかに舌先で押され沈んだ表面を優しく押し返しながら、まるで撫でるように、誘惑するように、俺の舌を愛撫《あいぶ》してくる。

その肌に唇を当てて、ちょっとだけ強めに吸い上げると、彼の真珠のような肌にポワンと……ごくごく小さな紅の花が咲いた。

右胸のほんの端っこに咲いた小さな花。

うん、せっかくだからね。お味見記念に一つだけつけちゃおうかなーって。

形よくついたキスマークに気を良くして、その上をもう一度ペロリと舌先で舐め上げて、

「ハ……ア………」

ダイレクトに耳を刺激する艶《なま》めかしくも甘い吐息に、俺は無理やり逸らしていた意識を引きずり戻された。

うっかり見上げてしまえば、目の前には何とも凄艶《せいえん》な色香を滴らせるギルバートくんの姿が……。

その切れ長の凜々《りり》しい目元はふわりと赤らんで、形のいい眉は切なげに寄せられている。甘い吐息を溢《こぼ》すふっくらとした唇を濡れたように艶めかせ、僅《わず》かに開いたその隙間からは赤く熟れたような舌がチラリと覗《のぞ》いて――――。

いや無理っしょ。こんなギルバートくんとマトモに対峙《たいじ》してたら、俺は五秒ともたない。

ただでさえずーっとガン勃ち継続してたっつーのに、そこに来てこの攻撃力。気を逸らしてなきゃあっという間に瞬殺だ。

スル……と柔らかな感触が、また俺の中心から甘い痺れを引き出した。俺の猛《たけ》りきった先端の段差を引っかけるように擦《こす》り上げていったのは、すらりとした彼の長い指。身体の奥底から湧き上がる幾度めかのゾワリとした熱い疼《うず》きに、俺はそっと奥歯を噛《か》みしめる。

――――ヤバいな。あっという間に導かれちまいそうだ。

向かい合う俺の目前で恥ずかしそうに、けれど一心に両手を自身の中心に伸ばしながら腰を揺らすギルバートくんの姿は、そりゃもうエロティックなんてもんじゃない。

彼の美しい両手が握り込むのは、互いの間で合わさり重なった俺と彼の、怒張しきった陰茎たち。左右に振れ、上下に擦れ、昂ぶりあって、粘り混じりの淫靡な水音を立て続けるそれらを、彼がその白く清廉な手で上下にしごき上げる光景ときたら、目眩《めまい》がするほど妖艶で背徳的。

これは……たまんないね。

思わず唇を舐め上げながら、それでも俺は強烈にこみ上げる射精感に抵抗を試みる。俺の身体は今にも射精《だ》したい、射精《だ》しちまえ、って言ってるんだけどね、やっぱり勿体《もったい》ないが先に立ってしまう。だって、はっきり言って桃源郷よ？　こんなに気持ちのいい至福の時間、できるだけ長く味わっていたいってのがスケベな男心ってもんだ。

なのでもう少し……と、俺はその手触りのいい臀部を揉み上げていた両手に意識を集中させた。いや集中しないとあっという間に持ってかれちゃうからね？

手に吸いつくような弾力を楽しみながらその綺麗なカーブに手のひらを沿わせ、ほんの少し伸ばした人差し指の先でスルッと彼の柔らかな脚の付け根を撫で擦《さす》る。とたんに「んっ……」と小さく喉《のど》を鳴らした彼が、引き締まったその腰をクッと反らせた。

艶《あで》やかにブワリと振りまかれた色香に目を細め、上がった唇もそのままに更に奥へと指をスルリと動かし始めた俺に、目の前のギルバートくんが拗ねたようにその濡れ光る唇を寄せてきた。可愛らしくも魅惑的な唇が、俺の唇をチュッチュッと啄《ついば》んでくる。

そんな彼の伏し目がちな長い睫毛《まつげ》と、奥で蕩《とろ》け煌《きら》めく翡翠《ひすい》に俺がうっとりとしていたら、そのまま身体を前のめりにさせてきた彼に身体を後方へと押しやられてしまった。

惜しくも離れてしまった両手を横につき、倒れそうになる身体を慌てて支える。どうやらこれ以上のおイタは許されないらしい。

少々残念な気分で身体を半分起こした状態で固定して、彼に視線を戻した刹那《せつな》――――。

ズクン、と強烈な熱が下半身に一瞬で集まった。これは……ヤバい。

「ン……。クッ……」

ちょうどいい感じに視界が広がったせいで、俺の上で上半身を乗り出すようにして腰を揺らす彼の壮絶な媚態《びたい》が丸見え……ベストビューなんてもんじゃない。

潤み蕩《とろ》ける目を切なげに伏せて、その目元から首筋までを艶色に染め上げた天使が、物慣れぬ手つきで絶え間なく淫靡な音を立てるその光景に、俺は一瞬で白旗を揚げる。やせ我慢も限界だ。

欲望のままグッと伸ばした片手で彼の尻《しり》を鷲掴《わしづか》んで、すでに繕えなくなった表情を構うことなく、俺は目の前で手を動かし腰を揺らす美しくも妖艶な彼に視線を定めた。

互いの荒い吐息が嫌でも耳について、煽《あお》られた熱は限界まで押し上がっていく。

そして、ひときわ強くせり上がる耐えがたい熱に、俺は咄嗟《とっさ》に目を閉じ、息を詰め、

「ギルバート……ッ」

思考が焼き切れるその寸前、ただひとり愛《いと》しい人の名を呼んで、その直後――――。

「……ッ………!!」

高まった熱が俺の身体を一気に貫き、俺はその快感に閉じた目をいっそうきつく瞑《つぶ》った。二度、三度と通り過ぎる痺れるような波に歯を食いしばり、ベッドについた指先にグッと力をこめる。

そうしてようやく、荒い息を吐き出して目を開いて、気怠《けだる》さの残る頭でゆるゆると視線を上げればそこには、中心を握る手を止めて俺を見つめる彼の姿が……。

「……っ！」

俺と目が合った次の瞬間、彼の指に再びクッと力がこもり、前屈《まえかが》みに倒れ込んだ彼がぶるりと腰を震わせた。彼の温かな白濁が俺の胸下から腹にかかり、トロリと下へ流れて行く。……おぅ。

まあ彼になら何をされようが構わない。ってか、とっくに俺の胸やら腹やらは自分でバッチリ汚しちゃってるから今さらだ。

てことで、まずは俺の腰に片手をついて色っぽく眉を寄せて息を荒らげるギルバートくんをシッカリと目に焼き付けながら、俺は脱力タイムを楽しむことにした。

間もなくして「あれは無理……」と何やらボソッと呟《つぶや》いた彼が顔を上げ、そして俺の腹の惨状を見るやカチリと固まった。

ああコレね、君のせいじゃないから。単なる角度的な問題だから気にしないで。君が無事で良かった。君にかかってたら……いや、それはそれで想像するとクるな。

「ギル、悪いけれどサイドテーブルからティシューを取ってくれるかい？」

苦笑しながらそう頼んだ俺に、目の前の彼はハッと顔を上げると、急いでティシューボックスを取りに行ってくれた。

うん、中世っぽいこの世界にも二十世紀のいわゆるティッシュペーパーはあるんだよ。便利でしょ。紙質悪いし硬いしポップアップ式じゃないけどね。トイレットペーパーだってある。

まだ高価で貴族しか買えないけど、品質と価格に関してはいま湿潤紙力増強剤の研究開発と低価格化を推し進めているところだ。

「ありがとう」

受け取ったティシューを製造元の強みで遠慮なく使って胸と腹を拭《ぬぐ》ったら、隣で可愛い顔を赤らめて申し訳なさそうにしている超可愛い彼にキスをして「ちょっと待ってて」と断りを入れてから、俺はシャワーへと向かった。このままじゃ宇宙一可愛い彼を抱き締められないからね。

彼と一緒にシャワーを……と、ほんの少し邪《よこしま》な考えが頭をよぎったけれど、むっちゃ楽しそうなのでピアスの後に回すことにした。

俺は大好物は後に食うタイプだ。大大大好物はお味見我慢できなかったけど。

ザッとシャワーを浴びながら、ついでに気合いを入れて手早く一本抜いて――――うん、さっきのギルバートくんの媚態を思い出したら楽勝だった。それから念を入れて冷水をそこにブッかけ完全に萎《な》えさせてから浴室を出た。だってそうでもしなきゃ、エンドレスでお味見しちゃいそうだからさー。

複数着用意してあるバスローブの一着を引っかけて浴室を出ると、ギルバートくんはベッドの上に拾い集めた互いのナイトウエアをまとめて待っていてくれた。

出てきた俺を見た瞬間にほわっと頬を桜色に染めて嬉しそうな笑顔で迎えてくれたギルバートくん。ウルトラ可愛い。

超絶美形な上に想像を絶するキュートさを併せ持ってるってスゴいよね。しかも心は菩薩《ぼさつ》で頭脳はスパコンだよ？　いくら天使といえどパーフェクトすぎるでしょ。

俺はそんなベッドの上の完璧《かんぺき》天使の唇に「ありがとう」とチュッとキスをして、頬っぺとおでこと顎と、ついでに首筋にもキスをして、もうちょい下にも行っちゃいたい気持ちをグッと堪《こら》えながら、彼にもシャワーを勧めた。彼だってサッパリしたいだろうからね。

「では行ってきます」と俺の頬にキスを落とした愛らしい彼を浴室へ見送って、俺はとりあえず下着と下衣だけを身につけた。いつまでも抜き身にしておくとアブないじゃん？　イロイロと。

そして腰掛けたベッドの端で片手をかざして髪を適当に乾かしていく。火と風を組み合わせた基本魔法だ。ドライヤーいらずで超便利。

そうこうしているうちに俺の大天使が浴室から出てきた。俺と同じく全裸にバスローブだけを引っかけて、湯上がりのホワンとした肌で少々気怠げに歩いてくる彼はやっぱりとっても格好いい。

せっかくだから彼のサラサラの髪も乾かしてあげたいなーって思ってたんだけど、見ればもう彼の髪はほぼ乾いているようだ。浴室で済ませて来ちゃったか。ちょっと残念。

なんて、格好良くも可愛らしい彼にウットリと見惚《みと》れてたら、バスローブのまま手早く下着と下衣を身につけ終えた彼が、ベッドの端に座った俺のところに戻ってきた。はい、おかえりなさい。

すかさず目の前に立った彼の魅力的な腰に腕を回して彼を見上げると……うん？　彼の表情ときたら、何とも言えず微妙な感じ。

「アル……これは何でしょう。浴室で気がつきました」

ヒラッとバスローブの右側をはだけた彼が指さして見せたのは、俺が咲かせた小さな紅の花……。あのキスマークだ。

その彼の口調は怒るでもなく照れるでもなく、ただ俺がしたのだろうと予測をつけて純粋にその理由やタイミングに疑問を呈した、って感じのフラットなもの。

ふむ、彼は気がついてなかったらしい。しかもキスマークの存在自体を知らないようだ。

閨《ねや》の授業にキスマークは……うん、なかったかもしれない。つまんなくてロクに聴いてなかったからあまり覚えてないけど。確かに子孫製造には必要ないもんな。

それにしても、あの授業内容を彼は真面目に勉強したのだろうか。きっと彼のことだから予習復習までしたかもしれない。どんなお顔で勉強したんだろう。頬なんか染めちゃったかな、目とか逸《そ》らしちゃったりして……。やべぇ、想像しただけで可愛すぎて転がり回れる。すっごく見たかった。

ポポポン！　と、かなり濃いピンク一色だった花畑に可憐《かれん》な花を咲かせつつ、俺は腕を回した彼の腰を引いて自分の膝《ひざ》に座らせた。

何の抵抗もなくストンと俺に跨《また》がって座っちゃうギルバートくん。激カワの塊だ。

そうして、目の前のそのスベスベの肌に咲いた小さな花の上に、俺はそっと人差し指を滑らせた。

うん、やはりなかなか綺麗についている。

「これは私がつけたものだよ。キスマークと言ってね、唇でつけるのだけれど……まあいわゆる所有印のようなものだ。私のいじましい独占欲だと思ってくれていい。君に断りなくつけてしまって申し訳な――」

「どうやったんです？」

なんかすっごい真剣な顔で彼が言葉を挟んできた。

え……、綺麗なお目々がマジなんですけど。気を悪くしたんだろうか。

「ああ、それはこうやって……」

その迫力にビビりながら、そっとその花の上に唇を寄せ「強めに吸い上げたのさ」と、吸い上げる真似事をする。ほんとにつけたら怒られちゃうかもしれないじゃん？

「承知しました。つまりは吸引による皮下出血ですね。内出血による痣《あざ》は全癒までの数日は残る。そしてその間、それを見た他者に対して自分との艶事《つやごと》を連想させ、深い仲であることをアピールし牽制《けんせい》する効果が得られる。だから所有印ですか。なるほど」

やや早口で、超スピードで正確にキスマークの全容を解明していったギルバートくんは、俺が「そうだよ、その通り」と合いの手を入れる間もなくグイッと俺の上半身をベッドに押し倒してしまった。

「そのスキル習得の経緯を伺うのもこの際、後回しです。私もつけたい。いいでしょう？」

いいも悪いも、もう唇つけてるよね？　行動速いねギルバートくん。そりゃ全然構わないけど……。

艶々の唇を愛らしく尖《とが》らせた彼が、俺の左胸の上をチュゥと吸い上げる。

その伏せた長い睫毛はとっても綺麗《きれい》。スッと通った形のいい鼻筋にもキスしたい……なんて思っているうちに、彼が俺の肌から唇を離した。彼が唇を離した箇所には小さくも可愛らしい薄紅の花が一つ、テラリと光りながらポッと浮き上がっていた。

おっ、ちょっと色は薄いけどなかなかに上出来じゃないか。彼につけてもらえるなんて、何とも感慨無量だ……なんて俺がジーンと密かに感動していると、そのキスマークの上をサスサスと指先で撫でた彼が小さく首を傾げた。

「どうにも上手《うま》くできませんね。もう一度——」

そう言って、今度は右胸に唇を移動したギルバートくん。どうやら何かお気に召さなかったらしい。

そうしてつけられた二つめのキスマークも彼を納得させるには至らず……。結局、勉強熱心な上にキスマークの色形に拘《こだわ》りがあるらしい彼によって、俺の身体には十を超えるキスマークが付けられてしまった。まあ、いいんだけどね。ただ暫《しばら》くクラヴァットはきつめに巻く必要があるかもしれない。首元もバッチリだからな。

「消えかけた頃にまたつけさせて下さいね。様子を見ながら、公《おおやけ》に差し障りなく、且《か》つ最大限の効果を発揮する限界ラインを正確に見極めたいと思います。頻度は十日に一度ほどで結構です」

……彼はキスマークマスターを目指すことにしたのだろうか。

さすがはギルバートくん。探究心と向上心がハンパない。でもクラヴァットはずっときつめに巻くことになりそうだ。結び方を研究しよう。

そんなこんなで、時計を見ればすでに夜中の一時半を過ぎ二時になってしまいそうな時間。

いまさら自分の部屋に戻るのもアレなので、今日はここにお泊まりを決め込んだ。いや、これ以上はお味見しませんよ？　今日はね。

朝になったら戻ればいいや……と、俺は彼と一緒に貴賓用のゴージャスなベッドに潜り込んだ。本邸の客室で寝るなんて、なかなかない経験だしね。まあ、その気になれば使えるんだけど普通は使わないし使えないでしょ。自分の部屋使えよ、って迷惑がられそうじゃん？

部屋の明かりを手分けして落として、ベッドサイドの僅《わず》かな明かりだけを残すと二人でベッドの中に潜り込んだ。やっぱ照明のリモコン欲しいなぁ。いちいち消して回るのは使用人がいないとやっぱちょっと面倒。壁付けでもいいから魔法陣連携なんとかなんないかな。

少々汚してしまったベッドの左端を避け、ちょい右寄りで彼と抱き合った。

額を合わせて、薄暗い中でも輝きの褪《あ》せない翡翠《ひすい》に目元《めもと》を緩めて、微笑みを返してくれる愛しい彼と幾度も小さなキスを交わして……そうして俺たちは少しずつ、ゆっくりと眠りに落ちていった。

そして――――どれほどの時間が経っただろうか。
浅い眠りについていた俺の目の前に、いや脳内に、それは唐突に鮮やかに浮かび上がってきた。

走行する自動車の中、俺はひとりハンドルを握っている。

フロントガラス越しに見る景色は、片側一車線の道路。見通しのいい、たぶん郊外の道。左側を過ぎていく緑はちょっとした山？　森林？　交通量は多くない。反対車線をたまに数台の車がすれ違っていく。車内のラジオからは音楽が流れ続けている。これは……クリスマスソングか。

軽快な女性アーティストの歌声が終わり、次の曲が流れ始めた。同じ歌手だ。特集なのかもしれない。彼女がカバーした古典的なメロディが始まる。

『Hark……the herald angels sing――――』

その歌声を聞き流しながら、俺は視線を前に向けて慎重に運転を続ける。

順調に走る車、過ぎる景色。握るハンドルの先で、センターラインが次々と近づいては消えていく。

と、反対車線を走ってくる白い高級車が目に入った。急にふらりと蛇行をし始めたスポーツセダン。

危ないなぁ……とアクセルから足を上げて速度を落とし、念のため左の山側へと寄って距離をとる。

次の瞬間――――。

フロントガラスの右前にアップで現れた白い車体。一瞬見えたのは、突然間近となったスポーツセダンの車内。左ハンドルの助手席で驚愕《きょうがく》する若い女の表情。ハンドルを握る男の手。

身体に感じる激しい衝撃。前から左から右からの、衝撃、衝撃、衝撃。

舞い上がるエアバッグの白い煙。押され挟まれ動かぬ身体。

何が……？　混乱する頭。朦朧《もうろう》と薄れていく意識。

『だれか……だれか……!!』

割れたガラスの向こうから聞こえたのは若い女の叫び声。

その叫び声にまるで絡みつくように、それでもラジオの音楽は流れ続けていた。

『Born to raise the sons of earth《地上の人々を導くために生まれた》……Born to give them second birth《新たな命を与えるために生まれた》……』

開けていられなくなった目を閉じる。

『Glory to the new-born King《生まれたばかりの王に栄光あれ》……』

ぷつりと消えたその光景に、バッと目を開けた。

目に映ったのは暗い天井。左からの仄《ほの》かな明かりに視線を向けると、見覚えのあるサイドテーブルとその上の小さな照明。右隣に感じる温《ぬく》もりに目を向ければ、寄り添うように眠る愛しい人の姿。

一度目を瞑《つぶ》ってホゥッと、音を立てないよう大きく息を吐き出した。

今のは……夢か？　いや、あれは夢じゃない。あれは記憶だ。

首元を流れ落ちた汗に小さく身動《みじろ》ぎをして、そっと身体を起こした。隣の彼を起こさないようにゆっくりと身体を動かして、彼の綺麗な手をベッドに置き、掛布を上からふわりとかける。

ベッドから下り立って、気持ちの悪い首から背中の汗を引かすべく、すぐ近くの大きな窓の前へと音を立てないよう静かに足を進めた。

ほんの少しだけカーテンを開けて窓の外を見れば、眼下には本邸の暗い木々と庭園が、上空には美しい星空が広がっている。もう一度静かに息を吐いて、俺はその星空を見上げた。

そうか、俺は事故で死んだのか。それにしてもなんで今日……なんで今、思い出すかなぁ。

苦笑しながら瞬き輝く星を眺めて、けれど前世の最期が分かった事にどこかホッとしながら、汗が引くまでの時間つぶしに、夜空を飾る星座たちを確認していく。

正面には秋の四辺形。ペガスス、アンドロメダ、南西にはアルタイル――。しばらく夜空など見上げていなかったけれど、そっか……もう九月だもんな。秋の星座に切り替わったのか。

この世界の星は動かない――――。それに気がついたのは前世を思い出して少し経った夏。夜空を見上げるだけの余裕がほんの少しできた頃だ。

陽が沈んで間もなく、何の気なしに星空を見上げて、南に高く上がった夏の大三角形に「おや、この世界はずいぶんと星が早く上がるんだな」と首を傾げた。

どうしても気になって夜中に起き出し、窓から夜空を見上げると……夏の大三角形は、驚くことにまったく同じ場所で変わらず輝いていた。

大三角も北のカシオペアも北西の北斗七星も、すべてが夜の間じゅう一ミリたりともその位置を変えず、同じ場所に居続けた。毎日、毎日。

太陽も月も東から西へと上がっては沈むのに、星は動かない。ひと晩中。

どういうことだ？　と混乱して時々観察を続けること一年以上。どうやら季節ごとにまるで絵が入れ替わるように夜空が切り替わっていることに気がついた。

三月、六月、九月、十二月……その月に、動かぬ美しい星空は冬から春へ、春から夏へ、夏から秋へ、秋から冬へと切り替わっていることに気がついて、毎年同じ日の同じ時間に同じ方向から同じ角度で流れ星が落ちることも分かった。

そうして暫く待った冬。二月の三十日の午後十一時五十九分、俺は実際に自分の目で確認すべく、そっとベッドを抜け出して窓辺で星空を見上げた。それまで瞬いていた冬の星座が五十九分五十九秒になった瞬間、スーッとかき消すように消えていき、そして午前零時になると同時に、その位置を変え表情を変えた春の星座がフゥッと夜空を埋め尽くした。

「ありえねぇだろ……自転公転どうなってんだ。なんで動かないでいきなり変わるんだよ。火星も木星も金星もあるのに、わけ分かんねぇ……北極星の意味は？　誰が夜空を切り替えてるんだ？」

次々と浮かぶ疑問が思わず口を衝《つ》いて出た。

異世界なのは分かっていた。けれどこんなメチャクチャな……道理の通らないことってあるか？　と混乱しまくる俺の頭を、猜疑心《さいぎしん》だけが埋め尽くしていった。

俺がいるこの世界、見ている世界、ここは何なんだ？　人がいる、国がある、海もある。けれどその先は？　聞いたこともない。隣国はあるのか、隣国の隣国は？　海の向こうは？　空の向こうは？

自分がえらく狭い世界に閉じ込められてしまった気がして、両手を握りしめながら思わず「ふざけんな……」と、また声を上げた。

「若様……今のお言葉は、なんと仰《おつしや》ったのですか？」

突然後ろからかかった声にビクリと肩が震え、慌てて顔を取り繕って振り向くと、そこには心配そうな表情をしたディランが立っていた。

こいつは……いや、こいつらは、この世界の連中は、何も疑問に思っていないのだ。動かぬ星も、突然切り替わる星空も、過程も無しになぜか存在する前世二十世紀の品々も……。

いや、疑問に思わぬようになっているのか？　同じ時間に同じように流れる流れ星を、さも偶然見たように驚く人々だ。彼らにとってはコレが当たり前なんだ。常識なんだ。

ここはそういう、何でもアリの異世界だ。

「いや、たまたま目が覚めてね。春になった夜空が綺麗でついつい見惚《みと》れてしまったのだよ。気にしないでおくれディラン」

彼らに気取《けど》られてはいけない。俺が、彼らにとっては当然の事に疑問を持っていることを。

取り繕った笑顔でディランに微笑んで、自分の言動に疑問を持たれていないか目をこらし、疑問が渦巻き動揺する心が彼らに見えてしまわぬよう、しっかりと内に仕舞い込んだ。

――だってもう、俺はここで生きていくしかないのだから。

「ええ、ちょうど春に変わったばかりですからね。けれどお身体を冷やしては大変です。温かいガウンをお持ちしましょうか」

目の前の彼の言葉に引き攣《つ》りそうな頬を堪《こら》えて「いやいいよ。もう気が済んだからベッドに戻る」と、俺はやたらと分厚くなった仮面を貼り付けたまま彼に柔らかく微笑むと、ごく自然に見えるようにベッドへと逃げ込んだ。

――この先、何があろうと驚いてはいけない。

ここで生まれた彼らにとっての常識は、俺にとっても常識でなければならない。

驚きを顔にも行動にも、微塵《みじん》も出してはいけない。――それが普通なのだから。

もっと勉強をしよう。この世界の情報を仕入れよう。……驚いてしまわないように。

古い常識を捨てて、すべて受け入れて、この世界で自分にできることを精一杯しよう。

同じ世界に生きる普通の人間としてちゃんと認識されるように……。

……なんてこともあったよね。いかんいかん、久々に星空を見てたらうっかり昔を思い出しちゃったよ。いやー、転生に気づいた最初の頃はマジで色々とビビったもんな。懐かしいぜ。

「まあ死因が分かってスッキリした……かな？　まったく、貰《もら》い事故かよ、ツイてねぇ――」

やたらと鮮明なアンドロメダ座大銀河に、ついブチブチと溢《こぼ》したその時。

「……アル？」

突然聞こえた声に、ピタリと唇を閉じた。やばい……「俺」とか言ってたの聞こえちゃったかな。

閉じた唇の両端を引き上げて声がした方向を振り向くとそこには、薄暗がりの中で綺麗《きれい》なお目々を小さく擦《こす》って身体を起こしているギルバートくんの姿。片肘《かたひじ》をついて僅かに上半身を起こした彼が、パチパチと瞬《まばた》きをしながらこちらに首を傾げている。

おやおや、彼が寝ぼけ眼《まなこ》を擦るなんてレアなシーンだね。

「ギル……」

どう言い訳しようかと頭を巡らせて口を開きかけた俺に、ギルバートくんが「ふふっ」と柔らかく微笑んだ。

「アルがいなくて、つい呼んでしまいました。良かった……近くにいらしたのですね。気がつきませんでした」

そう言って、照れたように小さく首を傾げた彼はとっても綺麗。薄暗がりの中、絹のような肌とプラチナブロンドに仄《ほの》かな照明の色がのって、その風情は神秘的ですらある。

そっか。どうやら俺の独り言は聞こえていなかったみたいだ。よかった……庶民丸出しの口調だったからさ。しかも死因とか貰《もら》い事故とか何のこっちゃって思われちゃうもんね。

「さあ、こちらへ。私の隣にいて下さい。寂しくて泣いてしまいますよ？」

微笑みながら、そんな冗談交じりにポンポンと俺が寝ていた場所を叩《たた》いた彼。

「おや、それは大変だ」

サッと閉めたカーテンに手を掛けながら肩をすくめて、有耶無耶《うやむや》になった言い訳にホッとしながら、ベッドで片手を上げて待つ可愛らしい彼の元へと戻る。

また彼の隣へと潜り込んだ俺を彼は迎え入れて、キュッとその腕を俺の腰に巻き付けてきた。

そんな可愛い彼を抱き締めてチュッとひとつ唇にキスをしたら、そのプラチナブロンドに頬を擦り寄せる。

「戻しませんよ……」

俺の首元へ顔を埋《うず》めるように甘えた彼が、そう小さく呟《つぶや》いてキュッと抱き締め返してきた。

おや、さっきは俺が彼を置いて部屋に戻ってしまったと思っちゃったのかな。大丈夫だよ、部屋に戻るのは朝にしたからね。

「戻らないよ。ここにいる」

そう言って彼の髪にキスをして、今度こそいい夢を見るぞと意気込みながら俺は目を閉じた。

力の抜けてきた彼の身体に自然と緩んでしまう頬もそのままに、この世界でたったひとり愛した彼の温もりを感じながら、俺は再び眠りへと落ちていく。

――――約束ですよ。

ふわふわとし始めた意識の中に柔らかく響いたその声に、俺はなんだか凄《すご》く幸せな気分に浸りながら、ただ小さく頷《うなず》きだけを返した。

◆◇◆　ベルゴールとマーランド　◆◇◆

そこは夕闇迫るサウジリアの王都。ほぼ陽が沈みかけ薄暗さが増す貴族街の道を派手派手しい馬車が一台、スピードを上げながら西から北へと向かっていた。

それは、アルフレッドの誕生パーティーがラグワーズ邸で開かれる、その前日の晩のこと。

やたら大きな音を立ててメインストリートを走り抜けるその馬車の座席に座っているのは、老齢に差し掛かった一人の貴族男性。

大揺れに揺れる車内で取っ手代わりに窓のカーテンを握りしめ、床に繊細なデザインのパンプスの靴裏を必死に張りつかせるその男の色褪《いろあ》せたプラチナブロンドは、先ほど掻《か》きむしったせいでかなり乱れまくっている。中肉中背のわりに少々滑稽《こっけい》なほど突き出た腹を揺らし、それでも急《せ》いたように前《まえ》屈《かが》みで正面を見つめる男の顔色の悪さは、どうやら整備不足の馬車だけが原因ではなさそうだ。

彼の名はジャーク・ベルゴール。

グレース・ランネイルとポール・ベルゴールの父親であり、ギルバートの外祖父に当たる。

昨年六十歳の誕生日を迎え、国内法の規定をようやく満たした途端に息子を連れて王宮に走り込み、サッサと届けを提出してとっとと隠居を決め込んでしまった元伯爵である。

高齢となった貴族が生前に当主の座を降りて家督相続を開始すること自体は、この国ではさほど珍しい事ではないけれど、普通は隠居したとしても健康に支障がない限り、せめて数年間は引継ぎを兼ねて新当主の補佐や相談役として共に領地経営に励むのが一般的。

けれどジャーク・ベルゴールは、王宮から隠居の許可が下りるや、面倒な領地経営からは一切手を引き、金庫のスペアキーだけはしっかり持って、王都邸の離れへと引っ込んでしまった。

そしてその日以来ウキウキと、まるで気ままに遊んでいた侯爵家の次男坊時代に戻ったような心持ちで、彼は待ちに待った隠居貴族というお気軽な立場を満喫しまくる日々を送り始めた。

隠居した離れに住まうのは彼ひとりで、彼の隣に妻はもういない。と言っても別に亡くなったわけではなく、彼女は息子が跡を引き継いだと同時に、お役御免とばかりに実家に近い領地の別邸へと居を移してしまったのだ。そのことがいっそう彼の開放的な気分に拍車をかけていた。

『まあ好きにすればいい。私とて弛《たる》みきった妻の肌を見るよりピチピチの若い娼婦《しょうふ》や町娘の肌を見る方がよほど寿命が延びるというものだ。まったく女は若いに限る。あっという間に薹《とう》が立つからな。あの妻なんぞ従順で可愛げがあったのは最初の十年だけ。あとは実家三昧《ざんまい》の我が儘《まま》放題だ。どうせ愛人でもいるんだろうが構うものか。私は私で残りの人生は息子と、優良物件に嫁いだ娘グレースから小遣いを貰いながら、悠々自適に華やかな王都で暮らしていこうじゃないか』

元より努力嫌いの遊び好きで、さらには他力本願と自分本位を数十年かけて極めたジャークは、そんな楽しい老後計画を胸に、順調に滑り出した第二の青春を謳歌《おうか》し続けていた。

――――先々週までは。

彼のお気楽な未来予想図にヒビが入り始めたのは、先週の週明けから。

最初は小さな異変だった。朝食にいつもある卵料理がなかった。それだけのこと。従僕によると、毎週月曜日の朝に来ている野菜と卵を扱う商人が間に合わなかったのだという。

まあそんな日もあるかと思っていたら、あれよあれよという間に肉や魚や乳製品、さらには小麦や調味料や日用品までもがストップして、終《しま》いにはそれらの商人たちと同様に、約束していた仕立屋や出入りの薬師《くすし》までもが、消息を絶つかのように姿を消し連絡すら取れない状態になってしまった。

異変はベルゴール王都邸だけでなく、もちろん領地でも起きた。息子の元には月曜の午後から次々と領の各地から魔法陣が舞い込み、食料だけでなく木材、金属加工品、布や紙製品……様々なものが入って来ていないことへの疑問や不安の声が寄せられ続けた。

何が起こっているのだと、当主である息子や孫や使用人たちと手分けして調べるものの、出入り業者にも市場にも商店にも一切の連絡がつかない。ならばと使用人たちが直接店に向かうも、その道中ではなぜか細かくも面倒臭いトラブルが続発。

百メートル進むのに三十分以上かかるという有り得ない状況の中で、どうにかボロボロになりながら数時間かけて辿《たど》り着いた店では、ことごとくアッサリキッパリと門前払いを食らいまくる始末。

そんな中で、ようやく翌日の夕方になって分かったことは、先週の土曜の晩に突然、ラグワーズ伯爵家から国内の取引業者へ向けて一斉に通達が出されたということ。

「ご子息の意向で、ラグワーズの生産物を一つたりともベルゴールに入れるなというお達しがあったんですよ。勘弁して下さい。取引したらウチが上から切られちゃいます。死活問題なんですよ！　お願い！　近づかないで！　国中の商人たちがピリピリしてんだから見られたらマズい！」

やっと街中《まちなか》で追いかけ掴《つか》まえた商人はそれだけを言い残して、掴まえた使用人の手を振り払うと逃げるように立ち去っていった。

その報告に、元当主のジャークや現当主のポールは首を傾げた。

確かに借金返済の資金集めに色々とやってはいたけれど、ラグワーズにそれほど恨みを買うような覚えは本人たちにはなかった。親しくもない家の子息など顔も知らなきゃ名前も知らないのだから。

思い当たるとすればラグワーズの小麦に半分ほど自領の小麦を混ぜこんで転売したことくらい。けれどそれだってせいぜい馬車五台分がいいところだ。

手間の割に旨味《うまみ》が薄いので二回きりでやめたはず。無関係な子息が怒るのは動機として薄すぎる。

さては若造特有の潔癖さで、賭博《とばく》や僅《わず》かな借金やらに嫌悪感を抱いたか、あるいは誰かからひどい噂話を吹き込まれたか？　なんにせよ子息ふぜいにこんな嫌がらせを受ける筋合いはない。

よく考えれば、子息ふぜいに家名で通達が出せるはずもないのだけれど、過去に何度も自分の都合で家の力を使ってきたポールや、それを何とも思わず放置してきたジャークがそのことに気づくはずもない。だって自分たちが基準だから。

その程度の認識の新旧二人の当主らにとって、今回の出来事はまるで身に覚えがないと同義で、ゆえに二人とも突然の不幸に見舞われた被害者のような心持ちになってしまった。

まあ、ある意味ベルゴールにとって不幸と言えば不幸ではあった。なんせその通達の手配をしたラグワーズの担当者の機嫌が、その日その時たまたま恐ろしく悪かったのだから。

担当者であるオスカーが手配をしたのは土曜日の晩――――そう、ランネイル家で晩餐《ばんさん》会が開かれた夜である。

ディランはこともあろうに急遽《きゅうきょ》出されたアルフレッドからの指示を、上級使用人でただひとり王都邸に置いてけぼりとなったオスカーにナチュラルに伝えた。

確かにその時、王都邸にいて迅速に手配ができるという点では最適な人選ではあったのだけれど、受け取ったオスカーは当然のごとくブチ切れた。非常に静かに……深ぁくブチ切れてみせた。

ただ一人薄暗い執務室に籠《こ》もったオスカーは、デスクランプの下でその赤茶と青のオッドアイをギラリと光らせ、まるで取り憑《つ》かれたようにひたすら細かく容赦なく、若様の言う「一つたりとも」を実現すべく、食料は元より部品や原料、縫製の糸一本に至るまで、ラグワーズの品がベルゴールに渡らぬよう、それはもう見事な手際で全取引先に通達という名の圧力をかけてみせた。

ハッキリ言って八つ当たりである。

「まったく小さな事に目くじらを立ておって……生意気な。ご安心下さい父上。すぐに正式な書状でラグワーズに抗議してやります。下らぬ嫌がらせはやめろと。なに同じ伯爵家とはいえ、侯爵家の血を引く我が家は王妃殿下や宰相閣下とも縁戚《えんせき》である名家。農業ごときでのし上がった家とは比べものにならぬほど格は上です。ガツンと言ってやりましょう」

そう言って太い首を仰《の》け反《ぞ》らせフゴッと鼻を鳴らしたポール・ベルゴールであったけれど、意気込んで書き上げた渾身《こんしん》の上から目線の書状は、その晩のうちにアッサリとラグワーズ王都邸から戻ってきてしまった。……なぜか、鶏が突っついたような穴を開けて。

「なんと無礼な！　我が家を何だと思っているのだ！」

太い足をダンダン！　と踏み鳴らす当主ポールの隣で、「ラグワーズの嫡男？　学院でも見たことないなぁ」と、山ほどストックしてある菓子を暢気《のんき》に頬張ったのはポールの長男。

今回の元凶ともいえる「ナントカ・ベルゴール」本人には、当然ながらその自覚はない。ついでに危機意識もなかった。

「ねぇ、お祖父《じい》さま。次はいつ娼婦を家に呼ぶの？　私にも一人回して下さいよ。お祖父さまの奢《おご》りで。ああ早く領地に帰りたいなぁ。追試さえなければ今ごろは……」

まだ十七だというのに、すっかり酒と女の味を覚えてしまっている孫に、ジャークはといえば「落ち着いたらな」と肩をすくめて軽くいなすだけ。

この家に今現在、女っけはない。ジャークの妻は領地だし、ポールの妻は長男を産んだ途端にベルゴール家から逃げるように実家へと戻ってしまい、名前だけの妻になっていた。おまけに若いメイドは危機を察してすぐに辞めてしまうので、いまこの家にいる女性は、この三人曰《いわ》くの「元・女」ばかりだった。

裕福な侯爵家へ嫁いだジャークの娘グレースとて、今では実家には近寄りもしない。けれど、連絡を取ると関わりたくないとばかりに金を出してくるので、それはそれで便利だった。金はいくらあっても足りないし、あっという間に消えてしまうのが金だから。

「まあ、そうカッカするなポール。食料も日用品も木材も紙も、生産しているのはラグワーズだけじゃない。他から買えばいいだろう。ラグワーズの息子が掴まらないなら当主に話をつければいい。明日にでも書状を書いて早馬でラグワーズ領へ送るといいさ。きっとすぐに謝ってくるだろうよ。それまで食料などはマーケットでどうにでもなる」

そう言って大きな欠伸《あくび》をしたジャークは離れへと戻っていった。それに続いて、口をへの字にした当主ポールも、顎《あご》に食べかすをつけたナントカも、それぞれ今日はお終いとばかりに危機感がいまいち薄いまま、それぞれの部屋へと引き上げていった。

けれど彼らは知らなかった。早馬の書状がきっとどこかで消えてしまうだろうことも、この国にラグワーズが関わっていない品など、ほぼ無いに等しいということも。

各地の農作物の種や苗はラグワーズの改良品種、肥料も栽培方法も、動物の飼料だってラグワーズの関与抜きは有り得ない。だいたいにして牛豚鶏じたいがラグワーズ産との交配種が普及した子孫だったりする。漁のための船や機材の部品、捌《さば》くための器具や運搬用の箱、日用品に至っては原材料のみならず容器や栓、あるいは包み紙や紐《ひも》、テープに至るまでラグワーズが入り込んでいた。

ちなみに流通だけでなく、そもそも生活する上で必要不可欠な魔法陣の、ベースとなる特殊加工の紙やパネルにおけるラグワーズのシェアは実に八割以上となっている。

もちろん翌水曜日にマーケットを訪れたベルゴール家の使用人たちが、そんなことを知る由《よし》もないので、彼らはとりあえず必要かつ手に入る食品や日用品を、マーケットじゅうを走り回りながら次々と買い込んでいった。

が、彼らが手に入れたその品々は、何故かことごとく謎のトラブルによって破損し続け、まともに手元に残ったのは山菜と僅かな葉野菜、そして売り子の家に実ったという果実が少々。調味料や粉物は全滅だった。

そもそも売ってくれる店じたいが少ないことに、使用人たちの頭に嫌な予感がよぎる。「この家、終わったんじゃね？」と。

ろくに食品を手に入れられなかった使用人たちに業を煮やしたのは当主の側近だった。

ここで業を煮やさないと、次は自分が当主に業を煮やされる側になる。ヒステリックに八つ当たりされるのはゴメンだ……。そんな思いで直接交渉に向かったマーケット近くの問屋街で、側近はラグワーズの家紋入りの馬車を見かけた。

中から降りてきたのは二人連れの若い貴族たち。きっとあのうちの一人がラグワーズの子息だろう。ちらりと見えたプラチナブロンドに「どっかで見たような？」と頭の隅で記憶がザワザワしたけれど、この機を逃すわけには行かないと側近は大慌てで当主へ向けて魔法陣を飛ばした。


そうして、その水曜の午後から事態は急激に悪化していく。

悪質な転売に激怒するディランの指示によって問屋街から飛ばされた魔法陣は、やはりナチュラルに王都邸にいるオスカーへと届けられた。本当に、ベルゴールにとっては不運としか言いようがない。

そう、オスカーは王都邸にいた。彼は今回こそ、せめて問屋街で若様をお迎えする気満々だったというのに。なのに次々と凄《すご》い勢いで飛び出して行く他の連中に、オスカーは出遅れてしまった。そもそも体力では勝ち目はないのだ。だから、出遅れてしまった。

王都邸に上級使用人が一人もいない状態はマズい。結局、出遅れた彼は再び……上級使用人の中でただひとり留守番を余儀なくされることとなった。

「あらやだ、また置いてかれちゃったの？」というデリカシーのカケラもないパティシエの言葉に、大声で叫び出しそうな口をオスカーが必死に塞《ふさ》いでいる真っ最中に、その魔法陣は届いてしまった。

ベルゴールは、ものの見事に不幸の第二弾を引き当てた。

二度にわたる置いてけぼりはオスカーをひどく傷つけ、そのあまりの形相にちょっとだけビビったディランによって若様の馬車を停めてまでお迎えができても、前科のあるクロエとメイソンから冷め切った目玉揚げとソーセージドーナツをそっと差し出されても、彼の心の傷が癒えることはなかった。

その後ベルゴール家の状況は、ほんの三日で経済的、社会的、物理的に坂道を転がり落ちるように悪化し続けていった。もちろん、実に巧妙にベルゴールだけを狙い撃ちにしたような不幸が立て続けに、容赦なく、しつこく起きたせいに他ならない。

おまけに、追い打ちのように娘の嫁ぎ先のランネイル家から絶縁状まがいの書状まで届いた。夫妻の連名で、付き合いは最低限の冠婚葬祭だけでそれ以外は一切の関係を断ち、援助も打ち切ると。

この最悪の状況に至って、ジャーク・ベルゴールは解決策を必死に考えた。

当主である息子も孫も、情けないことに頭を抱えてベッドで丸くなるばかりで何の役にも立たない。

ここは元当主として自分が動かなければ、と。

ベルゴール王都邸の玄関前に呆然《ぼうぜん》と立ち尽くしたジャークは、数十カ所で同時に破損した水道管からザァザァと川のように流れ出る水の中でグッと足を踏ん張ると、半径五メートルに亘《わた》って噴水ごとゴッソリ陥没した目の前のエントランスを睨《にら》みつけながら拳《こぶし》を握りしめた。

そして土曜日一日をかけてジャークは考えた。考えて考えて、何十と起きるトラブルに疲れ果てながら考えて、水漏れと下水詰まりと空腹でろくに寝ていない頭で考えて、そして、色んな矛盾と穴だらけのアイデアが閃《ひらめ》いた。

そうだ。今回の大元凶であるラグワーズの子息さえ何とかすればいい。

機嫌を取るんじゃない。恩を売るんだ。ピンチに陥ったところを助けたのがたまたま我が家だったら？　所詮《しょせん》は十八の世間知らずの若造だ。名家出身の大人の余裕と寛大さに感動して反省し、詫《わ》び金や上手《うま》くすれば農産物の提供くらいは言い出してくるかもしれない。

ジャーク・ベルゴール六十一歳は、残念ながら発想も六十一歳だった。いや下手したらもっと古いかもしれない。たぶん元ネタは昔見た勧善懲悪もののお芝居……「お嬢さん大丈夫ですか」という系統だ。たぶんそうとう疲れていたのだろう。そう思いたい。

そうして翌日の日曜日、馴染《なじ》みの情報屋の一人に魔法陣を飛ばしてラグワーズ伯爵子息の帰郷の予定とルートを聞き出した。なぜかラグワーズの名を出すと情報屋はひどく渋ったが、どうせ我が家の噂でも耳にしているのだろうと、いつもの三倍の金を約束すると渋々といったように情報屋は情報を寄越してきた。アルフレッドは毎年同じ時期に帰郷してたし特に隠してもいなかったので、それ自体は情報屋としては簡単な仕事だった。

『旦那《だんな》、何をする気かは知りませんがね、ラグワーズはやめておきなせぇよ』

魔法陣の中で、親切にも情報屋はそう忠告してくれたけれど、ジャークはその前に吹き込まれていたラグワーズ伯爵子息の移動予定をメモすると、忠告を再生する前に魔法陣を破棄してしまった。

そして次に、やはり王都で馴染みの特殊手配師、いわゆる闇組織の長《おさ》の一人に魔法陣を飛ばした。情報屋も闇組織も、やり取りは基本的に証拠の残らない親展の魔法陣。ジャークの手際は慣れたものだった。

それもそのはず。ジャークとこの闇の組織との付き合いは三十年近い。

多少遠方であっても急ぎでも、裏のネットワークを駆使して迅速に人手を集め仕事をこなしてくれる組織と馴染みであることは、トラブルの多い貴族生活を送る上で便利この上なかった。

トラブルの揉《も》み消しや口封じなどをたまに頼む代わりに、ジャークは息子や孫と一緒に楽しんだ後の若い女の、その後の貸し出しや売却の仲介をこの組織に回し儲《もう》けさせていた。要するにいわゆるウィンウィン。彼は闇組織から信頼の厚い上得意客であった。

『急ぎの仕事を頼みたい。内容は……』

依頼の魔法陣でジャークはラグワーズの名を出さなかった。もし彼がラグワーズの名を出していれば、組織は即座に断ったであろう。誰だって命は惜しい。もちろん、この組織にもラグワーズはとっくに挨拶済みだったから。

しかしジャークがラグワーズの名を出さなかったのは断られるのを回避するためでも何でもない。理由は単に、先に相手の貴族の名を教えると、相手の方が有力者である場合に組織が寝返る事がままある事をよく知っていたからだ。

『悔しいが今の状況では名家の自分たちより豊かなラグワーズに擦り寄った方が組織には利がある。そうはさせるか、どうしても失敗はできない』

人目がなく確実に通るであろうブルーメンの山道を指定し、貴族の隊列であること、おおよその時間や報酬、二つの部隊に分かれて恩を売りたいこと……必要最低限のそれらを吹き込んで組織へと魔法陣を飛ばした。

そうして、ジリジリと待つこと暫《しばら》く、組織から「承知」との返事が返ってきた。

組織は油断していた。付き合いが長く、金払いが良く、しかも今までオイシく稼がせてくれた上得意であることと、非常に人道的で簡単な仕事であることが、猜疑心《さいぎしん》を鈍らせた。ワル同士の信用ほど当てにならないと思い出すべきだった。

まあもしかしたら、あのラグワーズに喧嘩《けんか》を売るような愚か者はいないだろうという思い込みもあったかもしれない。ラグワーズ領のすぐ隣の山であることはちょっと引っかかったが、きっと別の貴族だろう。ラグワーズは有り得ねぇ、と。

さて、この日曜日の一連のやり取りを、ラグワーズは把握していなかった。なぜなら翌日が若様の出立の日だったから。出立前日はみな色々と準備が忙しいので、監視は夜中のうちに引き上げてしまっていた。単に飽きたのかもしれない。

ジャークにとっても組織にとっても、運がいいんだか悪いんだか分からないタイミングだった。

そして三日後の水曜日の朝、前日から手配師の連携によって集められたのは、ラグワーズの家紋すら知らない下っ端のゴロツキたち。

なんせ襲って逃げるだけ、そして助ける振りしてカッコつけるだけの簡単なお仕事である。強い必要も知恵が回る必要もどこにもない。ゴロツキが集まりに集まって、襲う側、助ける側で総勢八十人あまり。

そして、その時は来た――――。

ジャークは待った。組織からの「完了」を告げる魔法陣を。使用人の三分の二が逃げ出した水浸しの屋敷の、まだ無事なベッドの上で……。

水曜日の襲撃当日は来なかった。まあ確認も支払いもあるだろうし、仕方がないかとジャークは納得した。しかし翌日の木曜日も魔法陣は来なかった。連携先の手配師がゴネているのか？　まったくこれだから田舎者は！　次はこれをネタに値切ってやる、とベッドの上で奥歯を噛《か》んだ。

ジリジリと時間ばかりが経った金曜日の午後、いよいよ痺《しび》れを切らせて自分から連絡を取ろうかとジャークが腰を上げたその時。

防音の消えた部屋の窓外からぎゃあ！　ともヒィ！　ともつかぬ複数の声が聞こえ、なんだ？　と慌てて座ったベッドから左足を下ろした瞬間。

ドガシャ――――ン！

大音響とともにその窓が割れ、盛大に砕け散ったガラスとともに、ひと振りの剣がドスッ！　と水浸しの床に深々と突き刺さった。

「ひぃぃ……」

その左足の先、僅《わず》か十センチ先に突き刺さった剣に、上げたはずの腰は一瞬で抜け、喉《のど》から絞るような悲鳴が上がる。

「なななな……」

足元でギラリと光る刃に視線を釘付《くぎづ》けにされながらも、ジャークは硬直する腕を必死で動かしてワタワタズリズリとベッドの中央まで後退した。

割れた窓の向こうからは途切れ途切れの、悲鳴とも泣き声ともつかぬ複数の声がいっそう鮮明に聞こえてきて、彼はそれにハッと顔を上げるとベッドの上を這《は》いずるように移動し始めた。何が起こっているかはさっぱり分からなかったが、とりあえずここに居てはいけない気がしたから。

震える足を懸命に動かして逃げるように部屋を出て、ビチャビチャとカーペットの水を跳ね散らかしながら階下へと向かった。そうやって、階段を下りた先の玄関ホールをヨロヨロと進んで、大きく開かれた玄関扉の先に目を向けた瞬間、彼はヘナヘナとその場に崩れるように膝《ひざ》をついてしまった。

玄関前に広がるのは白を基調とした石畳のエントランス。

かつて二段式の噴水が高く水を上げていたその場所は、いまや謎の陥没によって跡形もなく崩れ、大きな穴が開いている……はずだった。昨日までは。

けれど、半径五メートルに亘《わた》って噴水ごとボコッと陥没していたはずのその穴は、いつの間にかみっちりと塞がれていた。

――詰め込むように幾重にも積まれた、何十人という血塗《ちまみ》れの男たちの身体の山で。

「ヒィィ！」「いやぁぁぁ！」「ひ……ひっ！」

周囲では、逃げだそうとまとめた荷物を放り投げた使用人たちが、地面に腰を抜かしていた。

乱雑に、けれど隙間なくビッシリと積み重ねられ、乾いた鉄臭と饐《す》えた臭いを撒《ま》き散らす男たちの肉の山からは、何とも言えぬ獣めいた唸《うな》り声や呻《うめ》き声が、何重にも低く低く、まるで地から湧き上がるように響いてくる。全員がまだギリギリ、本当にギリギリ生きているような状態だ。たぶん。

なんだこれは、なんだこれは、なんだこれは。

恐らく仕事を頼んだ連中だろうことは分かる。それ以外思いつかない。

でもなんでここに？　どういうことだ！　襲った場所はブルーメンだろう？　なぜたった二日で王都に……いやそれよりも、なぜ我が屋敷に？　どうやって？　いつ？

ジャークの頭によぎったのは『闇組織の裏切り』……けれど、ならばこの半死半生の男たちの山に説明がつかない。いったい何が起きたんだ？

考えようとすればするほどに強烈な焦りと怖さがこみ上げて渦巻いて、そうして彼はあっという間に思考を放棄した。

『この状況をなんとかしてもらわ、わ、わないと……』

ここに来ても彼は他力本願だった。

この状態からただ逃げたかった。経緯や理由や原因なんかどうでもよかった。誰かにこれを丸投げして、片をつけてもらって、元の快適な生活に戻してほしかった。

『そうだ、金は払う。また借金したっていい。どうせ払うのは息子だ』

フラリと立ち上がったジャークの目は、もう目の前で呻《うめ》き声を上げるどす黒いゴロツキの山など映してはいない。そのままフラフラと馬車置き場へと向かい、馬が心配で居残った御者の手に己の胸から毟《むし》り取ったブローチを握らせると「北マーケットの北東のはずれに行け」と指示を出した。

そうして今、馬車は走り続けている。夕闇のメインストリートを。

平民街から飛び出して、逃げ込んだ貴族街の道を、スピードを上げて西から北へ。

大きな音をたて、大揺れに揺れる馬車の中、縦に横に揺さぶられるジャークの身体は、それでも小刻みに震えたままだ。気を抜くとガチガチと鳴ってしまいそうな老いた歯を食いしばり、懸命に進む前方へと意識を集中させても、ついさっき目にした恐ろしい光景は頭から離れてはくれない。

先ほどまで訪れていたのは、過去にほんの数回だけ訪れたことのある闇組織の拠点。

北マーケットの北東の商店が建ち並ぶ一画に、路地とも言えぬ狭い建物の隙間を塞ぐようにひっそりとある木戸。その奥をL字に進んだ先にある薄汚れた古い二階建て。いつもなら厳《いか》めしい男たちが守る扉は開いていて、人っ子ひとりいなかった。

おかしいと思いながらも切羽詰まった思いで中へと踏み込んで、暗い廊下を記憶通りに進むと、途中いくつもある扉はすべて開け放たれ、組織の長《おさ》がいる奥の部屋からだけ明かりが漏れていた。

妙に救われたような気分になりながら早足でその部屋に駆け込めば、目に飛び込んだのは――――。

床に、壁に、天井に、びっしりと突き立てられ、ギラギラと明かりを反射する何十本もの剣の山。

切り裂かれた壁、飛び散った赤い飛沫《ひまつ》。真っ二つになった重厚な机。ぐにゃりと折れ曲がった椅子にもグッサリと何本もの剣が生えていた。

人の姿はどこにもない。声もしない、気配もしない。数多くいたはずの強面《こわもて》の男たちも長《おさ》も、全員跡形もなく消えていた。

『……!!……っ!……っ!』

あまりの恐怖に声を出せぬまま頭を掻《か》きむしって、ジャークはもつれる足で転がるように外へと飛び出した。あちこちに身体をぶつけながら道を戻って、つんのめるように木戸をくぐって――。

『おぉっとぉ！　あっぶねぇなぁ！』

ドスンと、やたら図体《ずうたい》も声もデカい平民の酔っ払いにぶつかった。連れらしき隣の男も「おぉっと」とふざけたような声を上げる。

『うるさい！　どけ！』

恫喝《どうかつ》をしながら、その二人連れの真ん中を押し分けるように馬車へと向かった。そして酔っぱらいたちの脳天気な笑い声に構わず馬車に戻ると、御者に向けて叫んだ。

『兄上の……兄上のところへ！　マーランド家へ！』


そうして今、馬車は走っている。西から北へ。

ジャークの実家であり、兄の隠居するマーランド侯爵家へ……。

もう頼れるのは兄しかいない。王妃殿下の父、やり手の侯爵家元当主、そんな立派な兄が頼りにならないはずがない。兄上なら何とかしてくれる。きっと何とかしてくれる……!!

縋《すが》る思いで馬車の揺れに耐え、ようやく彼は目的地であるマーランド侯爵家に到着した。

怒鳴るように兄への面会希望を告げたジャークに、侯爵家の門衛はあからさまに顔を顰《しか》めたけれど、しばらくすると渋々といったように門を開いた。マーランド元侯爵から許可が下りたらしい。

「いったい何がどうしたというんだ、ジャーク」

勝手知ったる実家の庭を突っ切って、兄のいる別棟へ押しかけるように現れた弟に、それでも元侯爵は僅かに眉《まゆ》を顰《ひそ》めてひとつ肩をすくめると、無作法にも庭から現れたその弟を中へと迎え入れた。

「助けて下さい兄上！　私にはもう兄上しかっ……！」

「落ち着け、話はそれからだ。声を張り上げるな、座れ」

髪を乱し掴《つか》みかかるような勢いで話し出した弟に、サイモン・マーランド元侯爵は自ら先にソファへと腰掛けた。そしてボスン！　と勢いよく座った年老いた弟に、ほんの少しだけ眉を寄せると「何があったか最初から話せ」と背もたれに身体を預けて、酷《ひど》い状態のジャークを真っ直ぐに見つめた。

ジャークは目の前の兄に向かって、勢いよく話し始めた。

今回、自分の身に起きたことを包み隠さず。もちろん過去の悪事は包み隠して……。小麦の横流しは息子のせいなので包み隠さなかったけれど、襲撃は仕方がなかったベルゴールのためだったと言い訳しながら、そしてベルゴールが受けた仕打ちは実に憐《あわ》れっぽく、被害者っぽく。

「昔から馬鹿だと思っていたけれど、これほど馬鹿だとは」

大体の話を聞き終えたサイモン・マーランド元侯爵は、額を押さえながら大きな溜息《ためいき》をついた。それにクワッと口を開きそうな弟をそれ以上の迫力で睨《にら》み付けたサイモンが口を開く。

「ラグワーズだと？　あそこに喧嘩を売って勝ち目があるわけがないだろう。日干しになってしまう。お前はお祖父《じい》さまがご厚意でくだすったベルゴールを潰《つぶ》す気か」

もう半分潰れているようだがな……と、情報通の元侯爵らしく目を細めたサイモンに、ジャークは皺《しわ》が寄って弛《たる》んだ頬をブルブルと震わせた。

「だ、誰もそんなこと教えてくれなかった。知らなかった。私のせいじゃない」

六十を超えて子供じみた言い訳をする弟に、サイモンは呆《あき》れたように目を彷徨《さまよ》わせ溜息を繰り返す。

「知ろうとしなかった、興味がなかった、そうだろうジャーク。お前は昔からそうだ。何だって人任せで遊ぶことだけ積極的だ。お前のところのグレースにクリスタが懐いていたから色々と支援はしていたが、その裏でどれほど私が恥をかいて迷惑を被っていたか分かるか？　まあ馬鹿なお前には分からないだろうがな」

賢く穏やかで優しくて面倒見がいいはずの兄の思いも寄らぬ厳しい言葉に、ジャークの顔色はどんどん青くなっていく。

「私が、お前やお前の息子や孫の卑しい行状を知らないとでも思っているのか？　兄弟といえど別々の家だし、我が家に火の粉がかからないならお前の裁量だと何も言わなかったがね、ようやっと息子の代でお前の家と縁が薄くなったというのに……わざわざ火の粉をかけに来ないでくれ。私には何もできない。以上だ。帰れ」

辛辣《しんらつ》になっていくばかりの兄の言葉に、青くなったジャークの顔色が徐々に怒りに染まっていった。そうして、ブルブルと膝に置いた拳《こぶし》を振るわせながらキッと目の前の冷たい兄を睨み付ける。

「私にそんなことを言っていいのですか、兄上……」

その弟の態度の変化に、サイモンの眉がピクリと上がった。

「誰のお陰でクリスタが王妃になれたと思ってるんです？　何も知らない馬鹿は兄上だ」

弟の口から突然飛び出した愛娘《まなむすめ》クリスタの名に、サイモンの皺の刻まれた目元がスッと細められた。

「何を言っている。クリスタは……王妃殿下はご自身の才覚とお心で国王陛下と愛を育《はぐく》み国母となられた。そこにお前ごときが介在する隙などない」

兄サイモンの確信を持った強い言葉に、ジャークの弛《たる》んだ頬の肉がぐにゃりと歪《ゆが》み、口元が嫌らしく歪げに引き上がった。

「私はねぇ、兄上が思うほど小者じゃないんですよ。やる時はやるんだ。いいですか、感謝して下さいよ。二十九年前、私がレオナルド第一王子殿下を落馬させてみせたから、ラドクリフ第二王子殿下は国王になれたんだ。そうでなきゃ今ごろレオナルド殿下が国王陛下ですよ。兄上が王妃様の父として大きな顔をしていられるのもすべて私のお陰なんですよ！」

「なんだと……」

一気に顔色を青ざめさせ目を見開いた兄に、ジャークはいい気味だというように歯を見せて笑い、鼻を鳴らした。その様子に、けれどサイモンは俄《にわか》には信じられないとばかりに首を振る。

「有り得ない。そもそもあの遠乗りは殿下のご公務。関係のない一介の伯爵が同行できるわけがない。道中だって厳しい警護がなされていた。箝口令《かんこうれい》が敷かれて情報がないからと、悔し紛れにいい加減なことを口走るものじゃない」

そう言って、有り得ない、信じられない、信じたくないとばかりに一つ大きく息を吸って吐いた兄に、それでも弟は楽しげに、妙な優越を滲《にじ》ませた口調で反論した。

「確かに、私などは同行できませんよ。警護だって厳しいし、王子の馬ときたらそりゃあ躾《しつけ》がなっていて、ちょっとやそっとの音じゃ驚きやしない肝の据わった名馬で有名でしたからね」

でもね……とジャークはニヤリとその兄より深い皺をさらに深くする。

「いくら名馬だって中身はただの馬だってことですよ。いやぁ私も驚いたんですがね、あんな方法があるのかと。まさか食い過ぎだけであんなに効果てきめんとはねぇ。ま、やったのは組織の連中ですけど、私が手引きしなきゃできなかったんだから私の手柄も同然です」

「ほぅ、どういうことだ。私が信じられるよう詳しく聞かせてくれ」

調子づいて話し出した弟の様子に、サイモンは怒りと絶望で震えそうな唇を堪《こら》えて、いやに信憑性《しんぴょうせい》と具体性を持ち始めた話の詳細を、愚かな弟から引き出すことに決めた。

今にも塞《ふさ》いでしまいそうな耳を澄まし、怒鳴りつけそうな口端を引き上げ、サイモンは王家の臣下たる元侯爵家当主としての覚悟を胸に、目の前の弟を煽《あお》り、挑発し、驚いてみせた。

そして弟は案の定、そんな兄に気をよくして、どうだとばかりにペラペラと喋《しゃべ》り始める。

二十九年前、弟は無謀な事業の失敗と博打と女で借金をしていた。それは存命だった父にも兄にも言えないほどの額に膨れ上がっていた。そこに借金の肩代わりを申し出た者がいた。闇の組織だ。

ジャークの妻の実家は、王家の大厩舎《きゅうしゃ》の厩舎長の要職を担う伯爵家であった。組織はそこに目を付けた。管理の厳しい大厩舎に入りこむため義父を呼び出せという組織に、愚かなジャークは二つ返事で了承をした。そうして呼び出した義父に、組織は娘婿であるジャークを人質にして鍵《かぎ》を開けさせ、王子の愛馬がいる早朝の大厩舎へまんまと入り込んだ。

義父は一緒にいた娘婿のジャークの命を盾にされ、人の命と、更には娘や孫たちの先行きを思い、王家への強い忠誠心との狭間で苦悶《くもん》しながら、涙を流して専用の入口にある魔法陣に魔力を通した。

だが非情にもその義父は、厩舎に入った途端に娘婿もグルだったことを知る。そして他の厩務員《きゅうむいん》ともども絶望の中で殺されて逝《い》った。

ジャークが殺されなかったのは奇跡というよりは、万が一にも調査が深く及んだ場合の贄《にえ》要員、あるいはその愚かさに利用価値を見出《みいだ》されての結果だったと思われる。

組織の連中は殺した厩務員らの服を剥《は》ぎ取って成り代わると、ゆっくりと仕事の仕上げに入った。

馬というのは体格の割に胃が極めて小さく内臓も丈夫ではない。なので疝痛《せんつう》を起こしやすい繊細な生き物である。そこに組織は、依頼主は、目を付けた。

組織の連中は王子が騎乗する前に、王子の愛馬へ代わる代わる餌を与え続けた。腹で膨れる穀物や少しの毒草を混ぜて。

そうしてレオナルド王子の落馬事故、いや事件は起きた。原因は餌の与えすぎによる過食疝《かしょくせん》からの胃破裂。王子が騎乗して二十分ほどの後《のち》、速度を上げ走っていた馬は突如苦しみ暴れ、そして絶命した。過食疝は食後一時間ほどから始まる……その時間差を狙ったものだった。


「なんと……」

吐き気を堪《こら》えながら最後まで話を引き出したサイモンは、今にも目眩《めまい》を起こしそうだった。

我が弟はなんということを！　しかも、うまく嵌《は》められ使われたことに気づいてもいない。その後も組織に見張られ、悪に取り込まれ、堕落させられ続けてきたことも。

おそらく黒幕は第二王子派。しかも複数だろう。でなければ見かけぬ新顔の厩務員から馬が引き渡された段階で、引き役の貴族が気づくはずだ。まあ、その者も消されたのだろうが……。

あの頃の鬱々《うつうつ》とした国内情勢を思い出し、サイモンは暗澹《あんたん》たる心持ちになった。

レオナルド第一王子殿下を残しご逝去なさった最初の王妃殿下は、強国と謳《うた》われた他国の姫君であらせられた。片や二番目の妃となりラドクリフ第二王子殿下の母君となられた現・王太后陛下は、国内の侯爵家出身。その血筋の尊さは、レオナルド第一王子殿下の方が遥《はる》かに格上。

その血筋、その能力、その強さ。すべて兼ね備えたレオナルド殿下を廃するには、強硬手段しかなかったということか。そしてあの頃、確かにそれを望んでいただろう者たちは少なくなかった。

レオナルド殿下が戴冠《たいかん》することで強国の干渉を危惧《きぐ》する派閥、国内出身の王妃とその血統を望む派閥、殿下の厳格な規制や締め付けの方針を嫌う派閥、そして血縁であるラドクリフ第二王子殿下を国王に擁立したい王太后陛下の実家関係……ほかにも数え上げればきりがない。

あの頃のレオナルド殿下は清廉で優秀すぎた。気高きそのお心で、多くの貴族たちを追い詰めてしまうほどに――――。

悲しみと絶望と憤怒と呆れと……様々な感情がサイモン・マーランド元侯爵の心をギリギリと締め付け続ける。けれど目の前で得意げに話し終えた弟ジャーク・ベルゴールには、そんなことは分かりやしない。まるで、さも自分が大物であるように、優秀な兄の鼻を明かしてやったぞとばかりに、ニヤニヤと弛み下がった頬を歪めて機嫌を上げていた。

「分かりましたか兄上。だから言ってみれば今の兄上があるのも私のおかげなんですよ。私がもし、お畏《おそ》れながらと二十九年前のことを公《おおやけ》にしたら困るでしょう？　王妃殿下の縁戚《えんせき》が関わっていたとあっちゃ、国を揺るがす大スキャンダルだ。私の首と一緒にマーランドもお終《しま》いですよ。ですからね、兄上。どうか助けて下さいよ」

義父まで殺しておいて、第一王子殿下の人生を狂わせておいて、その後の多くの人々の辛《つら》く苦しい思いなど考えもせず、あくまでも自分の欲望のことしか考えない目の前の弟を、サイモンは化け物を見るような気持ちで見返した。そして大きな溜息をつくと、グッとその口端を引き上げ目元を緩めてみせる。……もう、サイモンの腹は決まっていた。

「そうだな、確かにそれは困る。私もお前のように安穏とした老後を送りたいからな。こうなれば一《いち》蓮托生《れんたくしょう》だ。いいとも、助けようじゃないか」

ニッと狡猾《こうかつ》そうに笑った兄に、ジャークはしてやったりとばかりにポンと膝《ひざ》を打って破顔した。

「さすがは兄上。ではさっそく我が屋敷に来て状況を見て下さい。このままでは到底眠れやしない有様なんですよ」

そう言って腰を上げそうになった弟を、けれどサイモンは「まあまあ」と引き留める。

「だいたい想像はつくがね、ジャーク。ならば何も急いで戻らなくたっていいんじゃないか？　何とかするのは明日にして、今晩はお前だけでもここでゆっくり休んでいけばいいだろう。本来はお前は隠居。なのに当主である息子の代わりにここまでやってやったんだ。少しくらい早くお前だけ温かいベッドで眠ろうが、酒や食事をたらふく腹に入れようが、許されるだろうさ」

ハッ、とばかりに両手を振って見せた兄に、ジャークの濁った目が期待と歓《よろこ》びの色に染まる。本当にジャークは自分本位で、そして愚かだった。

サイモンはよく分かっていた。弟が「自分だけ」「特別に」という自分最優先の甘い言葉に弱いことも、抜け駆けしていい思いをするのが大好きなことも、ラグワーズを敵に回した弟が、食べ物や安らかな睡眠に飢えているだろうことも。

そうしてサイモンは、ただ一人部屋の隅にそっと控えていた老執事へと視線を送ると、笑顔でひとつ頷《うなず》いてみせた。

サイモンとともに長年マーランド侯爵家を支えてきた元家令である老執事はそれに黙礼を返すと、音もなく別棟のその部屋を出て……そして間もなく、旨《うま》そうな軽食とワイン、そしてワイングラスの載ったワゴンを押しながら戻ってきた。

「とりあえず何か腹に入れろ。このままじゃ力も出ないし眠れやしないだろう」

そう言って、老執事がその場で開けたワインのテイスティングをするサイモンを横目に、ジャークは目の前の肉のスライスをムシャムシャと頬張り始める。

そして兄がワインに口をつけ美味《おい》しそうに飲み始めると、ならば自分もとばかりに、自分のグラスにたっぷりと注がれたワインをグイグイと飲み干していった。

「まったく……。自身のため家のために、日々の生活には充分気をつけなさいと、亡くなった母上が仰《おっしゃ》っていただろう。覚えてなかったのか?」

ワイングラスを傾けながら、サイモン・マーランドは目の前の弟に小さく肩をすくめた。

「まあお前は馬鹿だからね。どうせ覚えちゃいないだろうさ」

目の前のソファに倒れ込み、泡を吹いて痙攣《けいれん》を始めた弟を眺めながら、サイモンはゴクリと喉《のど》を通過するワインの感触を味わう。

「六十を超えて、突然心臓がやられてしまうことは、ままございますから。私も重々気をつけたいと思っております」

隣に立った老執事の言葉に「まったくその通りだ」と大きく頷きながら、サイモンは手にしていた自分用のグラスを静かにテーブルの上へ置いた。

「ジャーク・ベルゴール。王族に対する反逆行為、王家に忠誠を誓いし貴族として到底許せるものではない。その身をもって贖《あがな》うがいい」

顎《あご》を上げ、冷たい眼差《まなざ》しで自分を見下ろす兄に、もう弟は何も言い返すことができなかった。

ジャークのその喉は、幾度も短いしゃっくりを繰り返すように痙攣し、そしてその濁った瞳《ひとみ》から光彩が消えていく。

「お前はもう存在するだけで害悪だ。国にとっても、民にとっても、我が家にとっても……可愛いクリスタにとってもな」

動かなくなった弟にそう最後の言葉をかけて、元侯爵家当主サイモン・マーランドはソファから腰を上げるとコキコキと首を回した。

「そろそろ休む。朝になったらベルゴール伯爵家に伝えてやれ。急なことだったが偶然にも兄に看取られ苦しまずに逝ったとな。隠居で長年の心労が一気に出たのだろうよ、気の毒に」

「承知致しております。あとはお任せ下さい」

老執事の言葉を背に、サイモンはゆっくりと寝室へ向けて歩き出す。ほんの小さな溜息《ためいき》を残して。

「ラグワーズには感謝しないとな……」

そのサイモン・マーランド元侯爵の小さな呟《つぶや》きが、老執事の耳に届くことはなかった。

けれど――――すっかり陽が落ちて闇を濃くした王都の、その向こうへと飛び消えていった影たちにだけには……聞こえていたかもしれない。

39　お庭デート

「若様……」

書類の壁の向こう側から声が上がった。うん、この声はオスカーだね。

俺はそれに「なんだい」と返事をしながら、たった今確認を終えた業務指示書を『処理済み』の箱に放り込むと、すぐさま次の書類へと左手を伸ばした。

「昨晩はいつ頃お部屋へお戻りに？」

シャシャシャ……と書類を素早くめくる音とともに聞こえたその声に、俺はガリガリと万年筆を動かしながら「ディランが知ってる」と即座にディランへ返答をパスして、見つけた訂正箇所とそれに伴う要確認箇所にもチェックを入れつつ、続く文字と数字列に素早く目を走らせ続けた。

今の俺には、質問に長々と答えてやる時間などこれっぽっちもない。とっととサッサと仕事を終えてギルバートくんの元に戻る。それが今、俺がすべき最優先事項だ。

「朝の六時四十六分でしたよ」

トントンと紙束の音をたてながらディランが答えた。

ああ確かにそんなもんだったかな……っと、ここは細かい手順表を念のためにつけた方がいっか。

短冊に切った細い紙を取り上げてペンを走らせ、付箋《ふせん》代わりにクリップで留めたら、残る文面をザッと流し読んでいく。……どうでもいいけど時間細けぇなディラン。

「ナイトウエアの上衣をあちらに置いてこられたようで、下衣だけのお姿でお戻りになりました」

「ほほぅ……それはそれは」

書類の壁で見えなくてもオスカーの表情は想像がつく。絶対口の端っこが上がってるに違いない。

こいつはそういう奴だ。どんな顔しようと構わないが手だけは止めるんじゃないぞ。

「上衣をお忘れになるほどには、パジャマパーティーをお楽しみになったのですね。よろしゅうございました」

うるさいな。何だその持って回った言い方は。いいから手を動かせ……って動いてるか。よし。

いや、だってしょうがないじゃん。今朝のギルバートくんもすっごく可愛かったんだから。

彼のキュムキュムホールドを振り切るのは、めちゃくちゃ大変だったんだぞ？　キスすればするほど怒濤《どとう》の勢いで可愛さが増していくんだからな。あ、ここ数値小さすぎるわ。チェックチェックと。

あんな天使を残してスッキリアッサリ部屋を出るとか絶対に無理。ついうっかりお味見リターンズに突入しそうになったくらいだ。

手元の書類を『戻し』の箱に放り込んで、次の書類へと目を走らせれば、ああ、これは開発途中の安全靴の経過報告書か、ふんふん。

だいたいさ、どうにかこうにか部屋を出られたのは俺の強靭《きょうじん》な意志があればこそ。ナイトウエアの上衣を忘れてきたのなんざ、ご愛敬《あいきょう》だ。戻れたのが奇跡ってもんだ。

「では、若様のその首元の小さな痣《あざ》も、さぞかし丸見えだったことでしょうねぇ」

「ああ、右が八番で左が九番、鎖骨の真ん中が七番だそうです。十三番までありますす」

ブハッとオスカーの噴き出す声が聞こえた。おいおい、書類につばを引っかけるんじゃねぇぞ。キスマークに関しちゃ聞かれたから答えただけだ。

探究心旺盛《おうせい》な彼が残してくれた可愛らしい跡だからな。ついた順に微妙に形と色合いが変化していくところがまた愛らしいだろう？　恥じることなど何もない。自慢したいくらいだ。ま、外じゃクラヴァットで隠すけどね。一応貴族なんで。

「ご寵愛《ちょうあい》を本邸じゅうにアピールするには良い手ですね。さすがは若様」

オスカーよ、褒めてくれるのは有り難いが、あいにく移動中の廊下には珍しく人っこ一人いなかったぞ。残念だったな。ついでにゴチョーアイはやめろ。前世の時代劇を思い出す。

どうでもいいけど安全靴の担当者は相変わらず細けぇなオイ。内容も細かいけど字も細かい。十八の若さで老眼になりそうだ。

ていうかさ、俺がそのまま戻ってきたのは、単に忘れた上衣を取りに戻れば元《もと》の木阿弥《もくあみ》になるのが分かりきっていたからだよ。ベッドの中のキュートな天使にフラフラと引き寄せられて、朝のフレッシュな彼を美味しくお味見しちゃう未来しか見えなかったからな。

そんな状況下で、客室から俺の部屋まではほんの数分。しかも誰もいないとなれば選択肢は一つきりじゃないか。あの時の俺にアピールだの考える余裕などあるものか。天使を振り切る罪深さに張り裂けそうな胸を堪《こら》えるのが精一杯だ。

金属プレートの配合割合別の実験比較表に目を通して、担当者オススメの金属比率二種に絞ってマルをつけたら、その横に短いコメントを記入していく。

三人分のペンの音と書類をめくる音、そして少しの雑談が飛び交うここは、本邸執務棟にある第二執務室だ。基本的に第一が父上で第二が俺、第三が資料室兼会議及び作業室、もちろんちゃんとした資料室は他にある。ちなみに今、ギルバートくんは母上やルーカスと一緒だ。くそっ！

そう、王都邸にいようが本邸に戻ろうが仕事は待ってくれない。それは分かっている。なんなら本邸に滞在している時の方が多いくらいだ。領地で進行中のプロジェクトや実験場のあれやこれやが加わるからな。父上は当てにできない。いや決して父上にその能力がないという事ではなく、父上には父上の仕事が山ほどあるからだ。

父上は母上の前以外では非常に優秀な方だ。物事を大局的に捉《とら》えるのも判断をするのも速い上に対処手順も的確かつ情に厚い。少々大雑把ではあるものの全体的にはいい方向へ舵取《かじと》りをしてしまう腕と人徳と勘の良さをお持ちの、素晴らしい貴族家当主だ。

ラグワーズ全体の政《まつりごと》を担われる父上には、国勢を踏まえた貴族同士の交流、あるいは要請や陳情やらの処理、さらには係争の仲裁や裁定などなど……実に多岐にわたる業務が目白押しだ。

政務に携わりつつもどっちかと言えば商務に偏った俺とで、いつの間にやら役割分担みたいになっちゃってるので「助けてー」とは言いにくい。しかも理由がギルバートくんに早く会いたいから、なんて言ったら「私だってビビに早く会いたいわ！」ってキレられるのが関の山。

きっと父上も隣の第一執務室で書類に埋もれてるだろうからな。下手すりゃ俺が駆り出される方になる。俺は無闇に藪《やぶ》は突《つつ》かない主義だ。

今回は特に俺の滞在が短いため、どこかで集中して仕事を捌《さば》かなきゃいけないのは当然と言えば当然だし、そもそも今日の午前中にあらかた片付けて見通しをつけてしまおうと決めたのは俺だ。

いつもなら二十日は滞在する本邸に今回は四日しかいないからね。しかもそのうち一日はパーティーで潰《つぶ》れると来たもんだ。けれど麗しくも可愛らしい天使を一人で王都に戻すなど、俺にしてみりゃ天地が引っ繰り返っても有り得ない。

なので仕事を絞って絞って、事前にできることは王都邸で済ませて、視察やらは責任者に加え第三者を飛ばして報告書に代えて……なんて考えつく対策を施してきた。

お陰で今日の午前中と夕食後と、あとは隙間時間で何とかなるくらいには調整できたんだ。本来は昨日の晩も予定に入ってたんだけど、それは取り戻したから問題ない。

それもこれも、すべては天使との楽しい時間のため。彼の喜ぶ顔が見られるなら俺は何だってする。それこそ可愛い彼が望むなら国だって世界だって手に入れて差し出したいくらいだ。

『国をお望みですか？』

以前チラッとそんな思いを溢《あふ》れさせたらディランとオスカーがスンッと真顔になったもんだから、恥ずかしくてそれからは口にしてないけどね。まあ、そうやって二人にドン引かれるほどには彼を愛しているって言いたかっただけだ。うん、戯言《たわごと》ぬかしてごめんなさい。

だから予定では、彼には到着翌日の今日は午前中いっぱいゆっくりしてもらって、その間に仕事を一気に片付けようと思ってたわけ。

そんでもって、恐らくは遅いブランチを可愛く食べているだろう超可愛いギルバートくんの元に戻ったら庭の散策へゴー！　……のハズだったんだよ。ハズだったんだけどね？

愛《いと》しい俺の天使の目覚めは早かった。というか彼は時間を無駄に過ごせないタイプだった。どうやらキュムキュムホールドからずっと起きてしまっていたらしい。

うん、ちょっと考えれば分かることだったよ。非常に折り目正しく謹厳実直で清廉潔白、ついでに品行方正と八面玲瓏《はちめんれいろう》あたりも付けておきたいくらい素晴らしい彼に、午前中いっぱい身体を休めてほしいなどと考えた俺が悪い。俺のミスだ。

もちろん、綺麗《きれい》なお目々がパッチリと開いている状態の彼を俺が放っておけるわけがない。当然のごとく俺は彼の隣にずーっといるつもりだった。なのに――――。

「どうぞ私のことはお気になさらず、お仕事を優先なさって下さい」

……ディランがギルバートくんにチクりやがった。

「そうよフレッド、ギルバート様は私がお相手するわ。もっとたくさんお話を伺いたいもの。ね、ギルバート様、一緒に敷地内をのんびりと散策いたしましょう。ご覧に入れたい場所がたくさんございますのよ」

ついでに朝からギンッと少々視線が強めの母上に、ソッコーで俺の楽しみを攫《さら》われてしまった……。

まあ、たぶん俺の朝帰りのことがお耳に入ったのだろうけど。

いや母上、俺ヤッたけどヤッてないから！　頼むからそんなに彼の体調を気遣わないで。ギルバートくんもホワッとか頬を染めちゃダメ。可愛いから。

「兄上、ご安心下さい！　私も説明役くらいはこなしてみせます。母上、天気も良いですからランチは庭園の四阿《ガゼボ》にしては如何《いかが》でしょうか？」

ルーカスはルーカスで昨日の寝落ちした分を取り戻すかのように張り切ってしまっていた。

いやいやルーカスや、昨日の守護神の短時間営業を後悔するならば、そこは「兄上、私もお仕事をお手伝いいたします」じゃないのかな？　俺だってギルバートくんと庭園の四阿でランチしたいよ！　できれば二人っきりで！　ねえ、なんでそこ三人で盛り上がり始めてるの？

ついうっかり眼が据わってしまいそうな俺に、けれど天使ってば「お仕事頑張って下さいね」なんて麗しくも可愛いお顔で微笑みかけるんだもん。

ちょい首なんか傾げちゃって、キラキラお目々で眩《まぶ》しいスマイル攻撃されちゃったらさ、俺としては全力で頷《うなず》いて執務室にダッシュするしかないじゃないか。

おぅおぅ、これくらいの量、さっさと終わらしてやらぁ！　なんか予定より増えてる気がするけど、この際どうでもいいわ！　ギルバートくん、すぐ戻るからね。待っててね。

そうして俺は頑張った。

どうということはない。人というものは目標があれば頑張れるものだ。それが色恋沙汰《ざた》や桃色ピンク系ならなおさら。根拠は自分で基準も自分なので俺だけかもしれんが。

積まれた書類と、細かな指摘と指示をすべて俺が終わらせてみせたのは午後一時半を回った頃だ。フルパワーで取り組んだのに予定時間をだいぶオーバーしてしまった。なぜだ。

「彼はどこだ……」

ゆらりと執務デスクから立ち上がった時の俺は、きっとそれなりの表情をしていたのだろう。

けれど口元を引き攣《つ》らせたディランも、ソファに背を張りつかせたオスカーも気にしている場合ではない。書類さばきにエネルギーを傾けたせいで大々的に心の水分量が激減してしまった。早急に彼を補給しなければ、ヒビ割れて干からびてしまいそうだ。

まだ第二庭園にいるようだという報告にすぐさま執務室を出て、そのまま執務棟から東の庭園へと急いだ。廊下は走るな？　知ったことか。

そうして第二庭園の見所とも言える池の近くまで来て、池の周囲を囲む青々とした芝とリッピアの広場で、ようやく彼の姿を目にすることができた。

見晴らしの丘の裾野《すその》に植わった黐《もち》の木の、その色づき始めた実にしなやかな手を伸ばす彼の何と美しいことか。それだけで胸は高鳴り、心がみるみる潤っていく。天使パワーは絶大だ。

「ギル！」

俺の声に振り向いて嬉《うれ》しげに微笑んでくれた彼に微笑みを返して、さっきまで走って来たことなどおくびにも出さず彼の元へと歩いていく。まあルートとなる小道から逸《そ》れて、満開のダリアをかき分けて突っ切っちゃったから急いでるのはバレバレなんだろうけどね。

アクセントに配置されたまん丸いコキアの間を抜けて、どうしても速くなる足で芝を踏み進めば、愛しい彼が佇《たたず》む木陰はもうすぐ目の前。

「大急ぎで終わらせてきたよ。ごめんね待たせて」

そっと彼を抱き締めてそのすべすべとした首筋に顔を埋《うず》めると、彼はすぐに「お疲れ様でした」と抱き締め返してくれた。

サワリと襟足を優しく撫《な》でてくれる彼の手がこそばゆくも嬉しくてたまらない。ああ、これだけで疲れがぜんぶ吹っ飛んでいく。癒やし効果ハンパねぇ……。

彼を腕の中に収めながらハァーと息をつく俺に、すぐ傍にいた母上が「まぁ…」と声を上げた。

ん？　と彼の首筋にスリスリしながら目線だけを上げると、いつの間にか出現していた母上とルーカスが目を見開いて俺を凝視していた。

「フレッドがこんなに甘えるなんて」

ちょっと待って母上、なんで目がウルウルしてるの。それとルーカス、お前は口を閉じなさい。

別に俺は甘えてるわけじゃ……いや甘えてるっちゃそうなんだけど、どっちかっつーと天使の癒やし効果をだな……。

「若様のお働きは目を見張るばかりでございました」

「まこと、あれが毎日であれば普段の執務も、二時間がほんの三十分に短縮できるのではと……」

なんかディランとオスカーの声が聞こえた。どうやら俺を追っかけてきたらしい。

え、あれを毎日？　冗談でしょ。ギルバートくんのいないところで年がら年じゅうターボブーストかけてたら異常燃焼《ノッキング》で干からびちゃう。お前たちだって最後の方グッタリしてたじゃん。俺はいつも通りノンビリと領地経営するのが性に合ってるからね、毎日は無理。

ギルバートくんを抱き締めたまま斜め後ろに「やんないからね」と目力を込めて視線を送れば、ディランとオスカーに揃って肩をすくめられてしまった。天使にチクれば何とかなると思ったら大間違いだからな。

「お腹は空《す》いていませんか？　お母君が素晴らしい昼食をご用意下さいました。四阿《ガゼボ》に参りましょうアル。私ももう少しならお付き合いします」

ね、と耳元で響いた柔らかな天使の声に、俺はすぐさま頷いてみせると、抱き締めていた腕をほどいて彼の手を取った。はい、ギルバートくん確保。もう誰にも貸してあげないもんね。

すぐ近くの四阿までは歩いてほんの少し。手を繋《つな》いでゆっくりと歩きながら、俺は彼の話に耳を傾けた。どうやら邸内の案内の後、西側の第一庭園からハーブ園を通って第二庭園で昼食を食べ終えたばかりの食休みだったらしい。

彼らが昼食を摂《と》ったという四阿に到着すると、長テーブルには厨房渾身《ちゅうぼうこんしん》の作らしき彩り豊かな食事が並べられ、丸テーブルにもティーセットやワインなどが準備されていた。

この四阿は、明日のパーティー会場となっているレセプションガーデンのハウスに次いで大きいので、二十人ほどが座れる長テーブルといくつかの丸テーブルが設置してある。うん、まだまだ食いでがありそうだ。

「ディランとオスカーも席に着くといいよ。これほどの量じゃ食べ切れやしない」

さっそくお茶を淹《い》れてくれたディランと、皿に食べやすいサンドイッチやらキッシュやらをサーブしてくれたオスカーも誘って、俺たちは昼食を食べ始めた。彼らだってあれだけ働いてくれたのだ。腹が減っているだろう。

少し離れた端っこの方に彼らが着席したのを確認して、隣でフルーツを摘《つま》むギルバートくんを愛《め》でながらモグモグとしていたら、目の前に座った母上が何枚かの紙を差し出してきた。

「そうそうフレッド、これ明日のパーティーの最終参加者リストよ。多少の変更があってさっきタイラーが持ってきたの。ギルバート様にはもう目を通して頂いているわ」

身内ばかりなので少々行儀は悪いがそのままモグモグしながら受け取った紙に目を通していく。

ふんふん、縁戚《えんせき》の子爵・男爵家にその家族、その下の代官や村役人のトップ、農業をはじめ各業種の組合の責任者、主立った大店《おおだな》の主《あるじ》たち……なるほど、おや？　ガストンと漁協の組合長の名がないね。毎年来ては飲んで騒いでいくのに。

聞けば組合長やガストンらは急ぎの仕事で船に乗ってしまったそうで、パーティーに間に合わなくなったらしい。へー、急な注文かトラブルでもあったのかな。まあ彼らに任せておけば間違いないし、いずれ報告が来るだろう。

見知った名前が並ぶリストの最後までザッと目を通したら、俺はその紙をディランに渡してから正面の母上に向き直った。

「承知しました。どうやら今回は身内ばかりのようですね。近隣の貴族家をお招きしなかったのは我らに気を使って頂いてのことでしょうか」

同性を伴侶《はんりょ》に選んだと発表する席になるわけだから、今の段階で他家にまで大々的に知らせるのは時期尚早。恐らくは父上とタイラーの判断だろう。

他家への招待状は最低でも二十日以上前には出さないとマズい。基本はひと月前だ。相手方にも都合というものがある。

つまりはディランから初めて報告が上がった七月末の段階で招待状の発送を先延ばしにし、俺の結婚をしないという宣言の後に身内限定で発送したわけか。さすがは父上。ご判断は正しい。

「私も不思議に思っていたのだけれどね、すっかり腑《ふ》に落ちたわ。さすがは私のディヴィッドね！」

ふふっと頬に手を当てて嬉しそうに笑う母上に、思わず俺とギルバートくん、そして母上の隣のルーカスと視線を交わして小さく笑い合ってしまった。

「生憎《あいにく》、どの貴族家の方々とも面識はありませんが、明日はあなたやラグワーズ家の威信に泥を塗らぬよう振る舞うつもりです」

きゅっと唇を引き結んで少し照れたように微笑んだギルバートくん。

え？　君の存在が泥のわけがないじゃないか。金粉の間違いじゃないかな。君が泥なら俺は全身塗《まみ》れたって構いやしない。そもそも侯爵家の彼が子爵家男爵家と面識がないなんて当然だしね。

「そんなこと考える必要などないよギル。君は普段のままで充分すぎるほど素晴らしいのだから。それ以上素晴らしくなったら私がヤキモキしてしまいそうだ」

実に謙虚な目の前の大天使の手を取ってそう告げると、対面の母上やルーカスからも「そうですわ」「そうですとも！」と声が上がる。

さらに照れたように笑った彼が愛しくて可愛くて、俺は握り返された彼の手の温かさに目を細めながら、たまらず彼の頬に小さなキスを贈った。

「どうか気を楽に……パーティーの間じゅう私は君の側を離れないからね」

そうだとも、君に不安や不快など微塵《みじん》も与えやしない。だから安心して俺の隣にいて？

「はい……」と頷いた彼の微笑みは本当に綺麗で眩しくて、だからついつい手のひらをかざして母上やルーカスから彼の表情を隠してしまったのは、仕方のないことだと思う。

なんか呆《あき》れたような溜息《ためいき》が対面や離れた席からも聞こえてきたような気がするけど、しょうがないじゃん。だって俺以外に見せるのが勿体《もったい》なかったんだから。

そうして、食事の後はもちろん俺が案内役を母上たちから引き継いで、宝水魚の養殖池や薬草の栽培園、厩舎《きゅうしゃ》や風車小屋などを順に案内していく。

敷地の北では、本邸の庭師が最近ハマっているという動物や家を模した植物造形《トピアリー》を眺めながら、やはり庭師自慢の植栽迷路に二人で挑戦した。

久々に挑戦した迷路は経路が変更になっていて恐ろしく複雑になっていたけど、なんたって賢くも頼もしいギルバートくんが一緒だったからね。その並外れた記憶力と推理力を駆使して、彼はなんとも軽やかに、鮮やかに迷路をクリアしてみせたんだ。いやー、マジで俺だけなら二時間は彷徨《さまよ》ってたんじゃないかな。

「たまにルートを変えたり仕掛けを設置して使用人たちも楽しませて頂いているんですよ」

お疲れ様でしたと、ニコニコと迷路の出口で出迎えてくれたベテランの本邸庭師長は、そう言って絞りたてのリンゴジュースを振る舞ってくれた。

この庭師長は、身体は熊みたいに大きいけど気は優しい植物のプロフェッショナル。彼には昔から植物に関する色んな相談に乗ってもらっているんだ。

へぇ、どんな仕掛けだろ。楽しそうだから機会があったら交ぜてもらおうか……なんてギルバートくんと話しながら「いつでもいらして下さい。でも事前に必ずご連絡を」と、またニコニコと見送ってくれた庭師長に手を振って、その後は人工滝や水車小屋の方にも足を向けた。

とまあ、そんな感じで俺たちは午後いっぱいお庭デートを楽しんで、夜は夜で家族用のダイニングで相変わらず賑《にぎ》やかな夕食を終えたんだ。

「とても楽しかったです。案内して頂いた敷地内では勉強になる事ばかりでした。お母君からも色々なお話を伺えて、ラグワーズ家の温かな歓待には感謝するばかりです。私は幸せ者ですね」

長い睫毛《まつげ》を伏せてそっと俺に身を寄せたギルバートくんの、その僅《わず》かに香る俺と同じシャンプーの香りに目を細めながら、俺は彼の髪に頬擦りをする。

「おや、母上から？　私の失敗話《しっぱいばなし》ではないだろうね。何を聞いたんだい？　ぜひ言い訳を用意しよう」

軽口を叩《たた》く俺の首元で「駄目ですよナイショです」とクスクスと笑う彼の腰をギュッと抱き締めて、その耳元から首筋へとキスを落としながら「教えて」と囁《ささや》けば、ますます彼の滑らかな首筋がさらされて、愛らしく上がる声に艶《なま》めきがのった。

スルスルとしたベッドのシーツの上で反らせた綺麗《きれい》な背に手を滑らせて、その背骨に沿うように指を撫で下ろして――――。

…………あー、うん。

まあ今晩もね……その、成り行き上というか何というか、ね。

あ、いや、食後はちゃんと別々に部屋に戻ったんだよ？　寝る前に予定してた仕事だって、俺はちゃーんと済ませた。

でも最後にディランとオスカーがあんな話をするからさぁ……。


『ところで若様、これは偶然耳にした情報なのですが……』

オスカーが報告してきた内容に、思わず眉《まゆ》を寄せてしまった。ギルバートくんの外祖父であるベルゴール元伯爵が今夜亡くなったそうだ。それも兄であるマーランド元侯爵の手にかかって。

しかもその理由はベルゴール元伯爵が二十九年前の王兄殿下襲撃を告白したから。

『おそらくマーランドは病死で収めることでしょう。娘である王妃殿下と王家を守るために』

まあそうだろうね。けどベルゴール伯ってば、なんで今さら、よりにもよって王妃殿下のお父上であるマーランド元侯爵に告白するかねぇ。そりゃ殺されちゃうよね。

理由はどうあれ相手が悪すぎるでしょ。偽装だって隠蔽《いんぺい》だってするだろうさ。

『それを知っているのは？』

『今はもうマーランド元侯爵と元家令、そして我々だけですね』

ふーん、いつもながらウチの使用人たちってば耳が早いなぁ。どんなルート持ってるんだろ。まあいいや、ともかくパーティーの前に俺に伝えておこうと思ってくれたんだね。

『表沙汰《おもてざた》になったら私の大切な人も影響を受けてしまうね。マーランド様のご決断を私も支持する。

この件は外に出さないでおくれ。父上にも報告は不要だ』

愛《いと》しい彼の外祖父が王兄殿下を襲撃した一派？　ならば闇に葬るマーランド侯に一票だ。そんな大昔の彼が与《あずか》り知らぬ事件の余波で、彼に累が及ぶなど馬鹿らしいじゃないか。そりゃ確かに王兄殿下とは交流があるし良くして頂いてるけどね、ここはギルバートくんの利益一択だ。

『『承知いたしました』』

真実が明るみに出たって何もいいことなんてない。王兄殿下の身体は治らないし王家や国がモメにモメるだけ。どうせ裏で絵図を描いた連中は分からないし、軒並みベルゴールの関係者が処分されて、恨み辛《つら》みやモヤモヤが痼《しこ》りになるのが関の山。おー、やだやだ。

あれかね、元ヒロインが話してたゲームの世界では、この一件もギルバート・ランネイルの闇を構成してた一つとして使われてたのかね。国が荒れた元凶が自分の祖父だったたって知っちゃう感じ？

どうでもいいけどバックグラウンドがハードなゲームだな！　そういう闇を攻略対象者だけじゃなく国全体が持ってた世界ってことなんでしょ？　ま、お伽噺《とぎばなし》も乙女ゲームも、その世界の上っ面だけなぞって楽しむものなんだろうけどさ。あー良かった、似てるだけの別の世界で。

彼の憂いが俺程度の力で防げるんなら、いくらでも全力で防いじゃうし隠蔽しちゃうよ。王兄殿下だって今は穏やかに過ごしておられるしね。今さら波風を立てることぁない。

それに、あのお優しくも貴いお方をまた過去の辛い出来事に向かわせちゃダメな気もするんだ。

つい先日『領地から戻ったら一度報告しに来い。いいなアルフレッド』って、お誘いだか脅しだか分かんない魔法陣送ってこられたお声は実に朗らかでいらした。相変わらず大迫力だったけど。

ついソッコーで『はい喜んで』って返信しちゃったからね。

ま、そんな話を聞いたもんだからさ、俺は愛しくも世界で一番大切な彼に会いたくなっちゃったと、まあそういうわけだ。この世界で綺麗に笑っている彼の顔を確認したくなったのかもしれない。

いや本当に、おやすみの挨拶《あいさつ》だけって思ってたんだよ？　ちょっとだけ彼の顔見て、言葉を交わして、キスしたら帰ろうと思ってたんだ。でもさ、ついつい流れ的にね……。

だってしょうがないじゃないか。可愛かったんだから。どうやら俺は一度踏み込んじゃったら戻れないタイプだったらしくてね。これはもうお味見が美味《おい》しすぎたのがいけない。なんか知んないけど彼の部屋に俺の着替えも置いてあったし？

ってことで、今夜も俺は彼の部屋にお泊まり。あ、でもね、今晩は何もしないよ？　明日はパーティーだしね。温かなベッドでちょっとキスをして、抱き締めあって一緒に眠るだけ。そのつもり。

うん、そのつもりだから。……たぶんね。

40　ガーデンパーティー

我が家のレセプションガーデンはその名の通り、対外的な催しのためのスペースだ。

いわば我が家のイベントスペースで、位置的には敷地の南西、正門から上がってきて例の花壇広場を左に曲がった先にある。

その用途はパーティーだけでなく、いまや見本市と化した各業界による年数回の集まりやら、色んな選抜試合やら、あまり親しくない相手とのお茶会なんかにも幅広く使えちゃう、非常に使い勝手のいい庭園というか原っぱだ。

学院入学前にはよくここで馬車の走行実験やら、開発した魔法陣をブッ放したもんだけど、苦情が来るどころか庭師連中がノリノリで起伏やら溝やらぬかるみやら造ってくれたんで、非常に助かった思い出がある。今日はそこが俺の誕生日パーティーの会場だ。

もちろん地面は綺麗な芝生で真っ平らのはずだし植栽や花でパーティー用に設《しつら》えられているはず。

その辺は毎年のことなので間違いはない。

ほら、室内でパーティーやると色々面倒くさいでしょ？　身内とはいえ、貴族だけじゃなく平民らも一緒くたに呼んでるからね。俺にとっちゃみんな大切な領民なんだけど、身分やら立場やらに拘《こだわ》るご年配方《じいさま》もいるからさ、一応ハウス内とガーデンっていう非常にソフトな境界線を引けるレセプションガーデンが打ってつけだったわけ。

ま、どーせみんな酒が入ればゴッチャゴチャになるんだけどねぇ。春先は男爵家の三男と商家の次男が胸ぐらつかみ合って喧嘩《けんか》してたし？

いやー、あの時は参った。銀貨一枚損しちゃったよ。強そうだったんだけどなぁ、あの三男……。ありゃ商家次男の頭脳プレーにやられたね。家族では唯一、母上だけが増えた銀貨を握りしめて踊っていらっしゃったからな。いやいいんだけど。多少暴れても問題ないのも屋外のいいところだよね。

で、本邸からそのレセプションガーデンまでは、馬車での移動が基本。敷地内とはいえ、屋敷から歩くには少々距離があるのが唯一の難点といえば難点かな。

「ほら、間もなく着くよ」

俺が馬車の右前方に見えてきた会場を指さすと、隣に座ったギルバートくんはコクリと頷《うなず》きながらも、パチリとそのお目々を瞬《まばた》かせた。かっわゆい。

うん、ここからじゃ会場を囲ってる幕しか見えないよね。ハウスですら後ろのバックヤードの幕で屋根しか見えない。でも分かりやすいっちゃ、分かりやすいでしょ。

「間仕切り幕だよ。広すぎても面倒だろう？　ハウスのすぐ左が家族用の出入口になっているんだ」

家族用という言葉に少しだけはにかむ様子を見せたギルバートくんは、今日も今日とて凛々《りり》しくも超絶に麗しく、そしてキュートだ。淡い黄色地に繊細な濃紺の刺繍《ししゅう》が施された衣装は彼にピッタリ。ボリュームを抑えたレースのクラヴァットとカッチリしすぎないシルエットが、格調の中にも軽やかさを演出して昼の会に相応《ふさわ》しい装いだ。

もちろん、彼は何だって着こなしちゃうし、何を着ようが天使オーラは隠せやしないんだけどね？

ちなみに俺は明るめのグリーンシルバーとプラチナ、それにもちろん翡翠《ひすい》色でコーデしてもらった。スタイリストはディランと時々母上だ。俺のお気に入りポイントは彼とお揃いの純白のクラヴァット。縁取りにある蔓薔薇《つるばら》のモチーフレースが、金糸と銀糸で色違いなんだよ。

なんとこれは、彼からのプレゼントだったりする。彼が金で俺が銀だ。彼からはランネイル侯爵家の名で他にも色々と手土産を貰《もら》ってしまったけれど、正直これが一番嬉《うれ》しかった。なんせ彼自身が生地からオーダーしてくれた品だからね。

その彼のクラヴァットの中央にいま輝いているのは大きなブルーサファイア。これは残念ながら俺からじゃなくて母上からのオススメだ。

「これですわ、これ。ギルバート様、フレッドの瞳《ひとみ》と色がピッタリじゃございませんこと？　これくらいドーンとつけて周囲にアピールなさいませ！」

俺とギルバートくんが、クラヴァットピンを瑠璃《るり》と金にするか、サファイアとダイヤにするかで楽しく悩んでいるところに、それこそドーンと現れた母上。いや母上、それピンじゃなくてブローチでしょ。ってかデカくない？　なんて言葉を挟む間もなく、恐縮するギルバートくんをよそに、母上と異様に張り切るメイドらによって彼のピンはさっさと決まってしまった。

ちぇっ、もうちょっと彼を後ろから抱き締めていたかったのに……なんて思ったけど、確かにサファイアは彼にすごく似合っていたし、何より彼が嬉しそうに微笑んでくれたから万事オッケー。

なのでこのブローチは、このまま俺が母上から買い取って彼にプレゼントすることに決めた。彼には、俺から贈ったものを身につけてほしいからね。あのブローチはもう彼のものだ。

ちなみに、俺のピンはもちろん彼から貰ったいつものやつ。これ以外をつけるつもりは毛頭ない。

「また今度、違うデザインのものを贈りますね」

そう言ってふわりと微笑んでくれた彼はとっても可愛かった。それこそ、その笑顔をピンにして首元に貼り付けたいくらいにはね。いつかカメオにでも彫り込めないかな……いやダメだ。きっと大切に仕舞い込んでしまうな。うん、あの笑顔を見られただけでも、とっとと身支度を済ませて彼の部屋に急いだ甲斐《かい》があったってもんだ。

いやもちろん、ギルバートくんの身の回りの世話は、クロエを筆頭に本邸の上級メイドたちがついているから何の心配もいらないのは分かってた。念のため、彼の素肌にはできる限り触れないようにと厳命しておいたしね。

でもやっぱ見ていたいじゃん？　彼のおめかしする様子をさ。もうそれだけで至福の時間でしょ。

「すごく似合っているよギル。本当になんて素晴らしい貴公子なんだろうね。おかげで私の胸はずっと高鳴りっぱなしだよ」

溢《あふ》れる思いを言葉にした俺に、ほんのりと頬を染めて照れたように微笑んだ彼……眩《まぶ》しすぎて卒倒するかと思った。朝のベッドで「ずるい……」と滴るような艶《えん》を振り撒《ま》いていた彼もクラクラするほど目映《まばゆ》くて可愛らしかったけど、貴公子な彼もまた違った神々しさがあってたまらんのですよ。

てなことで、馬車は無事に会場であるレセプションガーデンに到着。いや無事って言うほど長時間乗ってないんだけどさ。

「少しの間、君の手が離れてしまうのは残念だ。身内ばかりとはいえ一応は公《おおやけ》に準ずる場だからね。でも私はずっと君の隣にいるよ。だから何か気に掛かったら、どんな些細《ささい》なことでも教えて？」

愛しているよ、と名残惜しく彼の手に唇を落とした俺に、すでに侯爵子息の仮面を被《かぶ》り始めていた彼は「はい」と、ひと言答えると艶《つや》やかな唇を引き上げて微笑んでくれた。

その微笑みは気高くも確固たる自信に満ち溢れ、そりゃあもう輝くばかりの美しさだ。戦闘準備は万全。いや、彼にとってはこちらの方が通常運転かな。なんたって彼は名門侯爵家の嫡男だからね。

三百近くある我が国の貴族家の中でも、わずか九家しかない侯爵家は、王族筋を除けば諸侯の頂点。言うなれば貴族の中の貴族。貴族オブ貴族だ。家柄ならばこの会場の誰よりも貴《たっと》く、格としても俺に次ぐナンバー三。そのことは彼も充分に承知しているし、だからこそのこの笑顔。

そのプライド、その強さ、その真っ直ぐな傲慢《ごうまん》さが、たまらなく俺のハートにグッとくる。ああ、もう俺の天使ってばマジ最高……。

思わず彼の唇に触れるだけのキスをして、「じゃあ先に降りるね」と開けられた扉から降りると、父上たちとルーカスは先行の馬車からすでに下車をして幕内に入って行くところだった。

――主様《あるじ》、奥方様、ご次男ルーカス様、ご到着にございます。

タイラーの声が幕内から響いてきた。おぅ、声の伸びはいつまでも衰えないねぇタイラー。

格付け順の普段の入場ならルーカスと俺、それから父上と伴侶《はんりょ》である母上になるんだけど、今日は俺が主役。だから俺とパートナーの彼が最後ってわけ。母上曰《いわ》く「サプライズの演出としてはバッチリね！」だそうだ。

俺に続いて馬車から降りてきた彼に微笑んで、彼とともに従僕らが開いてくれた幕の中へと揃って足を進めていく。あー、手を繋《つな》ぎたい。

――ご嫡男アルフレッド様、ならびにランネイル侯爵家ご嫡男、ギルバート・ランネイル様、ご到着にございます。

そうタイラーが声を上げた刹那《せつな》、ほぼ壁のない柱のみのガーデンハウスの中と、そして外であるガーデンがほんの一瞬だけザワリとした。けれどそれは一瞬のこと。すぐさま会場中が静寂に包まれた。僅《わず》か三段ほどの階段を上がってハウスの中へと足を踏み入れれば、周囲で頭を上げているのは父上のみ。他の者たちはすべて低く頭を下げて身動《みじろ》ぎ一つしていない。当然だ。ここで身動ぎなどしようものなら、きつい叱責《しっせき》は免れないからな。

父上の小さな頷きを合図に俺は父上の右隣へ、そしてギルバートくんは俺の隣へと並び、父上の着席を見届けてから二人して椅子に腰を掛けた。ほんの僅かにタイミングをずらして俺の後になるよう着席したギルバートくん。誰も咎《とが》めないだろうに律儀に礼式を守っちゃうところは実に彼らしい。

続いて身体を起こした母上も父上の左隣へと腰掛け、同じくルーカスも母上の隣へと腰を掛ける。

ガーデンハウスの中央よりやや奥に横並びとなった俺たちの前にはテーブルが用意されているわけだけど、この時点で勘のいい者なら違和感を持つはずだ。

横長のテーブルは父上と母上で一つ、俺とギルバートくんで一つ、ルーカスだけは小さめの丸テーブルが一つ。そう、共有の長テーブルは伴侶であることを示している。俺も春までは丸テーブルだったからね。

それに満足げに目を細めたギルバートくんの愛らしさに胸をキュンキュンさせながら、俺は正面でピタリと頭を下げ続ける集団へと視線を向けた。

「みな今日はよく来てくれた。顔を上げよ」

父上が着席したまま声を上げると、手前の縁戚《えんせき》連中をはじめ向こうのガーデンの平民たちも揃って顔を上げた。あ、でも上げたのは顔だけね。みんな身体はほんの少し起こしたけど、まだ礼の姿勢は保ったままだ。だって俺もギルバートくんも残ってるし、父上は「楽にしろ」とはひとっことも言ってないからね。それが分からない者はこの場には一人もいないはずだ。

この場に呼ばれているのは、大人であれば前世で言うところの執行役員や本部長クラス、あるいは取引先の社長さんたちばかり。未成年者なら王立学院中等部に入学済みの十三歳以上だから、すでにそういった教育は終わっている前提だ。

だから、ここで「知りません」は通用しない。上位家である侯爵家のご子息をお迎えした場で下手を打ったら、家ごと懲罰対象。それが貴族だ。

「此度《こたび》はアルフレッドが成人し当主代理となって初めての場ゆえな、招待はラグワーズの身内だけに限らせてもらった。みな顔見知りばかりであろうから、どうか心安くパーティーを楽しみ、長男を祝ってやってほしい。それと……」

言葉をいちど句切った父上は、前方にズイッとその視線を巡らせると再び口を開く。

さすがは父上。公《おおやけ》の場における当主としての振る舞いは堂に入っている。俺も見習わなきゃなー。

「この場を借りて皆に報告をすることがある。よく聞くといい。此度、ラグワーズ伯爵家嫡男であるアルフレッドが生涯を共にする相手を得た。アルフレッド自身が決め、それに当主である私が許可をした。妻と次男ルーカスも賛同している。ゆえに今後、長男の婚姻に関する頓着《とんちゃく》は不要だ」

ザワッとした空気とともに、居並ぶ者たちの視線が一斉に俺たちへと向けられる。もちろん俺はそれに貴族の笑みを返し、ギルバートくんも顔色一つ変えることはない。

「これに関しては、アルフレッドが直接皆に言い伝えたいそうだ。どうか耳を傾けてやってくれ」

俺にチラリと視線を投げた父上が、その空色の目をスッと細めた。ほんの少し面白がるような、けれど大方は「あとはお前が収めろ」的な視線だ。はいはい分かりましたよっと。

ヒョイとすくめてしまいそうな肩を少し引いたら、俺は視界の先で礼の姿勢を保ちつつも困惑と戸惑いの表情を連ねる者たちへ、ゆっくりとした口調を心がけながら口を開いた。聞き取りやすい口調はスピーチの基本だ。もちろん貴族の笑顔つき。

「皆、今日は私の祝いの席に来てくれてありがとう。この場で素晴らしき吉報を皆に伝えられることを嬉しく思っているよ。すでにこの席次で察しているだろうが、此度、私は人生において唯一無二の存在と出会うことができた。我が全霊をもって愛を乞《こ》い、心を捧《ささ》げ、そうして受け入れて下さったその愛《いと》しいお方こそ、こちらにおられる侯爵家のご子息、ギルバート・ランネイル殿だ」

そう告げて視線を向けた俺に、隣の彼はその艶やかな唇をキュッと引き上げると、僅かに細めた美しい目をスイッと俺から正面の者たちへと流し向けた。

ほんの束の間だけ伏せられた長い睫毛《まつげ》を上げ、その煌《きら》めく翡翠でゆるりと目の前を見渡した彼の視線に、居並ぶ者たちの顔がみるみる強《こわ》ばっていく。

誇り高き高位貴族の圧倒的な威光と品格を、ほんの視線一つで示してみせたギルバートくんは流石としか言いようがない。

「見ての通り、彼こそは稀世《きせい》の宝。今や我が身も心も、命すらも彼のものだ。我が伴侶は生涯、こちらのギルバート殿ただお一人。たまたま同性同士だったことと、彼がまだ未成年であることもあって、すぐさま婚姻を結ぶことは叶《かな》わないけれどね。ランネイル侯爵家と我がラグワーズ伯爵家の両家から同意を得たので、本日ピアスの交換に先んじて皆に報告させてもらった」

父上には、昨日の夕食後にランネイル家から同意を取り付けた経緯と契約書を交わした旨を報告しておいた。もちろん例の報告書つきでね。

『アイザック……何やってんだあいつは。バカなのか？』

どうやら若かりし頃、父上と宰相閣下は多少なりとも交流がおありだったようだ。

まあ、父上は三学年下の母上を口説くために意図的に二年留年して祖父様《じーさま》にブッ飛ばされた過去があるらしいからな。学院に五年もいりゃあ二つ下の宰相閣下とご縁があってもおかしくはない。しかも父上ってばそうとう目立ってたらしいし？

『またずいぶんな強硬手段を……』

父上は呆《あき》れてたはずの宰相閣下に同情気味な溜息《ためいき》をつくと、『あとでランネイル侯には私から書状を送っておくよ。刺激しない程度にな』と顳顬《こめかみ》を揉《も》んでいた。はい、よろしくお願いします。

視界いっぱいに居並ぶ貴族たちやその子息子女、そしてガーデンにいる者たちにグルリと視線を流しながら、俺は愛想《あいそ》良く貴族の笑みを振りまいてみせる。

「まあ要するにだ、これは私がそのような福運に恵まれたという単なる皆への報告というわけだ。これでこの先、私の心持ち以外に何が変わるわけでもないしね。ただ、常日頃ラグワーズを支えてくれているお前たちにも、私が得た幸甚《こうじん》を喜んで貰えたらと思ったのさ」

そう言って今度こそ小さく肩をすくめた俺に、けれど子爵家男爵家はじめ皆の反応は薄い。なんか固まっている。いや驚くのも仕方がないんだろうけど……てか、そこの最前列のドレイクとエバンスの当主二人。調子に乗ってギルバートくんを凝視しないように。ちゃんと見えてるからね。

うん、超綺麗《きれい》でしょ？　天使でしょ？　でもダメ。減ったらどうしてくれんのよ。どうせなら隣の孫娘たちでも見てなさい。そして注意しろ。ギルバートくんをガン見すんじゃねぇって。そもそも孫を最前列に並べるんじゃない。いつもうるさい序列はどうしたコラ。

俺だってギルバートくんをじっくり鑑賞したいんだぞ、と内心ブツクサと溢《こぼ》しつつ、俺は話を切り上げる前に一つだけ、大切な釘《くぎ》を全員にキッチリと刺しておくことにする。

「ああそうだ……これだけは重々言っておくけれど、個々人の根底にどのような考えがあろうとも、彼に対する無礼だけは許さないよ。それがどれほど些細なことであってもだ。いいね」

それだけを言い足して「以上だ」と微笑んでみせた俺に、目の前の彼らの頭が一斉に低く伏せられた。みな非常に理解が速いから助かっちゃうよ。

うんうんと頷《うなず》きながらさっそく隣のギルバートくんに視線を向けると、おや、なぜか苦笑するみたいな可愛らしい表情で俺を見つめている。キスしていいかな。あ、まだダメだった。

父上が話を振って、俺が話して、ギルバートくんが挨拶《あいさつ》代わりの言葉を皆にかける……そこまで行かないと二人の仲は公表されたと見なされない。つまりキスどころかお手々すら繋げないんだ。まったく、貴族の習わしってばメンドクサイ。てことで、俺はさっそく彼に視線で合図を送った。

はい、パパッとご挨拶《あいさつ》しちゃってねギルバートくん。君の美声を披露するのは少々勿体《もったい》ないんだけど、身内ばっかの自分ちで、しかもすぐ隣に天使がいるのに手のひとつも繋げないとか泣くからね？　たぶんあと五分で確実に泣く。大泣きだ。

俺の視線に可愛くお目々だけで微笑んでみせたギルバートくんは、スッと正面に顔を向けて形のいい顎《あご》を僅かに上げると、その艶やかな唇を開いた。

「子爵家、男爵家、ならびにラグワーズ領民ら一統《いっとう》、面を上げよ」

凛《りん》としたよく通る声が、ハウスからガーデンまで風のように響き流れた。ああ、いつ聞いても惚《ほ》れ惚《ぼ》れするほど凛々《りり》しくて格好いい。

ザッと一斉に向けられた何十人もの視線にまったく臆《おく》することなく、彼はその口元に小さな微笑みすら浮かべながら言葉を続ける。

「ランネイル侯爵家が嫡男、ギルバート・ランネイルである。以後どうか見知りおいてほしい。聞いての通り、此度《こたび》ラグワーズ家ご嫡男アルフレッド様と伴侶としてのご縁を繋ぐことと相成った。同性同士ということで戸惑っている者らもいるとは思うが、すでに切れぬ縁、切らせぬ縁ゆえ、そこは諦《あきら》めてくれ。私にとっても彼は唯一無二。伴侶の座を誰にも譲る気はない」

そうキッパリと言い切ってスッとキラキラのお目々を細めたギルバートくん。やべぇ、むちゃくちゃイケメンだ。しかも縁切らせないって……唯一無二だって！

ヒュードン！　ヒュードン！　と俺の頭の中で大花火大会が始まってしまった。

ああどうしよう、ものすごく嬉《うれ》しい。もういいんじゃないかな、お手々くらいは繋いじゃっても。自己紹介したもんね。名前言ってよろしくってしたもんね。

そろーっと右手を彼の膝上《ひざうえ》に伸ばして彼の左手に重ねると、正面を向いたままの彼がスルンと親指で重ねた俺の小指を撫《な》でてくれた。

「私はまだ十六の若輩だが、アルフレッド様の隣に立ち続けるため、相応の精進を重ねていく所存だ」

彼の長い指の間を重ねた指で撫でるようになぞったら、キュッと指が握り込まれてしまった。おや、くすぐったかったかな。

「とはいえ突然のことだ、そなたらにも不安や屈託があるだろう。侯爵家の小倅《こせがれ》など知らぬ者も多いだろうからな」

苦笑するように僅かに口端を上げたギルバートくんは物凄《ものすご》くカッコいい。でも俺の手をキュムキュムしてくるギルバートくんは物凄く可愛い。何だろうこの甘辛なカンジ……むっちゃ癖になりそう。

「ラグワーズ伯爵家の御《おん》方々が大切になさっている領民には、私も誠《まこと》を尽くしたいと思っている。何か思うことあらば、忌憚《きたん》なく言うがいい。許す。可能な限り答えよう」

ゆっくりと周囲に視線を巡らすギルバートくんの端正な横顔を堪能《たんのう》しながら、俺がキュムキュムしてくるお手々の爪をスルンと撫で始めた時だ。

「畏《おそ》れながら……」

声を上げたのはエバンスの当主だった。

『エバンス子爵家当主。オスカーの父親だよ』と、俺が小声でアシストすると、彼はすぐさま「了解」とばかりにツンツーンと指先で俺の指を小さく突《つ》き上げてきた。やっぱい、超絶可愛すぎる。

顔だけを起こし、いまだ礼の姿勢を保ったエバンス子爵に、すぐ近くのドレイク子爵がガンを飛ばしていた。どうでもいいけど、そろそろ二人とも腰大丈夫？　がんばってね。

「ギルバート・ランネイル様のご寛大なるお言葉に甘えまして、エバンス子爵家が当主、ジョセフ・エバンスが申し上げます」

それに鷹揚《おうよう》に頷いたギルバートくんにエバンスが言葉を続ける。そして俺は俺で、つるんつるんの彼の爪を撫でるのを続ける。

「宰相閣下のご子息ギルバート・ランネイル様のご高名は、下位に控えし我らにまで轟《とどろ》いております。畏《かし》くも王族の皆々様に引けを取らぬ魔力と英邁《えいまい》なる天資《てんし》をお持ちの気高き貴公子であられるとか」

年寄りは前置きが長げぇなー。さっさと本題に入ればいいのに。

あれか？　俺は知ってるんだぜ的なドレイクへの牽制《けんせい》か？　当たり前のことを知ってても自慢にはなんないんだぞ。彼が素晴らしいのは世の真理だからな。

少々呆れながらも、人差し指と中指で挟んだ彼の中指をスルスルと悪戯《いたずら》に扱《しご》き撫でれば、ピクリと彼の眉《まゆ》が僅かに動いて、ほんの少しだけ切れ長の目元に色味が差した。

ああ、ごめんね。今朝のことを思い出させるつもりはなかったんだよ。

「それゆえランネイル様は王家とも親《ちか》しく、同い年のレオン第一王子殿下の側近候補たる栄を賜っておられると聞き及んでおります。ですが畏《おそ》れながら、ラグワーズ伯爵家はいついかなるときも無派閥中立が倣《なら》い……。第一王子派のランネイル様におかれましては今後どのように計らわれるのかと、老婆心ながら直言を呈しましてございます」

その刹那《せつな》、ギュムーッと俺の手が握りしめられた。

おいジョセフ……なぜお前は真っ先にギルバートくんの地雷をピンポイントで踏み抜くんだ？

「私が……第一王子派」

ボソリと呟《つぶや》かれた声はものすごく低い。

うん分かる、分かるよ。きっと今、ギルバートくんの優秀な頭の中では、元男爵令嬢《ヒロイン》絡みで受けた被害のアレコレや、学生寮での殿下とのアレコレや、下手すりゃ子供時代のアレコレまでムカムカと蘇《よみがえ》ってるに違いない。「は？　私があの一派？　冗談じゃない！」という声が聞こえてきそうだ。

とはいえ、そこは流石というか何というか、ギルバートくんは麗しき貴族の微笑はそのままに、僅《わず》かに細めた目でエバンスを見据え小さく首を傾げた。その様子は実に品位ある落ち着いたものだ。

けれど俺には見える。ギルバートくんの背にブリザードが吹き始めているのが……これはヤバい。

上から重ねた俺の指をギュッと握る彼の手を繋《つな》ぎ直して引き寄せるも、彼はブリザード状態で前を見据えたままだ。

「エバンス子爵、そのような話をどこで聞いたかは知らないが、私は第一王子派でもなければ、レオン第一王子殿下の側近候補でもない。安心してほしい。事実無根だ」

「そう……なのですか？」

氷どころかドライアイスの貴公子と化したギルバートくんの迫力に、エバンスをはじめ周囲も何か察し始めたようだ。というか察しない方がおかしい。

そうなんだよー。彼が側近候補って言われてたのは過去の話。側近どころかだいぶ前から馬鹿呼ばわりの塩対応だから。色々ありすぎて今や殿下暗殺まで考えちゃうからね、完全犯罪楽勝だからね。

……なんてことはもちろん言わない。殿下絡みの事情は王宮のトップシークレットだからな。

「そもそも第一王子殿下は派閥云々《うんぬん》といったものに頓着《とんちゃく》されないお人柄。良くも悪くも、真っ直ぐなお方だ。いっそあれが裏読みや策略に頓着なさっていれば、様々な状況はとっくに変わっていただろう。そして私自身、派閥などという時世で簡単に変転するような場に足を突っ込む気は更々ない。リスクが高すぎる」

ギルバートくん、ギルバートくん！　「悪くも」を二回言ってるよ！　ついでにサラッと「あれ」って言ったよね？　わざと？　わざとなの？

凄《すご》いな。実に巧妙なトゲトゲトーク。フンッてお顔も小馬鹿にした感じで凄く格好いい。棘《とげ》の出し方までスマートなんて、さすがはギルバートくんだ。

うんごめんね、うちのエバンスってば情報古くて。数ヶ月前から情報更新してなかったみたい。

いや俺もまさか、お決まりの性別や跡継ぎの話じゃなくて、派閥云々の話を出すとは思わなかったよ。ま、父上も許可した決定事項なら、子爵としてはそこしか突破口がなかったんだろうけどさ。

よし、ここは俺からもサポート入れとくかな。更新情報を提供だエバンス……爺《じ》ぃ《い》アップデートしとけ。

「ジョセフ。ランネイル殿は確かに第一王子殿下と同学年ではあるけれど、高等部入学後は学業を最優先になさっている。ご多忙な殿下とは別行動も多く、通常の高位貴族同士の枠を超えた親密なお付き合いはしておられないよ。側近候補と噂された他の方々だって今は休学なさったりしてるからね。事情というのは変化するものだ。覚えておくがいい」

胸元で大切に抱えた彼の手をヨシヨシと撫でながら、当たり障りのない範囲でエバンスに説明してやると、ギルバートくんもその通りとばかりに小さく頷いてくれた。

うん、お手々の力が少し緩んだかな。なんか周囲からむっちゃ視線を感じるけどそんなものは気にならない。それどころじゃないからな。

なんせ俺が死体遺棄に手を染めるか否かの瀬戸際だ。「いっそ噂の根源《バカ王子》ごと抹殺しましょう」くらい今の彼なら言いかねない。完全犯罪の片棒は、できる限り避けたい。

覗《のぞ》き込んだ彼の顔は、どうにかドライアイスから氷くらいには戻ってきてるみたい。うん良かった。

「最近の殿下はあなたと親密になりたがっておられますけどね……」

なんて思ったてら……。

ボソリと、再び付け加えるようにギルバートくんが小さく呟いた。俺の視線の先で、ほんの一瞬だけキュッと艶々《つやつや》の唇が拗《す》ねるように小さく上がった。

ズッキュ――――ン！

その瞬間、俺のハートは瞬殺。ちょっ……なにそれ！　クラックラするほど可愛いんだけどっ！

氷の貴公子の合間にチラ見えするヤキモチ天使……やっぱい、今までの攻撃の中で一番キた。

ドンドンパンパンと俺の脳内では花火大会が再開。

悪天候で中止してたぶん大玉連発の大盛況。ギャップ萌《も》えスペクタクル、甘辛祭りだ。

もー無理、もー無理と、打ち抜かれたハートを心の中で押さえながら、俺は我慢できずに彼のスベスベとした手の甲に唇を押し当てて、愛《いと》しい彼の耳元に顔を寄せた。

「ギル？　私が親密にしたいのは君だけなんだよ……知ってるでしょ？」

そっと彼だけに聞こえるようにそう囁《ささや》けば、直後にチラリとこちらを向いた翡翠《ひすい》が、まるで甘えるように僅かに蕩《とろ》けた。かっわいいいぃ。

あまりの可愛らしさに、もちろん俺はチュッ……とその目元にキスをして、

「ゴホッゴホッ」「ウォッホン……！」「ジッゥウジ！」「ゴホン！」

周囲から突然上がった複数の咳《せ》き込みに邪魔をされた。それに「ん？」と視線を上げれば、隣の父上と母上、そして左向こうのタイラーと右向こうのディランが揃って小さく首を振っている。

あ、いけね……と視線を前に向けると、おや、ちょうど領民たちは皆それぞれ違う方向を見ているようだ。ギルバートくんの人智を超えた愛らしさに、ついつい本題を忘れるところだったよ。

「ということで納得してもらえたかい、ジョセフ？」

この際なので、頬杖《ほおづえ》ついでに彼のお手々の感触を頬で堪能しながらエバンスに声を掛けると、物凄い速さで頷きが返ってきた。

あっそう。分かってくれたなら良かったよ。もう二度と地雷は踏みに来ないように。ま、後でオスカーと長男にしこたま怒られるんだろうけど。

「他に何かあるかい？」

そう言って周囲に視線を巡らせれば、即座に全員が首を横に振った。おぉすごい、まるでみんな示し合わせたように動きがピッタリだ。練習でもしてるのかな。

ま、いいやと、チュッとまたしなやかな指先にキスを落として隣のギルバートくんに視線を向けると、なぜか右手で額を押さえて俯《うつむ》いてしまっている。これはこれで超かわい……。

「グラスを！」

いきなり隣の父上が声を上げた。どうやらサクサクとパーティーを進行させることにしたらしい。

「では祝宴を始めよう。みな楽にしてグラスを持て」

父上の声を合図に、食前酒を兼ねたリンゴ酒が速やかに配られ始めた。あ、未成年はノンアルのやつね。そのへんウチ厳しいから。

そうだね、いいかげんみんな足腰が疲れちゃったよね。いっぱい飲んで食べて楽しんでほしいな。


「ラグワーズとサウジリアに幸あれ」

——ラグワーズとサウジリアに幸あれ!!

——若様おめでとうございます!!

父上の声を合図に皆が一斉に声を上げた。あっちこっちから「おめでとうございます」の雨あられだ。なんかヤケ気味に聞こえるのは気のせいだろう。

「おめでとうございます、アル」

もちろん皆からの祝福も有り難いけど、俺としては天使からの祝福以上に嬉しいことはない。

すぐ隣に立って俺を見つめてくる天使の微笑みは、それはそれは輝くばかり。さっきまでの地雷からドライアイスがまるで嘘のようだ。さすがは俺の天使、なんて寛大で情け深いんだろう。

まだほんの少しだけ淡く染まった頬で俺だけを見つめてくれる彼がたまらなく愛しくて愛しくて、彼が隣にいるのがものすごく嬉しくて嬉しくて、あっという間に俺の全部は彼でいっぱいになっていく。こんなに嬉しい誕生祝いは初めてだ。

「ありがとうギル。すごく嬉しい。それと……」

愛しているよ――――と、溢《あふ》れた思いを言葉にして、俺は愛しい彼の唇にそっとそれを吹き込んだ。重ねた唇からは甘く爽《さわ》やかなリンゴの香りがふわりと広がって、互いの口内を満たしていく。

宴席のざわめきなど気にしない。後はもう無礼講だ。

パーティーはまだ始まったばかり。

リンゴの香りは、ほんの始まりの合図だから……ね、ギルバートくん。

◇◇

さて、ギルバートくんの紹介も済んで乾杯さえ終わってしまえば、後は自由行動。

適当にハウスやガーデンの中をフラフラしつつ、各テーブルに並んだ下半期イチオシの新作飲料や新開発メニューを飲み食いして、時たま招待客らに声を掛けていればいいだけだ。彼と一緒にね。

招待客らは皆、普段からラグワーズのために頑張ってくれてる者たちばっかりだからさ、できれば彼らにこそパーティーを楽しんでほしいじゃない？　俺の誕生会なんて口実でいいのよ。

ラグワーズ本邸での大きなパーティーは、基本的に春と秋の年二回。

春なんて、三月の父上母上の結婚記念日に、四月のルーカスの誕生会、さらには俺の進級祝いと春の到来のお祝い、ついでに年度末の打ち上げまで乗っかってるもんだから、秋よりもさらに大規模だ。まとめるだけまとめちゃった感がスゴい。

俺の学院入学前はそうでもなかったんだけど、ルーカスの「ひと月くらい早まったって構いません！　兄上にご臨席頂きたいのです！」という一声がキッカケで、そんじゃアレもコレもソレもと乗っけ始めて、いつの間にかこれが定番になった。

ま、俺としては構わないし、何なら俺の進級祝いとかいらないし、もっと言うなら結婚記念日とか乗っける必要なくない？　二人でやってなさいよって思うんだけどね。

ちなみに当主夫妻の誕生会がないのは、仕事の繁忙期真《ま》っ只中《ただなか》であるのと、「私はずーっと三十とちょっとなのよ！」という母上の謎の主張のせいだ。毎年増えるのは「ちょっと」の部分なんだって。

長い歴史の中では誤差の範囲だそうだ。いや、いいんだけどね。

ついでに結婚記念日が三月なのは、母上が学院を卒業したとたんに待ち構えていた父上が結婚になだれ込んだからだったりする。


そんなこんなで年に二回の恒例となったパーティーは毎回盛況だ。

近隣の貴族家や商人たちも呼んで、たいてい中盤頃から始まる半年分の鬱憤《うっぷん》をかけた個人戦や団体戦を楽しみつつ、商談会やプロジェクト発案会で盛り上がる……というのが流れなんだけど、今回ばかりはちょっと勝手が違う。通常なら、いくらなんでも乾杯直後のフリータイムは有り得ないからね。

でも今回はそれをやっちゃう。参加者が身内だけだから可能な、特別限定仕様だ。

我が家は貴族の中でも割とラフな感じの家ではあるんだけど、それでも一応は貴族としての体面というか礼儀があるからさー、いつもなら会場で他家の賓客をお出迎えして、当主と本人が挨拶《あいさつ》して、その後に乾杯からの怒濤《どとう》の挨拶ラッシュ……ってのが定番。フリータイムはその後だ。

ところが、今日に限っては子爵家以下の身内ばかり。感覚としては社内懇親会に近い。

ま、彼らにしてみりゃ、今回だって気を使うことには変わりないんだろうけどね。ギルバートくんもいるし。主催する我が家にとっては楽チンこの上ない、ってだけの話だ。

なので、俺と父上は更なる楽チンを求めて、ついでとばかりに挨拶イベントも省略してしまった。

だから乾杯の後にフリータイムに突入と相成ったんだよ。

だって年がら年中、それこそウンザリするほど、書面や魔法陣でやり取りしてる連中ばかりだし。

父上なんかしょっちゅう顔も合わせてるからね。他家のギャラリーもいないのに、今さら形式張って個別に挨拶受けるなんて意味ないでしょ？

次から次にかけられるお堅いご挨拶に「ありがとう」「ありがとう」って流れ作業でリピートするのは、正直ダルいなんてもんじゃない。それこそ王族の方々のご苦労が身に染みるレベルのダルさだ。父上も秒で賛成してたから同じ気持ちなんだろう。貴族の本音なんてそんなもんだ。

それをギルバートくんに話したら「いつも本音丸出しで面倒臭そうにしてる王族もいますけどね」ってフンッと可愛く鼻を鳴らしていた。うん……どなたのことかは、言わなくても分かるよ。

ということで、無事に乾杯も終わった今現在、俺とギルバートくんは外のガーデンへと足を進めているところだ。いや、俺としてはもうちょっとリンゴ味のキスを楽しみたかったんだけどね？

ギルバートくんにキュムーッと胸を押されて、キスを強制終了させられちゃったからさ。

あれ？　と思って閉じていた目を開けたら、眼前には頬っぺを桜色に染めて俺を見つめる、そりゃもう目映《まばゆ》いばかりの超絶キュートな天使のアップが……。

はい、かっわいぃー!!　って全力で叫び出しそうな俺の目の前で、その大天使は濡《ぬ》れ光る唇をふるるんと尖《とが》らせると、まるで「もう……」とでも言うように蕩《とろ》けちゃいそうなお目々で睨《にら》み上げてきた。

そのあまりの可愛らしさに、マジで足から崩れ落ちそうになったからね。その場で気を失わなかった自分を褒めてやりたいくらいだ。

「く、唇は駄目です……公《おおやけ》の場ですから」

そう言って頬を染めながら手にしたグラスをそっと唇に当てたギルバートくん。貴公子を回復しつつもキュートさを隠しきれないその姿が、俺のライフをゴリゴリと削っていくのよ。

やっぱいい。もう彼を抱えて会場から逃亡してもいいだろうか。乾杯も終わったし、もう俺いなくていいだろ。誰も気がつかない気がする。

それってアリか、アリだろ、アリでいいよな……とフルスピードで考えを巡らせつつ周囲に素早く視線を流して、そうして俺はようやく周囲に隠匿が張られていることに気がついた。

あれー？　って首を傾げる俺に「私です」と小さく呟《つぶや》きを返してくれたのは目の前の天使。どうやら彼が隠匿魔法陣を展開したらしい。すごい、全然気がつかなかった。いつの間に？

「お母君が事前にご用意下さいました」

チラリと見せてくれた彼のポケットには数枚の魔法陣。隠匿に隠匿に隠匿に隠匿に、時々防音。

マジか、母上グッジョブ。これなら好きなだけキスが……と思った瞬間に「枚数には限りがありますからね」と、キッチリ釘《くぎ》を刺されてしまった。しょんぼり。

そんな感じで魔法陣を解除した後は、なんかスッゴい目力で横から視線を飛ばしてくる母上から逃れるように、俺は彼をガーデンへと連れ出した、とまぁそういうことだ。

グッジョブって褒めたんですよ、母上。

ハウスから出てガーデンへと足を踏み出すと、外は眩《まぶ》しいほどの陽差しが降り注いでいた。

まあ、今は九月の初めだからね。昼間はまだまだ夏の名残が強烈に残っている。うちの領はサウジリアの南端に位置してるから尚更だ。

その強い陽差しを遮るべく、会場の上には大きな三角形のシェードセイルが何枚も張られて、その明るいアイボリーの隙間から差し込む陽差しと淡い日陰が、華やかな料理で溢れたいくつもの丸テーブルとともに緑の芝生の上を涼しげに彩っている。

ガーデンのあちこちでは、村役人や商人たちに交じって、各団体の幹部や貴族たちがそれぞれ小さなグループに分かれて話をしたり、夫人同士や若い世代同士もそれぞれすでに交流を始めていた。

「……やあダグラス、先日ぶりだね」

何歩も行かないうちに、運悪くも縁戚《えんせき》筆頭たるドレイク子爵家当主にブチ当たってしまった。

こいつ、待ち構えてたな。

「これは若様。本日はおめでとうございます」

侯爵子息が隣にいるため、しっかりとした正式な礼を執ったダグラスの隣には子爵夫人が同じく深いカーテシーを披露している。

例のイチオシの孫は一緒じゃないので、どうやら事情はキッチリ呑《の》み込んでくれたようだ。

「楽にしてくれ。もう堅苦しい挨拶はいらないよ」

ね、と隣のギルバートくんに視線を向けると、彼もまた小さく頷《うなず》いて「どうか楽に。ドレイク子爵ならびに夫人」と声を掛けてくれた。

「はっ！　ランネイル侯爵家ご嫡男ギルバート・ランネイル様にお目通り叶《かな》いますはこの上なき幸いにて、ひとことご挨拶を申し上げたく。私めはドレイク子爵家が当主ダグラス・ドレイク、これなるは妻のアリッサにございます」

いらねぇと言ったにもかかわらず、ギルバートくんへの正式な挨拶を済ませてから、ようやく子爵夫妻は身体を起こした。まあそれも仕方がない。ダグラスにしてみりゃギルバートくんは初めましてだからね。実は隠匿状態で三日前に会ってますとは言えない。

とりあえず俺は愛想《あいそ》良く二人に貴族の笑みを向けると「今日は来てくれてありがとう。嬉《うれ》しいよ」と当たり障りのない会話を切り出した。もちろん本音としては、サッサと話を終わらせてギルバートくんと二人で新作メニューを食い荒らしたいんだよ？　子爵、どうか手短にね。

「いえいえ、若様の大切なお祝いに駆けつけぬダグラス・ドレイクではございませんぞ。いや、まこと若様とご伴侶《はんりょ》たるランネイル様の凜々《りり》しくもご立派なお姿にドレイク家一同、感服いたしました」

うん、至近距離にしては少々声のボリュームがデカいかな。いや相変わらず健康そうな様子で結構なことなんだけどね。

「まったく先ほどは物知らずのエバンスが大変な失礼を……。ラグワーズの縁戚筆頭として私めが心よりお詫《わ》び申し上げます。世事に疎いご老体のことゆえ、どうか私に免じて許してやって下さい」

ははぁ……やたらとデカい声は嫌味のためか。案の定、斜め向こうでジョセフがすんごい勢いでこちらを振り向いたぞ。いやダグラス、ご老体って、お前とジョセフは二つしか違わないよね？

相変わらずドレイクとエバンスは……というか当主同士はいつまで経っても仲が良くならない。下の世代や領地経営に関しちゃバッチリ連携が取れてるのに、この二人は顔を合わせりゃすぐコレだ。ドレイク子爵家とエバンス子爵家の蟠《わだかま》りは俺が生まれる以前から。

元からそれほど仲は良くなかったらしいけど、亀裂《きれつ》が決定的になったのは、何を隠そう目の前にいるダグラス・ドレイクが原因だ。いや本人は何も悪くないんだけどね。

ラグワーズの家系は基本的に三つあって、初代の長男の家系である我が家と、次男の家系のドレイク系、三男の家系のエバンス系に大別される。

そしてドレイク系にはペイルとベルナルドという二つの男爵家が、そしてエバンス系にはボルドー男爵家がそれぞれあって、ここまでが正式な縁戚のくくりだ。ちなみに我が家で言えばタイラーとディラン、それと元家令とルーカスの従者二人がドレイク系で、オスカーと本邸執事がエバンス系。

俺なんかは人事に関しちゃ家系とか気にしないんだけどね、どうやら俺の前の世代たちはそうでもなかったようだ。当然というか、決定的な亀裂もその辺が原因。

話は三十数年前、まだ爺様《じーさま》が当主だった頃に遡《さかのぼ》る。縁戚筆頭である先代ドレイク子爵に子供がいなかったため、弟である元ペイル男爵の次男の子を養子に迎えたことが、そもそもの始まりだ。

ペイル男爵家を継がない次男は本邸で家令をやってたし、当然その子供も継ぐ家がなかったから、同じドレイク系だし養子にちょうどいいと思ったんだろうね。

その養子ってのが、先代家令の長男であるダグラス・ペイル……目の前のダグラスだ。

んで、その養子縁組にエバンスが噛《か》みついた。

本来なら、下の下の端っこである男爵家すら継げない次男の息子が、いきなりドレイクの跡継ぎになって筆頭ヅラするのかと。ぜってー筆頭なんて認めねえからなと。

エバンスとしては焦りもあったんだと思う。なんせ当時は家令や執事や側近といった本家の要職は、すべてドレイク系で占められてたからさ。

当時のラグワーズは今よりもずっと貧しくて産業も少なくて、上の采配《さいはい》ひとつで各家の実入り……つまりは経済状態が左右される時代だったからね。

ドレイク系の家令が立場を利用して人事を好き勝手にしている。ラグワーズ本家すら危ないぞ！と、エバンスは危機感を抱いたそうだ。爺様も先代家令もそんな気はサラサラなかったらしいけどね。

『おやおや、これはお久しぶりですドレイク男爵……おっと子爵でしたな。あまりの柔弱《にゅうじゃく》なご様子につい間違えてしまいました。ハッハッハ』

くらいの嫌味はフツーにかっ飛ばしていたらしい。ま、これはタイラーから聞いた話だけどね。

でもドレイクも負けてはいなかった。男爵出身とはいえ、ラグワーズ次男の血統であるドレイク系なのは間違いないから、弱小三男系のエバンスに口を出される筋合いはないとばかりに言い返していたそうだ。ドレイクは数も多けりゃ声もデカいからね。

『いえいえ、基本の称号すらロクに覚えられないとは……まあ末端のお家柄では致し方ございませんなぁ。なに、小者の言などいちいち気に致しませんよ。ハッハッハ』

みたいな返しも、またフツーにブチ込んでいたらしい。

そしてそれ以来、二つの家の仲はこじれにこじれて数十年過ぎると……ま、喧嘩《けんか》や敵対の発端なんて大抵こんなもんよ。実にくだらない。まあ、そう言えるのも俺が本家の長男だからなんだろうけどね。本家は基本そういうスタンスだ。

「いや、エバンスも家を思ってくれてのことだしね。私も彼も気にしてはいないよ」

めんどくせーと思いつつもそうフォローして隣の彼を見れば、ギルバートくんも貴族の笑みでコクリと頷いてくれた。ごめんねー。

「お二方ともなんとご寛容な……。このダグラス・ドレイク、そのご恩情に報いるべく一族を挙げまして今後ともラグワーズに尽くして参る所存でございます」

いちいち大げさだな。名前の連呼と一族推しはギルバートくんへのアピールか。選挙運動みたいだ。

さて、とっとと話を切り上げるか……と俺が考えを巡らした時、ダグラスの隣にいた子爵夫人が、それはもうにこやかに口を開いた。

「そうそう若様、私どもの孫にそれはもう出来の良い娘がおりますの」

また孫の話か――い！

思わず天を仰ぎそうになりながら溜息《ためいき》を堪《こら》える俺に、子爵夫人は怒濤の孫アピールを始めた。はいはい、気立てが良くて優秀で魔力が高いのね、分かった分かった。天使という言葉を使わないあたりは旦那《だんな》から釘《くぎ》を刺されているのかな？

「それで如何《いかが》でございましょう。女学院卒業後はぜひ若様とランネイル様のお側にてラグワーズご本家の未来をお支えする人材としてご一考頂けませんでしょうか」

ん？　本家に？　うーん、そりゃ能力があれば誰だってウエルカムだけど、本人の得意分野とか実務レベルが分かんなきゃ何とも答えようがないなぁ。

「考えるにしても、将来を踏まえて、まずはどこに身を置くかが大切だよ」

一つ首を傾げてそう言った俺に、子爵夫人だけでなく子爵も何やら嬉しそうに顔を綻《ほころ》ばせた。

んん？　なんかもう本人に目指したい具体的な目標があるのかな。

ひとくちに本家と言ってもその仕事も様々だ。目指す部署によってはいくつもの部署で経験を積まなきゃいけないこともあるし、それこそ領内を飛び回って家に帰れない者もいる。

その希望の部署に本人の適性とスキルがマッチしなければ、夫人が言うところのラグワーズを支える人材には育たないからな。

「ええ、ええ、確かにそうですわ。将来的な立場を踏まえれば、ご本邸内のことを学ばねばお話になりませんもの。まず最初はご本邸にメイドの体《てい》で上がるのがスムーズなのではと、先ほど本人とも話しまして……如何でございましょう」

へー、メイド？　子爵令嬢なのにメイドから始めたいって希望する子も珍しいよね。

まあ確かに我が家は貴族としては邸内の使用人が少なくて、よく回ってるなーなんて思ったこともあるよ？　人材の多くを関連組織の実動隊に回しちゃうからね。あれかな、孫娘ってのはその辺を気遣ってメイドを志してくれたのだろうか。

でも困ったな。俺はメイドの採用なんて本邸どころか王都邸もタッチしてないし、まだ学生じゃ何とも答えようがないぞ？

さてどうすっかなーと考え始めたら、キュムキュムッと俺の手に可愛らしい感触が……。

うん？　と隣に目を向ければキラキラとしたお目々を僅《わず》かに細めた可愛い天使が、フンワリとした笑みを口元に浮かべながら小さく俺に耳打ちをしてきた。

艶々《つやつや》とした唇を耳元でそっと動かすギルバートくんのキュートなヒソヒソに、俺は緩みそうな頬を堪《こら》えながら耳を傾ける。ふんふん……ああ、それはいいね。

コクッと可愛らしく頷いた彼に笑みを返して、俺は賢い彼からの提案をさっそく実行に移した。

「クロエはいるか」

俺がそう声を上げると、直後に後ろから「はい、こちらに」というクロエの声が聞こえた。

おや、ちょうど近くにいたみたいだ。うん、メイドは表には出なくとも幕の外で忙しく働いてくれてるからね。ま、今日は身内ばかりだしメイドを短時間だけ会場に呼ぶくらいは構わないだろう。

「ダグラスの孫が本邸のメイドを希望しているそうだ。その辺は私にはよく分からないからね、お前に任せる。可能かどうか本邸のメイド長とともに見極めてやっておくれ」

そう告げた俺にクロエはすぐさま笑顔で頷くと、隣のギルバートくんにも確認するような視線を向けてくれた。さすがはクロエ、彼の助言だってすぐに分かったのかな。

凄《すご》いだろう？　俺の天使はこんな細やかなサポートまでパパッとできちゃうんだよ。でもギルバートくんだからね、驚くことじゃないんだ。

「ご令嬢のことを思えば、他の方々と同じ選考プロセスを踏ませるがよろしいでしょう。身内贔屓《みうちびいき》などと実力を揶揄《やゆ》されては後々お気の毒ですからね」

ギルバートくんの言葉に、クロエは納得するように大きく頷いた。

ああ、俺の天使ってば慈悲深いだけじゃなく、なんて配慮が行き届いているんだろうね。顔も知らぬ娘の将来まで気遣ってやるなんて。

『メイドのことはメイドに任せては？　何から何までよく分かっている者なら上手《うま》くやってくれるで

しょう。あなたが裁量するようなことではありませんよ』

まったく彼の提案はもっともだったし理に適《かな》っていた。しかも深い情まであった。

クロエの肩書きは本邸メイドの中でも今やナンバー2の副メイド長らしいからね。彼女なら学生のうちにメイドのイロハを身につける方法も知ってるだろうし、これならドレイク子爵夫妻の顔も立つ。

何も知らない俺が適当にタイラーあたりに丸投げするよりよほど親切だろう。

「彼の言う通りだ。そうしてあげてクロエ。後は頼んだよ」

「はい若様、このクロエが承りました。お任せ下さいませランネイル様」

頭を下げたクロエに頷いて子爵夫妻へと視線を戻すと……うん？　なんか顔色が悪いな。もしや、こんなに話がサクサク進むとは思ってなくて急に寂しくなったとか？　でも子爵令嬢なのにメイドになりたいってガッツのある子なんだから、手放すことを惜しむよりぜひ背中を押してやってほしい。

「聞いての通りだ。後はあのクロエを通して話を進めるといい。では子爵、夫人、私はそろそろ行くよ。彼に色々と見てほしいのでね」

ちょうどキリもいいので、寂しんぼうになってるドレイク夫妻にそう告げて、俺は再びギルバートくんの手を引いて新作メニューを目指して歩き出した。

「本当に君の行き届いた判断は素晴らしいね。すっかり感心してしまったよ」

繋《つな》いだ手を小さく揺らせば「これしきのことで大げさです。出過ぎた真似ではありませんでしたか？」と、隣から天使が俺の顔を心配そうに見上げてきた。本当になんて謙虚なんだろうね。

「出過ぎなものか。とても頼もしくも心強く感じていたんだよ？　これからも何か思うところがあれば遠慮なく聞かせてほしいな」

俺の言葉に小さく手を揺らし返して「では遠慮なく」と戯《おど》けたように笑った彼は本当に綺麗《きれい》。我慢できずに彼の頬にチュッとキスをすると、パチリと彼の切れ長の目が開いてわずかにその周囲が淡く色づいた。ぐぅ。ギルバートくん、そろそろ隠匿魔法陣二枚目いかがでしょう……。

チラチラと彼のポケットに視線を流しつつ、そこそこ間隔を取って置かれたテーブルの間を二人で歩いて行く。彩りよく並んだ新商品や新作メニューに興味深げな視線を送る彼に、改良点や素材の特徴などを説明しながら柔らかなガーデンの芝を踏み歩くのは何だかとっても楽しい。

俺だけならともかく、侯爵子息のギルバートくんが同伴なので声を掛けてくる者はいない。掛けられないというのが正しいかな。彼に紹介したい者たちもいるから適当に小腹を満たしたらゆっくりと声を掛けて回ろう。

てっきりエバンスあたりは絶対にドレイクに張り合って突撃してくるんじゃないかと思ってたんだけどね。むっちゃドレイクのこと睨《にら》んでたからさ。でも意外なことに気がつけば静かにあの場から立ち去っていた。大人になった、というか元から大人だから年くって丸くなったのかな。

さっき見た感じでは、エバンス子爵夫妻は会場の端っこの方で集団に交じって何やら話し合いをしてるようだった。なんかオスカーも呼ばれてたからエバンス会議かな？

生産品や新規事業案の確認でもしてるのかもしれない。エバンスが担当するラグワーズ東地区は薬草や化粧品で新開発が目白押しだからね。楽しみだ。おっ、オスカーの奥方もいる。子供たちは頼んできたんだね。

「あ、これは……」

テーブルの一つに視線を止めたギルバートくんが声を上げた。

なので俺もそちらに視線を向けると……ああ、なるほど。

「うん、前に君の家の晩餐《ばんさん》に呼ばれた時に出した柑橘水《かんきつすい》だね。瓶を覚えていたのかい？　すごいな。

あのあと君のアドバイス通り無糖も作ってみたんだよ。飲んでみるかい？」

俺たちがそのテーブルの前に立つと、さっそくディランが柑橘水をグラスに注いでくれた。うん、ありがと。お前もドレイクへ挨拶《あいさつ》に行ってもいいんだよ？　人手はあるからね。

「美味《おい》しいですね。香りと後味がとてもいい」

ひとくち飲んで微笑んでくれたギルバートくんに、俺のご機嫌もさらにアップ。

そうでしょー、この柑橘は無糖だと薄味で味気なく感じちゃうから調整に悩んだんだよ。嬉《うれ》しいな。

「ギル、よかったらこれらも食べて？」

気をよくした俺が指さしたのは、同じテーブルに美しく並べられた新作メニュー。

「これはまた、ずいぶんと可愛らしいですね」

彼の視線の先には、大皿に載せられたハンバーガーにホットドッグにピザ……を、社交用のフィンガーフードに仕立てたミニファストフードだ。

プチサイズのそれらは色味も鮮やかで確かに可愛らしい。それに目元を緩めて視線を向けるギルバートくんはもっと可愛らしい。きっとバーガーやピザの実物は初めてなんだろう。

この世界にもバーガーやホットドッグやピザはある。別に俺が開発したわけではなく、生まれる前から存在していた。かなりシンプルだし味も微妙だけどね。材料が揃ってるんだから無い方がおかしいのかもしれない。ただ近年までの王国の食料事情を思えば首を捻《ひね》らざるを得ない部分もあるんだけど、そこは考えたら負けだと思ってるのでスルーからの開発にシフトチェンジした。

バーガーやホットドッグやピザ、あるいはアメリカンドッグやクレープといったカジュアルに片手で食べられるワンハンドフードは、楽しいし美味しいんだけど、貴族や裕福な商人らにとっては少々差し障りがある。口や手が汚れる上に食べ方もお品がないってことで、陰でコッソリ楽しむのが通常。

でもさ、せっかく旨《うま》いのに勿体《もったい》ないじゃん？　俺はファストフードが大好きなんだよ。

てことで唯一、貴族でも手づかみが許される食事であるフィンガーフードに仕立ててみた。

フィンガーフードの基本はカナッペやピンチョス、ひとくちサンドといった、手や口を汚さずひと口からせいぜい三口くらいで食べられるもの。要は簡単だ。バーガーやホットドッグやピザもそのサイズにしちまえばいい、ってことで出来上がったのがコレ。

「これはいいですね。見た目も鮮やかですしバリエーションが広がりそうです。高位貴族のパーティーでも受けるはずですよ」

オシャレなピックが刺さったプチバーガーをマジマジと見つめる天使のお目々はすごくキュート。パクッと半分ほど食べて、そのお目々がまん丸になったらキュートさはいっそうマシマシだ。

「美味しい？　ラグワーズ牛を使っているんだ。バンズも独自開発でね」

俺の説明に、ギルバートくんはお口を上品にもぐもぐしながら頷《うなず》いてくれた。うん、グルメな彼に太鼓判を押してもらえたら開発は大成功だ。

「とても美味しかったです。この柑橘水との相性も非常にいい」

コクリと柑橘水を飲み下した彼の言葉に、少し離れた場所に控えていた開発や流通の関係者らが小さくガッツポーズをキメるのが見えた。良かったね。

「食べやすいですし貴族好みの味です。中身を魚や海老《えび》に変えれば牛だけでなく海産の良い宣伝になるでしょうね」

ミニファストフードを見渡しながら感想を口にするギルバートくんは、すごく知的で格好いい。でもねギルバートくん。俺そこまで考えてないから。せいぜいが領内と王都邸で食えればいいかなって思っただけなんだけど……って、あれ？

「ただ高位貴族家は自邸での調理が基本ですから、高位から販路を広げるのは難しいかもしれません。実績をつけて独自開発のバンズから納めるのが現実的でしょう」

周囲ではディランをはじめ商人たちが素早くメモを取り始めているけど、俺はそれどころじゃなくなった。ふるふるツヤツヤと動くギルバートくんの魅惑的な唇の端っこに、ソースがちょっとだけついているのを見つけてしまったから。

「ラグワーズ牛の割合や具材を変えればコストも下がりますし平民向けの商品にもなるのでは？　平民向けならば富裕層や下位貴族も使う南地区に専用店舗を構えるのも有効かもしれません。中間層から攻めるのが得策かと思います」

彼の口元についたソースはよくよく見なきゃ分かんない程だけど、見つけちゃったのは仕方がない。

やっぱり、舐《な》めたい。物凄《ものすご》く。

「店舗を構えるならば、ミニサイズだけでなく通常サイズと組み合わせるのも購買意欲をそそりますし、利益率を考えると……」

――ペロッ。

パチッと目を見開いた彼が、ピタリと言葉を止めた。

ごめんね、我慢できなかったんだ。

俺がもう一度チュッとその口端にキスを落とした瞬間、驚くほどの速さで隠匿魔法陣が発動された。

もちろん、その後に俺がギルバートくんに叱られたのは言うまでもない。すんごく可愛いお顔で。

うん、反省してるよギルバートくん。つい口の端っこならいっかなーって……。次からは気をつけるよ。だからね、そんなにお手々をキュムキュムしないで。

えーっと……どうせだから、もういっかいキスしてもいいかな？

◆◇◆　ラグワーズ女子は　◆◇◆

『ラグワーズとサウジリアに幸あれ』

『若様おめでとうございます!!』

主様《あるじ》のお声に続いて周囲から一斉に声が上がった。大きく揃った掛け声は、もちろん一度で止むことはなく、その勢いのまま皆が若様へのお祝いの言葉を次々と口にしていく。

――おめでとうございます！

――若様、おめでとうございます!!

――ラグワーズに幸を！

それらはハウスの中だけでなくガーデンからも、そして幕の外からも上がり続け、まるで競い合うように会場中を埋め尽くしていった。

「おめでとうございます若様！」

私も手にしたグラスを掲げて、会場の片隅から若様へ向けて精一杯の声を張り上げた。

……もちろん、視線だけは会場の中央にいるドレイク子爵家とエバンス子爵家から外さないように。

主様《あるじ》もお認めになった若様のご決断だというのに、いまだ納得しきれず戸惑いを見せている子爵家二家。彼らがこの後いったいどのような行動に出るのか、しっかりと見極めないといけないもの。

若様をご不快にさせるような素振りを微塵《みじん》でも見せるようなら、何が何でも阻止しなければ。上位

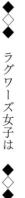

のドレイク家であろうがエバンス家であろうが関係ない。私にとっては若様のご意思こそがすべて。

縁戚《えんせき》とは名ばかりの小娘《わたし》にできることなど高が知れてるけれど、それでもできることはあるはずよ。私たち家族が若様から受けた大きな大きなご恩を、ほんの僅《わず》かずつでもお返ししたい。いいえ、もしご恩などなくとも若様のお役に立ちたい。立ってみせる。


私が見つめる左向こうの中央最前列には、子爵家ご当主らとご令嬢方、そしてその後ろには夫人方の横顔や後ろ姿が垣間《かいま》見《み》える。身動《みじろ》ぎもせず呆然《ぼうぜん》と正面を向いているご両家の子爵ご夫妻――よくは見えないけれど、きっとずいぶんと顔色がお悪くなっていらっしゃるのじゃないかしら。

ま、それもそうでしょうね。そうとう張り切っていらしたもの。それでも条件反射のように祝いの言葉を口にしているあたりは、さすがご当主ですわ。

それに比べてお嬢様方ったら、若様とランネイル様を不躾《ぶしつけ》に凝視したまま祝いの言葉すら口にしないのはどうなのかしら。まあお二方ともまだ十六歳だから仕方がないのでしょうけれど……あら、でもランネイル様も十六歳でいらしたわね。

「そんなに睨んでたら気づかれてしまうよ、ミランダ」

すぐ後ろから聞き慣れた声が聞こえた。テリーね。

「ベルナルドの出戻り男爵令嬢の娘なんか誰も気にしちゃいないわよ。それにそんなに睨んでないわ」

顔も視線も動かさないまま即座に小声で答えた私に、背後で小さな溜息《ためいき》が溢《こぼ》された。

「出戻りだなんて、母親のことをそんな風に言うもんじゃないよ。それに君の母親はご夫君が亡くなられたから戻ってきただけだろう、出戻りじゃあない」

「知らない連中は好き勝手言うものよ。でもそうね、母上本人が『出戻り男爵令嬢ですー』って胸張って言って回ってるから私も鈍感になってたわ」

このテリーことテレンス・ボルドーは、エバンス系の男爵家の嫡男。私と同い年の十八歳で、この二年半、いいえ中等部を含めれば五年半、進学した領民らとともに学院で若様をお護《まも》りしてきた。

貴族階級では同じドレイク系の男爵家の兄妹二人がいるけれど、兄の方がこの春卒業してしまったから現在は十七歳の妹アリアと三人で、ラグワーズの学院生組織の指揮をとっている。

本当は貴族枠でもう一人か二人、一年生枠に置いて情報収集したかったのだけど、子爵家のご令嬢方はいずれも女学院に進学してしまった。あの時はアリアと二人で「もうちょっと根性入れて勉強しなさいよ！」って地団駄踏んだものよ。

テリーに指摘されたから、ってわけじゃないけど、私はできるだけ目許《めもと》を緩めてごくごく自然に見えるよう子爵様方を窺《うかが》い続ける。

その子爵家のご当主たちが力なく見つめる先では、若様がお隣にいらっしゃるご伴侶《はんりょ》様と仲睦《なかむつ》まじく視線を交わされているご様子。視界の隅からでもそのご寵愛《ちょうあい》の深さはひしひしと伝わってくるわ。

若様が伴侶にとお望みになったお方は、他家のご令嬢でも縁戚のご令嬢でもなく、貴族ならば誰もが知るランネイル侯爵家のご嫡男。宰相閣下のご子息というだけでなく、その王族並みの魔力と頭抜けた才知は、同年代だけでなく王国じゅうの貴族が一度は噂を耳にしたことがあるはず。

若様が学院の「隠れ家」にランネイル様をお招きになっていることも、徐々に友好を深められていることも存じ上げていたけれど、まさかご伴侶に選ばれるとは。

確かに驚きはしたけれど、あのランネイル様の目映《まばゆ》いほどの美貌《びぼう》と、我ら下位貴族など到底足元にも及ばぬ圧倒的な品格と存在感を前にしてしまえば、若様がお望みになるのも当然、いえ若様のお相手ならば、これ程の方でなくては釣り合いが取れないのだと納得するしかない。

性別？　そんなものはどうだっていい。若様が望まれたこと、それがすべて。

――おめでとうございます！

――若様、おめでとうございます！

周囲から上がる祝いの大合唱に、けれど視界の端の若様はそれらをさして気にすることもなく、いつもと同じゆったりと落ち着いた物腰で美しく佇《たたず》みながら、お隣のランネイル様へ微笑みを向けていらっしゃる。

でもそのご様子は、普段の若様とはまったく違う。

気品ある柔らかな微笑みはそのままに、そのお優しい紺青の瞳《ひとみ》でランネイル様ただおひとりを熱く見つめられ、蕩《とろ》けるような低く甘いお声をランネイル様だけにお向けになる。

ご伴侶様へこれほど明確な情愛をお示しになる若様に、誰も異など唱えられるはずがない。性別であったり嫡男同士ということに引っかかりを覚えるはずの年配の者たちもみな、半ば無理やり景気づけのように「おめでとうございます！」と声を張り上げては自身を納得させているのが丸わかり。

その時、最前列の子爵家ご令嬢方の身体がググッと前のめりになった。と同時に周囲の者たちが息を呑《の》む。

え、なに？　と釣られるように私も視線を若様へと向けると……あっ。

真っ先に目に飛び込んできたのは、美しく微笑む気高き貴公子様。

そしてその貴公子様を愛しげに見つめながら、スゥッとお顔を寄せていく若様のお姿が――――。

ゆっくりとごく自然に、けれど溢《あふ》れんばかりの恋情を隠すことなく、僅かに細めた目で貴公子様を見つめながら小さく首を傾けていく若様。その若様に、かすかに見開かれた貴公子様の目がフワリと緩んで、そして同じくごく自然に、まるで近づく若様を受け入れるように、あるいは魅入られたように、貴公子様の薄紅色の唇が小さく開いていく。

それは、ほんの一瞬の共鳴のような呼応……。けれどその一瞬に、惹《ひ》かれ合い求め合うお二人のお気持ちが垣間見える。ああ本当に、若様は唯一のお方を見つけられたのね……。

ぎゅうっと胸の辺りが痛いほどに熱くなって、私は思わず右手で胸を押さえた。

そして、若様のお顔が貴公子様のお顔に被《かぶ》さり、その貴公子様の肩がほんの僅か小さく震えた直後、スーッとお二人のお姿が、周囲に同化するように掻《か》き消えていった。

目に映るのはもう、背後で風に小さく揺れる絹の飾り幕と、美しい生花だけ。

「ミランダ」

テリーの声にハッと慌てて子爵様方へと視線を戻すと、ドレイクとエバンスのご当主夫妻はそれぞれガーデンへと向かい始めていた。ご令嬢方の目を片手で押さえながら……。

いけない。ボウッとしていたわ。

「追いましょう」

テリーとともにハウスを出ると、ドレイク子爵夫妻はすぐ右のガーデンの端へ、エバンス子爵夫妻はそこから少し離れたやはりガーデンの端へと、それぞれの孫娘であるご令嬢方をお連れになっていた。ご当主方に手を引かれたご令嬢はと言えば、どちらもキョトンと、いえ少しばかり不機嫌そうね。

少し離れた場所では、ご令嬢方のご両親である両家のご嫡男夫婦が、その様子を下のご弟妹《きょうだい》とともに心配そうに見守っていらっしゃる。次期当主といえど現当主に来るなと言われたらどうにもならないものね。お気の毒に。

私たちもドレイクとエバンスのちょうど中間あたりのテーブルに陣取って、様子を窺うことにした。

到着したガーデンの端でエバンス子爵が魔法陣を取り出した。あれはたぶん防音だわ。聞かれたくない話をするのね。一方のドレイクに視線を移すと、やはり懐から魔法陣を取り出したドレイク子爵に、一人の男性が声を掛けていた。あら、あれはイーサンだわ。

イーサンは、今年学院を卒業した例の男爵家の兄の名前。ドレイク系のペイル男爵家の嫡男だ。若様がご入学なさる前から今年までの六年間の働きを評価されて、この春からご本邸でタイラー様の補佐として働いている。

ご家族に頼まれたのかしら？　確かにご本邸仕えの彼なら子爵様に声を掛けられるし、兄妹ともにナタリー嬢とは親しいから適役ね。彼がうまく収めてくれればいいのだけれど……と思ってるうちに、ドレイク子爵も魔法陣を発動した。エバンスと同じ強力な防音魔法陣だ。

「聞けるか？」

隣からのテリーの言葉に、もちろん私は頷いてみせる。

「ええ、特性を発動するわ。少し静かにしててね」

そう言いながら私はすぐさま束の間だけ目を閉じて、私の特性『遠耳』を発動した。特性に魔法は通用しないもの。任せといて。

『さっきはなんで目を塞《ふさ》いだの？　ひどいわお祖父《じい》さま』

真っ先に聞こえたのはドレイク家のご令嬢ナタリー嬢のプリプリした声。

『お前がショックを受けないためだよナタリー……』

『可哀想に。気を落としちゃ駄目よ』

ドレイク子爵夫妻の声も聞こえてきた。

『ナタリー、残念だろうけど若様がお決めになったことだ、分かるよね。子爵夫妻もどうか気持ちを切り替えて、今後とも若様とランネイル様をお支え下さい』

イーサンが穏やかな、けれど冷静な声でナタリー嬢を慰め、そして子爵夫妻をそれとなく諭した。

今春まで学院生組織のリーダーだったイーサンは、私と同じくバリバリの若様派。一時期はナタリー嬢の家庭教師も務めた彼だからこそ言える言葉ね。

『もちろん分かっているわイーサン兄様！　若様のご伴侶はランネイル侯爵家の立派なご子息様よ。お祖母《ばあ》さま、私は気を落としてなんか……いえ一度落としたけど今は大丈夫よ！』

クルッとイーサンを見上げたナタリー嬢が意外にも、えらく元気な声を上げた。

『だからね、私、決めましたの。将来はあのお二人のためにご本邸に入ろうって！　いいでしょう？お祖父さま、お祖母さま。あ、もちろんラグワーズのためよ？　ね、応援して下さいな』

「え……」

思わず声が出てしまった。それに隣のテリーが反応して「どうした？」と小声で聞いてきたので、私は耳を澄ませながらもテリーにやはり小声で状況を説明する。

「ナタリーが、あの子ったら若様の相手がご子息だから、自分が本邸に入ってご本家を支えるって」

「は？」

驚くテリーをよそに私の耳には次々と会話が入り始めた。どうやら子爵夫妻は驚いてはいるものの徐々に乗り気になっているようだ。

『お前にそこまで覚悟があるとは』『確かに将来的には……』というご夫妻の声が聞こえてくる。逆に大慌てなのはイーサンだ。

『何を言っているか分かってるのか、そんな簡単な事じゃない』『思い直すんだナタリー』と冷静な彼には珍しく声を荒らげている。

『もちろんよ。どれほど大変かはよく分かってるわ。でも決めたの。私、ご本邸に入れるならメイドでも何でもこなしてみせる。若様方のお側にいられるなら何でもいいわ！』

『なるほど、最初はメイドの体《てい》なら不自然じゃないわね』『そうだな』

子爵夫妻の呟《つぶや》きも、私の耳はしっかりと捉《とら》えた。ちょっとちょっとちょっと！

いやーな予感がして、私は少し離れた向こうのエバンスの方にも『遠耳』を向けてみた。

『アイリーン、そこまで若様のことを……』

『ええ！　私、若様とランネイル様を見……ゴホッ、ラグワーズのためなら何だってしてみせますわ！』

『お前って子はなんて健気《けなげ》な』

「……エバンス家のアイリーンも、ナタリーと同じようなことをご当主夫妻に言っているわ」

「えぇっ！」


『それでは、もうよろしいかしらお祖父さま？』

『そういうことで、ちょっと私、先に参りますわね』

暫《しば》くすると、二人のご令嬢はそれぞれの祖父母を残してとっとと防音から出てきてしまった。そしてそのままスタスタと物凄《ものすご》い早歩きでガーデンを横切った二人は、反対側の隅で合流すると何やら顔を寄せるようにして話し始める。

「あの子たちったら、何を考えているのかしら。この際だから直接話を聞いてみるわ」

二つの子爵家のご夫妻はまだ何かお話ししているけれど、とりあえず私は『遠耳』を解除して彼女たちの元へ向かうことにする。

「分かった。僕はオスカー様に連絡を取るよ。うちのエバンスでご当主を抑えられるのはオスカー様しかいない。ちょうど今日は奥方がいらしてるからね。すぐに来て下さるさ。それにしても相変わらず君の『地獄耳』は凄《すご》いね。羨《うらや》ましいよ」

「『遠耳』よ。わざとでしょテリー。それに人よりちょっと遠くが聞こえる程度よ。特性なんて大して珍しくもないでしょ」

進めようとしていた足を止めて睨《にら》み付けた私に、テリーがわざとらしく肩をすくめてみせた。

そう、千人に一人とか言われる特性持ちは、ここのラグワーズ本邸に於《お》いては珍しくもない。何ならラグワーズ本邸使用人の三割以上、若様の専属使用人に至っては全員が何かしらの特性持ちだろう。

『遠目』『遠耳』『俊足』『雷声』……一番多そうなのは『強力《ごうりき》』だけど、他にも『柔軟』やら『飛跳』やら種類は様々。中にはオスカー様のように二つ以上の特性をお持ちの方だって複数いらっしゃる。

かと言って、特別にラグワーズで特性持ちが多く生まれているというわけじゃない。領内各地から自然と集まって来るだけ。でも特性持ちなら本邸使用人になれるかといえば、そんな簡単な話ではない。私なんか絶対に無理。

特性なんて人より少しだけ目がいいとか身体が強いとか計算が速いとか、要するに何らかの機能が一割から三割程度かさ増しされてるだけだもの。私にしてみれば虫歯になりにくいとか風邪を引きにくいとかと同レベル。そんなもの努力と鍛錬でいくらでも引っ繰り返されるような差だし、他でどうにでもカバーされてしまう。「ちょっと向いてる能力」を最大限に活かしつつも死ぬ気で努力しなきゃご本邸の採用など夢のまた夢。

「でもドレイクとエバンスの当主たちは若様の特性にえらく執着しているようだよ。だからあれほど熱心に孫娘を薦めていたのさ」

「若様が特性持ち……？」

若様が特性持ちでいらっしゃるなんて聞いたことがない。お持ちならば一体どのような特性でいらっしゃるのかしら。

そんな気持ちがつい顔に出てしまったのかもしれない。テリーは足を止めたままの私にスッと顔を寄せると、わずかに俯《うつむ》いて声を潜めた。

「さあね。どうやらご本家の極秘事項らしいからご存じなのはごく一部の方々ばかりだ。ただ特性と言うにはあまりにも特異な能力をお持ちらしい。主様から国王陛下に直接ご報告申し上げただけで、国には届け出ていないようだ」

「なんであんたが知ってるのよ。というか口の軽い男ね。他で喋《しゃべ》ったら承知しないわよ」

「酷《ひど》いな、せっかくミランダだから教えてあげたのに。他には喋ってないよ」

つまんなそうに口を尖《とが》らせたテリーを「絶対よ」と再び睨み付けて、私は今度こそ彼女たちの元へ向かうことにする。後ろから小さな溜息《ためいき》が聞こえてきたけど気にしている暇はない。

今はあのご令嬢……ああ、もういいわ。あのトンデモ発言をしたナタリーとアイリーンよ。あの二人が若様に夢中なのは昔から知っていたけれど、まさかあんな事を言い出すなんて！

ご当主方もご当主方よ。自分たちが何をしようとしているのか分かってないわ。恐らくは互いの家への対抗心やら若様の特性やらで目がお曇りになっているんでしょうけど。なるほど、だから子爵様方はあんなに気合いを入れていたわけね。

まったく馬鹿馬鹿しい。これだから年寄りは。特性が出るかどうかなんて運次第。内容だってランダムだから血の繋《つな》がりなんか何の意味もないというのに。そもそも若様が素晴らしい特性をお持ちだったら何だって言うのよ。若様なら百の特性をお持ちだって驚きやしないわ。ばっかじゃないの。

ばーか、ばーかと内心でご当主たちに悪態をつきながら、私はガーデンの片隅でコソコソと顔を寄せ合う二人のご令嬢方の元へ真っ直ぐに歩いて行った。

「あ、ミランダ姉様！」「ミランダ姉様！」

近づく私を見つけた彼女たちが、まるで先ほどの大胆な発言が嘘のようにいつもの無邪気な微笑みを私に向けて「こっち、こっち」とばかりにパタパタと手を振ってくる。

ドレイク家のナタリーとエバンス家のアイリーン。この二人、子供の頃からそれはそれは仲がいい。仲がいいだけでなく思考も嗜好《しこう》もソックリ。今日だって色や刺繍《ししゅう》は違うけれど同じデザインのドレス。髪型だってサイドをゆるい三つ編みにして後ろでリボンで留めたお揃いにしている。

ナタリーはダークブロンド、アイリーンはキャラメルブロンドという違いはあるけれど、瞳《ひとみ》の色は同じライトブルーだから見る人が見ればお揃いってことは一目瞭然《いちもくりょうぜん》。きっといつもの如く、事前に魔法陣で打ち合わせでもしていたんでしょう。

お祖父さまであるご当主らはあれほど仲が悪いというのに、それさえも逆手に取って、お揃いの物をオネダリするのがこの子たちのいつもの手。今回もそのやり口を使ったのね。

――アイリーンはこんなドレスをお祖父さまに買って頂いたんですって！　私も欲しかったわ。きっと私の方が似合うのに……くやしいお祖父さま！

『って言えば一発よ！』『順番にしてるのよねー』

『次はリボンよアイリーン！』『まっかせといて！』

十年近く同じ手が通じるって大したものよね。ご当主方もいい加減に気づけばいいものを。もう理由なんか何でもいいから、張り合いたいだけに見えるわ。

「ねっ！　ミランダ姉様。若様とランネイル様、すっごく素敵だったとお思いにならない？」

「私たちね、将来はご本邸に入ってずぅーっとあのお二方をお支えするって決めましたのよ」

「ちょっと待って二人とも。あなたたち若様が好きだったのではないの？　なんかおかしいわ。ねー、とばかりに顔を見合わせてニコニコするナタリーとアイリーン。あら？　『若様だけは譲れない！』『ライバルよ！』って言い合っていたじゃないの。何がどうなったらそうなるの？」

私の質問に目の前の二人は一度顔を見合わせると、お互いに眉《まゆ》を下げてほんの少しだけ大人びたような顔で笑い合った。

「確かに私たちは若様が大好きで、初恋の若様と婚姻を結べたら死んでもいい！　ってくらいには大好きでしたわ。ううん、この先もずっと大好き。今でも気を抜いたら泣いてしまいそうよ」

「でもミランダ姉様もご覧になったでしょう？　あの若様のご様子。とてもじゃないけど私たちが入れる隙間などないわ。あんなに怖い若様は初めて。あんなにお幸せそうな若様も初めて見ましたもの」

確かに、あんなに恐ろしい若様を私は初めて見た。

『彼に対する無礼だけは許さないよ。それがどれほど些細《ささい》なことであってもだ。いいね』

いつもお優しくて、誰かを窘《たしな》める時も柔らかなお言葉で噛《か》んで含《ふく》めるように穏やかにお話をなさる若様。けれど先ほどの若様のお言葉は、まるで鋭い刃《やいば》を首元に突きつけるかの如き凄みがあった。

表情は微笑んでいらっしゃった。声を荒らげた訳でもない。けれど濃紺に煌《きら》めく瞳から発せられる静かな気迫と威圧に、その場の誰もが背筋を凍らせ、押し潰《つぶ》されるように低く頭を下げていた。もちろん私も。そしてその後の、ランネイル様だけに向けられた深いご情愛の発露……。

確かに、あんな若様はどちらも見たことがない。

「私たちの気持ちでこの場で泣いてしまったら、若様のお誕生祝いが台無しだわ。ランネイル様だってきっと気を悪くなさるに決まってる。だってご伴侶《はんりょ》だもの」

「それにね、あのお二人すごく素敵でしょう？　ピッタリとお似合いだわ。見ているだけで胸がドキドキして幸せになって溜息が止まりませんわ」

「私たち、これからここでお二人のお姿を拝見いたしますの。きっと素晴らしい時間になりますわ」

ホウッと大きな胸に両手を当てたアイリーンが頬を染めながら溜息をついた。それにナタリーもまたポッと染まった頬を両手で押さえる。

ちょっと待って、さっきの話とますます食い違ってきたわ。

「なら、なぜお祖父さま方にあんなことを申し上げたの？　愛人になりたいだなんて」

「「愛人……？」」

いまだ頬を染めた二人が揃って首を傾げた。……え？

「何を仰《おっしゃ》っているの、ミランダ姉様？」

「ねえアイリーン、愛人って何だっけ。どこかで聞いたような言葉だけど……」

……………まさか！

「あなたたち『ご本邸に入る』とか『ラグワーズのため』って、そのまんまの意味だったの？」

「そのまんま？」「そのまんま？」

また揃って首を傾げた目の前の二人に、私は自分の顔色がサーッと青くなっていくのを感じた。

なんで「入る」なんて紛らわしい言葉使うのよ！　ちゃんと「仕える」って言ってよ！
ああっ、文句は後よ。たいへん！

「ナタリー、アイリーン、よく聞きなさい。きっとお祖父《じい》さま方は物凄い勘違いをしていらっしゃるわ」

「「勘違い？・？・」」

そうして私は、目の前の〝本気で本邸で働くことを目指している子爵令嬢〟たちに、自分たちの言葉がどれほどタイミングが悪くて、どれほど誤解を与えたかを手早く説明した。

「なんですって……！」

「酷すぎるわお祖父さま！　それにお祖母さまも！」

私の話を聞き終わるや、ご令嬢二人は拳《こぶし》を握りしめてブルブルと震えだした。

「私を何だと思ってるの。ご伴侶がいる方の子供だけを産めですって……？」

「若様はそんな不誠実なお方じゃないわ。若様にもランネイル様にも失礼よ。その発想が不潔だわ！」

「そうよ不潔よ」「なんて穢《けが》らわしい……胸が悪くなるわ」

いや、誤解させたのはあなたたちだからね？

言ったタイミングも、言った相手も、言葉の使い方も、それはもう最悪だったからね？　私やテリーや、冷静なイーサンですら誤解したくらいだもの。

「今すぐお祖父さま方の誤解を解いて参りますわっ」

「ええ、ええ、私もすぐにお話しに向かいます」

私の目の前で震わせた肩をいからせ、キッと顔を上げた二人が、ザッと同時にドレスの裾《すそ》を掴《つか》んで走り出そうとしたその時、まさにその走り出そうとしていた方角から、なんとも仲睦《なかむつ》まじげなご様子の若様とランネイル様が歩いてこられた。

そしてその正面には、お二人を待ち構えるように正式な礼を披露するドレイク子爵夫妻の姿が……。

ヒュッと聞こえた息を呑《の》む音はナタリーとアイリーン、そして私。

ああ……遅かった。

◇◇

それから暫く。そう、時間的にはほんの十分程度過ぎたあと。

私の視線の先には、ガーデンハウスを見つめたまま、ただ立ち尽くすドレイク子爵夫妻のお姿があった。お二人の顔色は非常にお悪い。そりゃそうよね。ビックリするくらい見事な空振りだったもの。

そして私のすぐ後ろの木の陰では、キャッキャとはしゃぐ二人のご令嬢の姿が……。

「アイリーン、見た？　見た？　さっきのランネイル様の表情！」

「見たわ！　はぁ～、んもうドキドキするくらい格好良かったわ」

ウットリと胸に手を当てるアイリーンの様子に、ウンウンと腰に手を当てて満足げに頷《うなず》くナタリー。

なぜあなたが得意げな顔をするのかしら？

「さすがは氷の貴公子様よね。ひと睨みでお祖父さま方を凍らせていらしたじゃない？　ざまあご覧あそばせ、ですわ！」

フフン、と鼻を鳴らして足を踏ん張ったナタリーに、アイリーンが「あら、ざまあってなぁに？」と、コテリと首を傾げた。

「ご自身の今の様《さま》をご覧なさい、って意味よ！」

「なるほど。確かにご自身の有様を顧みて頂きたいわね！　ええ、ええ、ざまあご覧あそばせばよろしいのよ。うちのお祖父さま方も！」

ググッと拳を握りしめたアイリーンがキッと睨《にら》み付けたのは、ご自身の祖父母エバンス子爵夫妻。すでにガーデンの端っこに回収されて周りを親族らにガッチリ囲まれていらっしゃる。

さすがはオスカー様、手際がいいわ。でも、そんなエバンス子爵夫妻だって、今ごろは内心ホッとしているんじゃないかしら。だって先ほどのランネイル様の迫力ときたら物凄《ものすご》かったもの。

『ラグワーズご本家の未来をお支えする人材として――』

子爵夫人が流れるような調子でそう口にした瞬間、ランネイル様の気配がガラリと変わった。

『将来的な立場を踏まえれば』

『まず最初はご本邸にメイドの体《てい》で』

続いた決定的な言葉に、一瞬だけスゥッと細められたランネイル様のあの目……。

若様の陰でチラッとしか見えなかったけど、それはもう酷く冷ややかでゾッとするような鋭い威圧を放っていらした。私たちが睨まれたわけでもないのに身震いするようなあの威圧は、きっと高位貴族というだけじゃない。あれはランネイル様ご自身の思いと、その覚悟の強さ。

――伴侶の座を誰にも譲る気はない。

先ほどハウスの中で、そうピシリと仰った時のランネイル様も充分に冷ややかでいらっしゃったけれど、その何十倍も強い警戒と怒りを感じたもの。

もちろんその視線を直接受けた子爵夫妻はといえば、みるみるうちに顔が強《こわ》ばって、当の子爵夫人に至ってはピタリと閉ざした唇を震わせていらした。そりゃそうよね。

でもそのランネイル様の強い視線は本当に一瞬のこと。その直後には、まるで嘘のように和らげた表情で若様に微笑みかけて耳打ちをなさっていた。その落差も恐怖心を煽《あお》る計算のうちだとしたら大したお方だわ。

「きゃあ！　見て見て、若様のお手！」

「なんてお優しい仕草なのかしら。あ、ランネイル様もお手を揺らし返したわよ」

「お似合いねぇ。男性同士なのにまったく違和感がないわ。お二人とも背がお高いからかしら、すごく格好いいわ」

「ランネイル様は中等部でお見かけした頃も素敵だったけれど、近くだとさらに何倍も素敵ね。若様はずぅーっと最高に素敵だけど！」

ギュッと両手を握って楽しそうに話す二人の声はかなり大きい。

元々この二人が一緒にいて静かだった例《ためし》はないけど、普段よりもいっそうテンションが上がってるみたい。防音魔法陣を展開しておいて正解だわ。

ドレイク子爵夫妻から離れてテーブルの間を進んで行かれるお二人の足取りは実に優雅。確かに男性同士で背もさほど変わらないお二人なのに、まったく違和感や嫌悪感が湧いてこない。

周囲の代官や商人たちにも動揺した様子が見受けられないのは、若様だからというのもあるでしょうけど、お相手にケチのつけようがないのが大きいのでしょうね。内心までは分からないけれど。

抜かりなく周囲の者らに視線を飛ばしつつ、再び若様へと視線を戻したその直後、スッと若様のお顔が動いた。

そして束の間だけお隣のランネイル様へと近づいたそのお顔が、再び離れていった後には、淡く頬を染めてキュッと唇を噛んだランネイル様のお顔が。

ゴクリと、私の背後から喉《のど》を鳴らす音が複数聞こえてきた。

「なんてお優しい口づけなのかしら……素敵」

「それにランネイル様、すごく凜々《りり》しい方なのになんだかとてもお可愛らしいわ」

染まった頬を押さえてうっとりとするアイリーンに、ナタリーもまた木に寄りかかるようにして胸を押さえている。

本当に、なんて若様らしい柔らかな口づけなのかしら。見ているだけで胸がキュウッと締め付けられるような、溜息《ためいき》が出るほどの綺麗《きれい》な口づけ……。

「あ、そうだったわ！」

フッとアイリーンに視線を向けた時、私の顔を見たアイリーンが思い出したようにポンッと手を打った。んっ？　なに？

「お祖父さま方の誤解を解かないと！　そして改めて将来ご本邸にお仕えしたいってお伝えするの」

ザッとドレスの裾を掴んだアイリーンに、ナタリーが大きく頷いた。

「私もお父様とお母様のところへ行くわ。きっと心配なさっているもの。誤解だってちゃんと言ってからメイド修業に突入よ！」

そう言うやいなや、二人は一斉にダーッ！　と走り出した。相変わらずつむじ風のような二人ね。声をかける暇もないわ。

それぞれの両親の元へと走って行く二人の背中を見送りながら、私は思わず大きな溜息をついてしまう。でもなんだか二人ともすごく楽しそうね。本当にメイドになるかは知らないけれど、暫《しばら》くは両家とも大騒ぎ間違いなしだわ。

「なんだか凄《すご》いことになってるね」

後ろから聞き慣れた声が聞こえた。

「あの子たち誤解を解きに行くって。愛人志望じゃなくて本当にご本邸でお仕えしたかったらしいわ……って、あら」

予想通り、振り返った先にいたのはテリー。なんだけど、なぜかその顔にはさっきまで無かった傷がいくつも付いていて頬や目も少し腫《は》れ上がっている。

「やだ、誰かと対戦してきたの？　平和主義のあなたにしちゃ珍しいわね」

思わず目を丸くして首を傾げた私に、テリーが「ははっ」と小さく笑った。

「ちょっと三人ばかりブッ倒してきた。後々面倒そうな連中でね。代官の息子と商家の息子が二人かな。ぜんぶ勝ったよ」

そう言って胸を張ったテリーの服はところどころ破れていた。三人とはまたずいぶんと鬱憤《うっぷん》を溜《た》め込んでいたものね。それにしても今年の鬱憤晴らしの大会は開催が早いわね。普段ならパーティーの中盤以降なのに。

「今回はみんな気合いの入り方が違うからね。身内ばかりだし遠慮なくやり合ってるよ。あ、でも今のところ会場は幕の外さ。ランネイル様がいらっしゃるからね」

テリーが視線を向けた先では、ランネイル様と若様が仲良く柑橘水《かんきつすい》を召し上がっておられた。傍にはディラン様もいらっしゃるわ。ディラン様はドレイクの騒ぎにはまったく関心がなさそうね。

「今ごろは君の弟もやってんじゃないかな。さっきはイーサンが立て続けに四人倒してたよ。彼はさすがに強いね」

あらやだウチの弟も？　中等部卒業前の記念参戦かしら。

テリーの情報に小さく肩をすくめながら、ガーデンの向こうのナタリーとアイリーンに視線を流した。ドレイク子爵夫妻も無事にご家族に回収されたようで、鬼の形相のナタリーにさっそく詰め寄られていらっしゃる。

「あの子たちの様子を見てなきゃ。『遠耳』を発ど…」

ガシッ……と、いきなり私の肩が掴まれた。

「なに？」

思わず眉《まゆ》を寄せて私の肩を掴んでいるテリーを睨み上げれば、テリーもまた僅《わず》かに眉を寄せている。

「いつもみたいに若様をずっと見ていないの？」

何を言っているのか分からなくて「は？」と口を開けた私に、テリーはさらに私の両肩を掴むと私の身体をクルリと若様がいらっしゃる方角へと向けてしまった。

「ご覧よ。若様はすごくお幸せそうだ。ランネイル様だけにお見せになる表情だよね」

目に映ったのは、小皿に載った小さなバーガーを興味深そうに見つめるランネイル様と、そのランネイル様を愛《いと》しげな瞳《ひとみ》で見つめながら、微笑みを浮かべていらっしゃる若様のお姿。

「知ってるわ、すごくお似合いだもの。だから何？　私はあの子たちを――」

「まだ諦《あきら》めがつかないのかい、ミランダ」

その言葉に思わずパンッ！　とテリーの手をはたき落とすと、私は身体を捻《ひね》ってもう片方の手も肩から外しながらすぐさま後ろを振り返った。そして「なんのこと？」と、きつく睨み上げる私を、けれどもテリーは真っ直ぐに見据えてくる。

「君はいつだって若様、若様だ。そりゃ気がつくよ。何年の付き合いだと思ってるんだい？　しかも今日の君ときたらイライラとして、あのお二人から目を逸《そ》らしてばかりだ。たまに見たと思ったらあんな目をして」

目の前でわざとらしくテリーが小さな溜息をついた。

「そんなんじゃないわ。私にとっては心から敬愛する主家の若様。返しきれぬご恩のあるお方よ。勝手に決めつけないで」

「そうかい。それならそれでいいよ。で、どうなの？　若様のお相手は決まったよ。君は敬愛する若様より先に結婚など考えられない、なんて言ってたけど考える気になった？」

私の顔を覗《のぞ》き込んできたテリーは「二度目のプロポーズのいい機会だと思ってね、ああ六歳の初対面を入れたら三度目かな」とニコッといつもの人懐こい笑みを見せる。

は？　今ここで言うの？　馬鹿なの？

半ば呆《あき》れつつ目の前のテリーを再び力いっぱい睨み付けるものの、テリーは一向に応えた風でもなく「ね」とばかりに首を傾げた。

「君にプロポーズするためにライバルを三人ブッ倒してきたんだ。まあ僕だけじゃないけどね。若様のお相手が決まったとあって、ラグワーズの男どもみんながお目当ての女の子たちのために牙《きば》を剥《む》きあってるのさ。なんせ君たちときたらみんな若様に夢中だったからね」

え……と周囲を見渡せば、ドレイク子爵に詰め寄っていたはずのナタリーがイーサンを見つめながら真っ赤になっていて、さらにはエバンスの円陣にいるアイリーンにうちの弟が駆け寄っていくのが見える。少し離れた場所にいるイーサンの妹のアリアには豪商の長男がピッタリと張りついていて、いずれの男たちも顔や身体に大なり小なり傷を負っていた。

「ま、前にも言ったけど、私の一番は若様なのよ。私はこの先もずっとずっと若様を最優先に生きていくわ。何があろうと、どんな時も若様が何よりも大切。きっと夫よりもね。私はそう――」

「もちろん知ってるよ。だから僕と結婚して？　ミランダ」

だからの意味がさっぱり分からない。でもなぜか、私は以前のように首を横に振ることができなかった。そんな自分に唇を噛《か》んで、私はガーデンのテーブルでお幸せそうに微笑む若様へ視線を向ける。

私の大好きな、けれど私が見たこともないお顔で甘やかにお優しく笑う若様。紺青の瞳は蕩《とろ》けるように輝いて、ただ目の前のお一人だけを見つめて……見つめて……。

「あなたって、ずるいのね」

思わずポツリと、言葉が唇から溢《あふ》れ出た。

こんな日に告白するなんて、ズルい以外ないじゃない。

「そうさ、当たり前だろう。僕だってラグワーズの男だからね。千載一遇のチャンスは逃さない。僕と結婚してくれミランダ。ずっと好きだよ。六つの頃からずっとだ」

若様を見つめる私の横顔を彼が真っ直ぐに見つめているのは分かっていた。でも私の目は若様を見つめたまま……。ずっとそう。ずっと若様だけを見つめ続けてきた。今だってこうして見つめている。恋をなさる若様のお姿を。

「失恋なんかじゃないわ。そんなんじゃない」

お優しい微笑みを浮かべた若様のお顔が、ランネイル様の美しいお顔に重なっていくのが見えて、私はギュッと奥歯を噛みしめる。

分かってたわよ。若様があの方にだけ違うお顔で微笑むのも、あの方にだけ触れられるのも、あの方にだけお声が違うことも……ぜんぶぜんぶ分かってたわ。

「うん。君は若様が一番で、僕は君が一番ってだけだ」

目の前が滲《にじ》んでユラリと揺れたのは、若様方がお使いになった隠匿魔法陣のせい。

ユラユラと溶けるようにお二人が消えたテーブルをそれでもずっと見つめながら、私は彼が差し出したハンカチーフをひったくるように受け取ると、グイッと素早く目元を拭《ぬぐ》って、そして目の前のずるくて諦《あきら》めの悪い幼馴染《おさななじ》みを真っ直ぐに見返した。

目の前のテリー。テレンス・ボルドーはエバンス系の男爵家嫡男、私はドレイク系の男爵家の長女。テリーは六歳で初めて会った瞬間にプロポーズをかましてくるような変な子供だった。

気がつけばずっと一緒で、学院でもずっと一緒に若様をお護《まも》りしていた。時々姿を消してしまわれる若様が心配だと溢《こぼ》していた私に『隠れ家だったんだよ！　さすが若様だ』と教えてくれたのは彼。『若様は無理だから、最近お親しくしておられるランネイル様を追ったのさ。西棟の裏に信じられないほど強力な隠匿がかかってたんだ。でも僕とミランダだけの秘密にしておこう。きっと若様は知られたくないとお思いだろうからね』

実際のところ、時々お姿を消しておしまいにはなるけれど講義には出ておられるし、三年生まで何事もなく学院生活を送られている若様のご様子に、もう分からなくてもいいかと私は諦めてもいた。けれど、わざわざ学院設立当初の設計図まで掘り起こして「ここはきっと安全だよ。だから安心おしよ」と説明された時には確かにホッする反面、そのために単位をひとつ落としそうになったテリーに呆れてもいた。

いつだってヘラヘラしてておお調子者で、若様より頭は悪いし、若様より背も低いし、若様より品はないし、魔力だって優雅さだって何もかも若様とは雲泥の差のテリー。

若様のお相手が決まったからですって？　千載一遇のチャンスですって？　あなたが若様の代わりになるわけがないじゃない！

目の前の男は相も変わらず、真っ直ぐに恥ずかしげもなくヘラヘラとしている。

それを睨《にら》み付けていたら、なんだか私は無性にムカムカと腹が立ってきた。なんでコイツはこんなに平気そうな顔をして笑ってるの？　こんな場所で、顔を腫らして唇切って、馬鹿じゃないの？

ムカムカはもうどうしようもなく膨れ上がって、ずっと痛くて堪《たま》らなかった胸の奥をぎゅうっと締め付けながらこみ上がって、そうして、

「なんで選ぶのが男性なわけ?!　しかもあんなに完璧《かんぺき》な相手じゃ敵《かな》いっこないじゃない。ずっとずーっと好きだったのに。態度違いすぎません?!　所構わずキスする方とは思わなかったわよ。見せつけてるの？　ねえ、すっごい羨《うらや》ましいんですけど！　私だって若様にそうされたかったわよ、夢見てたわよ、悪かったわね。ずっと好きなんだからしょうがないじゃない！　諦めるわよバ――カ!!」

ムカムカの塊がテリーに向かって思いっきり飛んでいった。

ゼイゼイと肩で息をする私に、日の前のテリーは天を仰いで「僕に言うんだ……」と溢しながらも、ブハッと大きく噴き出した。

「あんたしかいないじゃない。防音かかってるから大丈夫よ」

肩で息をしながらフンッと鼻を鳴らした私に、「うん、僕だけだね。僕だけにして？」とまたヘラリと笑ったテリー。まったくこの男は……。

「プロポーズの返事は待って。すぐには無理よ」

ハァーと溜息をつきながら答えた私に、テリーが「よっしゃ！」と拳《こぶし》を握った。なぜ『待て』で喜ぶのかしら？　意味が分からない。

「断られなかった！　大前進だ！　大好きだよミランダ。一緒に王国じゅうを回りながら考えてくればいいよ！」

……なんですって？

「テリー、あなた何を言ってるの？」

グイッと胸ぐらを掴《つか》んで「あ？」と凄んでみせても、ヘラヘラはまったく収まる様子を見せない。

「僕、卒業後は特査班に配属が内定してるんだよ。あ、コレ内緒だよ？　でね、同行する相棒に君を指定しておいたから……ぅぐっ」

「なにを勝手なことを……」

グイグイと胸ぐらを締め付ける私に、さすがのテリーもパタパタと両手を振り出した。

「だ、だって君、以前特査班で全国回って成果上げてたアンソニー様の姪《めい》っ子だし、僕とも付き合い長いし環境的にバッチリでしょ。僕の下心抜きにしてもオススメ物件、一挙両得……グェ」

特査班ですって……冗談じゃないわ。最低一年は領に戻れないじゃない！　っていうか、

「え、アンソニー叔父《おじ》様って特査班だったの？　卒業後にフラフラって話、あれ仕事だったの？」

バッと手を離して口を塞《ふさ》いだ私に、テリーがゲホッと咳《せ》き込みながらコクコクと頷《うなず》いた。

「そうだよ。僕も君を推薦したときに知ったんだけどね……ゴホッ、あの当時は若様の誘拐未遂やら領内再編のゴタゴタで全部隠密だったから秘密だったんだって。でも今は――」

「今は？」

「お給金が上がったらしい」

隠密には変わりないじゃない！　なに？　今度は私が学院卒業後もフラフラしてる放浪令嬢って言われちゃうわけ？

「嫁のもらい手がなくなるわ！」「やったね、僕がもらう！」

「そ　れ　が　狙いかぁー！」

ギブギブと私の肩を叩《たた》きだしたテリーをブンッと前に押し投げて腰に手を当てた私に、テリーはクチャクチャになったクラヴァットを直しながら小さく肩をすくめる。腹立つわー。

「真面目な話、今、第二王子派の貴族の動きが活発になっているらしいんだよ。かなり強引な感じでね。それが政治面だけなら中立のラグワーズには関係のない話なんだけど、経済面にも波及し始めてるようで縁戚《えんせき》筋の僕たちに白羽の矢が立ったってわけさ。ドレイクとエバンス、僕たちならすべての領分をカバーできる。そうじゃないかい？」

第二王子派が？　第二王子殿下はまだ中等部の二年生。第一王子殿下だってまだ高等部の一年で十六歳。王位継承争いには早すぎるわ。国王陛下だって若様のご様子ではご健勝のようだし。とすると第一王子殿下に何かあったのかしら？

「ね、興味湧いてきたでしょ。僕と一緒に王国じゅうを回って、美味《おい》しいものを食べながらラグワーズの商人たちを介して情報を仕入れて、報告するだけの楽しいお仕事だよ。ラグワーズの、いや若様がなさる事業にとって重要な活動だ。宿代は経費だしなんなら夫婦の方が一部屋で済……グゥ！」

とりあえずテリーの足を思いっきり踏んづけてから、私はその場から歩き始めた。なんか情報が多すぎて色々疲れちゃったわよ。

「卒業後のこともいいけど、まずは卒業することねテリー。あなたあと十単位は残ってるでしょ。残り四単位の私を誘うのはそれからにしてちょうだい」

そう言い残して私が向かったのはガーデンの反対側の角っこ。だってそこにナタリーもアイリーンも、さらにはアリアも集まっていたから。

「あ、姉様ー！」

パタパタと手を振る三人はとっても可愛らしいけれど、その少し離れた周囲にワラワラ集まってる男どもは鬱陶《うっとう》しいわね。うちの弟までいるし……。

「聞いて姉様、イーサンが……」「マルスが」「ブランドンが」

「ええ分かってるわ、私はテリーよ」

はぁー、と四人同時に大きな溜息《ためいき》が出てしまった。

「気持ちは嬉《うれ》しいけれど、今日の今日はねぇ」

「そうよ、失恋当日はいくらなんでも性急すぎるわ」

「気持ちは急に切り替えられるもんじゃないもの」

「考えてほしいって言っておきながら逃げ道塞いでくるのよ」

どうやらみんな同じような状況だったらしい。まったくラグワーズの男たちときたら。

「どうしても若様と比べちゃうし……」

アリアの言葉に、図らずもみんなで頷きながら若様の方へと視線を向けてしまった。

ガーデンでは発売予定の長期保存フルーツケーキを摘《つま》み上げた若様が、それをごくごく自然な所作でランネイル様の口元へと差し出していらっしゃった。

「若様すごくお楽しそうだわ」と、ホロリと溢したアイリーンに、皆が次々と溜息で同意していく。

フルーツケーキを差し出されたランネイル様は、その凛々《りり》しい切れ長の目を見開くと、形のいい薄紅色の唇をフワッと開けてパクリとケーキの角をお口に入れられた。

その様子を見つめる若様の目は蕩けるように甘くて本当にお幸せそうで、ほのかに目尻《めじり》を染めたランネイル様もまた、そんな若様に甘えるように頷いていらっしゃる。

「ずっと見ていられるわ」

そう言ったナタリーに、やっぱりみんなでコクコクと頷いた。もちろん私も。

もういいのよ、開き直ったわ。――――と、その時。

『お嬢様方、お嬢様方』

妙に潜めた声が聞こえてきた。

ん？　防音かけてるのに……と声がした後ろを振り返ると、すぐ後方の幕下の隙間から筒状のものが伸びている。なにこれ。

『私、ゆえあって姿を現すことはできませんが、お嬢さま方に素晴らしいお知らせがございます』

「怪しいわ」

ギンッとアリアの目がきつくなった。経済関係や心理分析学に精通するアリアは、契約文言は元より詐欺に対しては非常に警戒心が強い。

「姿を現しなさい。我らがラグワーズ縁戚四家の者と知っての接触か」

縁戚筆頭の威を纏《まと》った強いナタリーの言葉に『違います違います』とニュッと伸びた筒が左右に揺れる。いや、怪しすぎるでしょ。

『姿を現すと怒られちゃうんですよ～。ナタリーお嬢様ったら立派になって……』

うーん、なんか聞いたことがあるような、ないような声ね。

『それよりもコレですコレ。よろしかったら皆さまに如何《どう》かなーって』

ススッと、筒とは別の方向から木の棒が差し出された。その先端には紙が一枚挟まっている。どうやら怪しい人物は二人いるようね。

他の三人を下がらせて、一番の年長者である私がその紙を手にするとそこには――――。

『若様の恋を見守り隊　隊員随時募集中。

一人のエナジーはみんなのエナジー。

有意義な情報交換で人生を豊かに！』

…………。

全員が無言になった。

『まだ発足間もない任意団体ですが、現在十数名の同志がおります。情報共有が主な活動で会費は無料。これから様々な道を歩まれるお嬢さま方の人生の糧《かて》になること間違いなしの活動ではないかと』

「若様の恋って……若様？」

『はい、そうでございます』

「エナジーってなぁに？」

『ドキドキワクワクの湧き上がるような熱い思いのことです』

「情報交換って、例えば？」

『そうでございますね、例えば……これは隊員八号からの報告でございますが』

ギンッとした目つきを緩めないアリアの追及に、謎の筒は声を潜めたまま、それでも何だか嬉しそうに、筒を通して幕の向こうから話し始めた。

『一昨日の晩のことですが、若様は弟君とランネイル様とともにパジャマパーティーをなさったそうでございます。ランネイル様のお泊まりになっている貴賓用の客室で……』

ふんふんと、つい四人全員で前のめりになってしまった。それにしても、やっぱりこの声、聞き覚えがあるわ。誰だったかしら。

『お三方がお部屋に入って一時間四十三分が過ぎた頃、弟君のルーカス様だけがお部屋から出てこられたそうです。どうやら熟睡なさっておられたとか。そしてその後、速やかに人払いがなされました』

「二人っきりで」「人払い……」

ゴクリ、と四人分の息を呑《の》む音が重なった。

「そ、それで……？」

筒と同じように声を潜めたアリアが筒に向かってしゃがみ込んだ。もちろん私たちも。

『若様がお部屋から出て来られたのは翌朝、六時四十分過ぎのことだったそうです。そしてここが一番重要なポイントなのですが、その出ていらした時の若様のお姿というのが……………ぁぁああ！　これ以上は隊員以外の方にはとてもっ！』

「入隊するわ！」「いますぐ！」

「はやく話しなさいよ！」「入るわ！　さあ話せ！」

ガッシガッシと筒を掴んで揺さぶるナタリーとアリア。

ちょっとこの不審者、勧誘トークが上手《うま》すぎるでしょ……あ、思い出した。

「ねえあなた、もしかしてローラでしょ」

私の言葉に筒を掴んでいたナタリーも「ローラ？　あの怪力メイド？」と、筒の中をバッと覗《のぞ》き込んだ。いや、見えないでしょ。

ローラは我がベルナルド男爵家からドレイク子爵家へ、そして見事ご本邸へとステップアップしていったエリートなメイド。ご本邸でこんな楽しそうなことをやってたのね。

『お久しぶりでございますナタリーお嬢様、ミランダお嬢様。メイドは幕内には入れぬ身ゆえこんな場所から失礼いたします』

『アイリーンお嬢様、ご無沙汰《ぶさた》いたしております。デイジーもいますよ』

「デイジー！」

アイリーンが声を上げた。どうやらもう一人の不審者はエバンス上がりの本邸使用人みたいね。

ふっと周囲に視線を走らせると、向こうから四人の男たちが不審げにこちらを眺めている。そりゃそうよね、女四人が一カ所にしゃがみこんでコソコソやってるんだから。

なので、とりあえず皆で筒を取り囲んで隠しながら、男たちに向かってそれぞれが「こっち来んな」の威嚇をしておく。だってローラたちが怒られちゃうでしょ。

『ナタリーお嬢様、アイリーンお嬢様、ご本邸メイドの修業をなさるそうですね。しかもあのクロエ様の指揮で……。きっと厳しい道でしょうが大丈夫。同志の隊員たちが付いております。ちょっとしたコツや効率のいい鍛え方をお教えします』

『辛いときは月一回の会報を読めば勇気百倍、やる気ガンガンです。会報は地方発送、宿留めも承っておりますので、どんな道を選ぼうとも大丈夫！』

ローラとデイジーの力強い言葉に、全員がグッと拳《こぶし》を握りしめた。

「私、物凄《ものすご》くやる気が湧いてきましたわ！」

「私もよアイリーン！　卒業まであと二年半もあるんだもの。いくらだって道は拓《ひら》けるわ！」

ナタリーとアイリーンの言葉に、アリアも大きく頷いて「私ももっと勉強するわ。ラグワーズ一の経済通になってみせる！」とトンッと胸を叩いて見せた。

『ええ、ええ、みなさまご立派でございますよ。見守り隊にはドレイクもエバンスもございません。若様の元ではみな等しくラグワーズ民なのです。すべての垣根を越えて助け合い、情報交換で互いを励まし合って豊かな人生を送りましょう！』

それにみんなが一斉に顔を見合わせた。

「そうよ、ドレイクもエバンスも関係ないわ」

「ラグワーズを支えるのに男も女も関係ないわね」

「私たちは私たちにできることがきっとあるはず」

「そう考えると卒業して結婚しちゃうのは、何だか勿体《もったい》ないわね」

最後のナタリーの言葉に全員が大きく頷いてみせた。

そして一斉にチラリと後方の男たちに視線を流す。

「だいたい、すぐに結婚って気が早すぎない？　囲い込みすぎなのよ」

「そんなに簡単だと思わるのは心外ね。失恋直後の女を何だと思ってるの」

「弱ってると思ってるのよ。力比べだけで手に入れられると思ったら大間違いよ」

ええ、まったくその通りだわ。

「そうね、本当に欲しくなったら私は自分で獲《と》りに行くわ」

グルリと三人の顔を見渡してクイッと顎《あご》を上げて見せた私に、三人から次々と同意の声が上がった。

『皆様、素敵でございます！　実に逞《たくま》しい！　その辺の進行具合もぜひ情報共有を……』

ローラの言葉に、全員の目が一斉に筒に向かった。

そうよ、まずは失恋の傷を癒やさないとだわ。

「ローラ」「デイジー」

「私たち入隊したでしょ」「だからとっとと……」

「「「さっきの続きを話しなさいよ!!」」」

それから私たちは、全力で失恋の傷を癒やし始めた。

「ね、ね、今度こそ若様の首筋見えた？」「見えない……まったく見えないぃ……」

「クラヴァットよ、クラヴァットがっ」「ああ……」

広いガーデンの柔らかな陽差しの下で、

「来たわ！　あーんが来たわ！」「クリーム、量多くない？　あれは……」

「若様、あれワザとね」「しっ！　静かに」

青々とした芝生に、四人分の数え切れないほどの溜息と、四人分の胸の痛みを落としながら、

「あ、また隠匿かかった」「七回目ね。素早いわランネイル様」

「あと何枚あるのかしら」「でも素敵……」

互いの小さな傷を、少しずつ、少しずつ、塞《ふさ》いで、

「ね、今度はあっちに移動しない？」「あ、待って」

「ねぇ、男性陣まだついてくるわよ」「放っておきましょ、行くわよ」

そうして、みんなで笑って、頬を染めて、大騒ぎして――――。

それぞれが終わらせた初恋を大切に、大切に、胸の奥に仕舞い込んでいった。

41　王都帰着

ラグワーズ領での四泊五日の滞在は、瞬く間に過ぎていった。

確かに過去最短の滞在期間ではあったけれど、俺的には過去最高に楽しくて充実した五日間だったと思う。家族にきちんとギルバートくんを紹介できたし、パーティーでは縁戚《えんせき》連中や主立《おもだ》った関係者らへも紹介することができた。

反発があるかな、と警戒してた縁戚連中は思いのほか好意的で、一番うるさいだろうと思っていたドレイク家が真っ先に俺とギルバートくんを将来的に支えたいと申し出てくれたのは意外だったかな。

その後でエバンスも来て同じようなことを言ってくれてさ。オスカーとオスカーの奥さんが一緒だったんだけど、彼らもそんなエバンス夫妻を見てニコニコしてた。ほんと、有り難いよね。

貴族の嫡男がパートナーに同性を選ぶなんてこの国じゃ相当異例なことだろうに、みんな物凄く考え方が柔軟というかリベラルで助かったよ。まあどっちもクロエに丸投げしちゃった俺だけど、感謝してるからね？

そうそう、オスカーの奥さんは相変わらず朗らかでおっとりした感じで、夫婦仲も円満そうだった。でも何度会っても、あのふくふくとした小柄な見た目で剣の使い手ってのは信じられないんだよな。想像がつかない。それを話したギルバートくんもビックリしてたし。だよねー。

あ、もちろん「五人目の進捗《しんちょく》どうスか？」なんてことは聞かない。セクハラになっちゃうからね。

あの分ならいずれいい報告があるだろう。

縁戚の面々だけでなく他の領民たちも受け入れてくれたようで、商品の開発担当者や商人たちに至ってはギルバートくんの見識の高さと的確な指摘に舌を巻いていた様子だった。まあ俺としては、皆して可愛いギルバートくんに注目するもんだから、ちょっとだけイラッとしちゃったんだけど。

ギルバートくんが賢くて格好いいのは当たり前なんだよ。だって天使だからね。よく通る涼やかな声で商品の感想やアドバイスを口にする彼ときたら、そりゃもう見惚《みと》れてしまうほど綺麗《きれい》だった。

だからさ、そんな彼にキスしたくなっちゃうのは仕方ないと思うんだ。俺の天使だし。減ってないか確かめなきゃいけないでしょ。

魔法陣の中で頬を染めながら「あと一枚しかないんですよ」とムゥと口を尖《とが》らせた彼も、「なくなっちゃったじゃないですか」とパシパシ俺の背を叩《たた》いた彼も卒倒するレベルで可愛かった。彼はどこまでキュートを極めるつもりだろう。

そんな天使に、俺だけじゃなく下界の人々が惹《ひ》きつけられてしまうのもまた、仕方がないといえば仕方がないことで、それは俺も分かってるんだけどさ……。でもパーティー翌日の海遊び、アレはさすがに惹きつけられすぎなんじゃないかと思う。

俺としては、海が初めてだという彼に魔力での魚獲りや水上移動を楽しんでもらって、浜辺の隅っこでささやかに浜焼きを一緒に楽しんで……なんて思ってただけなんだけど、なぜか気がつけば街を挙げての数百人規模のお祭り騒ぎに発展していた。みんな出店《でみせ》を設置するの早すぎ。

いや俺も悪かったんだよ？　ビーチ・フラッグスであんなに盛り上がるとは思わなかったんだ。この世界、ビーチ・フラッグスなかったんだね。俺、知らなかったからさー。なんでもアリのビーチ・フラッグスには「すげぇな、さすが異世界だ」って久々に驚くやら感動するやら……。

とはいえ、ギルバートくんが楽しそうだったからいいんだけどね。ルールだって基本さえ守ってるんだから——いやアレは守ってるのか？　まあいいや。きっといいんだろう。郷に従えってヤツだ。

あの浜焼きも——アレを浜焼きと呼んでいいかはやっぱり疑問なんだけど、とりあえず楽しかったし、ギルバートくんがあらゆる方面で天才で天使だっていうことだけは確認できたからオッケーだ。

ま、それはともかく、そうやって四泊五日の楽しい帰郷を終えて、俺たちは帰路についたってわけ。

そして今現在、俺たちが乗る馬車は、王都のすぐ近くまで来ている。

この帰り道の三日間もすごく楽しかった。でもさ、

『何かございましたら、いつでもご連絡下さいましね。耐えがたいとか目に余るとか、愚痴でも何でも結構ですわ』

っていう母上の最後の言葉はどうかと思うんだよ。ギルバートくんにドッサリ渡してたあれって魔法陣でしょ。彼のための魔法陣なら俺がいくらだって用意するし、彼からの相談なら俺が一番に乗ってあげたいんだけどな。

『兄上、私も十二月になったら入学考査のため王都邸へ参ります！　試験が終わったら王都を案内して下さいませ。ギルバート様もご一緒に』

『ではフレッド。ランネイル殿をよくよくお護《まも》りして王都までお送りするのだぞ。気持ちは分かるが色々と自重しながら動くように。それと六日後の陛下への謁見は任せたからな。宜《よろ》しくお伝えしてく

れ。ギルバート・ランネイル殿、また是非いつでもお越し下さい。歓迎致しますぞ』

うんルーカス、勉強頑張ってね。まあ、まだまだ男尊女卑の強いこの国で、男子が王立学院落ちたって話は聞いたことがないから大丈夫だろうけど。でも入った後のことを考えればたくさん勉強するのは悪くない。留年退学は茶飯事だからね。

そして父上、俺が成人した途端に全部丸投げしてくるんですね。王都行くの面倒だからラッキーって顔に書いてありましたよ。もう領地から出ないおつもりじゃあないでしょうね。

内心でそんな事を思いながら、父上や母上、ルーカスや屋敷の者たちに見送られながら本邸を出発したのが三日前の月曜日。

行きと同じく領民たちからいっぱいお土産をもらって、三カ所に泊まって、馬車の中ではその地域の地形やら気候やら土壌やら、あるいは特産品について話をしながら通り過ぎる景色を二人で目いっぱい楽しんだ。同じ道だって行きと帰りじゃ大違いだし、同じように見えて人も景色も毎日変わり続けるものだからね。

あらゆる事に造詣《ぞうけい》が深くて素晴らしい向上心を持つギルバートくんとは、話が尽きるなんてことはまったくない。いくらだって話せるし、いくらだって彼の声を聞いていられる。興味深げにキラッキラのお目々を向けてくる天使の可愛さに、何度気絶しそうになったことか。

そんでもって夜は……あー、うん。夜は、そんな可愛すぎる彼をほんの少しだけ堪能《たんのう》しつつ、ブチ切れそうな理性を守る戦いを続けてたかな。毎回毎回ギリッギリの勝負だったけどね。勝ったともさ。

起き抜けに脚の間に天使を見たときはヤバかったけど、なんとか危機一髪で回避できた。

いやいや、あーんはダメでしょ。今はダメ。あまりの絵ヅラの際どさに、寝起き十秒で暴発しそうになったじゃん。ダメだからねー。俺、楽しみにしてるんだから。

うん、あの時聞いた「チッ」って音はきっと幻聴だ。そういう事にしておこう。


そんな感じで間もなく王都。

いやまったく、楽しい時間はすぐ過ぎるって言うけどその通りだね。相対性を説明したアインシュタインのジョークは正しい。可愛い子といたら時間なんてあっという間だ。

「ギル？　満足のいく出来になったかい？」

ほんの少し揺れる馬車の天井を眺めながら声を上げた俺に、喉元《のどもと》に顔を埋《うず》めていたギルバートくんがチュッとその唇を俺の鎖骨の間から離した。

「ん……まだダメです」

そう言ってツゥッと上に唇を滑らせた彼が、右の首筋をキュッと吸い上げ始める。どうやら七番の微調整が終了して、今度は八番に取りかかったようだ。

そう、ただいまギルバートくんはキスマークマスターの修練中。昨日の晩は「次に会える火曜日につけ直しましょうね」って言ってたんだけど、王都を目前にして突如やる気スイッチが入ったらしい。

いや俺としては全然構わないんだよ？　彼からのキスマークは大歓迎だからさ。馬車の中でクラヴァットを外されようが、シャツを開《はだ》けられようが、別に誰も見てないしね。

腕の中の彼を抱き締めながら、そろそろ顔を下げてもいいだろうか……なんて思っていたら、首元の彼が「あっ」と小さな声を上げた。

うん？　と目線を彼に向ければ、唇を離した彼がほんの少しだけ眉《まゆ》を下げて俺を見上げていた。

「申し訳ありません。ついうっかり上につけ過ぎてしまいました。あさってマクスウェル公爵閣下にお目にかかるのでしょう？」

そう言って彼が指で擦《こす》ってきた場所は、確かに首筋のだいぶ上の方。クラヴァットで隠れるギリギリのラインかな。

「いや構わないよ。ここならクラヴァットを広めに使ってシッカリ巻けば大丈夫じゃないかな。だからそんな顔しないで」

ね、と彼の艶《つや》やかな髪を撫《な》で梳《す》けば「すみません、まだ慣れてなくて」とキュッと彼が抱きついてきた。失敗にもならないウッカリを気にしちゃう天使とか可愛すぎでしょ。いくらでもウッカリしてくれて構わないからね？

マクスウェル公爵邸を訪問する件は、俺からギルバートくんに話をした。互いのスケジュールの話題になったからね。王兄殿下との交流自体は別に隠すようなことじゃないからさ。

「マクスウェル公爵閣下と……？　アルは王兄殿下とも交流がおありだったのですか？」

国王陛下への謁見の前に王兄殿下にもお目にかからなきゃいけないんだよーって話した俺に、ギルバートくんは物凄《ものすご》く驚いた顔をしていた。

「凄い。甥《おい》の第一王子殿下や第二王子殿下ですら、お目にかかることができないと聞いていましたが」

そう言って目をまん丸くしたギルバートくんに、俺は眉を下げて小さく頷《うなず》くことしかできなかった。

だって王兄殿下とはとんでもない裏技でアポとっちゃった自覚があるからさー。確かに、本来はたかが伯爵子息ごときがお目にかかれるような方じゃないよね。なんか申し訳ない。

王兄殿下は、筆頭公爵とはいえ滅多に公の場にお出《い》でにならないお方として名を馳《は》せていらっしゃる。それはもちろん、お身体のこともあるのだろうけど、きっとご自身の立場を慮《おもんぱか》ってそうなさっているんだろう。

「いや本当にひょんな偶然でご縁が繋《つな》がっただけだよ。公爵邸にお招き頂いたのも今回でまだ二度目だからね。陛下への謁見が日曜だとお伝えしたら、その前にと土曜日に呼ばれてしまったのだよ。謁見に際して何かしら未熟な私にアドバイスを下さるのかもしれないね」

肩をすくめた俺に、控えめながらも「差し支えなければどんな方かお伺いしても？」と可愛らしく首を傾げてきた彼。うん分かるよ。王兄殿下ってば、ほぼ謎のレアキャラみたいになってるもんね。

なので俺は、俺個人の印象として王兄殿下の人となりを彼に伝えたんだ。

あ、もちろん王兄殿下が陰のクリノス教授だとか、元ヒロインに話を聞こうとしたら縁ができたとか、そういったことは話してないよ？　王兄殿下との話の内容も「公爵閣下のお立場上、話せないことが多いのだけど」と前置きをしておいた。まさか家令と二人して鬼のように俺に課題を出しまくってますとは言えないじゃん？

「マクスウェル公爵閣下は……そうだね、見た目ならば到底四十代とは思えない精悍《せいかん》なお方だよ。とてつもない威厳と眩《まぶ》しいほどの王族の輝きを持っておられてね、すべてに傑出した才をお持ちの素晴らしい人格者でいらっしゃる」

俺の言葉に、ギルバートくんは長い睫毛《まつげ》を瞬《まばた》かせながら「それほどのお方ですか……」と感嘆したように声を詰まらせた。

「うん、摂政をなさっていらした頃はとても厳しいお方だったらしいけれど、今はとても朗らかで穏やかなご気性だよ。あの衰えぬ美貌《びぼう》は、品格や矜持《きょうじ》や仁知を備えていらっしゃるからこその美しさなんだろうね。近寄りがたいほど貴いお方だけれど実際はとても気さくで大らかなお人柄だから、いつかは君を――」

そういえば、そのあたりまで話したところでギルバートくんにクラヴァットを解《ほど》かれたんだっけ。

話が途中になっちゃってたな。

「ね、アル。火曜日のことですけど」

そう言いながら、形のいい指先で俺のシャツのボタンを留め始めたギルバートくん。なんかこういうのって照れちゃうよね。照れちゃうけど嬉《うれ》しくてついつい顔が緩んでしまう。

「私のピアスをお持ちしますね。本当は今日か明日にでもすぐにつけたいところなのですが……」

ボタン二つを素早く留め終えた彼が、スルリと俺の左耳に指を滑らせてチュッチュッと唇に可愛らしくも小さなキスをくれる。

「嬉しいよ。火曜日に君が我が家を訪問してくれるのを楽しみにしている。十一日間も君を独り占めしてしまったからね、私のせいで色々と予定が詰まってしまったのだろう？」

ごめんね、ありがとう――――と、可愛い彼に額を合わせてその瞳《ひとみ》を覗《のぞ》き込めば「まったく問題ありません」と、彼がスリスリとおでこを擦りつけながら首を振った。

「朝と晩に必ず魔法陣を送りますから」

嬉しい約束をくれる天使を腕の中に閉じ込めて、俺はあとほんの僅《わず》かになった残りの時間すべてをギルバートくん補給のために費やした。そうしなきゃ明日にでも干からびて死んじゃいそうだからさ。

そうして馬車が王都に入って暫《しばら》く、とうとうランネイル邸へと到着してしまった。

ああ、これでもう本当に時間切れだ。

「お帰りなさいませギルバート様」

ランネイル邸のエントランスで出迎えてくれたのは、家令殿と使用人たち。そこにランネイル侯爵夫人の姿はなかった。

「いま戻った。何かあったのかローマン」

キッチリとした姿勢で頭を下げた家令に一つ頷いたギルバートくんが、すかさず夫人の不在を質《ただ》すと、スッと身体を起こした家令殿が、やはり俺が予想した通りの言葉を口にした。

「奥様のご実父ジャーク・ベルゴール様が土曜日に身罷《みまか》られまして、奥様はその遺産放棄の手続きのため旦那《だんな》様とベルゴール領へ向かわれました。連絡のあった月曜日がちょうどギルバート様があちらをご出立する日ということと、外戚《がいせき》の弔事ということで知らせは不要と主《あるじ》様が判断なさいました。お戻りのご予定は明日になるかと」

なるほど、いよいよランネイル家はベルゴール家と本格的に縁を切るつもりだな。だからこそ侯爵家当主である宰相閣下も同行したのだろう。宰相閣下がいれば金の無心もしにくいだろうし夫人からの株もアゲアゲだ。さすが宰相閣下。抜け目がない。

「主夫妻より、ラグワーズ様には重々お礼とお詫《わ》びをお伝えするようにと申し付かっております」

そう言って再び深く頭を下げてきた家令殿に、俺は小さく首を振りながら驚きと戸惑いを含んだ表情と口調を心がけながら口を開いた。貴族仮面をつけてりゃ何てことはない。

「いえいえ、それは急なことでございましたね。どうぞお気になさらずに。夫人のご心痛が一日も早く癒やされますことを願っております。夫人だけでなく寄り添われるランネイル侯に於《お》かれましても、どうぞ御身お厭《いと》い下さいますようお伝え下さいませ」

「お悔やみ」だの「お気落とし」だのという言葉を口にせず、ついでに何のご心痛なのかもハッキリ言わないところがミソだ。こういった言い回しは貴族の弔事あるあるだ。どこんちも色々と人間関係が複雑だったりするからね。

ちなみにこの国では嫁や養子に行って姓が変われば立場的には赤の他人だ。なのでランネイル家が喪に服す必要はない。婚姻だけでなく養子や分家の繋がりが多い貴族社会でそんなことしてたら、そこら中で喪に服す家が出てきて面倒じゃん、ってのが本音だろう。

「しかし意外ですね。ベルゴールの祖父とはあまり面識はありませんが、話を聞く限り眉を顰《ひそ》めたくなるほどにはお元気だとお見受けしておりました。誰ぞに恨みでも買って刺されでもしたのでしょうかねぇ」

小さく鼻を鳴らしてそう言ったギルバートくんは、とっても辛辣《しんらつ》で格好いい。

そりゃそうだよね。マーケットでのデート以降、ベルゴール家の家ぐるみの悪事や醜聞はランネイル家にバレバレなんだから。家令殿も使用人の皆さんもその辺はよくよくご存じのようで、ギルバートくんの辛口発言には驚きもしない。

俺だってディランたちから「調べれば調べるほどザクザク出てきました」って報告受けた時は目が点になったもんね。ま、ぜんぶ宰相閣下にパスしちゃったんだけどさ。きっと裏取りして完璧《かんぺき》に縁を切ったあと陛下にチクるおつもりだろう。

「いえ朝方に突然、心臓の発作を起こされたそうです。ちょうどご実家であるマーランド侯爵家を訪問なさっておられたそうで、兄君である元侯爵様が医師の手配をなさったそうですが手遅れだったそうにございます。どうやら長年の不摂生が原因だったようですね」

「それはそれは、マーランド様もお気の毒に。最後まで弟御の面倒をみる羽目になるとは」

小さく肩をすくめたギルバートくんに、俺はとりあえず眉を下げて黙っていることしかできない。

まあね、面倒を見たというか幕引きをしたというか……いずれにせよマーランド様はうまく処理をなさったようだ。ただちょっと遺体を領地に運ぶのが早すぎる気がしないでもないけど。

普通は貴族が王都で亡くなったら王宮に届けを出して、三日くらいは王都邸に安置してから領の墓地に運ぶもんだけどね。あれか？　早く埋めちゃえ的な？　いやいいんだけどね。

「まあ父上と母上については分かった。不在の間よくやってくれたローマン。今日明日は私も裁量の範囲で領地の仕事を手伝おう。アル、到着して早々不愉快なお話をお聞かせして申し訳ありません。お詫びいたします」

キュムッと眉を下げて胸に手を当てた彼に、俺はもちろん首を振って「気にしないで」と、その艶やかな髪を撫で梳いた。ああ、この感触ともしばしのお別れ……俺、生きていけるかな。

「ますます忙しくなってしまうねギル。何か私に手伝えることがあったらいつでも連絡して？」

スリ……ッと、俺の手に甘えるように頭を擦りつけてくるギルバートくんは、すんごく可愛い。でもそろそろ行かなきゃね。このまま未練がましく長居してたら、忙しい彼の休息時間を削ってしまう。長旅の後は疲れが出るものだからね。ほんの少しでも彼の時間を増やしてあげたい。

「では、私はこれでお暇《いとま》するよギル。本当に楽しくて夢のような十一日間だった。火曜日までどうか無理をしないようにね。ほんの少しだけどラグワーズの品々を置いていくから食べて？　君の好きなラグワーズ牛もあるからね」

チュッと額に小さく口づけた俺に、一度ゆっくりと瞬きをしたギルバートくんはその綺麗《きれい》な目を細めると、それはもう花開くように可憐《かれん》な微笑みを浮かべてくれた。

「私も、とても楽しい時間を過ごしました。火曜日にお目にかかるのを楽しみにしております」

フワッと彼の両手が伸ばされて、その温かな手が俺の頬を包み込んだ。俺はそんな彼に引き寄せられるように、目の前でふんわりと開いた柔らかな唇にお別れの口づけを贈る。

「待っているよ」

僅かに触れた唇で彼の唇にそう小さく吹き込んで、俺はそっと彼から身体を離し、そうして貴族の礼をひとつ披露してから馬車へと踵《きびす》を返した。

もちろん足はむちゃくちゃ重いし、正直未練はタラッタラだ。でも、どうにかこうにか嫌がる足を無理やり動かしながらステップを上がって、馬車の座席に腰を下ろした。

窓の外ではギルバートくんが美しい立ち姿で家令らとともに馬車を見送ってくれている。俺がそれに小さく手を振ると、彼もまた照れたように小さく手を振ってくれた。

今日が木曜で次に会えるのは火曜。俺にとってその五日間はとてつもなく長い。動き出した馬車の窓の向こうで、俺を見送り続けてくれる彼の姿がどんどん小さくなっていくのを目に焼き付けながら、俺は思わず大きな溜息《ためいき》をついてしまう。だめだ……もう寂しい。そろそろ泣いていいかな。

心の中で滂沱《ぼうだ》の涙を流しながら、ふと前の座席を見れば——書類の束が山積みになっている。追い打ちか？　マジで泣くぞ。

見れば陛下との謁見用の資料だ。いつの間に置いたんだ。確かに数字の訂正を頼んでいたのは俺だ。うんありがとう。でも今じゃなくてもいいよね？

カーブしたアプローチと植栽によって彼の姿はすっかり見えなくなってしまった。あっという間にランネイル邸の門を出て、馬車は一路ラグワーズ王都邸へ向かって走り続ける。

うん、こっちは王兄殿下用の資料ね。上出来だ。データもよく纏《まと》まっている。でもやっぱり今じゃなくてもいいよね？　我が家の連中には、ぜひともデリカシーとか共感性とか情緒というものを学んでもらいたい。そうパッパと切り替えられるものか。

恋する十代はデリケートなんだぞ。グレたらどうするんだ。そして資料の行間を空けろ。陛下にお見せするんだから、見やすさ優先だろ。表の位置は変えた方がいいかもしれない。比較が分かりやすくなる。ああ、あとここは——。

そうして、俺は短くも楽しかった帰郷を本当に終えて、グレる暇もないほど速やかに、迅速に、日常生活へと戻って行った。……くそー。

42　王兄殿下との面会

王兄殿下とお約束をした土曜日の午後は、あいにくの小雨。

マクスウェル公爵邸のサロンから見える向こうの山々は薄らと煙《けぶ》って、前回のクッキリとした美しさとはまた違う、何となく水墨画のごとき美麗な趣《おもむき》になっていた。

「ほぅ、確かに悪くない」

俺が淹《い》れた紅茶をひとくち召し上がった王兄殿下が、俺に視線を向けて微笑まれる。

よ、よかった……。悪くないってマズくないってコトですよね。いいんですいいんです。美味《おい》しいとかウマいとか高望みしてないんで。マズくなかっただけで充分です。

これでマズいとか言われたら、あっちで控えているクリノス殿にあとで何を言われるか……。下手すりゃ茶を淹れる特訓が始まってしまうかもしれない。

内心でハァァッと盛大に息を吐く俺に、王兄殿下が「まあ座れ」と対面の椅子を勧めて下さった。お言葉に甘えて着席をして、俺も自分が淹れたお茶を口に運ぶ。ふはー、緊張して喉《のど》が渇いちゃったよ。うん、いつもの味。悪くない悪くない。

そんな俺に「まずは本題から済ませてしまおうか」と、カップをソーサーに戻された王兄殿下が、予定を変えてまで今日俺をお呼びになった目的を早速口になさった。

真っ先に本題に入るところが王兄殿下らしいよね……なんて、俺が呑気《のんき》に感心していられたのは最初だけ。その「本題」について王兄殿下がお話しになるにつれ、頑丈なはずの俺の貴族仮面はミシミシと音を立て始める。

「私を……第一王子殿下のチューターに、でございますか？」

どうにか引き続き貴族の仮面を装着しつつも、ついつい「なんで俺が」というニュアンスが言葉に滲《にじ》み出てしまっていたのだろう。王兄殿下はそんな俺に少々意地悪げに口端を上げると、鷹揚《おうよう》に一つ、大きく頷《うなず》かれた。

「そうだ。元はレオン自らがラドクリフに強請《ねだ》ったことらしい。王族として一層学びを深めていきたいとか何とか……。明日の謁見ではその話が出るぞと、予《あらかじ》めお前に教えてやろうと思ってな」

王兄殿下がお話し下さった内容はあまりにも意外というか想定外すぎた。

え、何してくれちゃってるのレオン王子。陛下《パパ》にオネダリするなら他にもあるでしょーよ！

チューターってのは要するに、家庭教師、個人教師みたいなもの。みたいなものって言うのは勉強を教える個人教師とは微妙に意味合いが違うから。ちなみに複数に教えるのがティーチャーで、趣味を教えるのがインストラクターね。前世でも大学や予備校や会社なんかにチューターはいたけど、この世界で言うところのチューターとは、そういった相談係とかサポーター的な役割ではなく、どっちかっつーと監督係の側面が強い個人指導員だ。

え、ヤだよ俺。そんなに人間できてないもん。王子に我が儘《まま》言われてキレないとは言い切れないよ？ってか、その前にギルバートくんがキレるでしょ。確実に。

「そうでございましたか。公爵閣下のお気遣いに感謝申し上げます。確かに明日《みょうにち》、陛下から突然そのようなお話があれば、私めなどはご辞退申し上げる言葉を探すのに苦労していたやもしれませぬ」

王兄殿下の情報提供に「家に帰ってイイ感じの断り文句を考えなきゃなー」と考えつつお礼を申し上げた俺を、目の前の王兄殿下はなぜか「フッ」と格好良く鼻でお笑いになった。

「嘘をつけ。お前のことだ、即座に断ってみせるに決まっている」

車椅子に片肘《かたひじ》をついた王兄殿下は、そう言うと口に笑みを象《かたど》ったまま僅かにスッと目を細められた。

「だからこそ、こうして謁見に先んじてお前を招いたのだよアルフレッド。私としてはお前にその話を受けてもらいたくてな」

「はっ……？」

思わず間抜けな声が出てしまった。滑り落ちそうな貴族仮面を懸命に立て直す俺をよそに、王兄殿下はお言葉を続けられる。

「レオンがどういうつもりで突然そんな事を言い出したのかは知らぬが、考えてみればなるほど悪い話ではない。お前がレオンのチューターとなり実績を残せば私も……いや学院のクリノス研究室も来年、王家と学院に対してお前を客員研究員として推挙しやすくなるからな」

……はい？　客員研究員？

レオン王子のチューターだけでなく客員研究員という思いも寄らぬワードの追加に、俺は情報処理が追いつかず、ただただ目の前の王兄殿下のお顔を見つめることしかできない。

「なんだその顔は。卒業しても逃がさぬと言っただろう？　どのみち今のラグワーズの経営規模ならば、卒業後もお前は王都に残るはずだ。ならば週に一度や二度、学院に来てパーシーを手伝ってくれても良いだろう。お前とて学院の実験農場の結果を見ずに卒業するのは心残りに違いないと思ってな」

なんか、そこはかとなく「有り難く思え」的なニュアンスを感じるのは気のせいでしょうか。

え、俺卒業しても学院でクリノス教授にこき使われちゃう感じ？　逃がさねぇってそういう事？

いやマジ勘弁して下さ――――うん？　ちょっと待てよ。

即座にご辞退申し上げるべく開きかけた俺の口がピタリと止まった。

……もしかして客員研究員になれば、卒業後もギルバートくんと学院で一緒に過ごせるんじゃないか？　関係者なら学院に出入りし放題だ。

俺の中の『殿下の子守？　無理ですイヤですゴメンなさい』という気持ちが、途端にグラグラと揺れ始めた。いやいやいや、よく考えろ俺……と、メリットとデメリットを猛スピードで秤《はかり》にかけ始めた俺に、王兄殿下はなおも畳み掛けるように言葉を重ねられた。

「すでに卒業資格を得ているお前ならば、卒業までの半年、時間は取れるであろう？　なに、ラドクリフとてお前の忙しさは知っているゆえ、王宮まで通えとは言わぬだろうよ。恐らくは週に一度か二度、学院内で時間を取って面倒を見てくれといった程度だ。お前なら雑作もないことだろう」

確かに、その程度ならば今までと変わらないペースだ。でもなー、今までせっかく地味に過ごしてきたのに王子のチューターなんて立場になったら水の泡じゃん。それに絶対に面倒臭いに決まってる。

「畏《おそ》れながら、レオン第一王子殿下におかれましては、王家より任命されし錚々《そうそう》たる傑士より、日々ご進講《しんこう》をお受けになっておられると聞き及んでおります。未熟な私めが出しゃばるなど……」

そもそも、一国の王子ならば学院だけでなく、王宮でもエラい先生たちが付いてんじゃないの？

という俺の素朴な疑問に、王兄殿下の口端が皮肉げに吊《つ》り上がった。

「何が傑士なものか。書物の上っ面をなぞるだけで高い給金を手にする俗物どもばかりだ。そうでなければ、第一王子の立場にある者があのように浅薄には育っておらぬわ」

そう言ってハラリと右手を軽く振って見せた王兄殿下。

えぇー、でも王兄殿下に比べたら、きっと大抵の人間は出来の悪い俗物認定されちゃうんじゃないかなー。俺なんか俗物の自覚あるし？　ああ、もちろんギルバートくんは人間じゃなくて天使だから俗物の「ぞ」の字もないけどね。

まあ確かに、レオン王子ってば王族の基本中の基本「王族命令」すら勘違いしてたけどさ。浅薄っていうのも否定しないよ。口にはしないけど。

たぶん王兄殿下ご自身が第一王子殿下でいらっしゃった時は、むっちゃ勉強していらしたんだろうから、自分と比べて「ありえねー」とか思ったんだろうな。

「ああ気にするな。今のはただの私見だ。現在の私は王室の人事に口を出す立場ではないし、口を出すつもりもない。ただ、思いがけずレオンの口からお前の名が出たと小耳に挟んだものでな、ならば乗らない手はないだろうとお前にこうして話をしたというわけだ」

何とも返事をしにくい話題に戸惑う俺を気遣って下さったのか、王兄殿下は悪戯《いたずら》っぽく笑いながら軽い調子でそう仰《おつしや》って、再びティーカップに手を伸ばされた。

王兄殿下の王家に対する姿勢は常に一貫していらっしゃる。王族であるにもかかわらず、現在の政《まつりごと》に直接関わることなく影に徹しておられて、甥御《おいご》である二人の王子殿下にお会いにならないのも、王家から一歩引いていることをお示しになるためなのだろう。

それでもこうやって色んな細かい情報を手に入れちゃうあたりは流石というか何というか……っと、感心してる場合じゃないな。何かお答えしないと。

「お気持ちまことに有り難く。されば このラグワーズ、明日《みょうにち》の国王陛下への謁見に際しましては、その旨を心に置きまして罷《まか》り出ることにいたしましょう」

その場しのぎの文言をようやく捻《ひね》り出した俺に、お茶を口になさった王兄殿下は何やら楽しげにクックッとこれまた格好良く笑みを溢《こぼ》された。いいよね、ククッて笑い方が似合うのはイケメンの特権だ。

「まったくお前はそつがないね。ま、確かにすべては国王との謁見次第だ。おそらくラドクリフは十中八九その話を持ちかけるだろうがな。それからゆっくりと考えるといい。別に強制はしないが受けてくれれば私としては有り難いという話だ」

明日の謁見でチューターの話が出ないかもしれないじゃん、という俺の願いがこもったお返事を軽く蹴飛《けと》ばして下さった王兄殿下は、けれどすぐに「これでこの話は終《しま》いだ」と話を切り替えられた。そしてその後はお渡しした資料を片手に、実験農場の話やら他領とのプロジェクトの話やらに耳を傾けて下さったわけだけど……。

うん、前回と同じ容赦ないツッコミと新たな課題の雨あられ……。王兄殿下もクリノス殿も、どうしてそんなに楽しそうなの？　二人ともドSなの？　え、もういいから教授と呼べ？　二人とも教授ってややこしいな。すっかりチューターの話が頭からフッ飛んじゃったよ。

そんなこんなで、マクスウェル公爵邸を出る頃には時刻はすっかり夕方。雨も上がっていた。

「ではまた来月、待っているぞアルフレッド」

内心ヘロヘロの俺をお見送り下さった王兄殿下とクリノス殿は、やっぱりいい笑顔。持ち込んだ資料より持ち帰る資料の方が分厚いってどうなのかな……いえ何でもありません。

これが毎月っすか、たまにズル休みしていいかな、と遠い目をしそうな自分を励ましつつ辞去の礼を済ませて、俺は王都邸へ戻るべく馬車へと乗り込んだ。

はー、明日が陛下への謁見で、ギルバートくんに会えるのはその次の次か。遠いな……癒やしがむっちゃ遠い。今日一日で色々ゴッソリ持って行かれた気がする。王都邸に戻ったらギルバートくんに伝言魔法陣を送ろう。きっとすぐに返事をくれるはずだから、それで癒やされよう。

チューターや客員研究員の件は――――火曜日に会ったときに話す方がいいかもしれない。陛下から実際にお話があるかどうかも分かんないし、あったとしたら俺もじっくり考える時間が欲しいしね。その上で彼の意見も聞いて結論を出したい。そういう点では、事前情報という形で考える時間を下さった王兄殿下には感謝しかない。

マクスウェル公爵邸の緩やかな坂道を下《くだ》りながら、窓から見える僅《わず》かに霞《かすみ》がかった山々を眺めて、俺はもう丸二日会えていないギルバートくんに思いを馳《は》せる。

今ごろ何をしているのかな。きっと彼のことだから忙しく過ごしているのだろう。宰相閣下ご夫妻は昨日お戻りになったそうだけど、それでも多忙には変わりないだろう。ちゃんと休んでるかな。

うん、そんな多忙でお疲れのギルバートくんに殿下のチューターの話をする際は、よくよく会話の組み立て方に気をつけなくっちゃ。殿下の遺体を半泣きで埋める未来は回避したい。

でもまずは明日の謁見だよなー。そういえば俺だけで陛下に謁見するのって初めてかもしれない。こんな時は当主代理にしてくれちゃった父上を恨みたくなるよ。いや、色々と便利ではあるけどね？

陛下との話題のメインはラグワーズ内の水路土木や、四月に完了した国内の道路整備による人や物の流れの変化……うん面倒臭そうだ。

「ウザいくらい細かくご説明して話を引き延ばせば、チューターの話が出る隙がなくなるかな」

なんて考えが頭をよぎったけど、客員研究員のメリットは魅力的だ。卒業後も天使と隠れ家で過ごせるんだからな。

さて、マジでどうすっかなぁ……とグルグル考える俺を乗せて、馬車は雨上がりの王都の道を快調に走り続けていった。

◆◆

エントランスの噴水を滑らかに半周したラグワーズの馬車が、雨露に濡《ぬ》れた野性味溢《あふ》れる植栽の向こうへと坂道を下って行った。

それを最後まで見届けることなく、マクスウェル邸の主《あるじ》は遠くなっていく馬の蹄《ひづめ》の音を聞きながら屋敷の中へと車椅子を滑り込ませていた。背後で頑丈な扉が音もなく閉まると、家令が慣れた所作でゆっくりと車椅子を押し始める。

滅多に人を招き入れることのないマクスウェル邸のサロンは、先ほどまでの賑《にぎ》やかさとは打って変わった静寂を取り戻していた。

そのサロン正面の大きなガラスが連なる窓の前に車椅子を止めた主が、見るとはなしに窓外の景色へと視線を向ける。

「ラグワーズは引き受けるでしょうか」

そんな主に、車椅子の脇に立った家令が声を掛けた。家令の視線もまた、主が見つめる窓の外へと向けられている。その声に口元だけで小さく笑った主が「さあな」と言いながら、座面の脇のポケットから魔法陣を取り出して素早く強固な防音魔法陣を展開した。

それは第一王子であった頃から身についた癖のようなもの。誰が聞いているはずもない自邸内ですら、雑話であれ政《まつりごと》に関する話題に防音を施してしまうのは、ほぼ無意識の条件行動に近い。

「あの男が引き受けなければ、それはそれで別の手を考えよう」

まるで窓の向こうの山に話しかけるような穏やかな声が、防音魔法陣に吸い込まれていった。

「王家絡みのいざこざでアルフレッドの手を煩わせてしまうのは心苦しいが、いま最も清浄で安全なのは近衛《このえ》すら容易に立ち入れぬ学院内だ。情けないことだがな。王宮では目も耳も多すぎる。王子らが目を開きかけても、すぐに塞《ふさ》がれてしまうだろう」

「ええ、ラグワーズならば第一王子殿下に王族として正しき目と耳を与えてくれるでしょう。あの男が学生であることも卒業資格を得たことも幸いでした。ですが中等部の第二王子殿下の方はどうなさるおつもりですか」

「あれはまだ駄目だ。周囲を固められすぎている」

王宮を離れ、政《まつりごと》からも離れていた主、レオナルド・マクスウェルがそのことに気がついたのは、ほんの先月のこと。きっかけは、アルフレッド・ラグワーズから聞いた話だった。

甥《おい》のレオンが起こしたという一国の王子としては有り得ないお粗末な行動。警備態勢は元より学院や平民らに対する無配慮と予測の甘さは、個人の性格の範疇《はんちゅう》を大きく超えて、明らかな教育不足。

将来の国王として、あるいは公爵として、いずれにせよ国を導く立場となる一国の王子の教育は、第一王子であれ第二王子であれ非常に厳しいものだ。

十六にもなればとっくに分別もつき、政務や公務の一部を担っていてもおかしくはない。それはレオナルド自身が体験し、身に染みて分かっている王族としての常識だった。

なのに調べてみれば耳を疑うような第一王子の思考と行動……。第一王子だけでなく中等部の第二王子もまた、偏った思考と傲慢《ごうまん》な行動を見せ始めていた。

疑問を持ったレオナルドは、弟であるラドクリフ国王へ密《ひそ》かに魔法陣を送り、国王もまた第一王子の行動に疑問を抱きながらも、国王という立場ゆえになかなか身動きが取れないでいる事を知った。

そうして密かに調べさせること暫《しばら》く、その結果分かったことは、四、五年ほど前から王子たちの教育係が少しずつ替えられていたこと。交代の理由は病《やまい》であったり家の都合であったりと様々だったが、客観的に見れば不自然なことだらけだった。

元より王族の教育に両親である国王夫妻が関わることはなく、それは王族用の厳格な教育要領に従って手配される。だが、それがいつの間にか上澄みのような薄っぺらいものに成り果てていた。

「愚かなことよ。どう足掻《あが》こうと時間は逆行しないというのに。貴族も王宮も腐っていたあの時代を懐かしむ連中の気が知れん」

「足掻きたくなるほどには、近年の王国は無能な連中にとって生きづらくなっているのでしょう」

辛辣《しんらつ》ではあるが的を射た家令の言葉にレオナルドは小さな含み笑いを溢して、視線はそのままに右の肘掛《ひじか》けへと身体を預ける。

「無能な貴族が民に苦役を強いて黙っていても腹が膨れる時代は終わる。いまや商人らが力をつけ、民は徐々に豊かさを覚え知恵をつけ始めている。我が国の土壌が肥えてきた証《あかし》よ。せっかく肥えてきた土をモグラどもに荒らされるのは我慢ならぬ」

「傀儡《かいらい》の王を作り終えれば、必ずやモグラどもは国王陛下の御身を狙ってくるでしょう。先代陛下や主様の時のように」

「ラドクリフが思う通りにならなかったからな。それもラグワーズよ。あの男と、あの男の領地の発展に追随する賢《さか》しき貴族らの存在が、結果的に国費の流れまで変えてみせた。下らぬ夜会一つ潰《つぶ》すだけで川に橋が架かり、着もせぬ衣装を控えるだけで道が整備される。宝石は食えんが同じだけの金で多くの民の腹が膨れる。当然の事だ」

実際のところラドクリフの治世になってからこの方、王室の予算は縮小され続けていた。とはいえ王室の面子《メンツ》を保つには充分すぎるほどであったし、経済が潤うにつれて歳入も増え続けていた。

ただ数十年前と違って、それが王家の威信の誇示のためだけの舞踏会や晩餐《ばんさん》会、あるいは遊興費に使われることは激減し、王家主導の事業も密談や中抜きがしにくいシステムに変わりつつあった。

だがそんな変化の中でも、それらを苦々しく思う時代に乗り遅れた愚鈍な貴族らは一定数存在し続けていた。

「まずはレオンだ。あやつも王族。決して馬鹿ではない。アルフレッドを望んだこと自体、何かしら感じるものがあったからだろう。レオンの目が開くまではできる限り学院に留《とど》め、王宮から離す。その間にモグラどもと子飼いの連中を一掃する」

山を見据えるレオナルドの目に、一瞬だけ厳しく鋭い光がのった。

まるでかつての摂政時代を彷彿《ほうふつ》とさせるその輝きに家令は静かに頭を下げ……ほんの束の間、自身の胸に去来した「この方が国王であれば」という思いを奥歯を噛《か》んで葬り去った。

「だがこの時点で気づけたのは良かった。その点ではレオンを褒めてやってもよいな。奴めが派手にしでかしたからこそ、連中の尻尾《しっぽ》が見えた。お陰で道筋の目処《めど》がついたわ」

クスリと笑いながらそう言って視線を家令に向けたレオナルドが「まぁそれも、まずはアルフレッド次第だがな」と肩をすくめる。

「ラグワーズを忌々《いまいま》しく思っている貴族らはおりますし、己《おのれ》の無為無能を棚に上げ、嫉《ねた》みや恨みを抱いている輩《やから》も少なくはございません。そろそろ王家からの信を多少なりとも示してやるのはラグワーズにとっても悪くない話だと思いますが」

小さく首を捻った家令に「あれがそういった事を気にするものか」とレオナルドは片手をヒラヒラと振り、家令もまた口元に笑みを浮かべて納得したように頷《うなず》いてみせた。

「だが客員研究員には食いついておったな。アルフレッドの奴、すぐさま利点に気づいて口を閉じおったわ。頭の回る男よ。やはりお前の言う通りギルバート・ランネイルとそうなっているようだな」

「ええ、遠目でしたがとうてい通常の友人関係とは思えぬ親密さでしたので」

以前、偶然に見かけた王立学院での早朝の出来事を思い出して、家令のパーシー・クリノスが目を細めた。

それを見たのはアルフレッド・ラグワーズが初めて主に面会を求めた一週間ほど前。

ちょうど前期試験の採点を終えた翌日だった。本来持ち出しが禁止されている答案用紙を主の元からひっそりと学院に戻すため、早朝の学院内を目立たぬよう移動していた最中のことだ。

昇ったばかりの朝陽に照らされた学院の林――その一本の木の下で身を寄せていたのは、教え子のアルフレッド・ラグワーズと、六月にラグワーズの紹介でクリノス研究室の補助になっていたギルバート・ランネイル。

あまりの甘ったるい雰囲気と思いがけないラグワーズの一面に、あの時は面白がると同時に「黙ってやろう」と口元を緩めて早々に立ち去ったけれど、人生何が役に立つか分からない。

「まあ意外ではあるが、アルフレッドに関しては驚くことなど他に山ほどあるからな。私の褒美に魅力を感じてくれればそれでいい」

レオナルドはそう言って肘掛けから身体を起こすと、車椅子をスイッと右側に方向転換させた。

「さて、ではそろそろアルフレッドの持ってきた土産でも見るか。奴は何を持ってきたのだ？」

そうして気分を変えるように朗らかな声を上げると、目許《めもと》を緩めて防音の魔法陣を解除した。もうこの鬱々《うつうつ》とした話は終わりということだ。

「何やらたくさん持って参りましたよ。食材が多いようですが日用品や薬品、魔法陣に……化粧品もございましたようで」

「化粧品？　私に使えというのかあの男は。よし使ってやろうではないか。とりあえず全部持って来させろ。検分する」

先ほどとは打って変わった楽しげな、そして少々悪戯《いたずら》げなレオナルドの様子に「気に入らぬものがあれば文句を言ってやりましょう」と家令もニッと口端を吊《つ》り上げてみせた。

「それはいい」と朗らかなレオナルドの笑い声が響き、そうして暫く。

マクスウェル邸の静寂だったサロンの中は、再び楽しげな会話と快活な空気に満たされていった。

43　謁見と報連相《ほうれんそう》

マクスウェル公爵邸を訪れた翌日、俺は予定通り王宮に参向して国王陛下に拝謁をし……、そして案の定、陛下からレオン王子のチューター就任を打診されてしまった。さすがは王兄殿下、事前情報はドンピシャだ。

「よく来たなアルフレッド、半年ぶりか。当主代理のマントと銀飾りがよう似合っておる。今後は成人貴族として民のため国のため、ますますの働きを期待しているぞ」

部屋の扉の前で低く頭を下げた俺に、陛下はよく通るお声でそう仰《おつしや》ると、いつものように気さくに椅子を勧めて下さり、そして、

「ところで、そんな頼もしきお前に今日はひとつ話があるのだが」

と、いきなり冒頭からチューターの話をおブッ込み下さった。

うん、よける暇も引き延ばす暇もない早業だったよ。座った直後だったからね。一瞬、俺の椅子に何かスイッチでもあるのかと思ったくらいだ。

ああそうそう、陛下への謁見とは言っても、俺が通されたのは玉座がドーンと壇上にあるような赤絨《じゆう》毯《たん》のキラキラ大広間なんかじゃないよ？　陛下の執務室に近い普通の会議室っつーか、王宮に数《あま》多《た》ある部屋のひとつで広さも前世で言うとこの二十五畳とか三十畳とかそんな感じ。やたらと横長いテーブルを挟んで陛下とお話しする非常にビジネスライクなスタイルだ。

玉座ドーンのいわゆる「謁見の間」みたいなのは、あくまでも儀式用。いや意味的には陛下がお座りになる椅子は全部玉座って言うんだろうけど、この部屋の玉座？　はドーンじゃない。お高そうな普通の椅子だ。他国の要人との面会にだって別の広間が使われるからね。当たり前だけど話しにくいし、壇上からじゃ他国への印象は悪いし物の置き場所にも困っちゃうでしょ。

ま、本音を言えば俺も、初めて陛下に拝謁した時はちょっとだけガッカリしたんだけどね。ほら、王様のイメージってあるじゃん？　でも残念ながら毎回こんな感じなんだよ。

ああ、でも今回はいつもと違っていた事もあったかな。

陛下との謁見にはたいてい同席なさる宰相閣下が、最後までお見えにならなくて文官らも不在。扉の前の護衛すら外に出されてたから、防音のかかった部屋の中に何故か陛下と二人きりだったんだよね。こんなことは初めてだ。

いや俺としては別にいいんだよ、陛下と二人でも。陛下もいつもよりリラックスなさってたみたいだし。ただ俺が不穏分子だったらどうすんのよ、不用心じゃゃね？　って少し心配になっちゃっただけ。

で、陛下のお話の内容はといえば、ほぼ王兄殿下から聞いていた通りだった。

卒業までの半年、学院で週に一度か二度のペースでレオン王子のチューターを務めてほしい、強制ではないが引き受けてくれれば助かる……みたいな感じかな。

国王陛下のお話のなさり方というのは大抵こんな感じで、すごく物腰が柔らかい。

上から目線でもの言ったり強権的に命令したり、といった事をなさらない非常に謙虚なお方で、言い方はアレだけど王兄殿下と違ってすごくお優しげというか話しやすい雰囲気をお持ちの陛下は、いわゆる聞き上手、聞き出し上手でいらっしゃる。

何かをお決めになる時も色んな意見や状況を元に、緩《ゆる》やかに目標地点へと進まれる感じだ。

王兄殿下のような、重々しい威厳とか、滲《にじ》み出る王者の風格とか、ゴリ押しの王族の威圧とか……

ゲフンゲフン、そういったのはお見受けできないのだけれど、陛下のそうした姿勢というか心構えってのは、上に立つ者にはなかなかできない事だし、俺としてはこれがこの方の最大の武器なんだろうなぁって勝手に思ってたりする。

あ、でももちろん、陛下だって王兄殿下だって超高貴なオーラはどちらもハンパないし、黄金の髪は眩《まぶ》しいし、賢さ満点の超絶イケメンってのは同じなんだよ？　王族のイケメンDNAって凄《すご》いよね。

そんな陛下に、俺は予定していた通りに「少々お時間を頂きたく」ってお返事を先延ばしにさせて頂いて、陛下もまた「今月中に返事くれればいいから」みたいな感じでそれを快諾して下さった。

ただねぇ、その代わりと言っちゃなんだけど、その後の陛下ってば王兄殿下のことをやたらと聞いてくるのよ。あれには参ったね。どうやら俺が公爵邸に招かれていることを耳になさったらしくてね。

やれ「兄上はご健勝であられたか」だの「どんなお話をなさったのだ」だの服装から屋敷の様子、どんな土産を喜んだか等々……しまいにゃ「弟の私はお声だけなのに」と恨みがましく睨《にら》まれる始末。

いやいやいや王兄殿下ってばどんだけレアキャラなの？　引きこもりですか？　強そうな引きこもりだな！　ってか国王陛下、会いたいなら呼べばいいじゃん。エラいんだからさあ！　どんな土産を喜んだかなんて知りませんよ置いてきただけだし……。

なんて王族のお二方に内心ツッ込みつつも、貴族の笑みで適当に乗り切った俺エラい。

ハイ恐いくらいにお元気でしたよ、資料見て下さいねー。ええ肥料の話をしました、街道の交通量の変化はその表ですよー。服は迫力の濃い紫でしたかね、話聞いてますー？　みたいな感じだ。

王兄殿下が陰のクリノス教授やってんのを陛下がご存じかどうかも分かんないから、いちいち返答に気を使うのなんのって……。陛下ってば王兄殿下のお話がしたくて人払いしたのかな。

「そうだ、そなたがレオンのチューターになればその報告も聞かねばならぬな。うむ、その際はマクスウェル邸を訪問した後にでも王宮に来るといい。時間を作ろう」

いいこと考えた！　みたいな国王陛下のお顔を見て、ますます「チューター面倒くせぇ」と思ったのは内緒だ。いや引き受ける前から就任後の話っておかしくない？

強制じゃないですよね。やめて下さいその期待した目……。俺は天使に相談して決めたいんです。返事は今月中でいいって仰ったじゃないですかヤメテ……。

そんな感じで、強制してないハズの陛下からのプレッシャーに堪えつつ、俺はどうにか決められた時間内に予定の報告を終えると、やっぱりヘロヘロになりながら王宮を後にした。

二日連チャンでヘロヘロ。マジ勘弁して下さい。なんか、むっちゃ陛下にチューター就任を期待されちゃったけど、引き受けるかどうか決めるのは、やっぱりギルバートくんにちゃんと話してから。

いや別に、俺に来た話だから本来は俺がひとりで決めてもいい事なんだよ？　それは分かってる。

でもさ、結論はどうあれ事後報告はね、ダメだと思うんだ。

きっと賢い彼の事だから気を回して何も言わないとは思うけど、でも内心では色々と考えちゃうんじゃないかなって思うからさ。だからダメ。ほんの僅《わず》かでも天使に不快や屈託を与えるなど有り得ないだろ。この世の禁忌、あるまじき悪行だ。

だいたいにして報連相《ほうれんそう》は信頼関係、トラブル防止の基本中のキ。

異世界だろうが何だろうが同じはずだ。


ということで今現在、火曜日の午前十一時すぎ。

俺はその大切な報連相《ほうれんそう》を実行している真っ最中だったりする。

「客員研究員……ですか？」

丸テーブルの左隣に座ったギルバートくんが、ティーカップを口元から離して目を丸くした。

今日のお茶は販売されたばかりの夏摘みの茶葉。美しい色味と力強いコクを今さっき彼に褒めて貰《もら》ったばかりだ。

「うん、どうやらクリノス教授が実験農場の結果を見ずに卒業する私を慮《おもんぱか》って下さったようでね、学院に推挙する準備を進めていらっしゃるそうなんだ。それを王兄殿下が教えて下さってね」

まず俺がギルバートくんに報告したのは客員研究員の件。話の順番は極めて大切なポイントだからな。そして王兄殿下が陰のクリノス教授だとは話せないけれど、彼に嘘をつくこともしたくないのでこういう言い回しになった。

「もちろん研究のために便宜をはかって下さるわけだから報酬など無いかもしれないけれど、卒業後も学院を出入りできるメリットはあるかな、って思ってるんだよ」

そう言って微笑んだ俺に「素晴らしいお話じゃないですか」とソーサーにカップを戻しながら、ギルバートくんが口元を綻《ほころ》ばせた。

我が家のコンサバトリーに差し込む柔らかな陽の下で、ニッコリと微笑むその愛らしい表情はまさしく天使そのものだ。

「客員研究員への推挙など滅多にないことですよ？　数年に一人いるかいないかです。それほどあなたとあなたの研究の有用性が認められたということじゃないですか。それは王兄殿下のお耳にも入るはずです。凄い事ですよ。さすがアルです」

認められれば来年も一緒にいられますね……と嬉《うれ》しそうに微笑んでくれたギルバートくん。彼が喜んでくれたことも、なんだか照れちゃうほど褒めてくれたことも凄く嬉しいんだけどね。

「気が進みませんか？　やはりお忙しい身で研究員はご負担でしょうか…」

俺の冴《さ》えない表情にすぐさま気遣わしげな声を掛けてくれた彼に、俺は小さく首を振った。

「いや、そうじゃないんだ。私も客員研究員のお話は有り難いと思っているし、できれば認めてもらいたい。君と一緒にいられるなら負担など無いも同然だ。ただ、どうやらその推挙が認められる為には卒業までに実績を残さないといけないらしくてね」

「実績、ですか？　しかし実験の結果が出揃うのは来年の夏頃ですよね。いくら何でも時間的に無理がありませんか？　何か他によい手は……ご領地での実験結果ではダメなのでしょうか」

そう言って顎《あご》に手をかけて考え始めたギルバートくんは凄く綺麗《きれい》で格好いい。俺の天使はなんて優しいんだろう。

そんな凛々《りり》しくも美しく、優しさに満ち溢《あふ》れた天使に、俺はよくよく慎重に言葉を選びながら口を開いていった。

「確かにそれもある程度は有効だろうけど、領地でのことは私の実績というより担当部署の功績だからね。学院に証明していくのも難しいし非公開の情報もある。ただそれに関して王兄殿下が仰るには、陛下のご要望にお応《こた》えできれば通りやすいんじゃないかということなんだ。それを教えて下さるために、王兄殿下は謁見前に私をお呼びになったんだよ」

「国王陛下の……？」

パチリと見開いたお目々で不思議そうに翡翠《ひすい》の瞳《ひとみ》を煌《きら》めかせたギルバートくんに、俺はついつい重くなってしまいそうな口を励ましながら言葉を続ける。

「第一王子殿下のね、チューターを学院で務めないかと日曜日に陛下からお話があってね……」

「はい？」

ビックリするくらい低い声が聞こえた。

もちろんギルバートくんだ。もしかしたら三オクターブくらい低いかもしれない。

「第一王子殿下の……ですか。なぜ陛下は、そのようなお話をあなたに……？」

すぅーっと息を吸って口元に微笑みを浮かべた彼が、ゆっくりとした口調で問いかけてきた。なんだろう、気のせいか周囲の気温が少し下がった気がする。

「いや、第一王子殿下から陛下にご要望があったとか――」

「あの野郎……」

ボソッと呟《つぶや》かれた小さな声に「空耳かな？」と俺が思うと同時に、ニッコリと微笑んだギルバートくんがスックと席から立ち上がる。

「申し訳ありません。急用を思い出したので少々席を外します。ほんの二時間もかからず済ませてみせますから待っていて下さいね」

え、済ませてみせるってナニ？

慌てて彼の手を取るも、俺を見下ろして「大丈夫ですよ」と微笑んだ彼の目は一ミリも笑ってない。

「バレない自信はあります」

いや何が――――!?

シュパッと俺も席を立って彼の身体をホールド。グイグイと扉の方へ進もうとするギルバートくんを腕の中に閉じ込めた。

「放して下さい。今すぐあいつの息の根を止めてやる！　何様だあの野郎！」

やっぱり空耳じゃなかった。

何様ってたぶん王子様だよ……なんてツッ込みを入れる暇もなく、俺は綺麗なお顔で物騒なことを言い出した天使をそのまま抱え上げた。長いあんよをパタパタさせる天使。うん、可愛い。

「見てろってそういうことか！　陛下を使いやがって！　やり口が汚ねぇぞ！」

うーむ、なかなかに激しいプンスカぶり。ソッコーで殺《ヤ》りに行こうとするとは予想以上だ。どうやら完全犯罪の計画は完成していたらしい。さすがはギルバートくんだ。

なんて思いながら、俺の背中をパシパシしだしたプンスカ天使をそのまま抱えて、すぐそばのカウチソファへと移動。ギルバートくんは相変わらず軽いな。やっぱり、宝水魚の池のそばにテーブルをセッティングしといて正解だった。

チラリと部屋の隅で控えているディランに視線を送ると、ディランは心得たようにひとつ頭を下げ、そしてすぐさまスイーツが大量に載ったワゴンをコンサバトリー内に運び込んできた。

うん、時には報連相にも事前準備ってもんが必要なのよ。

よいしょと彼を抱えたままソファに座って、まだ「ふざけんな！」とプンスカする彼を抱き締めながら、俺はその愛らしく開いた下唇にチュッとキスをする。

「落ち着いて、ギル？」

とりあえず大きな声を出すのはよろしくない。いや大きな声を出すのは構わないんだけど、喉《のど》を痛めちゃうかもしれないでしょ？　あとで痛い思いをしたら可哀想だからね。

ついでに上唇にもチュッとキスをすれば、パフンとその口を閉じた天使がムゥゥゥとばかりにギュウギュウと俺に抱きついてきた。もちろん俺としては大歓迎なので、そのしなやかな腰と背中を抱き締めながら、肩口に顔を押しつけてくる愛《いと》しい彼に頬を寄せる。

「せっかく会えたというのに私を置いて行こうだなんて、ひどいじゃないか」

ね、と艶《つや》やかなプラチナブロンドに口づけると、ほんの少しだけ彼の腕から力が抜けていく。

目の端ではセッティングを終えたディランが部屋を出て行ったようで、二人きりになったコンサバトリーで、俺は心置きなく彼を抱き締めながらその髪や耳元にいくつものキスを贈った。

ほんの暫《しばら》くそうして腕の中の天使を堪能《たんのう》していたら、小さく身動《みじろ》いだ彼がそっと俺の肩から顔を上げ始めた。

おや、まだゆっくりしててもいいのに……なんて思いつつ、俺もまた腕をゆるめて、上がっていく愛しい天使の顔を下から覗《のぞ》き込んだ。

うん、まだお口は可愛らしく尖《とが》ったままだけど、ちょっとは気が落ち着いたかな。プンスカがだいぶ抜けて拗《す》ねたような表情になっている。可愛すぎて身悶《みもだ》えしそうだ。

「君が嫌がるなら私は引き受けなくてもいいと思っているんだよ。実際、私ごときが殿下にお教えできることなど高が知れてるからね。ただ卒業後も学院に出入りできる資格に繫《つな》がるならば、そのメリットは大きいかなと、君の意見も聞いてみようと思ったんだ」

二人のことでしょ？　――と彼の背を上下にさすりながらそう告げれば、俺の背中をギュッと抱き締めていた彼の腕がほどけて、その腕がスルリと俺の首に回された。

「詳細を……聞かせて頂いてもいいですか……」

俺の膝《ひざ》の上で上半身をすっかり起こした彼が、キュッと唇を噛《か》んで俺を見下ろしてくる。もちろん俺はそれに頷《うなず》いて、王宮での陛下からの話と公爵邸での王兄殿下からの話を彼に話し始めた。

ただし王兄殿下に関してはクリノス教授だということを伝えずに、あくまで陛下が俺にチューターの要請をしそうだという話をお聞きになった王兄殿下が、引き受ければ客員研究員として推挙されやすいと教えて下さったという説明をした。まあ実際そうだし嘘じゃない。

嘘じゃないんだけど……うーん、彼にはいずれ王兄殿下に許可を頂いて本当のことを伝えたいなぁ、なんて頭の隅で思いながら、ついでに目の前でふるんと少しだけ尖った唇にキスしたいなぁ、とも思いながら、手短にこうなった経緯と陛下が仰《おつしや》ったチューターの条件等を彼に伝えた。

「なるほど、だいたいのことは分かりました」

話している間じゅう、俺の首の後ろでサワサワと毛先を撫《な》でていた彼が、キュッとその指を組んで俺を見つめてきた。

「チューターに関しては、期間は卒業までの半年。頻度は週に一度か二度。役務内容は学院における殿下の生活と学習全般の補助。場所は殿下の寮部屋。報酬としては結果如何《いかん》で、陛下から何かしらの褒美が賜れると」

確認するように小さく首を傾げた彼に、俺は「その通り」とばかりにコクコクと首を振る。まあ褒美に関しては話の合間にチラッと匂わされた程度だけど。

「そして客員研究員に関しては、更新期間は一年ごと、頻度や時間の拘束はないものの教授の要望により登校は週に一度か二度。研究員の義務として研究の経過と結果を適宜《てきぎ》学院に報告。報酬は少額また は無給なものの、学院に自由に出入りできる大きなメリットがある」

うん、まあそんな感じだ。あれから家に帰って客員研究員について調べたことと王兄殿下からのお話を総合するとね。

「ただし、そのためには更なる実績が必要。王子殿下への教育を通して研究員に相応《ふさわ》しい能力を誇示……というのは表向きで、手っ取り早く王家に恩を売れば強力な後押しが得られると」

ははっ、身も蓋《ふた》もない言い方だけどやっぱりその通り。学院は王立だからね。自治を謳《うた》ってはいるけれどそこは色々とあるのだろう。

すごいな。ギルバートくんってば、いちど話しただけで完璧《かんぺき》に頭の中で整理して理解しちゃったよ。

「どうにもタイミングが良すぎますねぇ……まるで図ったようにチューターと客員研究員の話が同時に、しかもいずれも王族の口からなんて。どうしてもあなたに王子殿下《アレ》を押しつけておきたい何かがあるのかと勘ぐりたくなってしまいます」

スッと目を細めた彼が、束の間だけ流すように視線を動かした。

え、そうなの？　それはぜんぜん気がつかなかった。どうしよう、想像もつかない。そう言われれば、確かにタイミングが良すぎる気がしないでもないけど……。

「ああ、アルが心配なさることはありません。私の勘ぐりすぎかもしれませんし、もし何かあっても王家の都合でしょうから勝手にやらせとけばいいんです。レオン王子《あのやろう》はともかく陛下があなたを選んだこと自体、悪い策略とは思えませんしね。王兄殿下もついていらっしゃるようですし」

スルッと俺の頬に両手を滑らせたギルバートくんはそう言ってニッコリと微笑むと、チュッとひとつ俺の唇に口づけを落とし、それから「んー」と考えるように首を傾げながら、そのしなやかな指先で俺の頬をサスサスとさすってきた。もちろん俺はされるがままに、大喜びでその指先の感触を堪能する。可愛いわ気持ちいいわで、もう大変。

そしてほんの数秒後、目の前の天使は「私の考えを参考にして頂けるなら」と、その唇を開いた。

「やはりアルの仰る通り、客員研究員のメリットは大きいです。チューター就任が条件のように提示されたのは引っかかりますし、そんな事を言い出した第一王子《アレ》を今すぐにでも抹殺したい気持ちはありますが、後々の事も踏まえて総体的に検討すれば、チューターを引き受けるメリットはさらに増大するでしょう。お受けになる事をお勧めします」

そう言って俺の膝の上で小さく溜息《ためいき》をついたギルバートくんを、俺は回した腕でさらに引き寄せた。

「メリットは大切だけど、私にとって何より大切なのは君だからね。君が何か我慢するくらいなら断ってしまった方がマシだよ？」

彼の引き締まった腰から脇を軽く撫でながら、頬にある彼の手のひらに唇を押し当てると、むずがるように彼が小さく腰を揺らす。けれど彼はすぐさま俺の頬をキュッと固定して、翡翠の美しい瞳を煌めかせながら目を合わせてきた。

「私の事は気にしないで下さい。第一王子《アレ》がそう来るなら私も対応を考えます。売られた喧嘩《けんか》は買う主義なので。我慢はしませんし手加減もしません。いま決めました。何より来年も貴方《あなた》と学院で過ごせる可能性を見いだせた事は大きいですからね。私も協力しますよ」

フフッと笑ったギルバートくんの笑顔は本当に眩《まぶ》しいほど綺麗で……言葉の端々《はしばし》がちょっとトゲトゲしてるけど、まあちょっとしたアクセントだと思えば全体的には俺を思う慈悲深い天使そのものだ。

「そうかい？　ならば引き受ける方向で検討してみようか」

目の前なのに届かない唇をわずかに尖らせてみせた俺に、ギルバートくんが柔らかな唇をそっと合わせてきた。ふっくらとした狭間《はざま》で俺の唇の上下を順番に挟むように吸い上げて、互いの弾力を擦り合わせ角度を変えて、悪戯《いたずら》を仕掛けるように滑らかな舌先を束の間だけ絡《から》めてくる。

幾度唇を合わせようと、彼との口づけはいつだって新鮮で胸が高鳴る。ずっとこうしていたい程の酩酊《めいてい》感はきっとこの先もずっと続いていくんだろう。

小さな水音を二度三度と立てて、彼の唇が静かに離れていった。内心ちょっとガッカリしている俺の頬に、彼がオマケのように小さな口づけをくれる。

「ピアスを持ってきたのは正解でした。でなければ私はもっと嫉妬《しっと》に狂って取り乱していたでしょう。愛していますアルフレッド……どうか今日この場で私のピアスを受け入れて下さい」

俺を見つめる翡翠の瞳がわずかに切なげに揺れて、それを見た瞬間、俺はもうノックアウト。

天使にこんなに情熱的に望まれて、嬉《うれ》しい言葉を貰《もら》って、俺の心臓はもう破裂してしまいそうだ。

「もちろんだ。嬉しいよギルバート」

彼をいっそう抱き締めて、俺はその胸元に顔を埋《うず》めるようにしながら、溢《あふ》れてしまいそうな思いを短い言葉にのせる。もちろん「愛している」の言葉も一緒に。

――どうかこの思いが、彼の心臓《こころ》に届きますように、と。

その『約束のピアス』は今日、彼が馬車を降りてきた時から彼の手にあった。従僕らにも預けず、彼自《みずか》ら大事そうに抱えていた小箱。彼と話してる最中も、ずっと出番を待つようにテーブルの片隅に置かれていた。

元より俺が今日、彼のピアスをつけるのは決定事項。きっとチューターやら何やらの報連相がなければ、もっと朗らかにスムーズにピアスの話に入ってたんだろうけど……なんか、ごめんね。でもずっとドキドキしてたんだよ？

今その小箱は、テーブルの上でスイーツたちに囲まれている。

「君にピアスをつけてもらったら、たくさんスイーツを食べよう。二人でお祝いだよ」

そう言って彼の後ろを指させば、振り向いた彼は賑《にぎ》やかなテーブルに目を丸くして……それから嬉しそうに、ふんわりとした綺麗《きれい》な笑顔を見せてくれた。

もし彼の可愛いプンスカが長引きそうなら、あのスイーツをあーんてお口に入れて気持ちを和らげようかなーなんて、ちょっとだけ思ってたのは内緒だ。

彼を膝からそっと下ろしてソファから立ち上がったら、彼は先にテーブルの方へと歩いて行った。

彼の長い脚ならほんの三歩か四歩だ。あっという間に到着した彼が、小箱を手に取ったのが見える。

そんな彼の後ろ姿を見たら、なんか改めて俺のドキドキが大きくなってきた。いやマジで緊張してきたんですけど。

スーッと息を吸って静かに深呼吸。

それから俺は、ほんの数歩先の彼の元へと歩き出した。

44　彼からのピアス

「アル、どうぞご確認下さい」

ドキドキしながら近づいた俺に、小箱を開けたギルバートくんが小さな封筒を差し出してきた。

立派なピアスケースとともに小箱に入っていたそれは、真っ白なカードサイズのミニ封筒。その小ささにもかかわらずキッチリと封蝋《ふうろう》印が施されている。

手渡されたそれを開封すると、中から出てきたのは小さく畳まれた一枚の添書《てんしょ》。

家紋の透かしが入った上等な専用箋には、ランネイル家のご当主、つまりは宰相閣下の名で文章が綴《つづ》られ、その右上では小さな魔法陣が淡い光を放っていた。

なんとも立派な形式のこの文書、まあ色々と書いてはあるんだけど、要は許可書の一種だ。

意味合いとしては「これは間違いなく我が家のホンモノだよ」っていう貴族家当主によるピアスの保証書みたいなもんかな。いや正確にはピアスっつーかピアスに使われている石の、だけどね。

なぜにこんなもんがあるのかと言えば、貴族のピアスの石ってのは親が購入して、それぞれの家で厳重に保管しておくものだからさ。親がまだ当主になってない時は親が買って当主に預けて、当主を引き継いだ時に石も引き継ぐのが定番らしい。だから許可書。持ち出し許可書ね。

コレってば物凄《ものすご》く大切なものなんだ。ピアス用の石が当主の管理下に置かれる理由は、子供や孫が好き勝手に持ち出した挙げ句、どこぞの馬のホネにホイホイ渡しちゃうのを防止するため。そして購入するのが本人ではなく親なのは、ひとえにカネと時間がかかるからっていう切実な理由からだ。

貴族がつけるピアスの石はダイヤモンドだからね、たっかいのよ。

いやもちろん、ただのダイヤならピンからキリまであるし安いのもあるんだろうけど、高位貴族たちが求めるのはカラーダイヤ……いわゆるファンシーカラーダイヤモンドと呼ばれるやつで、全ダイヤの〇・〇〇一%程度しか産出されないっていう稀少《きしょう》な石なんだよね。

各家とも子供が生まれたらすぐに予算に合ったダイヤを探し始めるらしいんだけど、ただでさえ稀少なのに瞳《ひとみ》の色に近くて不純物がない濃い色なんてそう簡単に見つかるもんじゃない。しかも両耳だから二つでしょ？

いやダイヤ以外だと魔力込めたら割れちゃうらしいんだよ。理由は分かんないけど何かあんだろうね。強化魔法も効かない。内部からバキバキいっちゃうんだって。ダイヤじゃなきゃダメだけど瞳の色も欲しい、ってことでカラーダイヤ一択になってるわけ。

例えば俺の石なんかはブルーダイヤだけど、聞けば手に入れるまで四年かかったそうな。それでも短い方らしいよ？　大きいものだと十年とかザラらしいから。だから親が準備するの。まあ王家なんかだと予《あらかじ》めストックしてあるのかもしれないけどさ、ヒラの貴族家にゃそんな余裕はないからね。

そんな石を一時の感情で渡されたら、親としてはたまったもんじゃないっしょ。しかも強力な誓約の証《あかし》だから一度渡したら最後「気が変わった」は通用しない。厳重に保管したくもなるってもんだ。

ああでも、下位の貴族や平民たちはここまでじゃないよ？　下位の貴族たちはお手頃価格の色の薄いカラーダイヤがほとんどだし、そもそも魔力の少ない平民らは安くて綺麗なダイヤ以外の石を、埋め込むんじゃなくて耳に貼り付けてるから。

俺としちゃあ別に色が薄くたっていいじゃん、彼から貰えるなら道ばたの小石だって構わないし？　なんて思うんだけどね、そういった風習が固定しちゃってるのはどうしようもない。

とまぁそんなわけで、許可書ってのが重要になってくるのね。この石は確かに我が家のものですよ、持ち出しを認めてそこにあるんですよ、って証だからさ。

「確かに確認させて貰ったよ。お父上はその……特に何もおっしゃらずに？」

封筒の中に添書を大切に仕舞い込みながら、つい俺はギルバートくんにそんな事を尋ねてしまった。

いや一応ね。いくら宰相閣下との間にあの契約書があるとはいえ、普通は少しくらい躊躇《ちゅうちょ》するんじゃないかなーって思って。

うちの親みたいに「高等部の入学祝いだ」「好きな子ができたら掴《つか》まえちゃいなさ〜い」なんて軽く投げて寄越す親なんて滅多にいないはずだし。あれって絶対、管理を丸投げしてきただけだよね。

「ええ、非常に快く渡して下さいましたよ。ローマンも後押ししてくれましてね。心配はご無用です」

ピアスケースの蓋に指をかけた彼は、そう言って俺の心配を払拭《ふっしょく》するようにニコッと微笑むと、パカリとその蓋を開いた。

そ、そっか。さすがは一国の宰相閣下。何とも寛容なご対応で……って、デカッ！　なにそれ！

彼が手にしたケースの中から現れたのは、なんとも大きなグリーンダイヤモンド。

二カラット近くあるんじゃないだろうか。耳に埋め込むのにギリギリの大きさだ。

カラーの濃さといい透明度や輝きといい、見るからに一級品間違いなし。しかもギルバートくんの瞳の色に非常に似通っている。こりゃ探すのに相当苦労したに違いない。

さすがは名門侯爵家の石。陛下がつけてるのに負けないくらいのグリーンダイヤじゃん。そういやクリスタ妃のご実家も侯爵家だもんな。侯爵家すげぇな。なんか特別なツテでもあんのかな。

なんか俺がつけるのが申し訳ないほど立派なダイヤなんだけど、でも周囲の台座がスッキリしているせいかピアス全体の印象としてはとっても軽やか。

台座はやはり彼の髪色に寄せたんだろうシャンパンゴールドで、余計な装飾が一切ないシンプルなデザイン。ちょうどダイヤの高さピッタリの円筒にダイヤがスポッとはまってる感じかな。

今の状態だとゴージャスなボタンかスイッチに見えなくもないけど、二ミリ程度を残して後は耳ん中に埋まっちゃうから、実際につければきっといい感じにピアスっぽくなるはずだ。

色味的に陛下とお揃いみたくなっちゃうのかなぁなんて思ってたけど、台座がシンプルでスッキリしてるから全然印象が違う。なんならコッチの方がシュッとしてセンスがいいような気がする。いや格段にセンスがいい。なんせギルバートくんのセンスだもんな。世界一だ。

なんて感動してる俺に、そのセンスのいいギルバートくんは再びニコリと微笑むと「では……」とひと言発すると、スイッとその長い脚を二歩ほど後ろに下がらせた。

え？　と俺が思う間もなく、彼はそのまま床に片膝《かたひざ》をついて姿勢を正すと、右手で蓋《ふた》の開いたピアスケースを掲げ、左手を胸に当ててみせた。

「アルフレッド・ラグワーズ様……」

床に跪《ひざまず》いた彼の翡翠《ひすい》の瞳が、手に掲げたダイヤとともに煌《きら》めきながら真っ直ぐに俺に向けられる。

これはなんとも……正式な婚姻申し込みの礼法じゃないか――。

目の前で凜々《りり》しくも誇り高く膝をつき、微笑を浮かべて俺を見上げてくる彼を、俺はただただ目を見開いて見返すことしかできない。

「これなるは我が心、我が誠《まこと》を込めし誓約の証。ランネイル侯爵家が嫡子ギルバート・ランネイルより、生涯唯一無二と定めし貴殿へお贈りすべく持参いたしました。どうぞお受け取り下さいませ」

よく通る声で少々アレンジした口上を述べるギルバートくんは、まるでお伽噺《とぎばなし》の王子様だ。

どうしよう、顔が熱くなってきた……。だってしょうがないじゃないか。輝くばかりの美貌《びぼう》の貴公子が目の前で跪いてるんだぞ。そんでもって真っ直ぐな目で愛を乞《こ》うてるんだぞ。こんなの誰だってキュンキュンするに決まってる。

ドギマギする俺の前で、ギルバートくんはグッと胸を押さえながら静かに頭を下げると、眩しい輝きを放つピアスを俺に差し出してきた。

俺は熱くなる一方の頬を自覚しながらも、すぐさま愛《いと》しい彼に向けて足を踏み出すと、身を屈《かが》めてそのピアスの入ったケースをそっと両手で受け取った。そしてそのまま、目の前で頭を下げ美しい姿勢をピタリと維持する彼を見下ろしながら、ゆっくりと言葉を紡ぎ始める。

「ギルバート・ランネイル様の真心、このアルフレッド・ラグワーズ確かに頂戴《ちょうだい》致しました。これよりは我が身の一部とし、貴方《あなた》様のお心とともに終生歩んで参りましょう」

間違えないように、噛《か》まないように、声が震えないように……と、俺は内心ドッキドキしながら受け取りの短い口上をどうにか言い終えた。ああ覚えててよかった。でも緊張のお陰で赤らんだ顔が元に戻った気がする。

そんな情けない俺に比べて、実に堂々とした素晴らしい貴公子ぶりを披露しているギルバートくんは、俺の口上が終わると同時にスッと頭を上げて、それはもう輝くばかりの微笑みを見せてくれた。

あ……またキュンときた。キューンって。

「愛していますアルフレッド。私の我が儘《まま》を聞いて下さって、こんなに嬉しいことはありません」

スッと立ち上がった彼がキュンキュンしている俺の頰に小さな口づけを贈ってくれる。やばい、今度はその可愛さにキュンときた。俺、このままキュン死するかもしれない。

「我が儘なんかじゃないよ。だってこれは君への誕生日プレゼントじゃないか。忘れちゃった？」

キュン死を阻止すべく、少し戯《おど》けたようにそう言って頰へのキスを返した俺に、「そうでした」と彼が小さく笑った。そうとも、これは宝水魚より前に約束した彼へのプレゼント。贈る側の俺がこんなにドキドキして嬉しくて、しかも受け取っちゃうなんて変な話だけどね。

天使との約束を果たすべく「はい、つけてくれるんでしょ？」と彼の手にケースを渡して、俺はすぐ傍にあった椅子を引いた。きっと座った方がつけやすいだろうからね。

ケースを両手で受け取って嬉しそうに「はい」って頰を染めた彼の可愛さに、再びキュン死の危機に陥りながらも、彼がスイーツだらけの目の前のテーブルにコトリと置いたピアスケースに視線を向ければ、嫌が応にも緊張感が高まってくる。

「まずは受け入れる側の魔力からだったね。どっちのピアスをつけるの？」

椅子に腰を掛けてケースを覗《のぞ》き込んだ俺に、目の前に立ったギルバートくんは「こちらの方が発色が美しいような気がするんですよね」と、向かって右側のピアスを指さしてみせた。

いやどっちも充分に美しいと思うけど、と思いながらも「じゃ、こっちにしようか」と、俺は彼が指さした方のピアスを左手で摘《つま》み上げて、その耳に埋まる台座の方をクルリとこちらに向ける。

大きなダイヤの幅よりほんのわずかに大きい直径一センチ弱の台座の底は真っ平らで、その底面いっぱいに複雑な魔法陣がビッシリと、そりゃもう隙間なくビッチリと刻まれていた。魔法陣は底面だけでなく側面にまで広がっている。え、これスゴくない？

「これは……すごいね」

指先の小さな魔法陣を凝視しながら思わず呟《つぶや》いた俺に「つい凝ってしまって……お気を悪くなさらないで下さいね」とギルバートくんがキュムッと可愛く口を引き結んだ。

いや気を悪くするものなんてないけど？

あ、もしかしてこの探知魔法の配列のことかな？　別にいいのに。あれでしょ、前世で言うとこのGPSでしょ。別に何も後ろ暗いことはないから大歓迎だよ。

離れていても俺がいる場所に思いを馳《は》せてくれる彼……なんて想像したら、健気《けなげ》で可愛くて嬉しくて転げ回りそうだ。ロマンティックで実にいい。

身体保護や魔力循環促進は俺も自分のピアスにつけたしね。小さな怪我やちょっとした気温差や汚れから守ってくれる身体保護も、魔力を効率よく省エネできる循環促進も定番でしょ。あとは……、うん、細かすぎて分からん。とりあえず凄腕《すごうで》の職人に頼んだことだけは分かる。見知らぬ職人さんありがとー。なんかごめんね。きっと苦労したよね。

「いや全然構わないよ。ただ発動するのに君が随分と魔力を使うんじゃないかと思ってね」

早速ピアスの底面に人差し指を当てながらそう言った俺に「いえ大丈夫です。問題ありません」と、嬉《うれ》しげにキュッと口角を上げたギルバートくんがニッコリと微笑んだ。

そっか、すごいな。さすがはギルバートくんだ。こんだけの複雑な複合魔法陣を展開するには相当な魔力量が必要だろうに……と感心しながら、俺は美しいシャンパンゴールドの小さな魔法陣に指先から自分の魔力を送り込み始めた。

でもそれはほんの二秒か三秒。すぐさま魔法陣の周囲がほのかに光り始める。

なので魔法陣から指先を離して、ハイ、とばかりにピアスを彼にバトンタッチ。俺の役目はここでおしまいだからね。あとはピアスの贈り手である彼にお任せだ。

俺からピアスを受け取った彼は隣の椅子に座ることもなく、俺の前に立ったままその小さな台座に魔力を込め始めた。傍から見てるとただ指を当ててるようにしか見えないけど、あの綺麗《きれい》な指の先では魔力がギュンギュン魔法陣に吸い込まれているはずだ。俺もできれば手伝いたいくらいだけど、あれは彼が設定する魔法陣だからね。そうも行かない。

魔法陣ってのは最初の発動に一番魔力が食われるんだよね。そうだな、前世のエアコンみたいなもんだ。立ち上がりが一番電力を食って、安定しちゃえば省電力で継続運転、みたいな感じ。

さっき俺が込めた魔力は、受け入れる側としての生体認証みたいなもん。まああれをしなきゃ埋め込めないのは確かなんだけど、魔法陣に刻まれた諸々《もろもろ》の魔法の発動はすべて贈り手のギルバートくんによって発動されるからさ、当然二、三秒じゃ済まないはずだ。

発動した魔法によって台座は受け手の耳たぶの中に同化できるし、同化した後はオプションで付帯させた魔法とともにダイヤの中で展開されて、俺の魔力で継続運転されると、まあそんな仕組みだ。

だから魔力の少ない平民にはつけられないし、持ち主が死にかけて魔力が枯渇するとピアスも外れちゃうわけよ。逆に言えば死ぬ直前まで外せないってことね。

「発動しました」

二分ほどして、ホゥッと小さく息を吐いた彼が台座から指先を離した。見れば小さな台座の表面で、魔法陣全体が強い光を放っている。

「面積が小さくて指先一つしか当てられないので、時間がかかってしまいました」

なんか申し訳なさそうにギルバートくんは眉《まゆ》を下げたけど、いや充分に速いからね？　とんでもないレベルで速いんじゃないかな？

分かっちゃいるけど驚かずにはいられない俺の左耳に、ギルバートくんが優しく指先を伸ばしてきた。何だかこそばゆくて思わず笑みが浮かんでしまう。

そして、確かめるようにするすると俺の耳たぶを親指で撫《な》でた彼が、右手に持ったピアスを近づけてきた。いよいよだ。

「つけますね」

ひと言そう告げた彼が、ピアスの台座を俺の耳たぶにそっと押し当てた。

と、その直後……。ジンワリとした熱が左耳に広がったかと思うと、感じたことのない自分以外の魔力がわずかに体内に染みこんでくるのが分かった。おそらくは台座表面に残った魔力だろう。

ああ……これが彼の魔力か。

世界でたった一人の愛しい人の魔力と、世界にたった一つしかないその彼のピアス。

それをこの身に受け入れたことの実感が、徐々にジワジワと湧き上がってきて、何だかこう、なんて言うか感無量だ。彼への愛情や感謝や、歓《よろこ》びや感動や照れくささや……そんなもんが胸いっぱいに溢《あふ》れてくる。こんな気持ち、彼に告白して以来かもしれない。少なくとも当主代理のマントをつけたときの数億倍は嬉しい。

左耳のほのかな熱はほんの数秒でスーッと引いていって、と同時にわずかに感じていた彼の魔力もまた溶けるように静かに消えていった。どうやらピアスの装着が完了したようだ。

目の前でずっと俺の左耳を凝視していたギルバートくんが小さく息を吐き出す音が聞こえた。息を詰めてたのかな、なんて頬を緩めながら、贈り主である彼の感想を聞くべく俺は口を開いて――――。

その瞬間。

グラリと、目の前の世界が大きく歪《ゆが》んで揺れ動いた。

――ような気がした。え、地震？　って思ったけど身体には揺れを感じなかったし、ギルバートくんは突然目を見開いた俺を怪訝《けげん》そうに見つめている。

………？

なるほど、どうやら浮かれすぎた俺の脳内がパーン！　して目眩《めまい》でも起こしたようだ。まあ、そんだけ嬉しかったってことだな。そりゃそうだ。天使からピアスを贈って貰《もら》えるなんて宇宙広しといえども俺だけだ。浮かれて当然。浮かれなきゃおかしい。

「なにか、違和感がありましたか？」

心配げに聞いてくる彼にすぐさま首を横に振って、代わりに「どう？　似合う？」と彼にクイッと左耳を向けてみせる。浮かれすぎて心配をかけるなんて、もってのほかだ。

そんな反省しきりの俺に、ホッと小さく息をついて口元を緩めた彼が「ええ、とてもお似合いです」と、スルリと俺の首に腕を回しかけてきた。

「そう？　嬉しいな。君のピアスをこの身につけることができて、これほど嬉しいことはないよ。ありがとうギル」

俺もまた腕を伸ばして彼の細い腰を引き寄せる。

足の間に可愛い彼を閉じ込めて上機嫌で顔を上げた俺に、目の前の彼はスッと身を屈めるとつけたばかりのピアスに小さなキスをくれた。

耳元で響いたその可愛らしい音にうっとりと目を閉じると、急にクイッと頭が引かれてパフッと上等な布に頬が押しつけられてしまった。あ、すごくいい匂い。

「私の石……私の色です。私のアルフレッド……」

俺の頭を腕の中にすっぽりと抱き締めた彼が、まるで囁《ささや》くように小さく呟いた。キュッと抱き締めてくる彼が愛しくて、俺もまた彼の腰を抱き締め返すと、彼がまた俺の名を小さく囁く。

「そうだよ。私はずっと君のものだ」

温かなその胸に顔を埋《うず》めて彼の鼓動に耳を澄ませながら、俺はそう彼に言葉を返した。

だって本当のことだからね。俺の全部はずっと前から彼のものだし、この先もずっと彼のものだ。

そっと俺の髪に頬をすり寄せた彼が、腕の力を緩めて俺の顔を覗き込んでくる。

白磁の頬をうっすらと染めて、潤み輝く瞳《ひとみ》で俺を見下ろしてくる彼は本当に綺麗で、ああ俺の天使だ……なんて、俺はただ目を細めて見上げることしかできない。

「私もあなたのものです。早く私もあなたのピアスをつけたい……」

そう言って切なげに瞳を揺らした彼。指先で俺の左耳をスルスルと撫でながら艶々《つやつや》の唇をわずかに尖《とが》らせる彼は、超絶可愛いなんてもんじゃない。なので俺はついついい――――。

「今週末には出来上がるそうだよ」

なんて、ポロッと昨日聞いたばかりの情報を伝えてしまった。本当は完成品がしっかりと手元に届いてから伝えようって思ってたのに。

いけね。と俺が思ったと同時に、俺を見下ろしていた彼の目がパチリと開かれた。そしてそのキラキラのお目々を更にキランキランさせた彼は、次にストンと俺の左脚に腰を下ろしてきた。

あ、疲れちゃった？　立ちっぱなしだったからね。座って座って。うん、この体勢も実にいいな。

左腿《もも》の重みが最高……なんて思いながら、俺はすぐさま左腕で彼の腰をしっかりとホールドする。

「嬉しいです。週末というと金曜ですか？　それとも土曜日？」

キュムッと俺に抱きついて、チュッとまた左耳のピアスにキスを落とした彼に、「金曜日だよ」と俺は再度ペロッと情報を伝えてしまった。あ、いかん。

「君には、品が届いて確認を終えてから伝えようと思ってたんだけどね。ランネイル家の都合もあるだろう？」

お膝《ひざ》の上の彼を見上げて眉を下げた俺に、俺の頬をツーと人差し指で撫でていたギルバートくんが小さく首を傾げた。可愛すぎるな。

いや、出来上がりの品に万が一、不良があったら先延ばしになっちゃうし、出来上がり後にランネイル家へ訪問を告げる正式な書状も送らないといけないからさ。現物がないのに気を持たせて先延ばしになったらガッカリさせちゃうでしょ。もちろん、ラグワーズの職人さんは張り切ってたし、ディランやオスカーも小まめに進行具合を確認してくれてたから大丈夫だとは思うけどね。でも念のため確認を終えてからって考えてたんだよ。

「我が家でなくても構いませんよ。そんな決まりはありませんしね」

ツツツーと俺の頬から顎《あご》に人差し指を移動したギルバートくんが、チュッと俺の唇に小っちゃいキスを落とした。ぐぅ。

いや確かにそんな決まりはないし単なる慣習だけど……でもそうすると、またここ？　そりゃあ使うのは全然構わないけど、贈る俺が呼び出す感じになっちゃう。それってどうなのかな？

うーん、って首を傾げそうになった俺にギルバートくんはニッコリと微笑んで、キュッと俺の首に腕を回し直した。

「私としては、できれば場所は学院を希望したいのですが」

……え？　学院？

思ってもみなかった提案に目を丸くする俺に、彼はその唇を一度キュッと引き結ぶと、ほんの少し照れたように「あなたと出会った場所ですから……」と、フワッと頬を染めて綺麗に笑った。

そっ……か。……うん、そうだよね。

確かに、学院は二人の始まりの場所だ。

誰にも邪魔されない学院の隠れ家で、彼にピアスを渡すのもロマンティックかもしれない。なにより彼がそう望んでるなら、俺に否やがあるはずもない。というかそうすべきだ。

「もちろん君がよければ私は構わないよ。とても素敵な提案だ。君の望むままに」

俺が大きく頷《うなず》いて同意してみせると、目の前の彼がパッと花開くように笑ってギュッと俺に抱きついてきた。そんな彼を、俺も両手でしっかりと抱き締めて、首元でサラリと揺れたプラチナブロンドに頬を擦り寄せる。

えっと、学院ってことは来月以降、後期が始まってからだね。

俺としては今週ピアスができるから来週の週末か月末にでも……なんて考えてたけど、別に来月以降でも構いやしない。可愛い彼が望むことだからね。

別に急ぐことじゃない。彼だってその、こ、心の準備とかあるだろうし。

いやそれ以前に十六でピアスをつけるのは相当な覚悟が必要だろう。それにモブの俺と違って彼は注目の的だから、きっと大騒ぎになる。後期の学院の様子を見てからって気持ちは理解できるし当然だ。俺はいくらだって待てる。彼の希望が最優先だ。

「嬉しいですアル」

身体を起こした彼が、また俺の唇に可愛くチュッとキスを落としてくれた。

いやマジでムチャクチャ可愛いんですけど。そろそろガッツリとキスしちゃってい……。

「では今週の土曜日に、私の寮部屋でお待ちしていますね」

……はい？

「今週の土曜日は元々お約束してたでしょう？　場所だけ学院に変更すればいいですね」

ちょっ……いや、そりゃそうだけど。え、今週末？　あと四日?!　ってか、君の寮部屋って……。

言葉もなく、ただ視線を返す俺に、形のいい唇をキュッと引き上げたギルバートくんはスルンとまた長い指を俺の頬に滑らせると、

「隠れ家にはベッドがないですからね」

と、何とも美しく妖艶《ようえん》な微笑みを浮かべた。

………。

……「そうだね」

なんかグルグルと色んなモンが頭の中を巡り始めたけど、とりあえず俺はそれだけを返して……。

キュムッと可愛らしく抱きついてくる彼を、しっかりと抱き締めることにした。

◆◆◆　開かれた道　◆◆◆

『あなたが好きです。セシル』

手で掲げた平たい道具の表面で、綺麗《きれい》な男性がこちらを真っ直ぐに見つめながら微笑んでいる。

その男性の絵と、その下で枠に囲まれた文字列を見た瞬間、少女は大きく目を見開き、弾《はじ》かれたように顔を上げた。

目の前には大きなガラス。そのガラスの向こうには見たこともない景色が広がり、灰色の立派な道に描かれた白い線が、一定の速度で近づいては消えていく。すぐ右隣の頑丈なガラス窓に視線をやった少女は、勢いよく過ぎ去る景色に更に目を見開き、ヒュッと息を呑《の》んだ。

「〝セシル〟ちゃん、飽きちゃった？　もうすぐ着くからねぇー」

突然聞こえた声にバッと左を振り向くとそこには、少女が会ったこともない一人の男の姿……。その男は少女のすぐ隣で前を向き、ニヤニヤと笑いながら両手で丸い輪を握っている。

ガラスの窓に低い天井、狭い場所で椅子に固定された自分、あまりに近い距離にいる見知らぬ男、そして凄《すご》いスピードで過ぎ去っていく景色……。驚きと混乱に身をよじらせて足を動かそうとした少女の目に、剥《む》き出しの自分の太腿《ふともも》が映った。薄い布地から飛び出して半分以上を露出している有り得ない状態に、少女は一気にカッと頭に血を上らせた。

「いや……なにこれ」

ギュッと布地を掴《つか》んで下ろそうとするも布地はそれ以上伸びることなく、腿を持ち上げれば、今度は腿の裏側が露出しそうになる。

「どうしたの？　値札でもついてた？　あのアウトレットの店員、外し忘れたのかな。でもその服すごく似合ってるよ」

ヌッと伸びてきた男の右手が、少女の左の太腿を遠慮なく撫《な》で回し、さらにはその手を胸にまで伸ばしてくる。

「いやあぁぁぁ――!!」

バッとその手を払って、力いっぱいにその伸びてきた腕をドンと押し返し、右のガラス窓に身体を押しつけるようにして、少女は「助けて！　誰か!!」とバンバンとガラス窓を叩《たた》き始めた。

「なっ……！」

突然始まった少女のパニックと拒絶に、男は慌てて少女の肩に右手を伸ばすが、その手もまたバシバシと少女に叩き落とされ、大きく振り回した左手が引《ひ》っ掻《か》くように男の頬をかすめる。

「ふざけんなよ！　さんざん買わせといて拒否るつもりか。何が何でも別荘にはついてきてもらうからな！　おい、聞いて……いっ、痛ぇ！　ちょ、やめろ、おい！」

「いやあぁ――!!」

少女が縋《すが》るように身を寄せ叩き続ける窓の向こうでは、景色がフラフラと揺れ、そして……。

「うわっ!!」

突然、景色が回転するように大きく動き、男が叫び声を上げた。

振り回されるような身体への圧と、切羽詰まった男の叫び声に、少女もまた瞬時に正面へと視線を向け――――その直後。

恐ろしいほど大きな音とともに少女の身体に強い衝撃が伝わり、前から横から下からバンッ！　と突如現れた白い何かと煙によって視界が塞《ふさ》がれた。

そうして暫《しばら》く、身体に痛みを感じながらも少女は闇雲に伸ばした手で車のドアを開け、そして自分を椅子に拘束していたベルトもどうにか外してみせた。不思議なことにベルトの留め具に指が触れた瞬間、その自分の指は自然と外すための動作を行っていた。

ヨロヨロと灰色の固い地面に降り立った少女の目の前には、グシャッと全体が押し潰《つぶ》されたような金属の――。

「くるま……そう、車だわ。自動車……これは、事故……？」

目の前の光景を目にした途端、少女の頭に『知識』が湧き出てきた。

道路脇の擁壁に押しつけられるように、目の前で横倒しになった『軽自動車』へ、少女は吸い寄せられるように近づいていく。それまで自分が乗せられていた『スポーツセダン』は前部分が大きく潰れ、横倒しになった軽自動車の下に入り込むようにして停車していた。

近づいた軽自動車の窓は前も横もすべてが割れて、その割れたガラスの向こうでは、ひとりの男性がグッタリと蒼白《そうはく》な顔で横たわっている。

その男性はグシャリと潰れ歪《ゆが》んだ横倒しの車体に挟まれ、まるで『シートベルト』に吊《つ》られるようにして薄らと目を開けていた。鼻や口には擦《こす》れたような血がベットリとつき、しぼんで垂れ下がる白い『エアバッグ』の上にもその周囲にも、真っ赤な血が飛び散っている。

「大丈夫ですか……」

少女が出したはずの声はうまく喉《のど》から出ていかず、吐き出した息とともに相手に届く前に空気に溶けて消えていった。軽自動車の車内からは、男性からの返事の代わりに小さな音楽だけが聞こえてくる。

どうしよう、どうしよう……助けなきゃ。

「だれか……だれか……！」

身体に精一杯の力を入れて、少女は大声を張り上げた。

「だれか助けを！　この人を助けて！」

顔を上げて周囲に向かって叫ぶ少女の後ろから、ダンッと何かを叩く大きな音と「うるさい！」という怒鳴り声が飛んできた。

咄嗟《とっさ》に少女が振り向くとそこには、太腿を撫で回したあの男が、壊れたスポーツセダンの屋根に拳《こぶし》を打ちつけて少女を睨《にら》み付けていた。

「お前のせいだからな、この馬鹿女！　ふっざけんな！」

スポーツセダンの向こう側で、拳を打ちつけた屋根に縋るように立つ男の顔には、やはりいくつかの痣《あざ》や傷ができている。けれど少女はそんなことには構わず、軽傷らしき男に向けて声を張った。

「人を呼んできて！　このままじゃ……」

「てめぇの手にあるのは何だよ！　それでとっとと救急車でも何でも呼べばいいだろうが！」

苛《いら》ついた男の怒鳴り声に少女が自分の手に視線を落とすと、彼女の手にはあの平たい道具、『スマホ』がギュッと握りしめられたまま、そこにあった。

スマホ……電話……救急車……。

慌てて左手に握ったスマホを掲げ、焦りながらも少女は必死に使用方法を思い出した。そして震える右の指先で、まるで叩くように画面に触れると、再びあの美しい男性の絵がパッと現れる。

「でん、電話の画面にしないと……」

画面の中から微笑みを向けてくるプラチナブロンドの貴公子に、焦る少女は再び勢いよく指を伸ばして、そして——ガッッと。少女が思っていたよりも遥《はる》かに強く、ネイルが施された長い爪先が画面に当たった。

「あ……！」

とたんに衝撃で手の中からスマホが滑り落ちた。

少女が咄嗟に手を伸ばすも、スマホはその手をすり抜けて、大きく割れた軽自動車のフロントガラスから物が散乱する車内へと真っ直ぐに落ちていき……。

ガシャ！　と音を立てて、助手席の窓際に転がっていたもうひとつのスマホにぶつかった。

と、次の瞬間。

パアァァァ！　と眩《まぶ》しい光に視界を奪われた少女は————。

そのまま、崩れ落ちるように、気を失ってしまった。

――――そして少女は、深くて浅い眠りの中で、長くて短い夢を見た。

その夢の中で、少女はセシルと呼ばれていた。

セシル・コレッティ……それが少女の名前だった。サウジリア王国の片隅で、平民に近い男爵家の長女として生まれたセシルは、小さな領地で明るく健やかに成長していった。

コレッティ男爵が預る領地は、王都から東に遠く離れた伯爵領の隅っこ……馬車を幾つも乗り継いで七日はかかる場所にあった。これといった特産もなく、陶器や木炭、農作物などを細々と作っているような、どちらかといえば貧しい寄りの領地。王国ではどこにでもある平凡で小さな領地だった。

一人娘のセシルは、けれどそんな平凡で穏やかな領地を愛し、大好きな故郷の未来のために、王立学院の高等部を進学先として希望した。高い学費を払って淑女教育を受ける女学院ではなく、最先端の領地経営を学べる王立学院高等部へ入れば必ずや将来故郷の役に立てるはずだ、と。

父が頑張って仕入れた新種の苗や種が育っているお陰で、領地の経営は少しずつ上向いて領民たちの生活も楽になり始めてはいるけれど、まだまだ貧しさが勝っているこの状況なら、気を抜けばあっという間に元通りだ。

ほぼ平民の男爵家の娘に淑女教育など無用。そんな暇があったら節約をしながら学問を修めて、節約したお金でさらに新種の苗を買った方がよほどいい。

幸い、学院高等部ならば食費も寮費も無料だし、中等部の時のように間借りした伯爵邸で下働きの仕事に時間を取られることもなくなる。貧乏男爵家の令嬢を自覚しているセシルにとって王立学院はまさに理想。他に選択肢は考えられなかった。

そうして猛勉強の末、みごと王立学院高等部に合格してみせたセシルは、入学式まであと二週間という天気のいい朝に、見送る両親らに手を振って元気に王都へと出発していった。

領地から学院のある王都までは、乗合馬車を乗り継いで七日間ほど。

僅《わず》かな身の回りの品と、真新しい学院の制服だけを詰め込んだバッグを抱えた少女のひとり旅は、けれど思ったよりも快適だった。それもこれも新しく開通した街道のおかげだ。

数年がかりで整備されたという街道は、昨年の末にコレッティの領地近くまで届いた。それまではいくら急いでも十日以上かかっていた時間は短縮され、道幅も広くなり、街道沿いにはいくつもの馬車の中継地点が設けられて治安も格段に良くなった。

そうして順調に馬車旅を続けていったセシルは、王都を目前とした最後の中継地点で、一人の老婆と出会う。

「なにモタモタしてやがんだ！　さっさと乗れよ婆さん！」

そんな怒鳴り声に、すでに馬車の席を確保してウトウトしていたセシルは顔を上げた。

見れば馬車の入口では、何やら重そうな鞄《かばん》を腕に抱えた老婆がステップを一段ずつ、足元を確かめるようにゆっくりと上がっており、後ろで待っている男がそれをイライラと睨み付けている。

「ほらぁ！　早く上がれよ、ったく！」

グイッと外にいるその男の手が老婆の背中を押したかと思うと、小さく悲鳴を上げた老婆がグラリと身体のバランスを崩した。

「あなた、何をやってるの！　おやめなさい！」

思わずセシルは車内から声を上げ立ち上がると、伸ばした手で老婆を支えながらキッ！　と後ろの男を睨み付けた。

「誰だって年を取るのよ、あなたもね。あなたは将来自分がこうされたくてしてるわけ？　恥を知りなさい！」

セシルのあまりの勢いに男は一歩後ずさり、そのセシルを後押しするように周囲からは多くの拍手と「そうだそうだ！」「黙って待ちな！」といった声が次々と上がる。

「ありがとうお嬢さん。あなたは勇敢でいい子だわねぇ……少し私の孫と似ているよ」

セシルと他の乗客たちの協力で無事に馬車の座席に腰を下ろした老婆が、そう言って隣のセシルにニコニコと話しかけてきた。あの男はどうやら分が悪いと悟ったのか、姿を消してしまったようだ。

話してみれば老婆はとても気さくで気持ちのいい女性だった。おかげで王都までの残りの道中、セシルは退屈せずに過ごすことができた。

聞くところによると、老婆は王都で占いを生業《なりわい》にしているそうで、ちょうど乗り込んできた中継地のある子爵家に呼ばれた帰りだったのだという。

「新しい街道ができて移動が楽になったら、遠方まで呼ばれるようになっちまってねぇ」

そうカラカラと笑った老婆は、王都に到着すると「助けてくれたお礼だよ」と言って、鞄の中からお守りを一つ取り出すと、セシルの手にぎゅっと握らせた。

丸い小石にまじないの図柄が描かれたペンダントは占い師である老婆の手作りで、色々な場所から採掘された綺麗な石に、それぞれ違った図柄を描いているそうだ。

「どの石がどんな効果があるかは私にも分からないけれど、これも出会いさね。私とお嬢さんも、お嬢さんとこの石もね。きっとお嬢さんに相応《ふさわ》しい効果があるだろうよ。気休めと思って持ってお行き」

恐縮しつつも有り難く受け取って礼を言ったセシルに、老婆はまたカラカラと笑うと「お前さんに良い道が開けますように」とセシルの頭をひと撫でして、そして、孫が待つという平民街近くで乗合馬車を降りていった。

そんな老婆を馬車から手を振って見送ったセシルは、またほんの少しだけ乗合い馬車に揺られて、そして王都の西側で馬車を降りると、無事に王立学院高等部の門をくぐって入寮の手続きを済ませた。

指定され向かった寮部屋は狭いけれど清潔で、とても居心地の良さそうな部屋だった。

数少ない女子のための女子寮は貧乏男爵令嬢であってもひとり部屋が基本。なんと贅沢《ぜいたく》なことだろう、と学院の配慮に感謝をしながら、セシルは早速少ない荷物を鞄から取り出すと、まずは真っ先に真新しい制服を部屋のハンガーへと丁寧に吊り下げた。

「入学まで一週間。それまでに学院内の地図を覚えて、予習もしっかりしておかなくっちゃ！」

ピカピカの制服にギュッと拳を握って、セシルはその晩、馬車で出会った老婆に貰《もら》ったペンダントを身につけてベッドに潜り込んだ。

栄えある学院での初めての夜。これから始まる三年間の学院生活、初めての寮生活に、おまじないでも験担《げんかつ》ぎでも何でもいいから、できるだけいいスタートを切ろうと、セシルは狭い部屋を隅々まで掃除してお守りのペンダントを身につけてから眠ることにしたのだ。

老婆からもらったペンダントの石は、丸っこくて不思議な艶《つや》があって、首から下げるとしっくりとセシルの胸に馴染《なじ》んだ。

――――これも出会いさねえ。

ベッドの中で目を閉じると、昼間の老婆の言葉が思い出された。

本当にそうね。新しい街道《みち》がくれた素敵な出会い……。

きっと、この先の人生《みち》でも様々な出会いが待っているに違いないわ。

「良い道が開けますように……」

セシルは目を瞑《つぶ》ったままキュッと胸元の石を握ると、ベッドの中で小さく呟《つぶや》いた。

そうして少女《セシル》は、ゆっくりと夢の中へ……。

そう、ゆっくりと――――導かれるように、夢の中で開いた道の先へ。

光を求める、誰かのために。

少女の魂《なか》の輝きは石に導かれ、光へと続く道《ルート》へ。

慟哭《どうこく》の中の誰かの声に応え、成立した背理《パラドックス》の力は、光とともに。

物語を超えて、仮想《バーチャル》と現実《リアル》を超えて、仮想《ゲーム》から乖離《かいり》し、現実《リアル》へと進み始めた世界の……その最初で最後で途中の、未来の過去へ、過去の未来へ。

それらは強く強く乙女《少女》を導き、彼女もまた、望まれるままに進んで行った。

悲しいほどに光を求める……声なき声に応《こた》えて。

「……ぅ……ん」

目を覚ますと、私は知らない場所にいた。

真っ先に目に入ったのは、すぐ横にあるベッドの柵《さく》と、上へと伸びるチューブ。そのチューブに沿って視線を上げると、点滴スタンドにぶら下がった輸液バッグへと繋《つな》がっていた。ここは……病院ね。

パチパチと瞬《まばた》きをして身体を動かすと、急に全身のあちこちが痛み出した。

イタタタタ……と思いつつも、フンッと身体を起こす。フゥッと息をついてふと右に目を向けると、点滴スタンドの向こうの窓からは夕日らしき陽が差し込んでいた。

いったいどれくらい寝てたのかしら。何だかとてもよく眠った気がする。起きる直前まで、何かの夢を見ていた気がするけれど――――。

うーんと首を傾げるものの、まったく覚えていない。まあ別にいっか。覚えてないのは仕方ないし夢なんてそんなもの。いずれ何かの拍子に思い出すでしょ。

それより今は……顔を洗いたい。もんのすごく。なんか目の周りがカピカピして気持ち悪い。

グルッと周囲に視線を巡らすと、部屋は個室のようでベッドはこの一つきり。左の向こうに入口の引き戸があって、その手前に洗面所らしき扉が見える。よし。

さっそく掛かっていた布団をどかして、柵《さく》のないベッドの足側から床に足を下ろした。またズキズキと身体が痛んだけど、我慢して柵に手を掛けて立ち上がった。なんか立った方が痛くないような気がする。スリッパはないから足は素足のまま。

いつの間にか服装は、あの短いスカートではなく淡いグリーンの患者衣に着替えさせられていた。

うん、あの短すぎるスカートよりよっぽどマシだわ。

そう考えて、あの車の中での気持ち悪い手の感触を思い出した。

なんで突然あれほどの恐怖を感じたのかは、自分でもよく分からない。ものすごく記憶が曖昧《あいまい》で、でも凄《すご》く嫌で嫌で、あの男もあの状況も全部が恐くて逃げたかったことだけは覚えてる。

もう短いスカートは穿《は》きたくない。なぜだか今まで大好きだったファッションが急に嫌になっている。これってトラウマってやつかしら?

ギュッと点滴スタンドを掴《つか》んで、コロコロとスタンドを引きながら洗面所へと向かった。洗面所の扉を開けると、すぐ目の前には洗面台。その鏡には、当然のごとく私自身の姿が映っていた。

胸の下まである茶色の巻き髪――。髪と同じく少々崩れてはいるけれど、顔にはバッチリとお気に入りの『ナチュラルメイクに見える盛り盛りメイク』が残っている。ところどころメイクが落とされているのは、きっと小さな傷を消毒してくれたからね。

鏡の中の見慣れた自分の顔。でもなんか、すごく気に入らない。

なにが気に入らないって、目の周りのカピカピ……マスカラつけすぎでしょ。瞬きするたびに鬱陶《うっとう》しいったら。ファンデーションも何だか物凄《ものすご》く嫌。息苦しくてかなわない。

洗面台に手を伸ばしてザーッと適温のお湯を出したら、私はバシャバシャと顔を洗い始めた。点滴に繋がれた右手は使いづらかったけど、石鹸《せっけん》を使ってガシガシとメイクを落としていく。

そして洗面台にあったティッシュで顔を拭《ぬぐ》ったら、これまた見慣れた――今まであまり好きじゃなかったスッピンの自分が登場。

うん、別に悪くないじゃない。目があって鼻があって口がある。適度な配置で機能は揃ってるわ。

スマホで『プチプラメイク特集』とか見てたけど、やっすいコスメを幾つも買うくらいなら、そのお金で質のいい化粧水を一本買った方がお得な気がしてきた。何よりスッピンの方が気持ちがいい。

変ね。なんかもうメイクとか無性にどうでもよくなって興味が失《う》せちゃったわ。これもトラウマ？

なんて首を捻《ひね》っていたら、洗面所の外からガラガラとワゴンを押す音が聞こえてきた。

「失礼しま……あら、目が覚めました？　立って大丈夫？」

入って来たのは病院の看護師さん。私がベッドにいないことに驚いて、でもすぐ横の洗面所にいたから安心したみたい。

「ごめんなさい。今さっき目が覚めました」

気遣ってくれた看護師さんにお礼を言って、付き添われながらベッドへ戻ると看護師さんはすぐに医師《ドクター》を呼んできてくれた。医師や看護師たちの話によると、どうやら私は丸一日以上眠っていたようで、名前も身元も分からなくて病院側を困らせていたらしい。そろそろカテーテル入れようかって話してたんですって。あっぶな……じゃなかった、なんかごめんなさい。

「名前は上条《かみじよう》玲奈《れな》です。年は十六歳で住所は――」

聞かれるままに名前や年齢や住所や、既往症やアレルギーの有無を伝え、医師からの診察を受ける。

看護師さんの一人が「セシルさんじゃなかった……」と呟いた声が聞《こ》こえた。

いやそれ仲間内の通り名だから！　引き攣《つ》りそうな口元を堪えてそれとなく話を聞いたら、救急車を呼んだのはどうやらあのスケベ男らしい。で、私の名前を聞かれて通り名を伝えたと……。

バカなのかな？　名字もなくてセシルなんて明らかに本名じゃないでしょ。いや本名なんか教えてなかったけど。まあバカでも個室にネジ込んだあたり、金持ちって言ってたのは嘘じゃなさそうね。あるいは保険で賄うのかしら。うぇっ。あの気持ちの悪い男の事を思い出したらウンザリしてきた。保険とかどうでもいいわ。なんだって私は、あんな男たちと軽々しく遊んでいられたのかしら……我ながら理解不能だわ。頭がおかしかったとしか思えない。

だって、どう考えても生理的に無理でしょ。絶対に無理。いまだ処女なのが奇跡のようだわ。退院したら絶対にモロモロからスッパリ足を洗って、ぜんぶ黒歴史に押し込めてやる！

「そうそう、お洋服やお荷物はこの床頭台《キャビネット》の中にまとめて入れてありますからね」

看護師さんの言葉にベッド脇のキャビネットの扉を開くと、中にはビニール袋に纏《まと》められた私の私物がチマッと入っていた。冬だというのに布地の少ない薄手の服や容量の少なすぎる派手なバッグ。見た瞬間になぜか苦いものを噛《か》んじゃったような気持ちに襲われた。もう二度と着ないし使わない気がする。トラウマすごいわ。何の問題もないけど……って、あ！

ビニール袋の中に、一つだけ『大切なもの』があった。

丸っこい石のついた素朴なネックレス。なぜかこれだけは、とても大切なもののように思えて仕方がなかった。どこで買ったのかは覚えていないし、身につけていたことすら忘れていたけれど、そんな事はどうでもいい。これは『大切なもの』――――。

ホッとしながら、すぐさまそれを袋から取り出して身につけると、ネックレスは私の胸元にしっくりと馴染んだ。なぜだろう、すごく安心する。

患者衣の胸元でコロンと下がった石に嬉《うれ》しくなって、でも私はすぐに、もうひとつの『大切なもの』があったことを思い出した。慌ててキャビネットの中を探すも、どこにも見当たらない。

「あの……私のスマホはどこでしょうか。スマホがあったはずなんです」

輸液の交換をしにきた看護師さんにそう伝えると看護師さんは目を丸くして、そして輸液を交換し終わると「確認してきますね」と急いで病室を出て行った。

スマホがなければ両親に連絡を取ることができない。なんせ今の私は一文無しだ。そもそも電子マネーしか持ち歩かないので公衆電話すら使えない。もちろん、さっき身元を伝えたから病院側から連絡が行くだろうけど、きっと両親は心配しているだろう。ちゃんと直接謝らなきゃ……。

ずっと両親に抱いていた的外れな反発やら根拠不明の見下した気持ちは、自分の中から綺麗《きれい》さっぱり消えていて「申し訳ない」って気持ちばかりが溢《あふ》れてくる。

暫《しばら》くすると看護師さんが部屋に戻ってきて、スマホについての情報を教えてくれた。私の荷物として預ったのはキャビネットの中のものだけで、あと考えられるとすれば事故の同乗者か相手側の荷物として紛れてしまったのではないか、ということだった。

「あ……」

急に事故のことが思い出された。確かスマホは、あの軽自動車の車内に落としてしまったんだ。

きっとあの人の荷物として処理されたに違いない。あの人は大丈夫だったのだろうか、命は助かったのだろうか。私ってば結局なんにもできなくて……。

自分の情けなさに一度唇を噛んで、私はあの軽自動車の男性について看護師さんに尋ねてみた。

最初は渋っていた看護師さんだったけれど、どうしても知りたくてスマホを盾に迫るとようやく、あの男性もこの病院に搬送されて、この同じフロアの個室に入ったということだけを教えてくれた。

名前はもちろん容態や生死についても、個人情報とのことで拒否されてしまった。ケチ。

「スマホはあとで必ず探してお届けしますからね」という看護師さんの言葉に、とりあえず私は納得したように素直に頷《うなず》いてみせて——そして、看護師さんが部屋を出て暫く経った頃合いを見計らって、そっと部屋を抜け出した。

だって、行かなきゃいけないから。

よく分からないけど、どうしても会わなきゃいけないの。あの人に。会ってどうするとか、死んじゃってたらどうしようとか、もちろん思うんだけど、でも今すぐ行かなきゃいけないの。

静かに部屋を出たものの、私の右手には点滴スタンド。こんな大きいのを抱えてて目立たないように移動するなんて無理ゲーもいいとこなんだけど、なぜか誰にも呼び止められることはなかった。

たまたまかもしれないけれど、廊下で目にした看護師さんたちはみんな、直前で他の部屋に入っていったり、別の患者や事務員らに呼び止められて、私の方に近づいて来ることがなかったから。

時たま足を止めたくなったり、急ぎたくなったり、ワゴンの中身に興味が惹《ひ》かれたり……そういったタイミングがピッタリと合っちゃってたみたい。不思議よね。

もちろん、あの男性の部屋の場所は教えて貰えなかった。

でも何故だか分かるの。こっちだって。この先だって。

廊下を進んで、二回曲がって……そして見えてきた一つの扉。ここだ。間違いない。

大きくひとつ深呼吸をしてから私が三回ノックをすると、中から女性の声で小さな返事があった。

私は金属の取っ手を握って、そっと白い引き戸を開いた。


中にいたのは五十代か六十代か……とにかく一人の年配の女性。

椅子に腰掛けたその女性は、私を見ると不思議そうに首を傾げた。そりゃそうよね、誰、って思われても仕方ないし、部屋を間違えた人だと思われてるかもしれない。

私は思いきってコロコロと点滴スタンドを引いて部屋の中に入ると扉を閉めて、そして、真っ先に
「ごめんなさい！」と年配の女性に向けて頭を下げた。

「私、上条玲奈って言います。事故の時に一緒にいて……ぶつかった方の車に同乗してて、それで、たぶん私のせいで事故になったんです。でもわざとじゃなくて恐くて必死で、それで……でもやっぱり私のせいです。ごめんなさい。言い訳してごめんなさい。申し訳ありませんでした。私、あの――」

必死で頭を下げて、床に向かって思い浮かぶ謝罪の言葉を懸命に繋げていく私に、しばらくすると
「顔を上げて下さい上条さん」という柔らかな声がかけられた。

恐る恐る顔を上げると、目の前では年配の女性が少し困ったように、けれど薄らと微笑みながら私を見つめていた。

「あなただって、怪我をしていらっしゃるのでしょう？　身体に障るわ。どうかお掛けになって。座ってお話をしましょう、ね？」

上品で穏やかな口調でそう言いながら、女性は自分の隣の椅子を勧めてくれた。

私は躊躇《ためら》いながらも勧められるままに椅子に腰を下ろして、すぐ目の前のベッドに横たわる男性を初めてしっかりと見た。

顔には大きなガーゼが二枚貼られていて、顎先《あごさき》まで布団が掛かっているからよく見えないけれど、確かにあの時の男性だ。ベッドのプレートを見ると『佐伯暁仁《さえきあきひと》、32歳』と書いてある。

ベッド脇にはモニターがあって、画面にはいくつかの波形のグラフと数値がピコピコと表示されていた。――――生きている！

モニターの見方はサッパリ分からないけれど、それだけは分かる。この人は生きている。それを確認したとたん、私の目からはポロポロと涙が溢《あふ》れてきた。

目の前の男性はベッドで静かに目を閉じながらも、身体が痛むのだろうか、まるで胎児のように身体を丸めている。

ごめんなさい、ごめんなさい。きっと痛かったでしょう。でもありがとう。生きていてくれた。

私は心の中で謝って謝って感謝して、そして、そのまましばらくボロボロと涙を流し続けた。

◆◆

スマホ向けの恋愛シミュレーションゲーム、『貴公子学院＊Magic circlet＊～君は僕の光～』は、一部有料コンテンツはあるものの基本無料で、その手軽さにもかかわらず多様な分岐ルートと美麗なイラストやグラフィック、更には手厚いファンサービスで多くの女性ユーザーらの支持を集めていた。

そのゲームの中で『彼』は、母の胎内で六ヶ月目に入ってすぐに亡くなってしまう役どころだった。本編に出てくることはなく、ただファン向け公式サイトで間接的に存在していた事を表明されただけの存在。それが『彼』だった。

ゲームの中で、反乱のきっかけとして思いつきのように設定された名前だけのモブキャラ——伯爵子息ルーカス・ラグワーズの、その処刑の悲劇性と王国の闇を表現したいがために、これまた思いつきのように悲劇の味付けとしてポンッと付け加えられた、設定の中だけにひっそりと存在したモブ。『流産の悲しみの末に授かった大切な一人息子』という短い一文。それっぽっちの短いセリフによって『彼』の存在はゲームの中で確定し、すぐに消える魂《いのち》として決定づけられてしまった。

顔もない、名前もない、他のモブキャラのように道の端を歩くことも、群衆の中に埋没することすらない。それどころか生まれ出る以前に母の胎内で消えてしまう存在、それが『彼』だった。

それでも設定は設定。設定された瞬間にゲームの中で魂《いのち》を授かった『彼』は、儚《はかな》くもひっそりと……けれど確実にその世界に存在し始める。

そして設定の通り、母の胎内に宿って五ヶ月を過ぎた頃、『彼』は徐々に生命力を減らしていく。母体にも本人にも原因など何もなかった。ただそう決まっているから、それだけだった。

徐々に苦しさが増していく胎内で、それでも彼は定められたその時まで、成長を続けていく。

柔らかな髪が生え、爪ができ、発達した聴覚は外の音を捉《とら》えられるまでになった。

頻繁にかけられる柔らかで心地のいい母の声、それよりも低く響いてくる父の声、朗らかに上がる笑い声……それらをできたばかりの聴覚で捉えながら『彼』は定められた苦しみの中で体をよじる。

もちろん、まだ未完成の『彼』に人格などないし、言葉などという概念もない。

けれどそこには確かに意思があった。

命の火は少しずつ少しずつ小さくなっていき、そして決定づけられている消滅まで十九日を切ったある時、突然『彼』は……いや『彼の意思《たましい》』は強く輝く光と出会った。

そして『彼』は、新しい身体《うつわ》を得る。

新しく得た身体《うつわ》は大きくて重くて、すでに『彼』の消えかけている仮想世界《バーチャル》の生命力ではうまく動かすことができなかったけれど、『彼』はそれでもよかった。

脇見運転による事故で即死するはずだった佐伯暁仁の身体は、『彼』の弱々しい命の残り火によって僅《わず》かばかり脳の機能を存《なが》らえ、自発呼吸という声なき産声を彼に与えたばかりか、すでに意思だけとなっている『彼』の前に幻のような夢も差し出してくれたから。


――――その夢の中で、生まれないはずの『彼』はゲーム世界に誕生し、設定にはなかった人生というものを手にしていた。

健康な肉体を得て、『アルフレッド・ラグワーズ』という名前まで得た『彼』は、ぷっつりと消えてしまうはずだった始まりの先を、光を抱きながら軽やかに進んでいた。

『彼』とアルフレッドを繋《つな》ぐ細い細い縁《えにし》の糸は、時の流れの異なる二つの世界を繋ぎ、アルフレッドの一年分の人生を一日の夢として駆け抜けるように届け続ける。

それは、二日で二年分、三日で三年分……別に景色が見えるわけでも音が聞こえるわけでもない。けれど、縁の糸から伝わってくるアルフレッドの様々な感情のさざめきは、それこそ夢のように広い広い『外』の世界の、溢れるほどの感動を彼に伝えてくれた。

――空の広さ、風の心地よさ。海の凪音、土の匂い、鳥のさえずり。

――昇る陽の、沈む陽の、雨の日の、晴れの日の、微妙に異なる色や匂いや温度や湿度。

アルフレッドの感情と思念の動きから伝わるそれらの、なんと眩《まぶ》しく鮮やかなことか。

夢はアルフレッドの感情を通じて、ほかの生物たちの生き様すら垣間《かいま》見せてくれた。虫の眼で、鳥の眼で、魚の眼で、アルフレッドが得たそれらは、さらにさらにその世界の広さを、高さを、深さを、まるで『彼』に教えるがごとく伝え続けた。

アルフレッドが生まれたことで仮想《つくりもの》の世界は徐々に設定からズレ始め、闇は光に、絶望は希望にと、設定《プログラム》されていたはずのゲームの世界はジワジワと塗り替わっていく。

それとともにズレは加速しながら大きくなっていったけれど、そんなことは消滅してしまう『彼』には与《あずか》り知らぬことだった。いずれ、そのズレが取り返しのつかないほどに大きくなろうが、その結果ゲーム世界から切り離され、まったく別個の現実《リアル》な異世界へと成長し分裂していこうが、どっちみち彼にそれを見届ける時間などないのだから。

『彼』は夢の世界に浸り続ける。

その『彼』の身体《うつわ》は緊急手術だ麻酔だと何やら忙しいことになっていたけれど、そんなことも『彼』には関係のないことだった。すでに痛みも感覚も失いかけているこの身体《うつわ》が、定められた残りの時間だけもってくれれば、それでよかった。

夢の中の五年目この身体《うつわ》になって五日目……。に、温かな淡い光がその末端から流れ込んできたのが、唯一の感覚と言える感覚だったかもしれない。

それが上条玲奈の手であることや、それがゲーム主人公《セシル・コレッティ》が持つ力……『古《いにしえ》の光の魔力』を惹きつけるほどに清浄な、癒やしの輝きを放つ魂の力であることなど、『彼』は知らなかったし、もちろん病院で目覚めた瞬間に『前世《あちら》』の記憶を失った上条玲奈《セシル》も知ることはなかった。

——その淡くて温かな光が流れ込んだ瞬間、夢の中では、起床したばかりの幼いアルフレッド・ラグワーズが目を見開いて、直後に戸惑いや恐怖感や疑心といった感情が夢の中を渦巻いたけれど、そして、それ以降もたびたびアルフレッドの発する絶望や焦燥や、怒りや悲しみといった感情が、細い緑の糸を震わせたけれど……その理由を『彼』が理解することはなかったし、そんなことは『彼』にとっては基本どうでもいいことだった。

輝く緑、ふかふかの土、気持ちのいい風、海の波間の煌《きら》めき、息づくように進み続ける世界——。

それらの前ではすべては小さな事だ。

そんな『彼』の漠然とした思いを知ってか知らずか、夢の中のアルフレッド・ラグワーズは他者との間に柔らかくも強固な壁を素早く築き上げるや、まるで他者から意識を逸《そ》らすように、それら美しい緑や土や動植物たちが持つ大きな可能性——彼らが放つ小さな輝き《シグナル》に目を向けて、それを最大限に引き出すべく奔走し始める。

ふかふかだった土は、もっとふかふかに。緑の草木はもっとのびやかに。

実った果実はいっそう大きく瑞々《みずみず》しく。雑草は薬草に、枯れるだけの草花は香料に。

アルフレッド・ラグワーズは、次々と土や植物たちの声なき声を拾っていく。彼が差し伸べる手は、いつだって人ではなくそれ以外の動植物たちへと向けられていた。やんわりと他人を拒絶しながら、けれど土草《かれら》のためならば、アルフレッド・ラグワーズは全力で狡猾《こうかつ》に動いてみせた。

アルフレッド・ラグワーズが柔らかな笑顔の下で、いつだって極度に緊張している理由を『彼』はやはり理解できなかった。

記憶の中の『前世《こちら》』と同じ姿をもつ動植物を見るアルフレッド・ラグワーズが、それらの前ではほんの少しだけホッとしたように緊張を解く理由も、『前世《こちら》』と同等レベルに出来上がった作物や商品を見たアルフレッド・ラグワーズが、懐かしげな、もどかしげな、喜びと辛《つら》さが混じりあった何とも複雑な感情を湧き立たせる理由も、さっぱり分からなかった。

けれど、年を経るごとに種類と数を増やしていく花や草木が、立派に大きく実っていく作物が、どれほど生命力に満ちて素晴らしいかは伝わってきたので、『彼』にとってはさしたる問題でもなかった。

問題があるとすれば、日を追うごとに大きく重い身体《うつわ》が、いっそう重ったるくなって、何やら色んなものがあちこちから挿し込まれたり、挟まれたりし始めたせいで、お気に入りの形にようやく整えた身体《うつわ》が、落ち着かない伸びた状態で動かなくなってしまったことくらい。

ムリヤリ元の丸まった状態に戻すこともできなくはなかったけれど、『彼』はそんな時間すら惜しむように、着実に減り続ける残り時間のすべてを夢に浸ることに専念した。

だって、躍起《やっき》になって数分身体《うつわ》を動かしている間に、夢の中では一日があっという間に過ぎてしまうのだから。

何故こんなことになったのか、なぜ身体《うつわ》が替わったのか、なんて疑問すら『彼』が持つことはない。

『彼』は、ひたすらその夢にどっぷりと意思を沈み込ませながら、決められた僅かな残り時間を佐伯晄仁の中で消化していく……ただそれだけ。

アルフレッド・ラグワーズが進み続けるその先を、夢の続きを、魂《いのち》を設定に縛られている『彼』が見届けることはできないけれど、『彼』はそれでもよかった。

苦しみの中ではなく夢の中で消えていくことができるのだから。

今の『彼』はとても幸福だった。

◆◆

「大丈夫?」

病室を突然訪れた上に大泣きをするという、迷惑極まりない行動をとった私に、けれど年配の女性はとても優しかった。

私の背をさすりながらティッシュまで手渡してくれたその人は、佐伯晄仁さんのお母さん。

向こうのキャビネットの上には病院からの色んな書類が何枚も重ねて置いてあって、きっと私がグーグー寝ていたこの一日の間、この人は物凄《ものすご》く大変で不安な思いをしていたに違いないってことに、私はようやく気がついた。

本当は一番泣きたいのはこの人のはずなのに……。

私は自分の身勝手な涙をグイッとティッシュで拭《ふ》いて、それからまた頭を下げて謝ってから、改めて自分の身元と事故の経緯を佐伯さんのお母さんに説明し始めた。ぶつかったのはスポーツセダンの方で、佐伯さんの軽自動車は何も悪くない。それだけはきちんと伝えなきゃって。

あのスケベ男が、佐伯さんの意識がないのをいいことに事故の原因をねじ曲げないよう、百％悪いのはスポーツセダンだってことをハッキリと伝えておきたかった。事故直後のあの男の態度からしたら、それくらいの言い訳や小細工をしかねないと思ったから。

事故直後の霞《かすみ》がかかったような記憶の中でも、あの男の怒鳴り声はハッキリと覚えている。あの男はそういう最低部類の男だわ。用心にこしたことはない。

必要なら私が証言したっていい。なんなら車の中で身体を触られたことも、私がロクでもないパパ活をしてたって事を話してもいい。だって本当のことだし。自分がしてきたことのオトシマエは自分でつけるべきでしょ。あの男も、私も。

そうよ、泣いている場合なんかじゃない。時間が勿体ない。

私はこの佐伯さんと、佐伯さんのお母さんのために今できる精一杯のことをしなくちゃいけないんだから。よく分からないけど……そうしなきゃいけないって思うから。

贖罪《しょくざい》や後ろめたい気持ちとは違う。なんていうか……そうしなきゃ、みんなが先に進めなくなっちゃうような——そんな気がして仕方がないんだもの。

「ありがとう上条さん。あなたはお若いのにとてもしっかりしていて、そしてとても勇気のある方ね」

拙《つたな》い私の言葉をまっすぐに受け止めてくれた佐伯さんのお母さんは、そう言って小さく笑うと私の背中をまたゆっくりと撫《な》でてくれた。

そして、何かに気がついたように「あ……」と小さく声を上げたお母さんは、クルリと向こうのキャビネットの方に身体を向けると、キャビネットについている引き出しをカラリと開いた。

「もしかしてこれ、あなたのかしら」

佐伯さんのお母さんが引き出しから大事そうに取り出したのは、二台のスマホ。

黒い手帳型のケースのものと、ラメピンクのバンパーフレームのものが、充電器のコードでグルグルと一緒に巻かれていた。

「晄仁《あきひと》のとは違う、見慣れないスマホだなって思ってて」

「あ……はい、私のです」

咄嗟《とっさ》に返事をした私に、佐伯さんのお母さんは「やっぱり」と言いながらクルクルと片手でコードをほどくと、ピンクのスマホを私に手渡してくれた。

手渡されたスマホは電源が落ちていて、ディスプレイにはバリバリにヒビが入っている。試しに側面の電源ボタンを押すとスマホは一瞬だけフワッと明るくなったけれど、すぐに電源が落ちて画面は真っ暗になってしまった。どうやら事故の衝撃で壊れてしまったみたい。事故の直前と直後にディスプレイを占領していたゲーム場面は、チラリとも見ることはできなかった。

もしかしたら何かの拍子にタブが閉じたか待機で隠れたのかもしれないけど、それでもよかった。

ううん、それでいい。必要ならスマホは買い替えればいいし、今までのロクでもない縁を切るには丁度いいわ。家への電話は病院に借りよう。

壊れているかどうかは問題じゃない。『これ』が手元に戻ってきたことが肝心。

これは私の『大切なもの』……この中に眠った世界を守る『大切なもの』。

絶対に『その日』まで失くしてはいけない、守らなきゃいけない『大切なもの』。

私の頭の中で、身体の奥底で、パチッと何かが一瞬だけ煌めくように弾《はじ》けたけれど、それはすぐにフンワリと霧のように散っていった。

ギュッとスマホを胸に抱き締めて「ありがとうございます」とお礼を言った私に「良かったわ、お返しできて」とまた小さく笑ったお母さんの手元には、黒い手帳型カバーのついたスマホが残されている。たぶんあれは佐伯晄仁さんのスマホ。一瞬だけ事故現場で見えたのと同じカバーだもの。

「あなたのは、ずいぶんと壊れてしまったみたいね。こっちのは大きな傷はないようだけれど……」

そう言ってお母さんが開いたカバーの下からは、傷のない綺麗《きれい》なディスプレイが現れた。

もちろん多少は汚れているし小キズくらいはついているだろうけど、拭けば問題なく使えそうなほどツルリと綺麗なディスプレイ。私のとは雲泥の差だわ。

「この手帳型のカバーのお陰かしら」と首を傾げたお母さんに、けれど私も首を傾げてしまった。

え？　でも私がスマホを落とした時、確か佐伯さんのスマホのカバーは開いていて、ガシャッて画面同士が直接ぶつかっていたけど……。

保護フィルムの違いかな、私のも結構高かったはずなんだけど……なんて思ってると、お母さんの手の中で佐伯さんのスマホのディスプレイがポワッと明るくなった。どうやらスリープ状態だったようでお母さんの指先に反応したみたい。よかった……佐伯さんのスマホは壊れていないのね。

「あら」と少し驚いた風のお母さんの手の中で、スマホはロック画面を明々《あかあか》と表示していた。そのロック画面に使われている背景の画像は、確かに私が事故現場で一瞬だけ見たものと同じ。

「綺麗な……クリスマスツリーですね」

思わず、そんな言葉を口にしていた。

佐伯さんのスマホのロック画面に使われていた背景は、大きくて立派なクリスマスツリー。たくさんのオーナメントと電球で飾りつけられた大きなツリーの、下半分の画像。

ツリーの画像だと大抵は、てっぺんの飾りが入るように全体とか上半分とかのアングルが多いのだろうけど、その画像は幹を中心としたツリーの下半分だけが映されていた。

それでもその画像はとても綺麗で、恐らくは夜に撮影されたのか、暗い背景に電球の明かりがキラキラと強く光って、周囲に下がっているオーナメントを照らす様子が収められている。

この幹のところに誰かが立っていたなら、きっと素敵な写真が撮れたんじゃないかしら……なんてちょっと思っちゃうくらい綺麗で、優しい感じがするツリーの画像だった。

思わず見とれてしまった私に、佐伯さんのお母さんはスマホの縁《ふち》を指先で撫でながら「息子の趣味だったんですよ」とフッと目許《めもと》を緩めて、そして息子さんの話をしてくれた。

「晄仁は先月まで海外におりましてね。三年前から急にクリスマスツリーに凝りだして、こうして写真を撮るのが趣味みたいになっていたんですよ。これは夜中に急に思い立って撮りに行った、最初の写真なんですって」

聞けば佐伯暁仁さんは金融関係にお務めで、ニューヨークの支社に六年間もいたのだという。今月の初めに帰国したばかりで、都内で部屋を探す間だけご実家に戻っていたそうだ。

「ほら綺麗だろ？　って私にもSNSで画像を送って寄越しましてね、毎年『イチオシはNYSE《証券取引所》前のツリーなんだよ。どこよりも一番綺麗だろ』って。私にはどれも同じように見えたんですけどね」

クシャッと泣き笑いみたいに笑った佐伯さんのお母さんは、スマホの縁《ふち》を撫でていた手を止めてグッといちど目を閉じると、息を呑《の》み込むようにして話を続ける。

「ツリー好きが高じて、アメリカで森林保護の活動にまで参加してたんですよ。おかしいでしょう？　土壌のことやら堆肥《たいひ》のことまで調べるほど熱中して、今年もツリーの写真を送るよって言ってた矢先に帰国が決まって……本人も残念だって、言って……」

最後は絞り出すような声でスマホを胸に抱き締めたお母さんに、私は何も言うことができず、ただその小さく震える背を恐る恐る撫でることしかできなかった。


暫《しばら》くそうして、私は佐伯さんの病室を後にした。後にしたというか、部屋に入って来た看護師さんたちに追い出された。そのとき気がついたのだけれど、佐伯さんの部屋はナースセンターのすぐそばで、しかも佐伯さんはご家族以外の面会が謝絶だったみたい。どうやら私は一通りの検査が終わったほんの隙間時間に入り込んでしまったようで、見つからなかったのが自分でも不思議なほど。

「いつの間に……」と呆《あき》れながらも怒る看護師さんたちに、私はいっぱい頭を下げて謝って、それからその後は、私が電話をする前に病院からの連絡で駆けつけてきた両親にも、やっぱりいっぱい謝ることとなった。

私は今まで他人に謝るのが大嫌いだった。「偉そうに」とか「そんなに怒ること?」って思うばかりで、上から見下ろしたつもりになって、怒ってる人の怒ってる理由なんか深く考えたこともなかった。

でも、今なら分かる。ううん、きっと今までだって、上からじゃなくてちゃんと正面から見れば分かったはず。看護師さんだってお父さんだってお母さんだって、みんな真剣な眼をして私に伝えようとしてくれてるってことが。それを受け止めなかったのは私。目を背けてたのは私。

何もかもつまんない生活は、私がつまんないと思って目を背けてたから、つまんなかっただけ。私ってば、なんでこんな簡単な事に気がつかなかったんだろう。

「まったく馬鹿なことを!」「心臓が止まるかと思った」と私を抱き締めるお父さんとお母さんの腕の中で、私は過去の自分を不思議に思いながら、人生のやり直しを強く決意した。

そうそう、後から知ったことなんだけど、あのスケベ男は逮捕されたみたい。別に事故で逮捕されたわけじゃなくて、事故った車の中からマリファナと覚醒剤《かくせいざい》が見つかったんですって。私も疑われちゃったけど、もちろんシロ。もしかして私、ものすごく危なかったんじゃないかしら……。

そして、打撲や切り傷はあるけど基本軽傷だった私は、検査のあと無事に退院することが決まった。

退院の前日……事故当日から五日経った夜、病院の早い夕食を食べ終えた私は、佐伯さんのお母さんに退院のご挨拶《あいさつ》がしたくて、いつもそのお母さんがいるフロア中央のデイコーナーへと向かった。

各病棟のフロアにはテーブルや自動販売機のあるデイコーナーが設けられていて、患者さんやご家族が軽食をとったりネットや電話をすることができる。

目覚めてからこの四日というもの、私は毎日そこで佐伯さんのお母さんとお話をしていたから、この時間はそこにいるはずだって知っていたの。

加害者側なのに話しかけるなんて図々しいって分かっていたし、容態の芳しくない息子さんに付き添っているお母さんからしたら、きっと私なんか目障りかもしれないとも思ったけれど……でも、どうしてもそうせずにはいられなくて、私は毎日お母さんのお食事が終わる頃合いに声を掛けて、少しずつ、お話をさせて貰《もら》うようになっていた。

「よかったわね。おめでとう」

明日、退院することを告げた私に、佐伯さんのお母さんはそう言って微笑んでくれた。

佐伯暁仁さんの容態は一進一退で、緊急手術で上肢部分は手当てできたものの脳へのダメージの方が深刻らしい。手術をするのかしないのか、手術ができるのかできないのか、その辺を見極めるために毎日検査の連続なのよ……と佐伯さんのお母さんは少し疲れた顔で教えてくれた。

「この数日、あなたとお話しさせて頂いてね、すごく心が落ち着いたのよ。だからほんの少しだけ寂しいけれど、私も嬉《うれ》しいわ」

キュッと私の手を握って椅子から見上げてきたお母さんに、私の口はすぐさま「退院してもお見舞いに来ていいですか？」という言葉を意識する間もなく発していた。

それに目を見開いて「嬉しいわ」とフワリと泣きそうな顔で笑ってくれたお母さん……ううん、佐伯のおばさんは、「最後にあの子にも会ってあげて」と看護師さんたちには内緒で、私を佐伯さんの病室にほんの短時間だけ入れてくれた。

病院の白いベッドに横たわる佐伯暁仁さんの枕元には、モニターや機械やスタンドが置かれて、それらから伸びたいくつもの線やチューブが、掛け布団の下に潜り込むように続いている。

けれど布団から出ているその顔は、身体じゅうのキズや痛みなどまるで無いかのように、ただ眠っているような穏やかな表情で、口元には小さな笑みすら浮かんでいた。

私はその枕元に近づくと、ほんのわずか布団の端から出た指先を頼りに、ピクリとも動かないその手をそっと掬《すく》うように自分の手におさめた。

「佐伯さん……」

指先に装着された計測器の邪魔をしないよう、手のひらと指先をそっと握って声をかけると、ほんのりと温かな体温が私の手に伝わってきた。

「私、あした退院します。でも必ずまた来ますね」

その時までどうか――。

続く言葉を呑み込んで、言葉にならない思いを私は自分の手のひらに込めた。

どうか『この人』が苦しみませんように。

どうか『この人』の『生』が輝きますように。

どうか『この人』の……。

――道が開けますように。


なぜそんなことを願ったのか自分でもよく分からないまま、私はその翌日に、病院から退院した。

服はあのヒラヒラのじゃなくて、お母さんに買ってもらったグレーのスウェット。くるくる巻いていた髪はこの六日間の入院ですっかり伸びきってしまったから、後ろでキュッと一つに結んだ。

「家に戻ったら、ヘアサロンで髪を切りたいわ。髪色も戻したいな」

迎えの車に乗り込みながらそう言った私に、お母さんはちょっと驚いたように目を丸くしていた。

だから私はそんなお母さんに『新しいマイブームが到来したのよ』って笑いながら座席に座ったの。

そうして私は、車の窓の向こうに見える病棟の『あの人』の部屋にそっと手を振ってから、二つの『大切なもの』と一緒に、走り始めたそれに身を委《ゆだ》ねて――。

決意と気分も新たに、先へと先へと続いていく長い道の先へと、進み始めた。

45　君に捧《ささ》げる

あれから俺とギルバートくんは、テーブルにギッシリと並んだスイーツと紅茶で、二人きりのささやかなお祝いに突入した。

とはいえ、少ししたらディランが狙い澄ましたようにコンサバトリーに入って来たから正確には二人きりではないんだけど、俺の視線はギルバートくん固定でディランは視界に入らなかったから、俺的には二人きりだ。なんせあの後のギルバートくんときたら、とんでもなくキュートだったからね。他のモンを見てる余裕なんぞ俺にあるわけがない。

俺の隣で上品にスイーツを食べながら、あるいは話をしながら、ギルバートくんってば、何度も俺の左耳にチラリと視線を流しては嬉しそうに唇をキュッと引き上げるんだよ。もうこの時点でキュートゲージはマックス振り切っちゃってるんだけどね、さらにはティーカップの湯気の向こうで目を細めた彼がホワッとその目許を桜色に染めちゃったりするもんだからもう……。

そのあまりの可愛らしさに、俺が「ちゃんとついてるよー」とばかりに左耳を彼に向けて見せると、ちょっと照れたような表情を見せてくれてさ……ぐぅ、やばい。思い出すだけで口元がゆるむ。

ああ、なんか他にも約一名分ほど俺の左耳をガン見してる気配を感じたけど、そんなもんはスルーだ。二人きりだからな。とにかく、俺の天使の魅力はキュートさだけにとどまらなかった。

いやそれは当然なんだよ。なんたって完璧《かんぺき》天使だからね。

「土曜日、楽しみにしています」

帰り際の玄関ホールで、彼は俺の左耳をスルンと指先で撫《な》でると、そっと……つけたばかりのピアスに柔らかなキスを落とした。

「土曜日のおもてなしは私にお任せ下さいね。アルは身一つで来て下さるだけでいいんです」

ピアスと一緒に――そう囁《ささや》いた彼の声と表情がさ、何て言うかムチャクチャ男前というかイケメンすぎて……。え、まだ俺のキュン死の危機は去ってなかったのか、ってね。

いやもうカッコ良すぎてマジでその場でフラリと倒れそうになったよ。そう、俺の天使はキュートだけじゃなくてイケメンも極めているんだ。あんなの誰だって即オチでしょ。

俺はもう、日々増大しつづける天使パワーに為《な》す術《すべ》なくクラックラするばかり。まったく、なんだって彼はあんなに可愛くて格好いいんだろう。寮部屋でもてなしなんかいらないのに。何だったらお茶だって俺が淹《い》れちゃうし、彼さえいたら何もいらない。

キュンキュンリターンズに内心身悶《みもだ》えしながら彼にキスを返して、そうして、颯爽《さっそう》と乗り込んだ馬車で去って行くキュートで格好いいギルバートくんを、俺は名残惜しく見送ったってわけ。

それが火曜日のことね。

そして、あっという間に四日が経っちゃった。

本日は土曜日。俺は今、学院へ向かう馬車の中だ。彼からピアスを贈られたのが火曜日で、水、木、金のこの三日間というもの、俺はといえば正直とてもじゃないが心中穏やかではいられなかった。

彼にピアスを贈る日が想定以上に早まって、嬉しいんだけど焦るというか、ゆっくり段取りするはずがトントン拍子の勢いに足元がもつれそうというか、ソワソワというかドキドキというか……。

あ、いやピアスに関しては昨日の金曜日の午後に無事納品されたんだよ？　中身を確認したけどオーダー通りだったし想像以上に素晴らしい出来で、それを見たディランとオスカーも褒めてくれたし「必ずやランネイル様にご満足頂けるはずです」って太鼓判を押してくれたからね。

彼から贈られたピアスほど石は大きくない……ってか正直、石はさほど大きくないんだけど、でも、かえってその方が俺っぽいかなって。それに、まだラグワーズ自体に余裕も何もない時代に、父上と母上が懸命に探して用意してくれた石だからさ、胸を張って彼に渡さなきゃいけないと思うんだよね。

そもそも石のランクで侯爵家に張り合えるはずもないし、張り合うつもりもない。これが俺と我が家の精一杯の気持ち。きっと彼には伝わるはずだと思うから心配はしていない。

じゃあ何が大変だったのかと言えば——うん、その、アレだ。

いや別に、男同士のソレに関する知識を仕入れるのを疎かにしてたつもりはないんだよ？

ちゃんと学習はしていた。でも改めて人体構造に関しての書籍を読み漁《あさ》って頭に叩《たた》き込んだり、適当な口実でアイテムを大急ぎで取り寄せたりしてたからさ。だって大切な彼を傷つけるわけにはいかないし、できれば天使に痛みなど感じてほしくないからね。

仕事を史上最速で片付けて、丸一日をかけて勉強し直した結果、とりあえず手順に関してはたぶん大丈夫なはずだ。要は、対女性とは違う部分をローション等のアイテムで補いつつ、慎重にコトを運べばいいという結論に達したからな。

ただ問題はだな、どうやってそれらのアイテムを彼の寮部屋にスマートに持参するかってことだ。

いやだってさ、ピアスと一緒にそれらを小脇に抱えてドアをノックしてみ？　なんかソッチが優先みたいじゃん。「ヤりに来ました」感が強すぎるでしょ！　一番の目的は、心から愛する彼に生涯一度のピアスを贈ることなんだから、俺としてはできる限りスマートに粛然と、できればロマンティックにコトを運びたい。その後のことは、まぁそこからの流れというか自然にというか……。

確かにワンセットになっちゃってるあたりは、自分のことながら救いようがないなー、なんて思うわけだけど、とにかくソッチが主張しすぎるのはアカン。ムードぶち壊しだ。

てことで、人体構造図を横目に脳内シミュレーションを繰り返しつつ、「商品ラインの確認」という名目で該当商品を取り寄せて厳選に厳選を重ねること暫《しば》し。

……うーむ、他はともかく明らかにローション《ローションとか》のボトルがデカすぎる。そしてラベルのハートマークが邪魔だ。こんなん持ってたらイカニモじゃないか。

そして俺は考えて考えて、仕事の何十倍も頭を使ったんじゃないかレベルで考えた末に、ついにピンッとひらめいた。そうだ、小さいボトルに分けてポケットに忍ばせていけばいいじゃないか！　と。

うん、これなら外見からじゃ持参してると分からないし実にスマートだ。なんで今まで気がつかなかったんだろう。ボトルが妙に大容量なのがいけないんだ。試供用化粧水と同じで小分けボトルにすればいいい。親水性が良くて伸びのいい商品なら小ボトルでも二回分くらいにはなるはず。

これはもしかして需要があるかもしれない。こういった商品ほど人目を忍んでスマートに持ち歩きたいもんだからな。パッケージを爽《さわ》やかでスタイリッシュなものにしてだな、お試し価格でまずは利益率は低めに――じゃなくて、と俺はブンッと頭を振って思考を戻すと、ディランに空の小ボトルを二本ばかり持って来てもらった。

もちろんディランの生ぬるい視線なんか感じない。俺は忙しいんだ。俺のスルースキル舐《な》めんな。え？　広口のボトルにしました？　そりゃ都合がい……うん、スルーだ。いい加減にその目をヤメロ。

そうして自分の部屋でチマチマと小ボトルに厳選品を詰め替えて、制服のポケットにセット。ついでに万が一の傷薬と医療用の腸内洗浄用の魔道具《スティック》二本もそっと忍ばせてみた。

石油が存在しないこの世界では合成ゴムラテックス、つまりはコンドームがないからね。

いや天然ゴムでラテックスを作れないこともないいけど、アレルギーのリスクが……って、そんなことは今さらどうでもいい。そして、セットし終わったらハンガーに掛かった制服を遠目からチェック。よし、外見からじゃまったく分からない。

結局は、あの帰郷の際に宿泊した部屋のベッドサイドのアイテムとまったく同じ商品構成になって、少々悔しい気もしないでもないけど、まあしょうがない。検討した結果のベターな選択だからな。

え、なんだかんだでヤル気満々じゃないかって？　そうさヤル気満々だよ。俺の天使がヤル気満々だからな！　殺《ヤ》る気じゃないよヤル気だよ。

そもそもあんな完璧天使に何度も誘われて、今までお味見止まりで我慢できてたのが奇跡みたいなもんだ。ピアス渡して箍《たが》が消滅しちゃったら止まる自信なんかミジンコほどもありゃしない。

だったら前向きに、いかに彼に痛みを与えず、互いのハジメテを迎えるかってコトに心血を注ぐべきだろう。

ともあれそんな感じで、我ながら涙ぐましくも童貞感満載の三日間を過ごして、今現在こうして馬車に揺られている俺の手には彼に贈るピアスの小箱がしっかりと握られている。

今日の俺の服装はと言えば、シャツにウエストコートにトラウザーズ、首元にはクラヴァット。そして上着は男子学院生の制服である黒のテイルコート。厳選されしアイテム数点はポケットの中だ。

本当はさ、せっかくピアスを贈るんだから薔薇《ばら》の花束でも抱えて、白を基調とした衣装でキメたかったって気持ちもどこかにあるんだけどね、でも『あなたと出会った場所ですから……』って彼の言葉に、やっぱり彼に初めて会った時の学院の制服にしようって思ったんだ。

窓の外に目を向けると、もう学院はすぐ先に見えてきている。秋休み中だから門は閉まったままだ。見たところ学生の姿は見えないけれど、故郷に帰らず居残っている学生も少なくないだろうからデカい薔薇の花束はやめておいて正解かな。学院では悪目立ちだ。

間もなくの到着に備えて窓から視線を外して、俺は手元の小箱に視線を落とした。

――彼に気に入ってもらえるといいのだけど。

彼も四日前はこんな気持ちで馬車に乗ってたんだろうか……と、思わず左耳にやった指先に、僅《わず》かにひんやりとしたグリーンダイヤモンドの感触が伝わってきた。

この四日間ですっかり耳元に手をやるのが癖になりかけているようだ。そのピアスはといえば、結構な大きさにもかかわらず重さってもんをまったく感じない。耳たぶの中も裏側にも土台の感触はなく、まるで最初からそこにあったかのように耳に馴染《なじ》んでいる。

魔法も魔法陣もいまだによく理解できないし分かんないけど、やっぱ凄《すご》いよなーなんて思いつつ、後で彼の耳にもこれがこんな風につくのかな、なんて手元の小箱を見つめちゃう俺は、充分に舞い上がってしまっているのだろう。

そうこうしているうちに馬車は学院の正門前へと到着。

馬車から降りて御者のマシューに「ありがとう」と声をかけると、下げていた頭を上げたマシューがグッと右手でガッツポーズを決めてきた……もんだから、ついつい俺も右手で小さくガッツポーズを返しちゃったんだけど、よく考えたらちょっと恥ずかしかったかもしれない。ついでに通りの向こうでクロエやエドやメイソンに似た人たちもガッツポーズをしてた気がしないでもないけど、きっと気のせいだからスルーだ。

そうして学院の通用門をくぐった俺は、一路ギルバートくんが待っているであろう学生寮へ向けて、学院のメインストリートを進み始めた。

石畳の道を真っ直ぐに進んで、左に見えてきたのはお馴染みの図書館。この半年というもの、俺はこの道を歩くときは必ずと言っていいほどギルバートくんの事を考えていたような気がする。今この時だって、俺の頭の中も胸の中も彼のことでいっぱいだ。

図書館の対面の小道を右へと入り、ゆるく曲がった街路樹の道を進むと、その先に金属フェンスと植栽に囲われた上位貴族棟が見えてきた。そして俺は、フェンスに設置された門を通って伯爵寮のあるいつもの左側ではなく、右側の道へ……彼の元へと進んで行く。

「三年のアルフレッド・ラグワーズだ。ギルバート・ランネイル殿とお約束している」

「ランネイル様より伺っております。どうぞ」

ゴージャスな寮の扉をくぐって出迎えてくれた職員さんに用件を告げると、職員さんらが頭を下げて通してくれたので、俺はそのまま大理石の階段を上がって二階へ。

二階の、手前から二つめの扉……忘れるはずもない彼の部屋だ。

フロアに並んだ四つの扉の前には、以前と同じく鉢植えが置かれている。けれど、彼の部屋の前だけは観葉植物ではなくピンクの胡蝶蘭《こちょうらん》が飾られていた。彼が言っていたもてなしに加えて、俺が部屋を間違えないようにとの配慮かもしれない。

その彼の心配りに感謝しつつ、俺は胡蝶蘭の飾られた扉の前に立って、まずは深呼吸を一つ。

それから扉のノッカーに手を掛けると、ゆっくりと四回、控えめにそれを打ち鳴らした。

「アル……」

すぐに扉が開かれて、出迎えてくれたのは俺の愛《いと》しい人。

「来たよ」

この場に相応《ふさわ》しい挨拶《あいさつ》がすぐには浮かばなくてそれだけを告げた俺に、けれどギルバートくんはふんわりと微笑むと「どうぞ」と、一歩下がって俺を部屋の中へ誘《いざな》ってくれた。

彼の後について短い廊下を進めば、彼の私室はすぐそこ。白とグレーをメインに統一されたリビングルームは以前と変わりないようだ。俺はリビングの扉を閉めると、念のために前回扉に設置した防護魔法陣の発動をさりげなく確認しておく。

これからピアスに魔力を注入することになれば、発動したピアスの魔法を学院側にサーチされかねないからね。問い合わせなんかされたら敵《かな》わないからさ。

べ、別に遮音の確認じゃないぞ。遮音はたまたま機能としてついてるってだけだ。いや遮音大事だけど。この後ものすごく大事だけど。うん、たまたまだ。

防護魔法陣の発動をしっかりと確認して、入室許可が俺とギルバートくんだけってこともついでに、そう。ついでに素早く確認してから、俺はクルリと後ろを振り返っ――――。

ポフン……と、振り返りかけた俺の腕に飛び込んできたのは、もちろん俺の愛しい天使。

「お待ちしていました。ずっと時計ばかり見ていたんですよ」

そんな可愛いことを言って俺を見上げてくる天使に、「嬉《うれ》しいよ。待たせてごめんね？」と、その唇に小さな口づけを贈ってから、俺は小箱を持っていない右腕でぎゅっと彼を強く引き寄せた。

ギルバートくんの上着も、今日は学院のテイルコートなんだよ。なんだかそれが嬉しくて、彼も同じ思いなのかなって思ったら、いっぱいの胸がもっといっぱいになっちゃったからさ。

俺の右肩に顔を埋《うず》めて、キュッと俺の背を抱き締め返してくる彼が愛しくて愛しくて仕方がない。

でも俺は彼に、まだ十六歳の彼に、これだけはどうしても言っておかないと……と引き寄せた腕を僅かに緩めてから、彼の耳元に静かに声をかけ始めた。

「約束通り、君に私のピアスを渡しに来たよ。ね……ギル、これが最後の確認だよ？　いいのかい？　私は一度君にピアスをつけたら何があろうと外させるつもりはない。学院だけでなく貴族社会でも煩わしいことが増えるだろう。このピアスを君に預けて、卒業後につけることもできるんだよ。私はいつまでだって待てる」

「アル……」

顔を上げた彼の目が僅かに見開かれ、けれどすぐさま翡翠《ひすい》の瞳《ひとみ》を煌《きら》めかせた彼が嬉しそうに、それはもう本当に綺麗《きれい》な笑みを浮かべた。

ああまったく、なんて表情をするのギルバートくん。

「嬉しいですアル……私のアルフレッド」

ギュッと俺の背に回った彼の左手に力がこもって、うっとりとするような微笑みを浮かべた彼が、俺の頬にスルッと右の指先を滑らせてきた。

その翡翠の瞳はただ俺だけを映して、その美しさに俺は目を逸《そ》らすことすらできない。

「私だって貴方《あなた》のそのピアスを一生外させるつもりはありません。何があろうとこの先ずっと、貴方は私のもので私は貴方のものです。一時的な激情じゃないかと自問する期間はとっくに過ぎているんですよアル。どうか、今すぐそのピアスを私の耳に……私に貴方の『約束』を下さい」

宝石のような瞳で俺を捉《とら》えたまま、まるで俺の口内に呪文を吹き込むように唇を擦《かす》らせていた彼が、ゆっくりとその唇を重ねてきた。

彼の『答え』に、俺の中に残っていた最後の小さな迷いがみるみる溶けて消えていくのを感じる。

もう後戻りはできない。

後戻りはしない。させない。

――――彼を　俺のものに。

唇をいっそう深く合わせ、彼の喉奥《のどおく》から小さく上がる声に右腕に力を込めた。彼の腰を強く引き寄せて、躊躇《ちゅうちょ》なく差し出される滑らかな舌先を絡《から》め取っていく。

すっかり承知している彼の敏感な部分をなぞり上げ、舌全体で彼の口内を可愛がれば、まるで縋《すが》るように俺の首に回された彼の右手にクッと力がこもった。その愛らしい仕草に目を細めてさらに角度を変え、柔らかな唇を食《は》みながら、俺の舌上で踊る甘い感触を楽しんで——そうして俺は、彼の両腕からスルリと力が抜け始めた頃合いで、ようやく彼の唇を解放した。

紅色を濃くしてわずかに濡《ぬ》れ光る唇をペロリと舌先で舐め上げて、そのわずかな隙間から溢《あふ》れた甘やかな吐息をもう一度小さな口づけで吸い取ってから、俺は彼の左耳にそっと唇を寄せる。

「立てなくなっちゃったらピアスが贈れないでしょ」

そう囁《ささや》いて柔らかな耳たぶにチュッと口づけると、トロリと蕩《とろ》け始めた瞳で俺を見上げた彼が、薄らとその目許《めもと》を淡く染め上げていく。

可愛さ満点のその目許に触れるだけのキスを落として、俺は彼の腰を右手で抱えたまま僅かに身体を離すと、彼とともに部屋の奥へと足を進めていった。左側にあるテーブルを回って、白いソファの前まで進んだら彼の腰から手を離して、もう一度彼の白磁の頬にキスを贈る。

「添書はあとで確認して？　私自身が当主代理だから問題はないと思うんだ」

そう言ってテーブルの上に置いた小箱のリボンをほどいて蓋《ふた》を開ければ、中からは当然の如くピアスケースが現れた。

彼から貰《もら》ったピアスケースよりひと回りくらい大きな、濃紺地に金を配《あしら》った家紋入りのケースだ。

「はい」と小さく頷《うなず》いてくれた彼に笑みを返して、俺はそのケースを手に二歩ほど後ろに下がると、左の内ポケットから一本だけ持参した深紅の薔薇を抜き出してケースに添え、彼の前に片膝《かたひざ》をついた。

そうだよ、彼を右腕だけで抱き寄せたのは左手に小箱を持っていただけじゃなくて、この薔薇を潰《つぶ》さないため。よかった……花は少しも潰れていない。大きな花束は無理だったけど一本くらいはね。

そうして俺は背筋を伸ばして顔を上げると、真っ直ぐに彼だけを見つめて腹に力を込めた。

「ギルバート・ランネイル様」

この彼に、俺の愛しい翡翠に――――俺のすべてを捧《ささ》げる約束を。

どうか、どうか受け取って。

「これなるは我が心、我が誠を込めし誓約の証《あかし》。ラグワーズ伯爵家が嫡子、アルフレッド・ラグワーズより、我が生涯唯一の妻、唯一の夫と定めし貴殿へお贈りすべく、持参して参りました。どうぞお受け取り下さいませ」

蕩けそうな彼の翡翠を見つめながら、俺は手にしたケースの蓋を開ける。

その瞬間、彼が小さく息を呑《の》んだ。

「ずっと愛しているよギルバート。これまでも、これからもずっと。私には君だけだ」

高鳴るばかりの胸を押さえ、心から溢れた思いを付け足して、俺は彼に向けて手にしたケースを差し出しながら、低く頭を下げて彼に全力で愛を乞《こ》う。

そうさ。愛しているんだ彼を。ずっと、ずっとだ。

「アルフレッド・ラグワーズ様……」

低く下げた頭の上に影がかかり、麗しくも涼やかな声が聞こえた。

語尾を僅かに震わせて俺の頭上から降り注ぐその声に、俺の鼓動が跳ねるように高まっていく。

そしてそっと、俺の差し出した右手に温かな手がかかった。

「その真心、このギルバート・ランネイル確かに頂戴《ちょうだい》致しました。これよりは我が身の一部とし、貴方様のお心とともに終生……終生歩んで参りましょう」

——愛していますアルフレッド。

最後に聞こえたその声に俺が顔を上げると、その視線の先には本当に、本当に目映《まばゆ》いばかりの美しい微笑みを浮かべた彼が、潤み輝く翡翠の瞳で俺を見下ろしていた。

「嬉しいです……こんなに嬉しいことはありません」

長い睫《まつげ》毛を伏せて、手にした薔薇《ばら》とピアスケースにそっと頬を寄せる彼はまさしく天使そのもの。

俺はそんな彼から視線を外すことなくその場で立ち上がると、すぐさまその天使を両腕の中に閉じ込めて、僅かに震えるその睫毛にキスを贈った。

「受け取ってくれてありがとう」

俺の方こそ天にも昇りそうなほど嬉しいんだよギルバートくん。本当に、本当にありがとうね。

彼の頬にも小さなキスを贈って、俺は彼が手にしているケースに向けて指先を伸ばした。

「ピアスをつけようか……でもその前に」

ビロードの張られたケースの中には、ブルーダイヤのピアスの他にもう一つ、同じブルーダイヤを使った指輪が収められている。

十八金の幅広のリングには透かしとつや消しで装飾を施し、中央のブルーダイヤを囲むように透明の小さなダイヤをいくつか配《あしら》ってある。鏡面とつや消しを合わせたデザインはピアスとお揃いだ。

いや、やっぱりさ、俺としては前世の記憶というかイメージが強くてね。ピアスだけじゃなくて指輪もその……こういった場なら贈りたいなぁって思って。この国じゃ指輪を贈る風習はないから彼にとっちゃ意味は分からないだろうけど、それでもいいんだ。俺が贈りたいだけだから。男性用で装飾も控えめだから普段使いでつけてくれるくらいでちょうどいい。

俺は彼の手にあったケースから指輪を摘《つま》み上げると、ピアスだけになったケースと薔薇をヒョイとテーブルに置いて……そして彼の左手をそっと片手で引き寄せた。

「もう片方の石で作ったんだよ。やっぱり私の石は二つとも君の身につけてほしくてね。もし将来ピアスにするなら作り替えればいい」

そう言いながら、俺はその指輪を彼の薬指にスルンとはめてしまう。こういうのは素早さが肝心だ。でなきゃ目いっぱい赤面して手も震えてしまいそうだからね。うん、彼の指のサイズは手を繋《つな》いでいるからだいたい分かってたけど、よかった、サイズピッタリだ。

「もう片方の石で指輪を……アル、ありがとうございます」

左手の薬指にピタリとはまったブルーダイヤの指輪を、目を見開いてしばし見つめていたギルバートくんは、そう言って指輪にいちど頬を擦り寄せると「これも一生外しません」と、俺の肩にコテリと額を当てて小さく呟《つぶや》いた。

「石は小さいんだけど、質はいいものらしいんだ。私の瞳の色とほぼ同じだろう?」

顔を隠してしまった彼を少々残念に思いながらも、俺はそんな彼をしっかりと両腕で抱き締めて、そのサラサラとしたプラチナブロンドをゆっくりと撫《な》で梳《す》いていく。「石の大きさなど……」と、俺の肩にフルフルと甘えるように頭を擦りつける彼が物凄《ものすご》く可愛い。

「さ、次はピアスだよ。どうか顔を上げて？　ギル」

チュ……と彼の耳元にキスを贈って、少しだけ離した身体で彼の顔を覗《のぞ》き込めば、頬も目許も桜色に染めた何とも可愛らしい天使がゆっくりと顔を上げた。あー、マジで可愛すぎる。

「私のピアスをつけてくれるんだろう？　ほら、主役がお待ちかねだ」

少し戯《おど》けてテーブルの上のピアスを指さすと、キュムッと結んだ唇で小さく微笑んだギルバートくんが目の前でコクリと頷いてくれた。そんな彼をソファに座らせて、目の前に跪《ひざまず》いた俺がさっそくピアスケースを彼に差し出すと、桜色の頬もそのままに彼がピアスケースへと指先を伸ばした。

「素敵なデザインですね。ひと目で気に入りました。ありがとうございます」

そっとピアスを摘み上げて顔を綻ばすギルバートくんに、俺はホッとひと安心。

ああよかった。指輪もピアスも気に入ってくれたみたい。ずっと身につけるものだから彼が気に入らなかったら作り直そうと思ってたんだ。

ピアスのデザインは指輪と同じ十八金の鏡面とつや消し。

中央のブルーダイヤは一カラットもないけれど、そのぶん花びらのような、あるいは波打つ海のような、立体的でボリュームを持たせた台座でグルリとダイヤを取り囲んである。もちろん彼の耳を傷つけないように、すべてが滑らかに繋がるようなデザインだ。

台座の魔法陣にはあまり付与をつけていない。身体保護と魔力循環促進、それに独自開発の通信機能くらい。とはいえどこにでも通信できるわけじゃない。要は自分が登録した魔力を辿《たど》って戻ってくる伝言魔法陣の応用だから、ピアスを交換した俺と彼のあいだ限定の通信機能だ。

「通信機能?! そんな応用の方法がありましたか。凄《すご》い……これでいつでもお話ができるんですね」

俺が簡単に魔法陣の説明をすると、そりゃもうギルバートくんは大変喜んでくれた。

うん、俺はギルバートくんと違って魔力は中の上だからね、あんまりいっぱいつけられないからさ、アイデアで勝負するしかないんだ。

パッとさらに顔を綻《ほころ》ばせてくれた彼に気をよくする俺の前で、彼はさっそくピアスの台座に人差し指を当てると受け入れ側の魔力登録を済ませてくれた。ムチャクチャ速い……一秒かかってないかもしれない。何度見ても凄いなギルバートくん。

そうして手渡されたピアスに、今度は俺が本格的に魔力を注入していく。八ミリほどの幅の台座の底面に指を当てて待つこと暫《しば》し……おぅ、指先がギュンギュンしてる。

魔法陣全体が強く輝いて発動した。ご、ごめんね、俺ふつーの貴族だから……たぶん普通はこんくらいかかるから。

そうして四分ほどギルバートくんをお待たせして、ようやく魔力の注入が終了。

「じゃあつけるよ?」

ピアス片手にそう告げた俺に、彼はフワリとした微笑みを浮かべてシッカリと頷いてくれた。

なので俺は緊張しつつも彼の左の耳たぶを指先で一度撫でてから、ちゃんと真ん中につくように狙いを定めると、ピアスの台座をそっと彼の耳たぶに押し当てた。

俺の見つめる先で、ピアスの台座は押し当てた底面から光を放ちながら、ジワジワと溶けるように彼の耳の中へと沈んでいく。これはすごいな、こんな風に入って行くんだ。

こりゃギルバートくんも息を詰めて凝視するはずだよ。こんなの滅多に見られな――――。

その瞬間。

どこかで雷鳴のような、地滑りのような音が響いた。

かと思うと、目の前の世界が縦に、横に、大きく揺れて、いやブレて……ズレて？　え……え？

あまりのことに目を見開いた俺の目の前で、けれどギルバートくんはそのブレて揺れる世界の中で何事もなく座っている。なんだこれ？

と、焦点の定まらぬ視界に俺が戸惑っているうちに、いきなりブレがピタッと収まった。……はい？

首を傾げそうになっている俺の前では、ピアスがすっかりギルバートくんの耳たぶに収まっていた。どうやらちょうど装着が完了したようだ。

「アルの魔力はとても優しくて温かいのですね」

薄らと頬を染めながら左耳に手をやった彼に、俺はとりあえず「そう？　ありがとう」とその可愛らしい頬にキスを贈って、もちろん「よく似合っている。嬉《うれ》しいよ」とピアスのついた左耳にも唇を落とした。いや、まずは俺の天使が最優先だからね。これは何があろうが絶対だ。

うーん、よく分かんないけど、きっと浮かれてパーン！　した脳と魔力ギュンギュンの作用で盛大な耳鳴りと目眩《めまい》でも起こしたんだろう。

でもまあ彼が何ともなきゃ、とりあえず宇宙も世界も平和なことは間違いない。

非常に合理的な結論に達した俺は、ささいな現象を記憶の彼方《かなた》に放り投げることを即決して、そしてすぐさま目の前で嬉しそうに微笑んでいる天使へと視線を戻した。

彼の左耳に輝くブルーダイヤモンド。それを取り巻く金の波と相まって、まるで本当に小さな海の輝きを纏《まと》っているよう。実に彼に似合っている。ブルーと金……俺の色だ。

「愛しているよギルバート。これで君は私の婚約者だ」

俺は跪いたまま彼の手をとって、やはり俺の指輪で飾られた指先にゆっくりと唇を押し当てた。

その指先がピクリと小さく震えると同時に、「はい……」という彼の吐息のような呟きが俺の耳をくすぐっていく。そんな彼の手を取ったまま立ち上がってクッとその手を引き寄せれば、目の前の天使もすぐさま立ち上がって俺の胸に飛び込んできた。その天使を、俺は腕の中にしっかりと抱え込む。

——俺の天使。

もう、俺だけの天使だ。

「私だけのアルフレッド……」

期せずして彼が囁《ささや》くように耳元で呟いた言葉に、俺はいっそう溢《あふ》れるばかりの思いを込めて、艶《つや》やかなプラチナブロンドに顔を埋《うず》めるようにしながら、ただ一人の愛《いと》しい婚約者を強く抱き締めた。

「愛しています。私のすべてをあなたに……どうか私を望んで下さい」

俺の背をギュッと抱き締めて、腕の中の可愛い天使が甘えるように、むずがるように、俺の首筋に頬を擦りつけてくる。

もう、俺を引き留めていた箍《たが》はない。

止まる理由など、どこにもない。

――――だって彼は、もう俺のものなんだから。

「……ぁ！」

小さく身を屈《かが》めてヒョイッと彼を横抱きにすると、小さく声を上げた彼が俺の首に腕を回してしがみついてきた。それがなんとも可愛らしくて、引き上がっていく唇のままに、俺は抱き上げた彼の頬にキスを落として、それから、俺はブルーダイヤで飾られたその耳元に唇を寄せた。

「君が欲しいよ……ギルバート」

キュッと一瞬だけ力のこもった彼の腕に目を細めて、そうして俺はそのまま――――。

彼を抱いて、隣の部屋へ向けて歩き始めた。

46　ともに。

歩き始めたとは言っても、俺が歩いたのは僅《わず》か三歩ほど。

彼を抱いて回れ右して、ワンツースリーで隣室の扉に到着だ。なんせ寮部屋だからね。

「扉を開けてくれる？」

両開きの白い扉の前で、俺は腕の中の天使にお願いをした。

俺の両腕はいまギルバートくんで塞《ふさ》がっちゃってるし、まさか蹴破《けやぶ》るわけにもいかないでしょ。

それに何より、この扉は部屋の主《あるじ》である彼に開けてもらいたいからさ。すでに色んなとこが盛り上がっちゃってるけど、それでも勢いを借りての強制連行はアカン。互いの同意があって初めて成立すべき行為だからね。彼に少しでも躊躇《ためら》いが見えたなら、今日はこのまま潔く諦《あきら》め――。

カチャ。

むっちゃ迅速に扉が開いた。俺の天使は実に思い切りがいい。

そんな思い切りのいい彼は、開けた扉をさらに風魔法で押し開くと、足を進める俺をタイミングよくサポート。うーむ、極めてスムーズ。自動ドアも顔負けだ。

すんなりと寝室に足を踏み入れた俺の背後では、開いた扉がやはり自動で……いや、やはり天使の風魔法の威力でパタンと閉まった。うんそうだね、開けたものは閉めないとね。魔力コントロールも実に素晴らしい。さすがギルバートくんだ。

なんて感心しながら腕の中の彼に「ありがとう」って微笑んだら、ちょっと照れたように笑った彼がキュッと俺の首にしがみついてきた。それがムチャクチャ可愛くて、俺は彼を抱いたまま真っ先に目に入った正面のテーブルへと歩を進めた。

だって、テーブルの上にはグラスや飲料、焼き菓子や果物といった彼の心づくしが、溢《あふ》れんばかりに並べられていたからね。その彼の気持ちにキュンとしちゃったんだよ。

「おや、うちの領の柑橘水《かんきつすい》を用意してくれたのかい」

彼を抱えたままテーブルを覗き込んだ俺に「はい、美味《おい》しかったので分けて頂きました」と彼がコクコクと頷《うなず》きながら俺の髪に頬を寄せてきた。

水差しの横に並んでいたのは数本の柑橘水。先日のガーデンパーティーで彼にオッケーをもらった例の無糖のやつだ。ディランにでも頼んだのかな、俺に言ってくれれば何ダースだって送ったのに。なんてチラッと思いながらも、もてなしに我が領の産品を用意してくれた彼の気遣いが嬉しくて、俺はまた「ありがとう」と彼の頬に口づけると、その場で彼をそっと床に下ろした。

寝室は十二畳ほど。この中央のテーブルを挟んだ右奥が全面クロゼットで左側が窓……とベッドだ。

「君が言ってた通り、確かにダブルベッドだ」

俺が片眉《かたまゆ》を上げて素直な感想を口にすると、俺の腕から地上に降臨した天使は「ね」とばかりに俺の首に回した腕を小さく揺らして、そして「寝心地は悪くないはずですよ」と実にキュートな笑顔で俺に囁きかける。

確かに、寝心地は非常によさそうだ。

優美な曲線を描くフレームに、ホワイトレザーの大きなキルティングヘッドボード、ベッドマットの厚みはハンパない。絶対ふっかふかのやつだ。俺の寮部屋の標準ベッドなど足元にも及ばない。手前のサイドテーブルだって、ベッドとお揃いのデザインで実に素晴ら――――。

……………幻覚かな？　なんか素晴らしいサイドテーブルの上に、どうにも最近見慣れた品々が置いてある気がするんだけど。しかもローションに至っては大ボトルのまんま。

俺の視線に気がついたギルバートくんが「あれも分けて頂きました」と淡く頬を染めた。

なるほど、この流れからの柑橘水なのね。

「おもてなしは私にお任せ下さいと……申し上げたでしょう？」

照れ隠しのようにチュッと俺の頬に口づけたギルバートくんに、俺は一瞬だけ思い浮かんだディランの生ぬるい目を振り払いながら、小さな苦笑を漏らしてしまう。

それから俺は制服のポケットに手を突っ込むと、そんな彼に持参した厳選品を取り出してみせた。うんだってさ、もういっかなーって。この状況で隠しておくのも意味ないじゃん？　ちょっとだけ目が泳いじゃったのは勘弁してほしい。

それを目にしたギルバートくんはといえば、キョトンと目を丸くしてその品々を見つめたかと思うと、ハハッとばかりに苦笑を浮かべる俺を見て、つられたようにクスッと小さな笑みを溢《こぼ》した。

二人で顔を見合わせて笑い合って、ああ俺たち二人とも同じ気持ちだったんだなぁって思ったら、なんか安心した？　違うな、こう……すごくあったかい気持ちになったんだ。

肩の力が抜けたっていうか、突き動かすような強いものが消えて、代わりにすごく穏やかで大きなものが湧き上がってきた感じ。

「これは予備として取っておきましょう。足りなくなった時に役に立ちます」

足りなく？　あの大ボトルが？　なんて首を傾げかけた俺の手から厳選品を受け取った彼は、それをサイドテーブルのお仲間に加えると、またクルリと振り向いてストンと俺の腕の中に戻ってきた。

彼がこんなに可愛いんだから、もうなんでもいっか。

「ではぜひ、ベッドの寝心地を確かめさせてもらおうか」

そんな彼の耳元に唇を寄せた俺は、囁きとともに小さな口づけを贈る。

そして吐息のような彼の甘い応《いら》えに頬を緩めながら、俺は彼の制服に手を伸ばすと、襟《えり》に指を滑らせてそっとそれを脱がし始めた。

「君と出会った時、新品だったこの制服が目に入ってね、すぐに新入生だと分かったよ」

俺は、今やすっかり彼に馴染《なじ》んでいるテイルコートを脱がせると、傍らの椅子に引っかける。

「貴方《あなた》は水槽の手入れをしていて、コートは着ていませんでした。手がビショビショで」

彼もまた俺の制服を脱がせながら、そんなことを言って小さく笑った。ああ確かに。そうだったね。

同じく俺のテイルコートを隣の椅子に引っかけた彼は、そのまま俺の首元に手を伸ばすとクラヴァットピンに指先をかけ、そして。

「これを貴方に贈った時、すごく悩んだんですよ。でも選ぶのはとても楽しくて……」

そう言いながら、スッとそのピンを抜き取って俺のクラヴァットをほどき始めた。俺もまた彼の胸元を飾るサファイアのブローチを外して、彼のクラヴァットをほどいていく。

もちろんクラヴァットは彼とお揃いのレース。領地で彼から贈られた俺のお気に入りだ。

そうして俺たちは、互いに一つずつ脱がし合ってはその度にひとつキスをして……いつの間にか決まったそんな遊びみたいなルールに、知らず緊張はほぐれて笑みが増えていった。

ウエストコートの裏地の色に互いが自慢げに眉を上げ、シャツのボタンを競うように外し合って、なかなか外れないベルトにはクスクス笑いながら――――。

そうやってすっかり裸になった俺たちは、妙に楽しい気分になりながら二人でベッドに飛び込んだ。

「確かに素晴らしいベッドだ」

彼を腕に抱き締めてベッドに転がると、小さく声を上げて笑った彼が「でしょう？」と俺の裸の背をギュッと抱き締めてきた。俺はそんな可愛い彼の桜色の頰をそっと両手で包むと、俺を見上げてくるその翡翠《ひすい》の瞳《ひとみ》を真っ直ぐに見下ろした。

「愛しているよギルバート」

僅かに開いた彼の唇にそっと吹き込むように囁けば、彼もまた「愛していますアルフレッド」と俺の唇に囁きを吹き込んでくる。嬉しげに細められたその目に俺も笑みを誘われて、俺たちは互いに自然と引き上がってしまう唇を、ゆっくりと合わせていった。

柔らかな唇がしっとりと俺の唇を包み込み、ふんわりとした弾力の狭間《はざま》から甘い吐息が溢れていく。俺との口づけをすっかり覚えた彼の唇は、すぐに誘《いざな》うようにその隙間を広げていって、もちろん俺は誘われるままに、その奥の滑らかな舌を絡《から》め取っては、甘い蜜《みつ》を掬《すく》い上げるように擦《こす》り上げる。

小さく鼻を鳴らしては俺の背から腰へとしなやかな手を滑らせる彼に、俺もまた彼の肩から胸へと指先を這《は》わせて、そのスベスベとした素肌をゆっくりと愛撫《あいぶ》していった。

幾度も小さな水音を立てながら唇を離して、ぽってりと濡《ぬ》れ光る彼の唇から顎先《あごさき》、そして首筋へと口づけを落としながら、唇と舌先で彼の素肌を堪能《たんのう》していく。そうして時たま甘く上がる可愛らしい声に口端を上げながら、俺はその場所を重点的に舐《な》め上げ、遠慮なく吸い上げた。

「腸内洗浄魔道具《ステイック》を先に使っておくかい？」

彼の張りのある胸筋の上に唇を這わせながら、俺が大切な下準備のタイミングを口にすると、意外なことに視線の向こうの彼は首を振った。

「あなたが来る前に……自分で……」

染まった頬をさらに染め上げた彼に、俺は思わずスッと目を細めて「それは酷《ひど》いな」と、彼の胸の尖《とが》りを舌先で弾《はじ》いた。酷いよギルバートくん。俺が全部やってあげたかったのに……。

抗議の意味を込めて淡桃色の尖りに軽く歯を立てて舐め上げれば、僅かに身体を捻《ひね》った彼が甘い声を上げた。その晒《さら》された白い喉《のど》に唇を這わせ、艶やかに染まったその頬にチュッとキスを落とす。

「次は私にさせて？」

と強請《ねだ》った俺に、キュッと俺の肩を掴《つか》んだ彼は視線を逸《そ》らしてしまった。……おやおや。

思わず苦笑を漏らしながら身体を起こして、俺はサイドテーブルのローションへと手を伸ばした。

彼の唇にもう一度キスを落としてから蓋《ふた》を開けて、少量を手のひらに垂らしたら、俺はその手に僅かに魔力を通した。だって冷たいと可哀想でしょ？　少し温めてあげないとね。

そうして俺は彼の片足を持ち上げながら身体を下方へとズラすと、目の前でそそり立った彼の陰茎にチュッとキスを落としてから、柔らかな尻《しり》の狭間にそっと、その手のひらを当てた。

彼に快楽を与えつつ準備を施すべく、俺はローションを孔の周囲にゆっくりと馴染ませながら、実に美味しそうな彼の陰茎に舌を伸ばして――。

その途端、グイッと彼に頭を押さえ込まれた。

え？　と思って視線を上げると、頬を染めた彼がギュッと眉間《みけん》に皺《しわ》を寄せて俺を見つめている。

「だめです。これだとまた私ばかりが……別の体勢を希望します」

……はい？　別の体勢？

「私だって貴方を愛撫したいし、気持ちよくしてあげたい……」

スルッと俺の頭から頬へと手を滑らせた彼が、そう言ってキュッとその形のいい唇を尖らせた。

しっとりとした真珠のような肌を艶やかに輝かせ、情欲に蕩《とろ》けた瞳で俺を見据えてくるギルバートくんに俺の中心がいっそう大きく反応した。ヤバい……可愛すぎるだろう！

俺は伸ばした舌を引っ込めると、すぐさまフルスピードで数々の体勢をシミュレーション、からの互いの要望を叶《かな》える体位を模索し始めた。彼の希望なら実現させるのが鉄則だ。ちなみにギルバートくんもその優秀な頭脳で、状況分析からの人体の可動範囲等を計っているようだ。

そして数秒後、俺たちはほぼ同時に身体を起こし移動を開始。

「これだね」

「これですね」

奇《く》しくも俺たちが猛スピードで辿《たど》り着いた結論は、見事に一致。

やや開いた俺の太腿《ふともも》の上に、彼がストンと腰を下ろした。そう、要は兜合《かぶとあ》わせの時と同じ体勢だ。これなら俺は彼の後ろに手が回せるし、彼も俺を触り放題。

俺たちは見事に課題をクリアしてみせた。

気を良くしながら、俺は再びギルバートくんのスベスベで形のいい尻に手を伸ばすと、その柔らかな感触を片手で楽しみつつ、もう片方の手を狭間へと下ろしていく。

膝《ひざ》の上では、天使が俺の頬や首筋に舌を這わせ、時たまチュッと吸い上げては満足げに目を細めて、俺の唇や頬にキスを降らせてくる。俺もまた目の前で誘うようにプクリと勃《た》ち上がった薄桃色の尖りに舌先を伸ばしながら、孔に当てた指先を慎重に動かし始めた。

ゆっくりと円を描くように、俺は少しずつ孔の中心を押し広げながらローションを塗り込めていく。

もうちょい足しとくか……と俺がベッドの上でスタンバってたボトルを手に取ると、目の前にヒョイと手が差し出された。それに「うん？」と顔を上げれば、何とも艶《あで》やかな笑みを浮かべたギルバートくんが、そのしなやかなお手々を差し出している。どうやら彼もローション希望らしい。

なので、そのお手々にタラタラと銅貨くらいの大きさでローションを献上した。そして俺も同じくらいのローションを手に取ると、再び魔力で温めた後にその手を彼の狭間に当て――――その直後。

ズクンッと、何とも言えずダイレクトな刺激が俺の腰を直撃。

もちろん刺激した張本人はギルバートくん。ローションに塗《まみ》れた彼の長い指が、二本の陰茎を擦《こす》り上げていた。

ついつい片眉を上げて彼を見上げた俺に、目の前の天使はとてつもない色香を滴らせながら、うっとりするような妖艶《ようえん》な笑みを浮かべている。やっぱい、一瞬暴発しそうになった。

さすがはギルバートくん。一度学習したら応用もバッチリ……なんて気を逸らしつつ、俺は降ってきた唇を嬉々《きき》として受け止めて、せり上がる欲望のままに、深く合わせた唇で彼の口内を思う存分味わっていく。そうして蕩けるような口づけを交わしながら、俺はそっと狭間に当てていた右手の中指を慎重に孔の中へ押し込んでいった。

口内で彼の舌が一瞬ピクリと固まったけれど、それを絡めた舌でなぞって宥《なだ》めると、俺は挿入した指をゆっくりと腔内《なか》で動かし始めた。しっかりと中までローションを送り込んで、外側に広げるように動かしながら指で擦り上げれば、少しずつ彼の外側が柔らかくほぐれていく。

彼の腔内《なか》は温かくて、そしてとても柔らかかった。

俺はそこに二本目の人差し指を挿入して、少しずつスライドを始める。

その間にも天使の指は淫靡《いんび》な音を立てながら中心部を擦り上げ、俺たちは互いに息を荒らげながらキスを交わし、その唇で、舌で、手で、声で、視線で、互いに精一杯の愛を伝え、快楽を与え合う。

そうして三本目の薬指を挿入して、腹部に沿うようにゆっくりと腔内を押し上げていたその時、ピクッと身体を震わせた彼が「ハ……ッ」と小さく息を吐いた。

柔らかな壁ごしに触れたふっくらとした膨らみ――即座にその場所を指に教え込ませるように、ゆるゆるとその指を後退させ再び第二関節まで進めて押し上げれば、手の動きを止めたギルバートくんが小さく背中を震わせた。

そこに中指を固定して小刻みに動かしながら、俺は他の二本で柔らかな肉壁を擦り上げていく。

すでに彼の片手は縋《すが》るように俺の首へと回されて、俺はそれに引き上がってしまう唇を舐め上げると、慎重に指先を動かしながら、小さく上がる可愛らしい声にうっとりと耳を傾ける。

そうしながら、中心に添えられたまま止まっている彼の片手に左手を添えて、たらたらと雫《しずく》を溢す彼の陰茎を一緒に握り込んで擦り上げれば、俺の膝上で天使が甘やかな嬌声《きょうせい》を上げた。

目の前に晒された白い喉に噛《か》みつくように唇を這わせると、俺の首に回った彼の腕に力がこもり、腔内を擦り上げていた俺の指がキュッと柔らかく締め付けられた。

「ア……ル」

はふっと熱い吐息とともに耳をくすぐった天使の声に視線を上げると、情欲に塗《まみ》れ、溢《あふ》れんばかりの艶をのせた翡翠の瞳が俺を捉《とら》えている。そして濡れ光る紅色の唇が再び俺の名を呼び、誘われるままに俺はそっと指を引き抜くと、彼の身体を抱き締めて柔らかなベッドの上へと横たえた。

「ゆっくり挿《い》れるよ……痛かったらすぐ言って？」

彼の両脚を持ち上げるように深く太腿を割り入れながらそう告げれば、俺の膝をつかむ彼の指先に僅《わず》かに力がこもり、と同時に、目の前の彼がコクリとひとつ頷《うなず》いた。

「アル……来て……」

柔らかく目を細めてふんわりと笑った彼に、俺も小さな微笑みを返して、そうして、俺は孔にひたりと先端をあてがうと、ゆっくりと、彼を傷つけないように慎重に体重をのせていった。

ローションの滑りを借りて、クプッと俺の先端を受け入れた孔の入口は、それでもかなりきつい。

ゆっくりと、ゆっくりと、と自分に言い聞かせながら、俺はすでに限界まで硬く膨れ上がった自分の先端で入口を押し開いていった。

息を詰めるように小さく喉奥を鳴らした彼が、俺の両膝をぎゅっと掴んでくる。

先端が徐々に包み込まれるように彼の腟内へと沈んで行き、張り出した一番太い部分に目いっぱい広がりきった孔が、それが通過した瞬間、クプリと、柔らかく収縮して俺の亀頭全体を咥《くわ》え込んだ。

正直言ってムチャクチャ気持ちがいい。先端を包み込む彼の腟内は、温かくて柔らかくて、でも弾力があって、程よく俺を締め付けてくる。こんな感覚は初めてだ。

これはヤバい……こんなんで攻められたら数秒ともたない。十八歳童貞の身体感覚ナメてた。

俺はいったん息をついて上半身を起こすと、膝を握る彼の手に自分の手を重ねて、俺を受け入れている彼に「大丈夫？　痛くない？」と言葉をかけた。

いや、ここらでインターバル入れないと、マジであっという間に暴発しそうだからね？　勢い込んで奥に侵攻しようもんなら、返り討ちからの惨敗確定だ。

「いいえ、痛くはないです……圧迫感や違和感は否《いな》めませんが問題ありません」

あ、そ……そう？　それは良かった。

彼に痛みがないことにホッとしつつも、俺自身はさっきからせり上がる一方の快感に、今にも強く腰を動かしてしまいそうだ。おまけにインターバルを取ったはいいけど、この状態は視覚的にかなりクる。

直接的で温かな締め付けに加え、天使で貴公子な彼がバキバキに勃起《ぼっき》した俺の屹立《きつりつ》を中途半端に咥え込んでいる姿は、背徳的すぎて鼻血卒倒もんだ。

なので俺は、彼への気遣いもそうなんだけど、俺自身の自衛のために、ゆっくりと腰を押し進めていった。そう、ゆっくり、ゆっくり、と再び自分に言い聞かせながら、それでもズブズブと進むたびに陰茎に絡みつく柔らかな締め付けに眉《まゆ》を寄せ、今すぐにでも射精《だ》しちまいそうな強烈な快感に、グッと奥歯を噛みしめた。けれど腰を進めるほどに彼の腟内は柔軟に俺を受け入れ、まるで奥へ奥へと誘うようにヒクリと蠢《うごめ》きながら、俺の中心を包み、締め付け、刺激してくる。

いやちょっと待て、こんなんアリか。

この気持ち良さはタダゴトじゃないんだけど……え、天使ってばこんなとこまで超優秀なの？　瞬殺されそうな強烈な快感に、俺は半分ほど収めたところで腰を止め――るはずが、その直後。

グイッ！

と、彼の長い脚に突如ホールドされた腰が勢いよく前に引かれ、腟内を一気に貫いた俺の中心が、ドチュッ！　と卑猥《ひわい》な音を立てながら一番奥を突き上げる。その衝撃に、彼は小さく声を上げ背を仰《の》け反《そ》らせ、俺もまた脳天を突き抜けた快感に目をきつく閉じ、歯を食いしばった。

なにすんの……ギルバートくん……。

長いあんよにガッチリと腰を拘束されながら、ようやく息を吐き出して彼を見下ろすと、彼もまた息を荒らげながら俺を見上げていた。

「これでひとつになれました……」

頬を薔薇色《ばらいろ》に染めて息を吐き出した彼が、小さく微笑みながらスッと両腕を俺に伸ばしてくる。

その愛らしさに俺が身体を倒して応じると、彼はその腕で俺の首にギュウウッとしがみつき、と同時に、ズズッといっそう奥へと入り込んだ中心を、彼の孔がキュキュッと淫靡に締め付けてきた。

その刺激にまた「んっ」と小さく彼が声を上げ、俺も「ハ……ッ」と強く息を吐き出した。抱き締め合い、ピタリと合わさった胸の間で、互いの鼓動がドクドクと音を立てる。

そうしてほんの暫《しばら》く、顔を上げた俺は思わず「こら」と目の前の彼に抗議のキス。

けれど彼はといえば、その綺麗《きれい》な目を悪戯《いたずら》げに細めながら「イケるかと思ったんです」なんて、クスリと笑いながらキスを返してきた。もちろん、その間にも彼の孔は俺をキュッと締め付け、痺《しび》れるような快感を俺に与え続けている。

いやイケるって確かにイキそうだったよ。なんなら今現在も進行形でイキそうだ。

「痛みはない？　私はその……物凄《ものすご》く気持ちがいいけど」

痺れ疼《うず》くような腰への快感をグッと堪《こら》え、枕に散った彼のプラチナブロンドを撫《な》で梳《す》きながら聞いた俺に、小さく首を横に振った彼が俺を見上げてギュッと回した腕に力を込めた。

「痛みなど……。ただただ嬉《うれ》しいばかりで、貴方《あなた》のこんな顔も私だけのものです」

そう言って、潤み輝く瞳《ひとみ》で俺を見つめてくる彼。

ああ分かってるよ。俺はいま、とんでもなく劣情に塗《まみ》れた表情をしているに違いない。

「君の中が気持ちよすぎて、君との情交に溺《おぼ》れてしまいそうだ」

俺の口から、つい自嘲《じちょう》めいた言葉が溢れた刹那《せつな》。

「溺れて下さい」

なんとも蕩けるような目の前の翡翠《ひすい》が、俺を見据えて強く煌《きら》めいた。

「どうか私の身体に溺れて下さいアル。貴方を引き留めるためなら私は何でも使います。知識も地位も力も……身体も。どこにも行かないで、私の傍《そば》にいて下さい」

ゆるりと、まるで泣きだすように目を細めた彼が、懇願するように俺の頬に手のひらを滑らせた。

それを目にした瞬間。

俺の理性が跡形もなく吹っ飛んだ。

激情に呑《の》み込まれ、強い情欲に支配され、俺は怒張しきった陰茎《それ》を彼の腔内に穿《うが》った。

短く上がる甘い嬌声に煽《あお》られるまま、温かな締め付けを擦り上げるように腰を打ちつけ、引き抜き、掻《か》き混ぜ――――そうして。

「……ッ！」

なんとも驚くほどの速さで、グッと限界まで密着させた腰を震わせながら、俺は達してしまった。


…………嘘だろ。

痺れるような感覚をやり過ごして、ようやく目を開いた俺は、ただただ呆然《ぼうぜん》。

マジか。本当に一分ももたなかった。寸前で引き抜く予定が、その隙もなかった……。

なんか色んな意味でガックリと彼の身体の上に覆い被《かぶ》さると、そんな俺を受け止めた全身天使な彼がギュッと俺の背を抱き締めた。

「なんか……ごめんね？」

まだ荒い息でとりあえずそれだけを告げ、ズンと枕に顔を埋《うず》めた俺に、けれど彼は俺を抱き締めながら「いいえアル……」と耳元で囁《ささや》いて背中に回した腕にキュッと力を込めると、肩にチュッと口づけてくれた。その優しい天使の声に、俺が枕に半分顔を埋めながらチラリと彼に視線を向けると、

「私はとても嬉しいんです。本当に、アルも初めてだったんですね」

と、キラキラとした笑みを浮かべ、ホゥッと満足げに吐息を溢《こぼ》す彼の姿が――――。

はい……？　え、えーっと、俺ずっと初めてって言ってたよ……ね？

またガックリと身体から力が抜けそうになったものの、でも俺はこれだけはと気力を振り絞って微笑みを浮かべると、彼に向けて口を開いた。

「うん……。それとね、私はずっと君の傍にいるよ」

それだけを伝え終えると、俺はまた上機嫌に微笑みを浮かべる天使の腕の中で、ズズーンと枕に顔を沈めた。

47　二人で。

俺がふっかふかのベッドの、ふっかふかの枕でメンタルを回復していたのは、ほんの数秒。

キュキュンという下半身への絶妙な締め付けに「うわー、気持ちいい」などと思う間もなく、大切なことをポンッと思い出した俺は、枕に伏せた目をバチッと見開いた。

いかん、こんなことをしてる場合じゃない。

そういえば俺、彼の腟内《なか》にしこたま射精《だ》しちゃったじゃん……。

慌てて腰を引こうとするも俺の腰はギルバートくんのあんよにガッチリ固定されている。あと一歩でほぼ柔道の縦四方固め逆バージョン。固め技まで完璧《かんぺき》なんてさすがギルバートく……じゃなくて。

「ギル？　少しだけ脚を緩めてくれるかな」

「イヤです」

即答されてしまった。しかもギルバートくんてば両腕にもキュッと力を込めたかと思うと、さらにはキュキューンと腟内でも俺を締め付けてきた。くっ、最高……。

「まだいらしい、いらしたばかりじゃないですか。ゆっくりしていって下さい」

ね、と俺の頬にチュッチュッとキスをしてくるギルバートくんは凄《すご》く可愛い。

いや確かにいらしたばかりだけどね？　いらした途端にやらかしたけどね？　……って、こらこら。キュムキュムしてくるんじゃありません。気持ちいいなオイ。

でも、でもね。彼だって初めてだし、受け入れ側の負担は絶対に大きいはず。ついうっかり盛大にブチ撒《ま》けちゃったけど、中出しはやっぱ良くないんじゃ……。

俺のせいで天使に不快な思いをさせるなんて言語道断。早いとこ魔道具《ステイック》を使って綺麗にして彼に身体を休めてもらって——なんて思ってたら、俺の頬からチュッと唇を離したギルバートくんが、その可愛らしくも魅惑的な唇をわずかに尖《とが》らせた。

「私も鍛えてますしそれほどヤワではありません。私への気遣いはご無用です」

まるで俺の考えを見透かしたように、そう言ってスベスベとしたその頬を俺の首筋に擦り寄せてくるギルバートくん。

「私は貴方のものです。好きに動いて……いっぱいになるまで注いで下さっても構わないんですよ」

その艶《なま》めいた声が耳に響いたと同時に、俺の脳内では花火とともに妄想が炸裂《さくれつ》。

——俺の精液《ザーメン》で腹をタプタプにする美貌《びぼう》の貴公子ギルバートくん……。

エロい。とんでもなくエロい、エロすぎる。グッと脳内で拳《こぶし》を握りしめ雄叫《おたけ》びを上げた瞬間。

ソッコーで復活した。完全復活。バッキバキだ。

いや元々、一回射精《だ》したくらいじゃ全然萎《な》えてなかったんだけどね。百十%が九十五%くらいにサイズダウンしたくらいだったんだけど、それが再び光の速さで百%ラインを確実に超えた。

こうなったら二ラウンド目に突入してしまおうか。おいとまするのは、もうちょっと先にしよう。

優柔不断？　欲望に弱い？　そんなこたぁとっくに自覚済みだ。

ステイックは……よし、後でまとめて使おう。それはそれで楽しそうだ。物凄く。絶対に俺がやる。

うん、次こそは彼に気持ちよくなってもらいたい。そりゃ彼の魅力を前にしたら敗戦は濃厚だけど、それでも俺は彼に……俺とのセックスで気持ちよくなってもらいたいんだ。

みるみる硬度を増したそれに気がついたのか、ギルバートくんが小さく息を呑んだ。俺はそんな彼にニッコリと微笑むと、そのままグッと腰を前へと押し進める。

いやだって後退できないなら前進しかないでしょ。

キュゥと柔らかく俺を締め付けてくる彼の腔内は、今さっき俺が吐精したもので充分に滑《ぬめ》って、猛《たけ》りきったそれをすっかり根元まで収めると同時にクチュッと、最奥が何とも淫靡《いんび》な音を立てた。

ピッタリと腰を押しつけたまま緩やかに体重をかけ腰を揺らすと、小さく喉《のど》奥を鳴らしたギルバートくんの頬がブワリと艶色《えんしょく》に染まり、僅《わず》かに開いた濡《ぬ》れ光る唇からはハフッと甘い吐息が溢《あふ》れ出した。

その唇を舌先で割り開くようにして唇を重ね、目一杯奥まで挿入《はい》った先端を擦《こす》りつけるようにさらに腰を揺らすと、まるで堪えるようにくぐもった声を上げた彼が腰に回した脚をハラリと緩める。

「君のいいところを……たくさん教えて？」

密着させた腰を小さく揺らしたまま口づけの合間にそう囁くと、その唇に熱い吐息を吹き込んだ彼が、なんとも切なげに俺の名を呼んだ。それに応《こた》えるように俺はゆっくりと腰を引いて、柔らかく滑ったその上部を、張り出した先端で押し上げながら擦りなぞっていく。

もちろん俺だって物凄く気持ちがいい。腰が蕩《とろ》けてしまいそうだ。でも充分に馴染《なじ》ませたせいか、一度射精《だ》したせいか、なんとか今回はもちそうだ。いや、それでもムチャクチャ気持ちいいことには変わりないから、気を抜いたらあっという間だろうけどね。

そんな蕩けそうに熱くて気持ちのいい彼の腟内を、今度は存分に確かめ味わいながら、俺はズズッと腰を引いていって……、そしてある一点を俺の先端が擦り上げた時、ピクリと腰を震わせた彼がキュウとひときわ強く俺を締め付けてきた。

なるほどここが例の場所かと、俺はほんの少しだけ腰を落とすと、先端でそこを押し上げるように、あるいは引っかけるように、往復を開始する。

「ここ……？」

ぬちぬちと卑猥な音を立てながら先端を小刻みに前後させ、ズズ……とまた奥へと突き入れると、荒くなった息の合間に短くも甘い声を上げた彼が、ギュッと俺の肩を掴《つか》んできた。

伏せられた長い睫毛《まつげ》に唇を落として、再びゆっくりと腰を引きながらそこをダイレクトに擦り上げれば、いっそう色濃く頬を染めたギルバートくんが、甘い甘い声を上げて俺の腕に額を擦りつける。

「教えてギル……ここが気持ちいい？」

可愛らしい耳朶《みみたぶ》をやわやわと唇で食みながら囁いた俺に、額を擦りつけたままコクコクと小さく頷《うなず》いた彼が、ふるりと震える唇をかすかに動かした。

その小さな応えをしっかりと耳で拾うと、俺は目の前の愛《いと》しい彼の髪をそっと撫で梳いて――

それからゆるりと上体を起こすと、彼の両足を抱えてグッとその身体を引き寄せた。

淫靡な音を立ててズズッと一気に根元まで嵌《は》まり込んだ中心部に、彼が小さく声を上げ、俺もまたその強い締め付けに眉を寄せながら、温かく絡みつく心地よさにうっとりと目を細めた。

俺を限界まで呑み込んだ孔の上では、すでに透明な雫《しずく》に塗れた彼の陰茎が硬く勃《た》ち上がっている。

俺はそれを右手でそっと握り込むと、上下にゆっくりと擦り上げ始めた。

「……っあ……っ！」

愛らしく声を上げ上半身をよじる彼の足を膝立《ひざだ》ちでしっかりと抱え込みながら、まだローションの滑りが残った陰茎を擦り上げ、またゆるゆると腰を動かしていく。

隙間なく密着し、絡みついては締め付けてくる壁や襞《ひだ》を押し分けるように腰を進め、その一点を執《しつ》拗《よう》に可愛がりながら……もちろん、手の動きは止めずに、俺はゆるやかなペースで動いていった。

俺の身体の下で徐々に息を乱し、艶色に濡れた短い声を上げるギルバートくんはとっても綺麗。

抱え込まれて浮いてしまった腰を小さく震わせ、揺らし、そのたびに薄らと汗の膜を纏《まと》った肌が艶々《つやつや》とした輝きを放つ。なだらかで張りのある胸筋の上でぷっくりと勃ち上がった尖りが、彼が呼吸を乱すたびにまるで誘うように上下に動き、さらに俺の劣情を刺激してくる。

——まるで極上の媚薬《びやく》。

彼は俺を魅了する天才だ。俺の中のあらゆる感情を引き出しにかかってくる。

すでに理性はすっかり吹き飛んでいるけれど、代わりにそれらの感情で一杯に満たされた俺の頭は極めてクリア。脳内麻薬《ドーパミン》の海にどっぷりと浸《つ》かったようなゾクゾクとした感覚に、知らず俺の口元は笑みに引き上がっていく。目の前で美しくも淫猥《いんわい》に乱れていく彼が、本当に可愛くて仕方がない。

手の中で脈打ちながら勃ち上がっている彼の中心を、手首を回すようにして指と手のひらで刺激しつつ、そのまま身体を倒して彼の胸の尖りに舌先を伸ばせば、今の今まで彼のいいところを押し擦っていた猛りが一気にグイッと奥に突き込まれた。

「ああ……っ!」

顎《あご》を上げて、しなるように背を反らせた彼に笑みを深め、俺は伸ばした舌先で尖りをやんわりと刺激しながら、上からきつく突き込んでしまった自身で彼の中を掻き混ぜていく。

もちろん、極めて丁寧に、じっくりと。

「愛しているよギルバート……。すごく、気持ちがいい」

舌先の硬さを微妙に変えて、胸から鎖骨そして晒《さら》された白い首筋へと口づけを落とし、その舌先でピアスを弾いた俺に、彼は短くも愛らしい声を上げると、ふるりと全身を震わせた。

握り込んだ手のひらと深く繋《つな》がった孔から絶え間なく上がる淫靡な音に気を良くしながら、一つ二つと愛しい彼にキスをして、そうして彼を傷つけないようにゆっくりと……、けれど焦《じ》れる一歩手前を見極めながら、俺は彼の上で動き続ける。

緩急を付けて腰を動かすたびに彼の脚は宙を小さく蹴《け》り上げ、手を動かして段差を擦り上げるたびに彼の腰がふるりと震えた。

「アル……アル……ッ」

切羽詰まったような声を上げ、荒い息を溢《こぼ》しながら、彼が艶色に塗《まみ》れて濡れ光る瞳《ひとみ》を俺に向けてくる。そして膝裏を掴んでいた俺の左手を、縋《すが》るように伸ばした手でギュッと掴んできた。

俺は膝裏を掴んだままその手にしっかりと指を絡《から》めて、それまでのリズムにスピードをのせていく。

ぬるぬると右手で柔らかく擦り上げ続けた彼自身は、はち切れんばかりに硬く膨れ上がり、張りつめきって艶すら纏《まと》った先端は溢れ垂れる露に塗れ、限界が近いことを伝えていた。

キュウキュウと締め付けを強めた彼の孔に、やはり怒張しきった自身をグルリと押し広げるように突き入れ、腹側を擦りなぞるように掻《か》き上げると、甘やかな嬌声《きょうせい》をひときわ大きく上げたギルバートくんが背を反らし、腰を突き上げた。

大きく硬く膨らみ、ビクリと跳ね上がるように震えた彼の陰茎が精液を噴き上げるその寸前――。

俺はその根元をグッと強く手で押さえると、いっそう早く、強く、彼の腔内《なか》を穿《うが》ち始める。

「っ！　……あっ……あっ！」

強く背を反らせたまま腰を震わせ目を見開いた彼が、ギュッと俺の手を握りしめてくる。

「ごめんね、もう少し……待って？」

その手の甲にチュッと唇を落として、上げたスピードを僅かに落としながら腰を引き、強めに奥まで擦り上げれば、大きく跳ね上がった彼の腰の中心で、握り込まれた陰茎がほんの少しだけプシュリと透明な液体を噴き上げた。

輝くプラチナブロンドを乱しながら首を振り、荒い呼吸混じりの艶声を上げる彼の可愛らしさにうっとりと目を細めながら、さらに俺は彼のいいところをじっくりと可愛がり続ける。

ふっくらと艶やかな彼の唇がはふはふと小さな開閉を繰り返し、その口端から溢れ落ち始めた蜜《みつ》を舐《な》めとりながら、俺は彼の名を呼び、愛を囁き、すでに強い締め付けをやめてヒクヒクと複雑な蠢《うごめ》きへと変わった腔内を強く弱く突き上げては引き戻り、掻き混ぜては擦り上げた。

そうして、俺の身体の下で声にならない声を上げた彼が、ひときわ大きく身体をしならせ、強《こわ》ばるように全身を震わせた瞬間――――。

俺は握り込んでいた手を離し、強く張りつめたそれを軽く扱《しご》き上げながら、腰を少々強めに打ち込んでいった。もちろん彼のいいところを逃さないように。俺に身体を揺さぶられながら、二度、三度と声もなく白濁を噴き上げる彼の姿は、それはもう神々しいまでに美しくて――。

その鮮烈な光景に引きずられるように、限界まで膨れ上がった俺の熱が一気に奥底からせり上がり、俺はそれに抗うことなく、跳ねるように揺れる彼の腰に数度大きく自身を穿つと、一度大きく引いた腰を強く彼に押しつけ、そして、

『ギルバート……ッ』

全身を走り抜ける強烈な熱に固く目を閉じて、ただひとりの名だけを口にして。

俺はその熱のすべてを、愛しい彼の中に注ぎ込んだ。

それから三十分……いや、四十分か。

ただ今、俺の目の前にはプンスカ天使が降臨していらっしゃる。

頬を薔薇色《ばらいろ》に染めながら俺に上半身を乗り上げ、ややヤケぎみに俺の肩や鎖骨にキスマークをガンガンつけていく天使は、非常に可愛らしくも力強い。

いやそのあたりは四日前につけたよね……なんてことは到底言える雰囲気ではないので、俺はひたすら彼の引き締まった腰や背を片手でサスサスしながら無抵抗状態。愛しい天使からのクレームに、うっかりすると緩みそうな頬を堪《こら》えながら、懸命に眉《まゆ》を下げてキスの機会を窺《うかが》っている。

あぁもちろん、彼とはもう繋がってないよ？

彼を綺麗《きれい》にする必要があったからね。繋がったままじゃ彼を綺麗にしてあげられないでしょ。いや、それがプンスカの原因だったりするんだけどね？

だってさ、さすがに二度も中出ししちゃったら心配になるじゃん。愛しい彼が後々お腹を痛くしたらどうしようって、そう考えたらさ、すぐに綺麗にしてあげなきゃって思うでしょ、ふつー。

だからね、腸内洗浄魔道具《スティック》で彼の腔内《なか》を綺麗にしたんだよ。いや、確かに……確かに彼の同意は得られなかった。でもちゃんとスティックを挿れる前には「使うね」って声を掛けたんだよ？　放心状態の長かった彼に聞こえていたかどうかはともかく、それがマナーだからね。

できるだけ早くって気持ちもあったけど、まだ彼の意識がフワフワしている間に手早く処理してあげちゃった方が、彼も恥ずかしくないかな、とも思ったんだ。そして案の定、彼の腔内《なか》は俺の吐《だ》精したもので一杯だった。それがまたエロいのなんのって……。

ちょっと指で開くだけで孔から白濁が溢れ垂れて、思わずクラックラしながらまた元気になりかけたんだけど、そこはグッと我慢。綺麗にしなきゃっていう使命感があったからね。

腸内洗浄魔道具《スティック》は……そうだな。前世のボールペンほどの太さで、先端がまあるくなっている六センチほどの棒に細い持ち手が付いたもの。形状としては小さい手持ち花火みたいな感じかな。

スティック部の全面に魔法陣が描かれていて、それを挿入して魔力を流すと中の汚れを少量の液体で洗浄、からの吸収圧縮して閉じ込めてくれるという優れもの。本来は病人や半身不随の人に向けた医療用魔道具なんだけど、まあそこはね、イロイロと流用されているみたいで非常に売れ行きがいい。

で、その魔道具で彼の中を綺麗にしたと、そういうわけだ。

だからねギルバートくん、そんなに怒らないで。

うん、必要以上にスティックを動かしちゃったのは申し訳なかった。ついうっかり楽し……いや、慣れなかったからさ。魔力を流すのが後回しになったのも慣れてなかったから――じゃないかな多分。

そんでもって、ついでとばかりに半勃ちだった陰茎《そこ》に食いついちゃったのは……あー、うん。ごめんね。ご馳走様《ちそうさま》でした。だってそこも綺麗にしてあげたくなっちゃったんだよ。すぐ目の前にあるんだもん。そりゃ食いつきたくなるってもんだ。しかもスティックを動かすたびに口の中でピクピク反応するもんだから、ついついね。

とまぁそんなこんなで、とりあえず余計なオプションはついたものの、結果的には綺麗になったわけだし――って、え、ソコもキスマークつけちゃう？　あ、はいドーゾ。ソコでちょうど二十番だね。

あ、もちろんフェラの後はちゃんと口をゆすいだよ？　彼が用意してくれた水差しと柑橘水《かんきつすい》でね。まだまだ彼とたくさんキスしたいからさ。

んでもって、ベッドの端に座って完勃ちした股間《こかん》を鎮めつつ柑橘水をウマウマしていたら、復活した彼に力強く肩を掴まれて今に至ると……。

フェラ返しをする勢いの彼に「シャワーで綺麗にしてからね」とやんわりと断りを入れ、ソッコーでバスルームに連行しようとする彼を「もう少し休んでて？」とベッドに寝かせたら、なぜかこんな感じでキスマーク増産態勢に入った。いやいいんだけどね？

お風呂《ふろ》も実に楽しそうだったんだけど、さすがに短時間の三連チャンはキツいでしょ。いや彼が。俺、バスルームで手ぇ出さない自信ないもん。俺の箍《たが》ってば完全に吹っ飛んで消滅してるから。アワアワのバスルームなんてオートモードで手も腰もそれ以外も全部出るに決まっている。早々に二本目のスティックを楽しく使う未来しか見えな……あれ、それはそれで良かった気がしてきた。

なんて、ちょびっと後悔しつつ、俺はキスマークを増産しながらブチブチと可愛い愚痴をこぼすプンスカ天使に、ひたすら謝罪の言葉と、ついでに愛の言葉を思う存分囁《ささや》き続けていた。

いやギルバートくん、俺はベッドの中でもそんなに変わんないよ？　少々ターボかかって欲望に忠実になるのは否《いな》めないけど、ずっと考えてるのは愛《いと》しい君のことばかりだ。うん、ごめんね？　でも気持ちよかったでしょ？……うんそっか、よかった。

みたいな感じで、ようやく彼がプンスカモードを解いてくれたのは、それから二十分ほどしてから。「もうダメですからね」と俺の唇にチュッと口づけた彼に、とりあえず俺は笑顔で「善処するよ」とだけ答えてキスを返した。そして「善処……？」とピクリと眉を上げかけた彼を大急ぎで腕の中に抱き締める。いやほら、貴族たる者できない約束はしちゃダメでしょ？

ムゥゥと口を上げながらもすんなりと俺に抱き締められて、ギュウギュウと俺を抱き締め返してくるギルバートくんは、やっぱり物凄《ものすご》く可愛い。

まったく、なんで彼はこんなに二十四時間いつでもどこでも可愛いんだろう。天使だからか？　うん、天使だからだな。疑問から結論まで〇・一秒……天使最強。さすがはギルバートくんだ。

抱き締め合いながら改めて二人で横になったベッドは、やはり寝心地が物凄くいい。ところどころ濡《ぬ》れたように汚してしまった部分は、さっき風魔法で乾かしておいたから不快さは皆無だ。その部分だけ少々シーツの肌触りが違うけど気になるほどじゃない。

「私も……早めに卒業資格を取ります。できれば二年で」

暫《しばら》く、温かなベッドの中でサラサラの髪を撫《な》で梳《す》いていた俺に、腕の中のギルバートくんがポツリと、そんなことを告げた。

え、二年で？　それってかなり大変じゃないかな。二年半かかった俺だって二年生までは相当キツかったけど……うーん、でもギルバートくんがそう言うなら、きっとできちゃうんだろうなぁ。

「貴方《あなた》が卒業後、客員研究員として学院に籍を残したと仮定して、来年度以降のことを考えたんです。実際問題、貴方の研究を進めるのならば学院よりもご領地の方が、本来は何もかも適していますよね」

うん、まあね。土壌や植物の研究といった点だけなら、学院でなくても何ら問題はないのは確かだ。

「貴方が負担を抱えてまで、私のために学院に残ろうとして下さったお気持ちはすごく嬉《うれ》しかったです。ならば私も貴方のために二年で卒業資格を得て、来年度の一年だけで研究員の座から貴方を解放してみせます。客員研究員の更新も一年ごとですしね。私も三年次は学院に登校せずに貴方のそばにいられます」

ね、と俺を見つめてニコッと微笑んだギルバートくん。いやそれは確かに嬉しいけれど……。

「かなりキツいよ？　きっと月曜から金曜の一限から五限までびっしりだ。土曜の午前中もね。試験期間となれば相当な負担が強いられるんじゃないかな。一つの単位も落とせないからね」

「貴方と過ごす三年次のことを思えば何ということはありません。それに学院生活を一年短縮すれば、その分だけ鬱陶《うっとう》しい雑音も聞かなくて済みます」

あー、まあね。来月学院が始まったら、きっと大騒ぎだろう。なんせ若手の最優良物件であるランネイル家の嫡子がピアスしてんだから……きっと泣き出すご令嬢は数知れない。ごめんね皆さん。

「勿体《もったい》なくて貴方の名を出すつもりはサラサラありませんが、ピアスは堂々と見せて回るつもりです。幸い、金にブルーのピアスは珍しくないですから、パッと見ただけで相手を特定するのは難しいでしょう。もちろん私にとってはこの世で唯一の大切なピアスですが」

そう言って、そっと左耳に指先を添えて俺の肩に額をつけてくるギルバートくん。

賢い彼が考えて決めたことなら、何であろうが俺に否やなどあるはずがない。彼は彼がしたいように自由に行動すればいい。俺は彼がしたいことをサポートし続けるだけだ。

「もちろん君の望むままに。でも無理は禁物だよ？　私は別に研究員が二年に延びたって構いやしないんだからね。まあ、そもそもまだ研究員になれるかどうかも決まっていないんだけれど」

柔らかな髪に一つキスを落として小さく苦笑を漏らした俺に、彼もまた口元に笑みを浮かべながら

「いえ、貴方なら必ずや――」と言いかけ、そしていったん口を閉じると「そういえば第一王子《アレ》がいましたね」とボソッと低く呟《つぶや》いた。え？

「ねえ、アル……」と、艶《なま》めいた声とともに身体を起こした彼が、微笑みもそのままに俺を見下ろしてきた。いや、あの、ギルバートくん？　どこを触ってるのかな？

「今日の日を迎えて私は、天賦《てんぷ》の才に対抗するのは、並大抵の努力では不可能だと確信しました。と

いうことで一緒にバスルームに行きましょう」

え、何の話？　っていうか、どの辺が「ということで」なの？　ちょっ、コラそこダメ。おっきくなっちゃ……手遅れか。我ながら元気だな。

チロリと唇を舐めながら「頑張りますからね」なんて、翡翠《ひすい》を蕩《とろ》けさせながら微笑むギルバートくんの艶《つや》っぽさときたらハンパなくて、気づけば俺はマッハで頷《うなず》きを返していた。

彼とお風呂。つまりはオートモード確定。しかも頑張っちゃうギルバートくんつき。

俺、正気でいられるかな……なんて少々不安になりつつも、俺は極めて迅速に起き上がると、天使に導かれるままにバスルームへと足を向けた。


そうして一時間後、俺の腕の中には湯上がりホカホカの可愛い天使。

ホカホカな上に怒りと羞恥《しゅうち》でさらに頬を染め上げた彼が、肩をプルプルと振るわせている。

えーっと……ごめんね？　バスルームにバスタブがあったもんだからテンション上がっちゃって。俺の寮部屋と同じでシャワーだけだと思ってたからさ。あのバスタブであそこまで可愛く天使にお口で頑張られたら、そりゃ正気を保てというのが無理な話。

上気して湯をはじく彼の肌も、湯面の波立ちも、反響する声も……いやほんと、バスルームが最高すぎてもうね。今後はぜひルーティンに加えようと、ひっそりと決意したくらいには素晴らしかった。　しかも湯船でじっくりと彼の腟内を綺麗にする楽しさも発見したし。

うん、あれならスティックを使ってないから善処と言い張れる気がする。言わないけど。

「何か食べて少し休もうか。今日は泊めてくれるんだろう？　ギル」

抱き上げた彼をベッドに運びながら、まだしっとりとした彼の髪にキスを落とせば、力の戻ったらしい腕でギュウギュウと俺の首に抱きついた彼が、まだ赤い頬でコクコクと頷いてくれた。

だよね、お腹空《す》いたよね。せっかく君が用意してくれた品々があるんだからさ、二人でエネルギー補給だ。ゆっくり休んで、話もたくさんしよう。

だって、まだまだ夜は長いんだから。

そう。二人で、ゆっくりと、たくさん――――気持ちも、時間も、身体も、重ねていこう。

今日だけじゃなく、この先もずっと……ね、ギルバートくん。

48　歩んでいく未来を。

ギルバートくんの部屋にお泊まりをした翌日は日曜日。

無事に正真正銘の朝チュン状態で目を覚ました俺たちは、互いに三度目となるシャワーを浴びてから身支度を整え、八時少し前には寮部屋を後にしていた。

とはいえ、特に時間に追われるような予定が入っているわけじゃない。今日の俺の予定は夕方まで空けてあるからね。なんせ愛しい彼と迎える、記念すべき『初めて』の翌朝だ。何にも急《せ》き立てられずにゆっくりと余韻に浸って過ごしたいじゃないか。

そう思ってたのはギルバートくんも同じだったらしく、彼もまた同じようなスケジュールを組んでいてくれて、昨晩それを互いに確認した俺たちは思わずベッドの中で顔を見合わせて笑いあってしまった。二人とも同じ気持ちだったことが凄《すご》く嬉しくてね。

なのでたっぷりと時間ができた俺たちは、月末に予定していた隠れ家に棚を増設する件を前倒しにして、今日やってしまうことにしたんだ。秋学期が始まる寸前の月末よりは確実に学院内の人は少ないから、いいチャンスじゃないかって。

いやもちろん、その美貌《びぼう》に色疲れを滲《にじ》ませながらベッドの上で気怠《けだる》げに髪を掻《か》き上げるギルバートくんはとてつもなく格好良くて艶っぽくて、ずっと二人でゴロゴロしてるのも悪くなかった、っていうか、永久にゴロゴロできる自信しかなかったんだけど、まぁそれはそれ。キリがないからね。

それに実際のところ、ギルバートくんが用意してくれた菓子やフルーツを昨日のうちに二人で食い尽くしちゃってさ。うんホラ、運動すると腹減るから。

外もせっかくのいいお天気だし、それじゃあ保管してある棚を取りに行くついでに、我が家で秋晴れの庭でも眺めながら二人でゆっくりと朝食を食べようか、ってことになったんだよ。

そんでもって、その後は学院に戻って隠れ家にコッソリと棚を持ち込むスリルを味わいつつ、新しい棚に何をどう置こうか二人で考えたり、水中散歩を楽しんだり……。そんなのんびりした時間の過ごし方も贅沢《ぜいたく》だし楽しいかな、ってね。

で、我が家に保管中のその天使に選ばれし棚はといえば、高級な完成品じゃなくてシンプルな組み立て式。頑丈なのに組み立て簡単、木材の種類が三種から選べてしかもお手頃価格。という機能性重視のオープンシェルフ。店舗から個人まで平民たちを中心に幅広く支持されている売れ筋の商品に決まったんだ。狭い隠れ家に重厚な家具を置いちゃうと圧迫感がある、っていうのとオープンタイプの方が汎用性《はんよう》が高くて正直使いやすいってのが理由だ。

確かに、バラバラにして学院に持ち込みやすいし機能性はバッチリ。簡素な隠れ家によく馴染《なじ》むデザインで省スペースなのに収納力もたっぷり。オマケに売上高に対する利益率も実に素晴ら……いや、それはどうでもいいか。ともかく、領地にいる間に決定したその商品をディランが手配してくれて、今は我が家で保管しているんだ。

棚に関しちゃ、一応卒業するまでは俺が隠れ家の使用者だし、俺が調達するのが当然だと思ってたんだけど、律儀なギルバートくんときたら何とも可愛らしく代金を支払いたがった。

なので俺は仕方なく仕方なく、それはもう大喜びで支払ってもらったよ。銀貨二枚分のキスでね。だって銀貨どころか金貨よりも宝石よりも、彼からのキスの方がよほど価値があるでしょ。少々貰《もら》いすぎちゃった気もするけど、そこはほら、どの程度が銀貨二枚分かなんてよく分かんないじゃん？　だからついついね。

てことで、話が纏《まと》まった俺たちは身支度を整えて、ちゃんとお片付けも済ませてから、学院の馬車停めに向かうべく部屋を後にしたと、まあそういうわけだ。

そうして誰もいない寮の廊下を二人で進み始めたんだけど……正直、俺としては隣を歩いている彼が心配で仕方がなかった。昨晩、俺の理性が行方不明になったせいで彼に負担をかけてしまった自覚があるからね。けれど彼はといえば、いつも通りの美しい姿勢と足運びでしっかりと歩を進めていて、今のところ然《さ》したる不調は見受けられない。

さすがギルバートくん。鍛えているだけのことはある……と言いたいところなんだけど油断は禁物。さっき彼がトラウザーズを穿《は》く時に、ちょっとだけよろめいたのを見ちゃったんだよね、俺。

いやもちろん、彼の体力を侮るつもりも女性扱いをするつもりも毛頭ない。

それでも、ここが学院じゃなきゃ馬車停めまでずっと俺が抱き上げて行くのに……なんて少々残念に思いながら寮の階段をゆっくりと下りていくと、当然のことながら一階玄関ホールの左側では、職員さんたちが姿勢を正して待ち受けてくれちゃっていた。いやそれが彼らのお仕事なんだけどね。

「「「おはようございます」」」

キッチリと頭を下げて挨拶《あいさつ》をしてくれた職員さん二人と警備員に、俺たちもまた「おはよう」と貴族の笑みを返したものの、ベテランの彼らが一瞬だけ息を呑《の》んだことも、わずかに見せた動揺も、残念ながら手に取るように分かってしまった。

まーそりゃね、左側に立ってる彼らからは、俺たちの左耳についたピアスは丸見えだからね。

十六歳の侯爵子息の耳に前日にはなかったピアスが埋まってりゃ、そりゃ動揺もするでしょうよ。

しかもすぐ隣を歩く俺の耳にはデッカいグリーンダイヤモンドだ。

そんな彼らに、ギルバートくんは正面の扉へ顔を真っ直ぐに向けたままチラリと視線だけを流すと、そのままスタスタと扉に向けて彼らの前を通り過ぎ……るかと思いきや、二歩ほど先でピタリとその足を止めた。

「ああ、そうそう……」

さも、いま気がついたように僅《わず》かに顎《あご》を上げた彼が、スイッと再び三人の職員たちに視線を流す。

「今後、こちらのラグワーズ殿が私を訪ねていらしたら、事前通達がなくともすぐにお通ししてくれ」

私の大切な方なのでね——と、まるで見せつけるように指輪が嵌《は》まった左手でパサリと優雅に髪を掻き上げたギルバートくんが、その形のいい唇を小さく引き上げた。

「分かっていると思うが他言も詮索《せんさく》も無用。国王陛下の信厚き、あのラグワーズ家のご嫡男で当主代理でいらっしゃる。身元はこれ以上なく確かだ」

そう言って強く輝かせていた翡翠をスィと俺に向けてきた彼は、ね、とばかりに少々楽しげに目を細めてみせた。

そんなギルバートくんにおやおやと眉《まゆ》を上げながらも、その綺麗《きれい》なお目々と実に彼らしい行動に、ついつい俺の口元は緩んでしまう。

確かに。広い学院内ならともかく、限定された学生を対象とする高位貴族寮の職員たちに俺たちの関係を隠し通すことは不可能。下手に隠そうとすれば余計な詮索と手間が増えるに違いない。ならば初めからキッチリと知らしめてしまえ、ということだ。

彼の判断力と行動力に感服しつつ、ならばと、俺もすぐさま彼をサポートする態勢に入った。

俺は瞬時に貴族の仮面を少々厚めにつけ直すと、彼にひとつ微笑みを返してから、少しばかり顔色の悪い彼らに向けて貴族全開の微笑みを向けてみせる。

「改めて名乗ろう。アルフレッド・ラグワーズだ。どうか私の大切な人の望むままに。彼の望みは私の望み。逆もまた然《しか》りだ。今後世話になる機会も増えようが、よろしく頼むよ」

居並ぶ三人の顔を順にしっかりと視線の先で捉《とら》えながらそう告げると、わずかに下がっていた頭をさらに深々と下げた三人は「はい」と実にいい返事をしてくれた。

さすがは最高位の貴族寮の職員たちだ。理解も速けりゃ返事も早い。

少々声がデカい気もするが……うん、年配者が元気なのは何よりだ。いずれウチの領の食べ物でも差し入れようか。要は袖《そで》の下だが少しくらいならいいだろう。

なんてことを考えながらニッコリと彼らの様子に目を向けていたら、クスッと小さくも可愛らしい声が耳をくすぐって、隣の天使が「行きましょう」と俺の顔を覗《のぞ》き込むように視線を奪い取ってきた。

麗しくも可愛らしいその仕草にクラクラしながら頷きを返して、俺はもう一度職員さんたちに最上級の貴族の笑みを残すと、扉の方に歩き始めた彼に続いてホールの受付を後にした。

職員さんたちへの差し入れは消化にいいものがいいかなー、年取ると色んなところに不調が出るからねぇ……なんて、扉を飾るピッカピカの金具に映った背後に思いを巡らせながら寮の外に出ると、外は本当に爽《さわ》やかないいお天気。

磨き抜かれた立派なポーチの脇に置かれた大型プランターの上では、水やりをされたばかりの花々たちが、葉や花びらの上に散った水滴を陽光の下でキラキラと煌《きら》めかせていた。

「あの職員たちは、それぞれ元王族付きの執事と元近衛《このえ》です。いずれも王宮繋《つな》がりですから陛下への報告は避けられないでしょう。執事の一人は先代陛下の妹である前コルティス公爵夫人付きでしたから、コルティス家への報告も有り得るかと。ですがあの分ならそれ以外に漏れることはなさそうです」

アプローチを進みながらそっと麗しいお顔を近づけてきた天使が、その目を満足げに細めた。

ああ、そういえばそうだったたっけ。前回ギルバートくんの寮部屋を訪れた後にディランからそんな調査報告書をもらった気がする。その時は「さすが最高位の貴族寮だスゲー」としか思わなかったけど、なるほど。報告ね。

陛下ってばなんか言ってくるかなぁ……ピアス同じ色かよ！　って小突かれちゃったりするのかな。

いや、あの陛下なら大丈夫そうだ……というかコルティス？　コルティス公爵……コルティス公爵夫人……。うん、まあ問題ないだろ。そっちも大丈夫そうだ。

どっちかっつーと陛下繋がりで王兄殿下の反応の方がコワイ。陛下絶対にチクるだろ。いい話のネタができたってソッコーで魔法陣飛ばしそうだ。

思わず遠い目をしそうになりながら高位貴族寮の門を出て、俺たちは秋晴れに深く緑を輝かせる街路樹の道を、散歩するようにゆっくりと足並みを揃えて歩いて行った。

ゆるい曲がり道の先に見えてきたのは、古めかしくも堅固なレンガ造りの見慣れた図書館。その前を曲がって石畳のメインストリートを真っ直ぐに馬車停めへと進んでいく。

案の定、行き交う学生の数は極めて少ない。揃って道の左側を歩いているせいか、右側を通り過ぎた数人の学生たちがピアスに気づいた様子もなさそうだ。ま、もしも今、目を引くとしてもピアスじゃなくて俺が肩に提げている大きめの布袋の方だろうしね。

この布袋の中身は……、あー、えーと、その……シーツだ。

通常、寮部屋から出た洗濯物は寮のランドリーサービスに出すんだけど、さすがにコレはお持ち帰り。可愛い天使との情事の跡を赤の他人に見せるとか有り得ないでしょ。

ただ、これに関しては部屋を出る間際までギルバートくんとモメた。どっちが持って帰るかで。

「そのシーツは私のものですから私に所有権があります」

「汚させたのは私だから、私が責任をもって引き取る。代わりに我が領自慢の最高級シーツを……」

「いりません間に合ってます。責任を感じてるならそれを渡して下さい」

彼とこんなにモメたのは初めてじゃないだろうか。初めて彼と対立したと言ってもいい。

しかし残念ながらこのシーツに関しては俺も譲れない。なんせ彼との初めての記念だ。保管用の魔法ケースに入れて大切に金庫に保管しておかないと……。

「ならばオーダーメイドで発注しよう。とにかくこれは私が――」

「新品に何の意味があるんですか……あ、ズルい！」

隙を見ていち早くシーツを小脇に抱えた俺に、ギルバートくんが扉の前に立ち塞《ふさ》がるという徹底抗戦の構えを取ったため、致し方なく俺たちはコインの裏表で決着を付けることにした。

そしてその結果は……なんとコインは真ん中で直立。

そりゃそうだ、二人して両側から風魔法を当ててりゃ倒れるわけがない。いや先に不正行為に手を染めたのは彼だからね？　見逃さないよ？

ということで俺たちのお宝争奪戦《シーツ》は、半年おきに交替で保管することで交渉が成立した。

ついでに最初の半年の保管権は、見事に俺が獲得。互いの交渉術が炸裂《さくれつ》したせいで、うっかりベッドに逆戻りしそうになったけど……うん、クッタリした「ズルい」も実に味わい深かった。たまには対立もいいかもしれない。

そんなこんなで、道々「重いでしょう、持ちましょうか？」と笑顔で聞いてくる彼に、笑顔で「大丈夫だよ」と返しながら、何事もないような少しはあるような感じで俺たちは馬車停めに到着した。

ロータリーのような馬車停めエリアに停まっていた馬車は一台だけ。たぶん我が家の馬車だ。連絡を入れたのがシーツ争奪を始める前だったから、ずいぶんと待たせてしまったはず。

速めた足で俺たちが馬車に近づいていくと、待たされた事などまったく気にした様子もない御者のマシューと……なぜか従僕頭のエドが出迎えてくれた。しかも正装で。

「「お帰りなさいませ」」

二人ともむっちゃ笑顔だ。いや、笑顔はいい。笑顔は大切だ。待たせてごめんね、ありがとう。

うん、学院から帰宅するだけなのにエドがいるのは、まあ納得できないことはない。従僕だからな。なぜか正装なのも、正式な衣装なんだから責められたことじゃないだろう。ただそんなことより……。

なんで馬車が、花とリボンで飾り立てられてるのかな？　思わず二度見しちゃったじゃん。

家に帰るだけだというのにマシューが出してきたのは、なぜか白を基調とした我が家で二番目にいい馬車。ちなみに一番が黒で、二番が白だ。

その屋根の四隅にある装飾には、華やかな赤や白やピンクの大輪の花がくくりつけられ、そこから垂れるように濃紺とグリーンと、ついでに派手なピンクのキラキラしいリボンが下のアームまで伸びている。もちろんその間にある馬車灯《キャリッジランプ》や、後部のランブルシートの柵《さく》にも華やかで美しい花々がたんまりと飾られて――――。

なにしてくれてんの？

これじゃまるで結婚式のブライダル馬車じゃないか、やめろ！

この状態で二十分以上ここで待機してたのか、そうか！　遅れたのを心の底から後悔したわ！

隣を見れば、ギルバートくんがボンッと顔を真っ赤にしていた。そりゃそうだ。たぶん俺の顔も赤くなっているはず。これは恥ずかしい。とりあえずこの二人を問い詰めるのは後回しにして、急いで周囲に視線を巡らせれば、幸いにして馬車での来校者はまだいない。今んところはウチだけのようだ。

なので、よし今だとばかりに俺たちは大急ぎで馬車に乗り込み、シートに到着するやいなやシャッ！　と二人して左右のカーテンを同時に閉めた。頭の中で「初めての共同作業です！」と、どっかの司会の声が湧いてきたけど、すぐに潰《つぶ》しておいた。

そうしてシートに並んで座って同じように片手で顔を覆った俺たちが、それぞれ天井と床を向きながら「ハァー」と大きな溜息《ためいき》を吐き出したと同時に、馬車は動き出した。滑るようにゆっくりと走り始めた馬車の速度が徐々に上がっていく。いや体感だけど。とてもじゃないがコワくて窓の外は見られないからな。なぜ王立学院からブライダル馬車が出てくるのか……きっと道行く人々は疑問に思うことだろう。俺も聞きたい。

「なんか……ごめんね」「……いいえ」

互いに顔を覆ったまま指の隙間から視線を合わせて言葉を交わして、それから短い沈黙の後、俺たちは「ハッ」「フハッ」と、ほぼ同時に噴き出していた。

だってさ、なんか妙に可笑しくなっちゃって。馬鹿だろって。

たぶんギルバートくんも同じ。有り得ないだろって。

馬車を張り切って飾り立ててる使用人たちを想像したら、もうね。「やめろぉ！」って思う気持ちと一緒に、なんだかムズムズするような、こそばゆくて照れ臭くてあったかい気持ちが湧いてきてさ。いやホント、馬鹿でしょ、うちの使用人たち。

二人して肩を揺らしながら笑って「全速力を希望します！」「最短距離で！」と防音魔法陣の中から届きもしないリクエストを叫んで、またお互いに声を上げて笑って、

「でも……嬉《うれ》しいですね」

なんて、笑いすぎて染まった頬のまま、隣ではにかんだように呟《つぶや》いた彼の肩をそっと抱き締めると、彼もまた俺の腰をギュッと抱き締めてくれた。

そうやってずっと二人で笑顔のまんま馬車に揺られて、冗談を言い合ったり、布袋をまた取り合ったり、時々キスをしたり……、なんてことをしていたら、あっという間にラグワーズ王都邸に到着。

「よしギル。朝食だ」

音もなく静かに開かれた扉を横目に、寄せていた頬を離した俺がコツンと額を合わせると、綺麗な目許《めもと》を緩めた彼が「はい」と楽しげに返事をしてくれた。そんな可愛らしい彼の髪をいちど手のひらで撫《な》でてから、その手で彼の手をしっかりと握ると、俺は馬車の外へと足を踏み出して――――。

『『お帰りなさいませ!!』』

突然、一斉に上がった大勢の声に、ステップを踏んだその足をピタリと止めた。

そんな俺の目に否《いや》が応でも飛び込んできたのは、なぜかズラリと顔を揃えた使用人たちの集団。

王都邸で働くすべての使用人たち四十人ばかりが、男は片膝《かたひざ》をつきメイドたちは膝を深く折った姿勢で、玄関前のエントランスにキッチリと並んでザザッと同時に頭を下げてきた。

その気合いの入った行動に、俺が目を見開いたまま思わずすぐ後ろのギルバートくんを振り返ると、彼もまた目を丸くして可愛いお口をわずかに開いている。

なんだなんだ? と思いつつも、とりあえず足元も危ないのでステップを下りて彼と一緒にエントランスに下り立つと、集団の先頭にいたディランとオスカーが二人揃って一歩前へと進み出てきて、再び低く頭を下げてきた。

「若様、ランネイル様。無事ご婚約が相調いましたこと、我ら使用人一同心よりお慶《よろこ》び申し上げます」

力強くも朗々と第一声を上げたのはオスカー。

そしてそれに負けじと隣のディランが、続けて高らかに口上を述べ始める。

「初めてご伴侶《はんりょ》様をお迎えするこの佳《よ》き日、我ら専属使用人一同、お祝いとご伴侶さまへのご挨拶《あいさつ》を申し上げるべく揃いましてございます」

その言葉を合図に、後ろから上級使用人五人とパティシエが一歩前へと進み出て頭を下げてきた。

……えーと、これ、みんな練習してたのかな。あれ？　パティシエ上級だっけ……なんて、俺が少々思考を逃避させている間にもディランの言葉はさらに続いていく。

「改めまして、我ら上級使用人をはじめこれら専属使用人たちが今現在、敬愛する若様を主《あるじ》と仰ぎ、お仕え申し上げております。ご伴侶様に於《お》かれましてはどうぞお心にお留め下さいまして、これよりはいつ何どきでも我ら使用人に何なりとお申し付け下さいませ」

一度上げた視線をギルバートくんに定めた使用人たちが、再びザザッと一斉にギルバートくんに向けて低く頭を下げると、繋いだ俺の手をキュッと一度握った彼がスルリとその手を離し、居並ぶ使用人たちの前へ、その長い脚を一歩踏み出した。

そうしてギルバートくんはスッと背筋を伸ばして胸を張ると、やや顎《あご》を上げてズラリと並んだ四十人ほどの使用人たちへ向けて、一人一人の顔を確認するように視線を流し……それから、まるで微笑むように目元を緩めると、その形のいい唇を開いた。

「丁重なる出迎えご苦労。ギルバート・ランネイルである。そなたらの主への忠誠と気概、しかと受け取った。私もそなたらの思いに恥じぬよう研鑽《けんさん》を重ね、必ずやアルフレッド様に相応《ふさわ》しき伴侶になることを約束しよう」

涼やかな声を凜と響かせるギルバートくんの姿は、気高く美しき貴公子そのもの。目映《まばゆ》いプラチナブロンドを秋風に揺らし、堂々と、真っ直ぐに顔を上げて翡翠《ひすい》の瞳《ひとみ》を輝かせる彼は、世界一綺麗《きれい》で、世界一格好良くて、世界一可愛い、俺の唯一。

本当に、なんて彼は素敵なんだろう。こんな彼に、恋をするなと言う方が無理だ。

たった今、この瞬間だって俺は彼に恋をしてしまったからね。きっとこの先もずっと、俺は君への小さな恋を重ね続けるよ、ギルバートくん。ぜんぶ七合目の俺だけど、こうして重ねていく恋の嵩《かさ》だけは、頂上よりも天よりも高く積み上げられそうな気がするんだ。

「ギル……」

俺から少し離れて、使用人たちへ視線を向けるギルバートくんに手を伸ばすと、振り向いた彼がふわっとその口元を綻《ほころ》ばせ、その手を俺に重ねてきた。引き寄せたその手に小さなキスを落とす俺に、花開くような綺麗な微笑みを浮かべた彼がそっと身体を寄り添わせてくる。

しっかりと指を絡《から》めて繋ぎ直して、これでオッケーとばかりに隣に立った彼に微笑みを返せば、ディランとオスカーが目を合わせて小さく肩をすくめた。

いいんだよ。貸し出しはお終《しま》い。挨拶もね。だって彼は俺の天使なんだから。いつだってずっとね。

「さ、行こう」

「はい」

歩き出した俺たちに、ディランやオスカーをはじめとした使用人たちも動き始めた。

うんうん、個別のご挨拶はまた次にね。とりあえず今は朝メシを――――。

「アル？」

キュムキュムと右手を握ってきたギルバートくんが俺の左手に視線を流してきた。……あ、そうだ。布袋ずっと持ってたんだ。

ギルバートくんと目配せを交わし、怪訝《けげん》そうな顔をするディランにテキトーに言い訳をしてから、彼と二人だけでそそくさと二階へ。片眉《かたまゆ》を上げたオスカーも、スンとぬるめになったディランの目も気にしない。だって大切な記念品だからね。最優先でしょ。

俺の部屋でお宝に保管の魔法をかけて、とりあえずは俺の机の引き出しに仕舞い込んだ。引き出しの外側にガッツリ魔法陣貼っちゃったから怪しさ満点だけど、まあいいや。いずれ移動しよう。

ちなみに魔道具《ステイック》は、すでにあっちでギルバートくんが有り得ない火力で灰にしているから大丈夫。

そんな感じで迅速に目的を果たした俺たちは、ほんの少しだけ長めのキスを交わしてから、ようやく朝食へと向かうことができた。いやだってさ、ギルバートくんてば初めて入った俺の私室にチラチラ視線を流しちゃって、そりゃもう可愛いのなんのって……そりゃキスするでしょ。

まだ淡く頬を染めてちょっとだけムンと唇を上げる愛《いと》しい天使と一緒に階段を下りて、約束した通りに庭がよく見えるサロンへと向かった。

ガラスの多いコンサバトリーの方がいいんじゃないかなって思ったんだけど、まあサロンから眺める庭も綺麗だし、すぐ隣だから移動してお茶飲んでもいいしね。食後は彼と少し庭を歩いてもいいかな、なんて考えながら、俺が機嫌よく到着したサロンの扉を開けると……。

——そこは立派な宴会場だった。

あー、うん。玄関に入った瞬間に嫌な予感はしてたんだよ。

なんせ派手な生花がデカデカと飾られていたからね。ついでに壁に掛かった絵も、なんかめでたそうな感じになってたし？　でもまさか、朝の八時台から宴会に突入するとは思わないでしょ普通。

そっか、闘技場もしっかり設営済みか。いつもながら見事な宴会場の設営ぶりだ。ちょっと上がってたギルバートくんの口が一瞬でパカッと開いたぞ。

「ギル……今日の棚の設置は諦《あきら》めた方がいいかもしれない」

すでに祝う気満々で待ち構える使用人たちと、山積みになった酒樽《さかだる》を眺めながらそう呟いた俺の耳に「フハッ」と小さく噴き出すギルバートくんの声が聞こえた。

見れば彼が隣で開いた扉に寄りかかるようにして肩を揺らしている。

「……ごめんね？」

いやほんと、重ね重ね申し訳ない。

「いいえ、棚も秋晴れの庭も次の機会に……楽しみが増えました」

そう言ってクスクス笑いながらも、その翡翠の瞳を輝かせて綺麗に微笑んだギルバートくん。

「夕方の予定もキャンセルしてしまいましょうか」

なんて悪戯《いたずら》げに肩をすくめて笑ってくれた彼は、本当に、本当に眩《まぶ》しいくらいに綺麗で――――。

うん、君が笑ってるならそれでいっか。

俺の天使が楽しそうに笑ってくれてれば、他はなんでもいいや。

楽しみが増えた、その通りだ。

棚はともかく、朝食も水中散歩も、この先いくらでもできるからね。

「貴方《あなた》と一緒にいると本当に楽しくて嬉しいことばかりです。今までも……きっとこれからも——。ありがとうございます。アル」

そう言って微笑みながら、トンと俺の肩に額を寄せてきたギルバートくん。

そうだね、この先も色々あるだろうけど、きっと楽しいことばかりだ。だって君と一緒だからね。

「よし、行こうギル。豪勢な朝食だ」

大好きな翡翠の瞳を覗《のぞ》き込んでそう言えば、その瞳を楽しげに輝かせた彼がまた綺麗に笑った。

そうさ、まずは始まったばかりの今日を、彼と一緒に楽しもうじゃないか。俺たちが伴侶になったお祝い。盛大に祝われなくっちゃね。

「ええアル、行きましょう」

繋《つな》いだ手をしっかりと繋ぎ直したら準備は万端。

主役らしく貴族らしく、二人で背筋を伸ばして、胸を張って、前を向いて。

そうして俺たちは肩を並べて……。

なんだか楽しそうなその先へと揃って足を踏み出し、緒に前へと歩き始めた。

第一部（完）

閑話・海デート

【ラグワーズ帰郷より】

ラグワーズに帰郷し本邸に到着してからこの三日間というもの、俺とギルバートくんはずっと本邸敷地内に滞在していた。本当は、ギルバートくんに領内の西も北も、山も川も見せてあげたかったんだけど、縁戚《えんせき》の貴族連中よりも先に領民たちが彼を見ちゃうのはマズい、ってことで、昨日のガーデンパーティーまでは出かけることができなかったんだ。

で、気づけばラスト一日。明日はもう王都へ向けて出立だ。四泊五日なんてあっという間だよね。なので俺は出立までの残り時間すべてをギルバートくんとともに過ごすべく、まずは約束していた海デートに向けて、領地ですべき仕事をチャッチャと全部片付けてしまうことにした。

別にどうということはない。彼との約束を守るためなら、俺は部屋一杯の書類だって片付けてみせるさ。なんか調子こいたオスカーが前倒しの書類を紛れ込ませてた気もするけど、文句言ってる時間も惜しいのですべて片付けた。俺が知らないと思ったら大間違いだからなオスカー。覚えてろよ。

仕事をすべて綺麗《きれい》にして時計を見れば、午前十一時過ぎ。昼まではまだ一時間弱あるから、移動時間と浜焼きの準備を考えれば、ちょうどいい頃合いだろう。

よかった。どうやら間に合ったようだ。いいかげん俺の我慢も限界だったからな。ヤバい、そろそろギルバートくん不足で倒れてしまいそうだ。

なんせ昨晩は部屋に行けなかったし、今朝だって朝食の時に顔を合わせたっきり。俺の心はもう、カラッカラ寸前で、エンプティマークがガンガン点灯しまくっている。

朝に五回しかキスしなかったことを後悔しながら全速力で彼の元へと戻れば、ギャラリーの美術品に囲まれて佇《たたず》んでいた天使は、そりゃもう美しくもウルトラキュートな笑みで俺を出迎えてくれた。

ああ、心が潤っていく……。

すぐさま彼を抱き締めて小さなキスを三回。そっと俺の背に回された温かな手の感触に、俺のテンションは怒濤《どとう》の急上昇だ。その素晴らしい天使の癒やしパワーをさらに補給すべく、俺はそのしっとりと艶《つや》やかな唇に深く唇を合わ——————。あん？　なんか後頭部にベシベシとした痛みを感じる。

舌打ちを堪《こら》えてクルッと振り返れば、母上が扇子を構えてこちらを睨《にら》んでいらっしゃった。

あれ？　いついらしたんです、母上。

どうやら最初からいたらしい母上のお言葉を片耳で受け止めつつ、可愛らしく頬を染めたギルバートくんのお手々を引いて、俺はさっそくイソイソと馬車へと向かった。

はいはい、すいませんね母上。それとありがとうございました。貸し出し期間は終了ですよ。

「素晴らしいコレクションでした。お母上とのお話もとても楽しくて」

ふんわりと笑いながら俺を見上げてくるギルバートくんは、とってもキュート。

あ、そう？　それはよかった。俺は美術品とかよく分かんないけど、君が退屈してなかったならそれでいいんだよ。あれでしょ。きっと母上のことだから「バーン」とか「ドーン」とか感覚だけで説明してたんでしょ。なのに即座にそれを理解してみせるとは……さすがはギルバートくん、洞察力と社交力がハンパない。

「楽しんでいらして下さいね」

ニコニコと隠匿魔法陣の束をギルバートくんに手渡す母上は、このあと父上と一緒に設計士と面談する予定が入っているんだそうだ……居酒屋設置の件で。さすがは父上、仕事が早い。きっと来春帰郷したら邸内に「居酒屋ビビ」とか出現していることだろう。

そうして、力強く手を振る母上に見送られながら、俺たちが乗った馬車は一路《いちろ》海へ向けて走り出した。目指すは、本邸の北東に位置する砂浜海岸だ。

ラグワーズの東を代表するこの海岸は、真っ白な砂浜が南西から北東にかけて約二十キロほど続いていて、外洋に面した海は潮通しがよく透き通るような海水と岩礁が美しい、まさにデートにうってつけのスポットなんだよ。

ただ、デートとは言っても残念ながら二人っきりというわけじゃない。

浜焼きの準備だってあるし、簡易テントだって設営する必要があるからね。お手伝いの使用人たちも一緒だ。いくらプライベートでカジュアルなお出かけとはいえ、侯爵子息に屋根も椅子もない場所で飲食をさせるとか有り得ないでしょ。

ああ、でも今回の海デートに関しては、使用人たちにはちゃんと「強制じゃないからね」ってことは伝えておいたよ。だって彼らだって半年ぶりの故郷なんだから、色々と都合ってもんがあるはず。プライベートに強制招集するパワハラ上司なんて認定されたらイヤじゃん?

行き先は領内の近場だから護衛なんかいらないし、時間の空いてる者たちにちょっとお手伝いしてもらえればいっかな、ってさ。そんでもって、来てくれた使用人たちには浜焼きでも振る舞って、故郷でのささやかなレジャー気分を味わって貰《もら》えればなぁ、なんて思ってるんだ。

ちなみにディランとオスカーは物凄《ものすご》く暇だそうで一緒についてきた。

力強く暇だと答えてたオスカーは、どうやら奥方が今朝のうちに王都に出発してしまったらしい。

そりゃ寂しいな。浜焼きでも食って気を紛らわせてほしい。

そんな物凄く暇なディランとオスカーと一緒に、連ねた馬車二台で走ること二十分ほど。俺たちは目的の海へと到着した。停車した馬車の窓から外を見れば、お天気のよさも相まって実にいい感じの景観が広がっている。海の潮位も満ちすぎず引きすぎず、波打ち際と砂浜のバランスはバッチリだ。

「これが海……」

馬車から降りたギルバートくんが、波を立てる海と白浜を見つめて目を大きく見開いた。

美しい瞳《ひとみ》を興味深げに輝かせた彼は、視線をぐるりと海岸線へと巡らせると一度大きく深呼吸をして、まるでその風を全身で受け止めるかのように、ゆっくりとひとつ瞬《まばた》きをする。海から吹く潮風にサラリとプラチナブロンドが煌《きら》めき揺れて、それはもう目映《まばゆ》いばかりの美しさだ。

「さあ行こう、ギル」

そう声をかけて手を取った俺に、ギルバートくんはその手をキュッと握り返しながらコクリと嬉《うれ》しそうに頷《うなず》いてくれた。ああ可愛い……。

もうこれだけで午前中の仕事のことなんか、ぜーんぶ空の彼方《かなた》に吹っ飛んじゃったよ。

今日の俺たちの服装は、極めてラフな感じの海仕様。とはいえ、別に水着を着ているわけじゃない。

子供ならばいざ知らず、ある程度育っちゃった貴族に海水浴は難度が高すぎるからね。

というか、ほとんどの貴族は海水に身体を浸したことなど一度もないだろう。海水浴の発想自体が無いに等しいこの王国ではそれが普通だ。

海仕様っていうのは、潮風や砂で汚れてもいいくらいのカジュアルな格好ってこと。

動きやすく柔らかな上着とウエストコートに、スタンドアップカラーのリネンのシャツ。首元のクラヴァットは無しで、みたいな感じ。貴族としては超カジュアルだ。俺のシャツが少々襟高なのは、首の左右の八番と九番をカバーするため。鎖骨の真ん中の七番はビミョーだけど一応ボタンとプリーツの合わせ技で隠れているはず。まぁ身内しかいないから構わないんだけどさ。

浜辺に下りた俺たちは、使用人たちが浜焼きの支度をしてくれている間、さっそくその辺を散策して回ることにした。

うん、だって俺にとっちゃ馴染《なじ》みのある地元の海だけど、彼には何もかも初めてだろうからね。彼が何に興味を惹《ひ》かれて、何に目を輝かせるのか、それが俺の一番の楽しみであり散策の目的だ。

そうそう、浜辺に設営するって言ってたテントなんだけど、到着してみたら、すでにテントというか、立派な木組みの小屋が建てられていた。てっきり屋根だけの簡単なテントだとばかり思ってたんだけど、白い切妻《きりづま》の屋根に一段上がった床板、面取りが施された支柱の間には、重なるように風よけの薄布まで垂らされていて、なんとなくオシャレな海の家？　って感じ。

まあ確かに、侯爵子息をお迎えするならこれくらいが普通なのかもしれない。彼が快適になる分には何の異論もないし大賛成なので、俺は先に現場に来て頑張ってくれた使用人たちに感謝をしつつ、ギルバートくんの手を取って、楽しい散策へと歩き始めた。

サクサクと白い砂浜を踏みながら目に映るのは、子供の頃からずっと見慣れた浜辺の景色。けれど彼が隣にいるってだけで、どうしてこんなにも心が浮き立つんだろう。

引いた波に綺麗にならされた砂浜に、俺たち二人の足跡が浅く残って、それをまた寄せた波がサラサラと洗うように消していく。そんな波打ち際をまるでステップを踏むように、二人でその寄せる波をよけながら、俺たちはゆっくりと歩いていった。

小さなカニや砂に埋まった貝殻に目を留めては、俺の手を引いて興味深げに覗《のぞ》き込むギルバートくんは物凄く可愛い。小さな穴からピコピコと半身を出すカニを、屈《かが》み込んでジッと大注目している彼の横顔は、まるっきり慈愛に満ち溢《あふ》れた大天使そのものだ。

「ギル、魚を捕ってみるかい？　自分で捕った魚を焼いて食べるのは、またひと味違うよ」

繋《つな》いだ手をそっと引いてそんな提案をした俺に、クルリと振り向いた彼がパチリと、なんとも可愛らしくその目を瞬かせた。

「魚釣り……ですか？」

屈んだまま俺を見上げて小さく首を傾げるその姿は、とてつもなくキュートだ。

俺はそんなキュートな彼に笑みを浮かべたまま首を振ると、身体を起こした彼の手を引いて、少し先の岩礁帯との境目あたりまで進んで、足を止めた。

「これはたぶん私たち貴族にしかできない捕り方だからね。見ていてごらん」

俺は彼と左手を繋いだまま右の手のひらを上に向けると、その手に魔力を集め風魔法を起こした。

手の上にふわりと湧き上がった風をコントロールしながら、渦を巻くように上へ上へと立ち昇らせていく。そうして、それが一・五メートルほどの高さまで巻き上がった時、俺はその旋風を海に向けて放り投げるように飛ばした。

狙った着水点は、海の上にほんの少しだけ頭を出している十五メートルほど先の岩礁の脇あたり。

旋風が海に着水すると同時に、俺はその渦をさらに海中へと伸ばしていった。ゆっくりと海水を巻き上げながら小さな竜巻のようになったそれを、俺は今度は浜辺へと引き寄せていく。

「なるほど。魚ごと巻き上げてしまうわけですね」

隣のギルバートくんが何とも楽しげな声を上げて、納得したように頷いた。

「さ、何が捕れているかはお楽しみだ」

岸に近づくにつれて砂を巻き上げ始めた水柱の高さを徐々に縮めながら、俺は手頃な大きさになったそれを一気に十メートルほど離れた浜辺の真ん中へと放り投げる。

さらに回転の速度を緩めて、地面スレスレでその平べったくゆるゆると回転している風魔法を解除すれば、砂浜の上にドサドサと小魚やら海藻やらが落ちてきた。

おー、久々にやったけど上手《うま》くできたみたいだ。これって結構コントロールが難しいんだよ？ 解除が早すぎると、せっかく捕れた魚がビターン！ って叩《たた》きつけられちゃうからね。美味《おい》しくなっちゃうでしょ。

すぐさま少し離れた場所で拍手していた数人のメイドたちが駆け寄ってきて、三メートル四方に散らばった魚を木箱に回収し始めた。うん、けっこう大きいのも捕れたんじゃないかな。

代表してクロエが持ってきてくれた箱の中には、小さいのから中形まで十五匹ほどの魚が入っていた。アジにキスに……おぉヒラメもいる。

「素晴らしいですわ、若様。昔と変わらぬお腕前。お見事でした」

抱えた木箱の中身を俺たちに見せながら、クロエがニコニコとしながら褒めてくれた。

ありがとうクロエ。でもその箱重くない？　下に置いてもいいんだよ。相変わらず力持ちだね。

「なるほど、確かに我ら貴族の魔力量と訓練されたコントロールがなければできない方法ですね」

綺麗なお目々を輝かせながら箱の中を覗き込むギルバートくん。頷く姿も実に可愛らしい。

博識のギルバートくんをもってしても、この魚の捕り方は知らなかったようだ。うん、道具もエサもなしに魚が捕れちゃうなんて、これも貴族の特権だよね。まあ普通の貴族はしないいんだろうけど。

「ギルもやってごらん」

俺が繋いでいた手を小さく揺らすと、その手をキュムッと握った彼が、ニコリと笑いながら小さく頷いた。彼と繋いでいた手を離して、俺は波打ち際に立った彼の少し後ろで、魚がいそうな狙い目のポイントを指さしてみせた。それにひとつ頷いた彼が、その右手をスッと上げて――――。

ゴウ――ッ！

一気にその手の上に巻き上がったのは五メートルほどの猛烈な風の渦。彼はそれをすぐさま俺が指で示したポイントへと正確に放り投げた。いかん、回転が速すぎる。

「ギル、速度を緩めて。魚が傷んでしまうからね。微妙に上に巻くようにコントロールするんだ」

「あ……っはい！」

ギュンギュンと恐ろしい勢いで回転していた旋風は、すぐさま緩やかな回転へと落ち着き、その渦を海底へと伸ばしていく。さすがはギルバートくん。魔力のコントロールは抜群だ。

よかった。あのフードプロセッサー並みの威力だったら魚がミンチになっているところだったよ。いやツミレ汁も美味しいけどね？　彼が捕ったものなら砂入りでも食う自信はあるけどね？

そうして暫《しばら》く、砂浜の上にはピチピチと跳ねる魚がどっさり。さっき俺が捕った数より明らかに多い。ギルバートくんの人生初だろう魚捕りは大成功だ。

「凄《すご》いじゃないかギル。一度やり方を見ただけでこれほどの成果を上げるなんて。君には魚を捕る才能も備わっていると見える」

そう彼の肩を抱き寄せれば、腕の中のギルバートくんは「いえ、そんな」と言いつつも、嬉しそうな視線を回収されていく魚たちへと向けている。そんな彼の顔を見られただけで、俺はもう大満足。俺にとっては彼の笑顔が最高のご馳走《ちそう》だからね。

回収されていく魚たちの中には、アジやヒラメだけでなく小魚や海藻に交じって、なんと鯛《たい》や大きなイナダまでいた。

「私は君が捕った魚を食べるよ。あの鯛は私が予約する。頼んだよクロエ」

「はい、承知いたしました」

どっさりと魚が入った箱を抱えながら、クロエが大きく頷いた。

「では私は、先ほどアルが捕ったヒラメを。あれは私のものです」

クスクスと俺の肩に頬を寄せたギルバートくんに、クロエがまた大きく頷いた時、その後ろからデイランが声をかけてきた。

「若様、浜焼きのお支度が整いました。さっそくお二人がお捕りになった魚を調理いたしましょう。料理人らが張り切っておりますよ」

浜の片付けをメイドたちに任せて小屋に向かうと、小屋から少し離れた場所には五台の大きな焚《た》き火《び》台が置かれていて、それぞれの上に、鉄板や網や串置《くしお》きなどが載せられていた。

短時間でよくここまで……と、使用人たちの手際と働きに感謝しながらも、明らかにここにいる人数と焚き火台の数が合わないことに少し首を傾げてしまう。

あ、いや。俺とギルバートくんの分だけなら充分だし、オスカーとディランを入れても、五台なら多いくらいだ。でもさ、せっかくみんな来てくれたんだから浜焼きくらいはご馳走したいじゃん？

見れば、いつの間にやら浜辺には王都邸の使用人たちがいっぱい。どう見てもほぼ全員いるようにしか見えない。みんな浜辺の細かいゴミを拾ったり、薪を拾ったり、高台で景色を眺めている者もいる。ご馳走するなら、絶対に焚き火台五台じゃ間に合わないよね。

おっかしいなー。俺、参加は強制じゃないって言ったよね。みんな暇だったの？　無理してない？っていうか、なんかこの状況、デートっつーか会社の親睦《しんぼく》会っぽくなってない？

魚や焚き火台は足りるのかとディランに聞いたら「我らのことはお構いなく」だって。

いや、まあそう言われるのは予想してたけどさ、やっぱ皆にも久々の海を楽しんでほしいじゃん。明日にはまた海のない王都に出発しちゃうんだから。

俺がちょっと考えてると、キュムッとギルバートくんが繋いだ手を握ってきた。

なので「うん？」と隣に顔を向ければ、煌めく翡翠《ひすい》に俺を映した彼がフワリとその目元を緩める。

「そういえば昔、焚き火の周りで串に刺さった魚を地面に刺して、たくさん焼いている絵を見たことがあるのですが、この浜焼きはそれとは少し違うようですね」

そう言って悪戯《いたずら》げに俺の目を見つめた彼が、小さく首を傾げて微笑みを浮かべた。

ああ、さすがは俺の天使。なんとも自然かつ絶妙なナイスアシストだ。すぐさま俺の意を汲《く》んで話を振ってみせるなんて、本当に君は素晴らしいね。

もちろん俺は即座に彼の両手を握ると、チュッとその気遣い天使のスベスベほっぺにキスをして、彼の願いを叶えるべく言葉を紡いだ。

「君が見たいのならすぐに支度させるよ。ディラン、焚き火の増設を。地面に刺して魚をたくさん焼く。そうだな、魚は大きい方がいいだろう。絵のイメージに近いだろうからね。余るようなら皆で食べるといい」

使用人たちは身体が大きい者たちも多いからね。魚は大きい方が食べ応《ごた》えがあるんじゃないかな。アジの大きいヤツとかふっくらしてて絶対に美味しいよね。

俺の言葉にディランは一つ頷くと、ヒラリと片手を上げ、大きな声で周囲に指示を飛ばした。

「若様が大きな魚をご所望だ！」

そうして僅《わず》か十数分後、かつてギルバートくんが見たという「焚き火で焼かれる地面に刺さった魚の串《くし》焼《や》き」という構図は、ものの見事に再現されることとなった。

ディランの号令のもと、すぐさま大きめの焚き火が砂浜に用意され、いまやゴウゴウと真っ赤な炎を上げて燃えさかっている。そしてその焚き火をグルリと囲むように何本もの串が砂浜に突き立てられ、その上部には尻尾《しっぽ》を天に向けた魚たちがジリジリと僅かな煙を上げてジックリと焼かれ始めた。

確かに。確かに、これは魚の串焼きだ。

でもさ――――ちょっと魚がデカすぎやしねぇか？

百三十センチのスズキはまだいい。百五十センチ超のロウニンアジも許容範囲だ。アジだからな。ただブリは違うだろう。マグロはもっと違う。それどこで捕ってきたんだ。

そしてなぜ無理やり串焼きにしようとするんだジェフ。それ串じゃなくて丸太だから。

なぜか使用人たちが競うようにして海から捕ってくる魚は、どんどん巨大化の一途を辿《たど》っている。いつの間にやら海には何艘《そう》もの舟が出ていて、海のあちらこちらで激しい水飛沫《みずしぶき》が上がっていた。

しかも使用人じゃない一般の領民たちまでむっちゃ交ざっている。

いかん……このままではホオジロザメやイルカが串焼きにされる未来しか見えない。

「すごいですね。どこまで串に刺せるんでしょうか」

いやギルバートくん。冷静に観察している場合じゃないから。多分どこまでだって刺すと思うよ。ほら見てごらん、あっちでメイソンが木を切り倒してるだろう？

もっと早く止めたかったんだけど、先頭切って海に突っ込んで行ったディランとオスカーがチョー張り切ってるもんで収拾がつかない。

いや、魚の大きさと忠義の大きさは関係ないから。戻ってきなさい二人とも。

それデマだから。俺そんなことひとっことも言ってないからね？

いい加減に止めないと……と、今しがた地面にブッ刺された二メートル超えのハタを横目に、俺が口を開きかけたその時だ。

「坊ぉっちゃぁぁあぁぁ――んん」

やたらとでっかい声が浜辺に響いた。

この声は……と見れば案の定、王都に行っていたはずのガストンが、物凄《ものすご》い迫力でドドドッとこちらに向かって走ってくる。巨大なカジキマグロを頭上に掲げながら――。

いったいどこで聞きつけたんだ？　なんてことを訊《たず》ねる間など当然なく、ガストンは手前十メートルほどまでに来ると、両手で抱え上げていたカジキマグロをブンッと勢いよく放り投げた。

「おらぁ！　ジェフ頼んだぜぇ！」

「おぅよ！」

俺たちの目の前で空を飛んでいくカジキマグロ……ほぼミサイルだ。

飛んできたカジキマグロをガシッといったん受け止めたジェフは、それをまた空中に放り投げるや、見事な剣さばきで腹を開き下処理を一瞬で終わらせてみせた。そして間髪を入れず、それにパティシエが丸太をブスーッと刺し込んで、焚き火の横にズンッとおっ立てた。

すごい手際だ。何が何でも串焼きにするという気迫が伝わってくる。

うーむ、いつ見てもやっぱり異世界は違う。いや、今さら何を見ても驚きはしないけど、内心じゃ俺はいつだって凄いなぁって感心してばかりだ。でも、隣のギルバートくんを見ても別段驚いた風でもなく楽しそうに見てるから、やっぱりこの世界では普通のことのようだ。

「さすがはラグワーズの使用人たちですね。私もますます精進しなくては……」

キュッと引き結んだ唇を上げ、やや挑戦的にそれらを見つめるギルバートくんは物凄く格好いい。精進だなんて……君の天使パワーがこれ以上増大したら、きっと俺は目を合わせただけでノックダウンしてしまうよ。

「坊ちゃん！　良かったぁ間に合って！　大急ぎで戻ってきたんですぜぇ。大魚《たいぎょ》の早捕り大会をやってるって聞いて、大慌てで捕ってきたんでさぁ！」

いや、そんな大会は開催していない。誰だ、そんなことを言い出したのは。

相変わらずのデカい声でノシノシと俺たちがいる小屋に近づいて来たガストンに、俺はちょうどいいのでディランとオスカーを呼び戻してくれるように頼んでみた。マジでそろそろ止めないと、このままではラグワーズの魚が捕り尽くされてしまうからな。

「ディランさまぁぁ！　オスカーさまぁぁ！　若様がお呼びですぜぇぇ――――！」

海に向かって大音量で叫ぶガストン。もちろん俺は事前に防音魔法陣を張ることだけは忘れない。

そしてやはり、ガストンの効果は絶大だった。いや、小魚がプカッと浮いたことじゃない。魚は充分に足りている。ディランとオスカーが迅速に戻ってきてくれたことだ。

ガストンの声を聞いた二人は、すぐさま船を飛ばして浜辺へと戻ってきてくれた。四メートルのシュモクザメと全長三メートルのエイを連れて……。

お前たち、そろそろ食えるかどうかは関係なくなってねぇか？　大きさしか見えてないだろ。

そうして、海のあちこちで盛り上がっちゃってる巨大魚祭りを中止させることに成功した俺は、ちょうどタイミングよく焼き上がった魚を堪能《たんのう》すべく、彼とともに小屋のソファから腰を上げて、すぐ隣のクロスのかかったテーブルへと移動した。

椅子に着席するとすぐに、先ほどまでのムキになっていた姿を無かったことにしたディランが、俺とギルバートくんの前に焼き上がった魚が載せられた皿を手際よく置いていく。

俺の皿には鯛が、ギルバートくんの皿にはヒラメが、それぞれ串に刺さった状態で二本ずつ盛り付けられている。串に刺さっていると言っても丸ごとじゃない。三センチ角くらいにカットされたものが一本につき四つくらい連なっているタイプだ。

鯛の皮目はカリッと香ばしく焼かれ、程よくついた焦げ目の合間からは、しっとりとした白身の脂がじゅわりと滲《にじ》んで、テラテラとその表面を光らせている。

ソーセージドーナツのスタイルを踏襲するため、ジェフに串焼きを希望したのは俺だ。その方がギルバートくんも楽しめると思ったからね。とはいえ、鯛とヒラメの調理が巨大魚祭りの号令の前で良かった。その後だったら丸ごとの串焼き一択になっていただろう。いや、四十センチのヒラメの丸焼きにかぶりつくギルバートくんも絶対に可愛いだろうけどね？

さっそく目の前の鯛の串焼きを手に取ってガブリと一切れ口に入れれば……それはもう、えも言われぬジューシーな白身の旨味《うまみ》が口の中いっぱいに広がって、芳醇《ほうじゅん》で上質な脂と磯の香りがふわりと鼻へと抜けていった。これはすごい……！　いまだかつてこれ程までに美味《うま》い食い物が、この世の中にあっただろうか。

天使みずから初めて捕った魚は、それほどまでに衝撃的な美味さだった。多少の心理的なプレミアム感を差し引いたとしても、控えめに言って三次元いちの美味さ……さすがはギルバートくんだ。

白身と一緒に幸せを噛《か》みしめながらジーンと感動している俺の目の前では、天使がやはり肉厚のヒラメが刺さった串を持ち上げて、実に凛々《りり》しくも勇ましく、ガブリとそのこんがり焼けた白身を一切れ口に頬張った。モグモグと動くその艶《つや》やかな唇はわずかに薄らと脂を載せ、さらに艶々として何ともたまらなく美味《おい》しそうだ。

うっとりと見つめる俺の目の前で、ギルバートくんはコクリとそのヒラメを飲み込むと「美味しいですね」とニッコリとした微笑みを浮かべた。

そんな愛らしさ満点の彼に、俺は目の前の串から鯛を一切れ外すと「ほら、君が捕った鯛だよ」と、フォークに刺したそれを差し出してみせる。ぜひ彼自身にも、彼が人生で初めて捕った三次元いち美味しい魚を味わって貰《もら》いたかったからね。

パクッとそれを口に入れて、ほんの少し照れたように目許《めもと》を染めてモグモグする彼は、そりゃあもう可愛いなんてもんじゃない。この時点で、俺の味覚・嗅覚《きゆうかく》・視覚・触覚・聴覚すべての幸福度はマックスに到達。五感コンプリートだ。今ならエイの丸焼きでもサメの丸焼きでも食える気がする。

そのエイやサメやカジキマグロはといえば、少し先の砂浜でゴウゴウと燃え上がる焚き火に当てられて、こんがりと焼かれている真っ最中だ。

焚き火の周りに林立して焼かれる巨大魚たち……ぶっちゃけ絵ヅラは非常にヤバい。一歩間違えるとアブない民族の集落だ。

どうでもいいけど、あのサイズじゃ焼けるまでにエラい時間がかかるんじゃないか？　そのへん分かって焼いてるのかな。少なくとも、カジキとサメは確実に夜までかかること請け合いだ。

まあ、あのデカい魚はディランたちに丸投げするとして……うん、なんせ自分たちで調子こいて捕ったんだからな。ちゃんと食えよ？

とりあえず俺たちに関しちゃ、この串焼きで小腹が満たされるだろうから、そうなるとこのまま巨大魚が焼けるのをじっと見てるってのも能がない。いや珍しいっちゃ珍しい光景ではあるんだけど。

けれど今日は、ギルバートくんにとっては初めての海。俺としてはぜひとも海遊びの楽しさを存分に味わってもらいたい。なので俺は、彼があーんと差し出してきたヒラメに食いつきながら「何がいいかなー」とこの場に相応《ふさわ》しい海遊びに考えを巡らせた。もちろん考えを巡らせつつも、愛《いと》しい彼が食べさせてくれたヒラメを味わうことも当然忘れない。

うーむ、ヒラメも実に美味しい。フォークを持ってニコッと笑うギルバートくんの可愛さも相まって、宇宙一のウマさだ。天使のおかげで、海で砂地に埋まっていたヒラメがなんと宇宙一に大出世。まったく運のいいヒラメ……って、うん？　砂？

モグモグとしていた俺の脳裏に、ピンッとあるひとつの浜辺の遊びが思い浮かんだ。

ああ、あれならば大した道具もいらないし、身体一つで手軽に遊べる。少々服は汚れるけど腹ごなしにはピッタリだ。

てことで、宇宙一美味いヒラメを飲み込んだ俺は、さっそく彼にその遊びを提案してみた。

「ギル、よかったら食後はビーチ・フラッグスをしてみないかい？」

俺の誘いに、ギルバートくんは「ビーチ……フラッグス、ですか？」と首を傾げ、それでもすぐに、その初めて聞く遊びに興味津々に目を輝かせ始めた。

その何ともキュートな天使の表情に、俺はといえばもう頬が緩みっぱなしだ。

だから、そんな俺は気がつかなかったんだよね……。ディランやオスカーや、外にいた平民出身のジェフすら、俺の言葉に首を傾げていたことに。

この世界にビーチ・フラッグスが存在していないだなんて……。

俺はまったく想像もしていなかったんだ。

◇◇

さて、ビーチ・フラッグスというのは、ライフセーバーがその走力や反射神経を鍛えるために生まれた競技らしい。沖に要救助者を発見した時、すぐさま後方にとって返して救命器材をつかみ海へと直行する、そういった状況を競技にしたものだ。

旗を要救助者に見立てるセーバーも多いそうで、「俺が、私が、守る！」という強い信念のもと、いち早く駆けつけるべく全力で疾走し、その伸ばした手で旗をガッチリと掴《つか》むのだとか。

ビーチ・フラッグスってのは本来、そういった救助力向上の目的で誕生した尊い競技なんだ。

そして、そんな熱い心を持つライフセーバーたちの仕事は、水辺で楽しむ人々を水難から守ること。

けれど残念ながら、この国にはそもそも海水浴を楽しむという風習はない。海も川も湖も、基本は漁場で仕事場で、景観のいい場所は陸から眺めて楽しむのがデフォだ。

俺が子供のころ海に放り込まれた時も着衣のままだったからね。この辺の子供たちの海遊びは、海水浴というよりかは将来を見越しての、遊びを通した着衣泳訓練に近い。まあ、前世の水泳授業よりかは、ある意味で自然に対して実践的と言えるのかもしれないけど。

そんな感じで、守るべき対象のいないこの世界にライフセービングが誕生するはずもなく、よってそこから派生したビーチ・フラッグスも存在するはずがない。

そんな簡単な事を、俺はすっかり失念していたんだ。

今、俺の視線の先ではマシュー、クロエ、エド、パティシエの四人がスタートの準備を始めている。全員がゴールに背を向けてスタートラインに立ち、身体をほぐしたり腕をブンブン回したり飛び跳ねたりと、それぞれの方法で気合いを入れているようだ。

いや、本来は砂浜に寝そべって足をゴールに向けた状態でスタートするんだけどね。

この点に関しては都合により変更させてもらった。その他にもいくつか、前世とは違う異世界ルールとも言える変更がなされている。その変更のそもそもの発端となったのは……そう、俺とギルバートくんによる最初のお試しチャレンジだ。

あの後、鯛《たい》とヒラメの串焼《くしや》きを小屋で美味しく平らげた俺たちは、すぐに二人で小屋を出て適度な直線が確保できる砂浜まで歩いていったんだ。もちろんビーチ・フラッグスを始めるためにね。

そして彼にその遊び方と簡単なルールの説明を始めたんだけど……まぁぶっちゃけ、そこで俺は自分の失念に気がついたってわけさ。

「なるほど。人数より少ない旗を取り合うゲームですね。確かにこれなら専用の道具もいりませんし手軽に始められます。必要なのは旗くらいでしょうか」

内心「やっちまったな」と後悔しつつもザックリと説明を終えた俺に、ギルバートくんはコクコクと可愛らしく頷《うなず》いてくれた。そしてその後方では、ディランとオスカーが熱心にメモを取り、上級使用人らが真面目な顔で耳を傾けていて……うん、この状態で気づかない方がおかしいでしょ。

「いや、あー、旗じゃなくてもいいんだ。たまたま急に頭に浮かんだ遊びだからね。掴める程度の長さがあれば、その辺の木の棒でもいいんじゃないかな。なんせ思いつきだからね、細かいルールまで決めているわけじゃないんだ」

極めて言い訳がましくそう言って、それを誤魔化すように「誰か四、五十センチほどの棒を探してきてくれ」と俺が声を上げれば、すぐに手頃な棒が使用人から差し出された。

受け取ったそれはその辺の木の棒などではなく、持ち手部分も両端もしっかりと丸く加工された、出来立てのホヤホヤ。ガシャリと大剣と剣を鞘《さや》に収めたジェフとマシューに礼を言って、俺は「剣ってああいう使い方もできるんだなー」なんて感心しながら、その棒で砂浜にスタートラインを引き、そして二十メートルほど先の砂浜にそれをサクッと刺してゴールを作った。

ポケットから出したハンカチーフを棒にくくりつけたのは単なる雰囲気作り。フラッグって言っちゃったしね。

ちなみに、そうして俺がスタートとゴールを決めたあと、コース上の砂浜はなぜかすべて掘り返されて篩《ふるい》に掛けられ、みるみるうちにフッカフカでサラッサラの砂に総取っ替えされた。

いや何もそこまで……と思わなくもなかったけど、確かにお預かりしている侯爵子息に怪我でもさせようものなら我が家の面子《メンツ》に関わる問題だからね。

うん、綺麗《きれい》に見えても砂浜には木片や欠けた貝殻なんかがいっぱい落ちてるから、意外と危ないんだよ。よく気がつく使用人たちと率先して協力してくれた領民たちには感謝、感謝だ。

ガストンや漁協の組合長らの指示の元、いつの間にやら大勢集まっていた領民たちの働きはそりゃあもう見事なもんだった。運ばれていく砂と戻ってくる砂……思わず前世の回転寿司のレーンを思い浮かべちゃうくらいにはスムーズだった。総取っ替えまで十分とかからなかったもんね。

本当にうちの領民たちってば、勤勉で気のいい連中ばっかりなんだよ。

その領民たちは今、砂に混じっていた小ガニたちを鍋《なべ》で茹《ゆ》で始めているようで、きっとこの後はカラッと揚げて酒のツマミにでもするのだろう。見れば出店も出始めていて、売り子たちが忙しく動き回っている。今日もみんな極めて元気そうだ。

とにかくそんな感じで、サラッサラになった安全なコースが出来上がった後、俺とギルバートくんは異世界初だろうビーチ・フラッグスのお試しチャレンジを始めたんだ。

で、そこで俺はハタと気がついちゃったわけよ。ビーチ・フラッグスのスタートの姿勢……高位貴族たる侯爵子息を地べたに這《は》いつくばらせていいものか、と。

もちろん、いいハズがない。それにもし俺とギルバートくんがそんな真似をしようものなら、その瞬間にこの場の全員が砂浜に這いつくばるのは目に見えている。主《あるじ》と高位貴族を見下ろすわけにはいかないだろうからね。だからスタンディングスタートに変更したんだ。いいんだよ。誰も本来のスタート姿勢なんて知らないんだから。

「アルと競う形になるのは少々遺憾ではありますが、でも頑張りますね」

なんて微笑みながら上着を脱いだギルバートくんはとってもキュート。

俺と同じくウエストコート姿になった彼はとても格好いいんだけど、実際問題、これも貴族としては異例中の異例。公《おおやけ》の場でクラヴァット無しの上に上着まで脱ぐなんて、貴族じゃ有り得ないからね。もしこの世界にSNSがあったら、すぐさま大炎上だ。

けれど幸いにしてここはラグワーズ領。くだけた服装は地元ならではだし、こんな事を言い触らすような領民は一人もいやしない。リラックスして遊べるのは、やっぱり地元ならではだよね。

そうして俺たちはオスカーにスタートの合図となる拍手を頼んで、スタートラインに立った。ディランはちょっとムッとしてたけど、両手に俺たちの上着を抱えてたら拍手できないでしょ？

そんなディランに満面の笑みを送ったオスカーは、すぐさまスタートラインの真横に胸を張って立つと、俺とギルバートくんの顔に交互に目をやりながら、澄ました様子で口を開いた。

「ではお二方ともご準備はよろしいですか」

それに俺とギルバートくんが同時に大きく頷き、それにまた大きな頷きを返したオスカーがスゥッと両手を広げて、そして、

「では参ります。用意……」

パアン!!

オスカーがその手を大きく打ち鳴らした瞬間、俺は右足を軸に踵《きびす》を返し、そのまま砂浜を強く蹴《け》ると低い姿勢でフラッグに向けて全力の疾走を始める。

視界の端には、隣を走る彼の姿。速い！

みるみる迫るフラッグに、俺は更に強く砂を蹴り上げると目いっぱい腕を伸ばしてフラッグに突っ込んでいった。俺は左から、彼は右から、ほぼ同時に伸びる互いの腕。

けれど彼の腕より一瞬早く、俺はフラッグを掴んで大きく左に寝かせるように抜き取ると、そのまま前方に一回転した後にザザッと砂を撒《ま》き散らしながら右足でブレーキをかける。

そうして砂に尻《しり》をついたまま手にしたフラッグを天に突き上げた瞬間、ワッと周囲から大きな歓声が湧き起こった。

「やられました……」

少し離れた右隣では、ギルバートくんもまた片膝《かたひざ》を立てて砂浜に座り込み髪をかき上げている。

そんな姿も実にサマになるギルバートくんに、俺はいち早く立ち上がって手を差し出した。

「いや、君の足の速さには驚いたよ。私の方が少しだけ背が高かったことが幸いしたようだ。そうでなければやられていたね」

「アルの足も相当なものでしたよ。私こそ驚きました。いけると思ったんですが……」

俺の手を取って立ち上がったギルバートくんの顔は、少々悔しそうだ。まあ、彼は負けず嫌いだからねぇ。

そんな彼に苦笑しながら、俺は使用人たちが素早くならしてくれた砂浜にサクッとフラッグを戻すと、彼とともにスタート地点へと歩いて行った。

「若様、まこと無駄のない動き。お見事です」

「ランネイル様、実に惜しゅうございました。本当に僅差《きんさ》でした」

「なにかコツのようなものがあるのですか？　後学のために教えて下さいませ」

拍手で出迎えてくれたディランとオスカーに笑顔で応《こた》え、俺とギルバートくんの服に素早くブラシをかけながら同じく笑顔でそう聞いてきたクロエに、俺は小さく首を傾げた。

いやコツと言われてもねぇ……。フラッグ掴むために全力疾走するだけだし。って、あぁそうだ。強いて挙げるなら一つだけ。

「コツかどうかは分からないけれど、フラッグを彼だと思うようにしたんだ。砂の海に捕らわれた彼を助け出すと仮想したら、思った以上に力が出せたよ。結局は彼のお陰だね」

そう、俺が参考にしたのは前世で聞きかじった熱血ライフセーバーたちの心意気。ただ走るより絶対に気合いが入ると思ったからね。

「フラッグを私に……ですか」

キョトンと愛らしく目を見開いたギルバートくんが、その目をゴール地点のフラッグへと向けた。

「では、次は私もあのフラッグをアルだと思って挑戦してみましょう」

そんなギルバートくんの言葉に、ディランとオスカーがゴールを見つめながらスッと目を細めた。

「あれが若様……とすると、あのゴールは敵陣ですね」

「敵陣に捕らわれ、半身を砂に埋められている若様ですか……」

いやいや、そんな具体的な設定いらないから。他のみんなも、どうやって拉致《らち》したんだとか話し合わなくていいからね。「おいたわしい」って……クロエ、木の棒を見て泣くのはやめなさい。

「なるほど。何やらとてつもないやる気が漲《みなぎ》ってきました……」

なぜか氷の貴公子バージョンになったギルバートくんが、フラッグを睨《にら》みながら口端を上げた。

そしてキュッと俺の手を取るや、あれよあれよという間に俺をスタート地点へと引っ張って行く。

「アル、先ほどのは練習でしたよね。では本戦をスタートさせましょう。ええ、次は必ずや私の手でアルを救出して差し上げます」

ザクッと砂浜を踏みしめ、拳《こぶし》を握りしめるギルバートくん。どうやら既に仮想設定によるイメトレを完了させたらしい。実に気合いが入っている。そんな彼の向こうでは、なぜかやはり気合いの入った足取りで砂浜に仁王立ちしたオスカーが、真剣な表情でスタート合図の構えをとり始めた。

「では、突入準備はよろしいですか」

ビシッと身体の前で両手を広げ、俺たち二人に鋭い視線を向けるオスカー。

なんかセリフ変わってない？　……なんて俺が首を傾げる間もなく、

「では参ります。用意――」

パァン!!

その手が大きく打ち鳴らされ、俺は条件反射のように再び強く砂地を蹴り上げると、フラッグへ向けて全力疾走を始めた。

どんどん迫るフラッグ、視界の端に映る彼。……さっきよりも明らかにスピードが上がっている！

グッと前方に傾斜するように俺がさらに足に力を込めたその時。

ブワッ！　と視界一面が砂に覆われた。ええっ！　風魔法?!

同じく風魔法で即座に対抗するも時すでに遅し。目測をつけて伸ばした腕の指先に僅《わず》かに木の感触がしたのも束の間、スルリとその感触は消え、ズザーッ！　という音とともにギルバートくんが高くフラッグを掲げた。と同時に周囲からドッと上がる大きな歓声や指笛。

やられた……。いやちょっと待って！　魔法はズルいよギルバートくん！

満足げに微笑んでいる彼に、砂浜に座り込んだまま抗議の目を向ければ、それに気づいた彼は笑んだ表情もそのままに更に口端を引き上げた。

「おや、いけませんでしたか。魔法が使用禁止とは聞いておりませんが」

いや言ってないよ？　言ってないけど！　でも、これって反則じゃないかな?!　ビーチ・フラッグスのルール上、これは……あれ？　いいのか？

確かウロ覚えのルールでは、手や腕による妨害はNGだけど魔法禁止とは決まってなかった。いや、魔法がなかったから当然なんだけど……。しかも彼は直接俺を攻撃をしてきたわけじゃない。砂浜に当てて砂を吹き上げただけだ。手も腕も当ててなければ直接攻撃もしていない。

とすると……え、これ異世界的にはセーフ？　なんて心の中で首を傾げる俺の視線の先で、立ち上がったギルバートくんは、なぜかゲットした木の棒をギュッと胸に抱き締めている。

「アル……ご無事で」

いや、俺はこっちだよギルバートくん。

「ギル、細かなルール設定をしようじゃないか。判定のトラブルを避けるために必要だ」

同じく立ち上がった俺は、さり気なくその棒を彼の腕から抜き取りながらそんな提案を口にした。

……いやなんで微妙に口を尖らすのかな？

チュッとその唇にキスを落として棒を砂浜にブスッと戻してから、俺は彼と一緒にスタート地点へと歩き始めた。うん、こっちの世界的に魔法の使用がセーフだとすると、ルール設定は絶対に必要だからね。魔法を使えない者だっているし、彼がその気になればコース全体を空に吹き飛ばすことだってできるだろう。

「いやランネイル様、お見事でございました」

「あの風魔法のタイミングは完璧《かんぺき》です。若様、もうひと息でしたね」

戻ったスタート地点ではディランとオスカーが拍手で出迎えてくれた。やはり魔法の使用はこの世界ではナチュラルに受け入れられる手法のようだ。そんな彼らと上級使用人たちとともに、俺とギルバートくんは異世界版ビーチ・フラッグスのルール設定を始めた。

あまりルールが細かいと手軽に遊べないので、最低限の禁止事項だけを決めていく。

「身体への直接の魔法攻撃、物理攻撃は禁止。君に魔法攻撃を受けたら私などあっという間に吹き飛んでしまうからね」

「私がアルにそんなことするはずがないでしょう」

眉《まゆ》を下げて苦笑するギルバートくん。いやそうなんだけどね、一応念のため。

「ゴール後のフラッグを獲得した者への攻撃は禁止にしましょう。キリがなくなります」

「同時につかんでいた場合はよしとしましょう。それとゴールの移動やフラッグの固着は禁止で」

「ならばゴールラインから足が出るまでは横取りはアリっつーことで」

上級使用人たちの間で次々と提案が飛び交い、議論が白熱していく。なんかみんな顔がチョー真剣だ。いやテキトーでいいんだよ？　遊びなんだから。

「コースの破壊も禁止で。メイソンあたりがやりかねません」

「あ？　すぐに復旧できる小穴程度ならアリだろ。深さと半径一メートル以内ならどうだ」

「妥当だな。それより部下や第三者を使った姑息《こそく》な事前工作と援護は禁止だ」

「なんでこっちを見るのよ。馬の乗り入れや乱入も禁止にして下さい」

「攻撃ではなく身体接触ならアリよねぇ。例えばたまたま肘《ひじ》や足が当たるとか」

「「「「「アリだな」」」」」

そんな感じで異世界ビーチ・フラッグスのルールは決まっていった。

ああ、俺は最初以外は口を出さなかったよ。下手に口を挟んで「いや本来のルールでは」なんて、うっかりボロを出さないとも限らないからね。

ギルバートくんも特に異を唱えずにうんうんって可愛く頷《うなず》いていたから、きっとこの世界では妥当なラインで収まってるはずだ。天使がOKだと言うなら、すべてはOKに決まっている。

そうして始まった使用人版お試しチャレンジ。それがマシュー、クロエ、エド、パティシエ、の四人だったってわけ。くじ引きで外れたジェフとメイソンは……うん。向こうで絶賛ブータレ中だ。

こらこら、二人ともそんな顔をするんじゃないよ。すぐに順番は回ってくるから。なんせビーチ・

フラッグスは数秒で勝負がついちゃうからね。順番の回転は速いんだ。

別に、ルール決定後の最初のチャレンジを誰がやるか、なんていうのは気にするほどの問題じゃあない。それよりもっと気になることがあるだろう？　ホラ、たとえば。

なぜ、木の棒が丸太にグレードアップしているのか、とかさ。

いや、フラッグが丸太ってちょっと無理があるんじゃないかな。すでにフラッグでもなんでもないよね。ほぼ杭《くい》だよね。しかもなんで長さが百八十三センチ？　揃えるなら百八十センチでよくない？

「たまたまです。あの長さにすると皆の士気が上がりますので」

本当かディラン？　たまたまで俺の身長なのか？　っていうか、どう見てもあれ、串焼《くしや》きの串の余りだよね。

思わず目が据わってしまいそうな俺の隣では、ギルバートくんが楽しげに目を細めてコースに視線を向けている。キュッと俺の手を握るギルバートくんはとっても可愛らしい。

けど、そんな可愛らしいギルバートくんの右手には、なぜか見覚えのある木の棒が握られている。

……うん、いつ回収したのかな？　もうソレいらないよね。

そうこうしているうちに、スタートラインの脇にオスカーがスタンバイ。どうやらスターターの役目が気に入ったようだ。楽しそうだなオイ。

「突入準備――！」

「「おうっ！」」「「はいっ！」」

四人全員がグッと肩を下げ、顎《あご》を引いて構えた。ゴールまでの距離は約七十メートル。

いや、本来のビーチ・フラッグスは二十メートルそこそこだった気がするけど、上級使用人たちの希望を取り入れたらこうなった。これも異世界アレンジだ。

「————用意」

パァン!!

拍手が鳴った瞬間、四人が一斉に身を翻し、ゴールの丸太《フラッグ》に向けて走り始めた。おお、エドってば凄《すご》いな。一足飛びに二十メートル近く跳ん————。

ザクザクッ！

エドの着地寸前、その足元に刃を天に向けた二本の短剣が打ち込まれた。その刃を素早く蹴り飛ばしたエドが、手元から飛ばした無数の何かをパティシエの足元に打ち込んでいく。

……え？　ちょっと待って。

武器とか持ち込んでいいの？　武器は禁止……してなかったかもしれない。マジか。

打ち込まれた何かを大剣で次々と払っては打ち返していくパティシエの向こうでは、クロエの放った三つの金属製ブーメランと鞭《むち》による妨害をマシューが両手剣で払いながら疾走している。

周囲からはヤンヤの歓声と、この世界定番の撒菱《まきびし》が勢いよく投げ込まれるが、四人はそれをものともせずにフラッグへ突っ込んで行った。足、速いなー。

ガシッ！　ガツッ！　と、マシューとクロエが体当たりするように、勢いよく丸太を引き抜きゲット。

「若様奪還！」「若様、救出しました！」

……ほら見ろ、やっぱり俺じゃん。

ハッキリ言っちゃってるし。嬉《うれ》しいのは分かるけど、君たち少しは隠そうか。

すぐ隣では、残り一本となった丸太を同時に掴《つか》んだエドとパティシエが、ゴール地点で最後の争いを繰り広げていた。二人ともしっかりと丸太を両手で掴んだまま足技を繰り出している。

先に仕掛けたのはエド。両手を支点にグイッと身体をしならせたエドが、パティシエの頭部めがけて勢いよく足を振り上げた。と、その瞬間。

ブンッ！　ドスッ！

そのエドをくっつけたまま、パティシエが物凄《ものすご》い勢いでブン回した丸太を地面に叩《たた》きつけ、すぐさま天地を返すようにグルッと丸太を一回転させる。たまらずエドが一瞬手を離した隙を逃さず、パティシエが片手で掴んだ丸太を天に高く掲げた。

それにドウッと一斉に湧き起こる歓声。ますます乱れ飛ぶ撒菱。両手をついてグッと砂を握りしめるエドの顔は悔しそうだ。

ちょっと待て……その丸太、俺なんだよね？

今、目いっぱい振り回したよな？　たぶんそれ死んでるぞ俺。

「素晴らしい演習でした。ぜひ私も腕試しをさせて頂きたいものです」

ビミョーに釈然としない思いを抱きながらその様子を見ていたら、ギルバートくんがキュムッと俺の手を握ってきた。いかん、つい丸太に感情移入しすぎてギルバートくんの言葉を聞き間違えちゃったよ。演習じゃなくて練習ね、練習。ボーッとしててごめんね、ギルバートくん。

すぐさま隣に目を向ければ、その美しい瞳《ひとみ》を興味深げに輝かせたギルバートくんが真っ直ぐにゴールを見つめている。キュッと楽しげに口端を上げた横顔は、実に凜々《りり》しくも愛らし————。

「ちょっと参加してきますね。アル、見ていて下さい」

————はい？

「私も参加する！　他の者、手加減は無用！　心してかかってこい！」

涼やかな声を凜《りん》と響かせ、スルリと歩き出したギルバートくん。

いやあの、ちょっ……待って、ギルバートくん！　慌てて手を伸ばすも、何やらヤル気に満ち溢《あふ》れたギルバートくんは足早にスタートラインへと向かってしまった。えええぇ。

「若様、領民からも参加希望者が相次いでいますが、コースを増やしてもよろしいですか」

いやディラン、今それどころじゃないから。ギルバートくんを止めないと。

習慣とはいえ撒菱は危ないだろうが。天使が傷を負ったらどうす……だからもう、コースなんか好きなだけ増やせばいいから、そこをどけ！　そして預ったその棒は片付けろ！

ああっ、ギルバートくんてばもうスタート地点に立っちゃってるー！

そうして三十分後、気づけば数多のコースが砂浜に設けられ、各コースの脇には漁協長お手製のトーナメントボードが設置されていた。うちの領民たちはみんな手際がいい。

「皆、楽しそうですね。私もまた参加してきましょうか」

そこかしこで上がる歓声と金属音をＢＧＭに、ティーカップ片手にニコッと微笑むギルバートくん。

あー、うん……君の望むままに。いや、もう心配はしてないよ。さっきはぶっちぎりのトップだったもんね。いくらでも楽しんでおいで。君のために思いついたビーチ・フラッグスだもの。君に楽しんでもらうことが第一だ。……ああ、でもメイソンがリベンジを誓ってたから気をつけるんだよ？　ただ魔力はもう少し抑えてあげてくれるかな。使用人たちの服がボロボロだから。いや、替えはいくらでもあるけど持ってきてないようだからね。うん、ありがとう。

「このラグワーズ領は本当にいいですね。気候も人も、すべてが温かい……」

あなたがいるからですね――と、ソファの隣からギルバートくんが俺の肩にそっと額を寄せる。

いやいや、俺なんかみんなに助けられてばっかりだよ。

この領地と、領民たちと、家族と……何より君がいるから、俺はこの世界で生きていける。心からそう思っているんだ。

「君がうちの領や領民たちを気に入ってくれたようでよかったよ。そうだ、王都に戻ったら王都邸の庭にもビーチ・フラッグスのコースを作ろうか。君がいつでも楽しめるように」

サラリと肩口にかかったその艶《つや》やかな髪にキスをした俺に、「それは楽しみです」と彼がフフッと小さな笑みを溢《こぼ》した。傍らではティーポットをワゴンに置いたディランと、ようやくスターター役に飽きたらしいオスカーが、揃って頷いている。うん、どこに作るかは任せたよ。

「いやしかし、思った以上に領民たちは盛り上がっているようだ。椅子取りゲームのような単純なルールだったことが良かったのかもしれないね」

再びキスを贈ろうと頬を寄せた俺に、けれどギルバートくんはスッとその顔を上げてしまった。

おや、ちょっと残ね――――。

「椅子取りゲームとは、何ですか？」

……え？

キョトンと、けれど興味深げに目を見開いた彼の後ろでは、ディランとオスカーがメモを取り出している。周囲の使用人たちも、クルッとこちらを振り向いて真面目な顔で耳を傾け始めた。

…………。

……マジか。やっちまったな。

番外・ファーストネーム

時は少し戻って、四月の終わり。

桜はすっかり散ってしまったものの、代わって艶《つや》やかな若葉の緑と咲き誇る可愛らしい花々たちが、王立学院高等部の敷地内を爽《さわ》やかに彩っていた、そんな頃。

ポカポカと春らしくノンビリとした雰囲気さえ漂わせたその敷地内に、二限の終了を告げる鐘が鳴り響いた。そして間もなく、午前中の講義を無事に終えた学生たちが各校舎の出入口からワラワラと一斉に吐き出され始めると、学院内のノンビリとした空気は一転して賑《にぎ》やかしくも活気溢《あふ》れるものへと様変わりする。

講義から解放された食べ盛りの学生たちの波は、すぐさま昼食《タダメシ》の確保先である中央棟へと流れ始め、早々に争奪戦を諦《あきら》めた者たちによる芝生方面や寮方面への支流も形成されて、学院はいつも通りの昼休みの時間に突入していった。

そんな学生たちの波の中に、この春、高等部に入学したばかりの侯爵子息ギルバート・ランネイルの姿もあった。

百七十を超えたばかりのスラリとした身体に制服のテイルコートをキッチリと着込み、その裾《すそ》を規則的に翻しながら外に出てきた彼は、柔らかく吹いた春風にサラリと揺れるプラチナブロンドを煌《きら》めかせ、まるで混雑など気にも留めない様子で西棟に向かって、やや早足で歩き始める。

多くの学生たちでごった返す中央広場を、スッと背筋を伸ばした美しい姿勢で足を進めていくギルバートの前方では、自然と人の波が分かれて道ができるため、彼が歩行に支障をきたすことは、これっぽっちもない。

恐ろしく整った怜悧《れいり》な美貌《びぼう》をピクリとも動かさず無表情に通り過ぎて行く彼を、同年代の女子学生らは溜息《ためいき》とともに見送り、男子学生らはやや緊張した面持ちで遠巻きに見つめるばかり。彼らのうちの誰一人として、ギルバートに声を掛けようとする者はいなかった。……というよりは、声を掛けたいと希望する者たちは山ほどいるのだけれど、掛けることができないでいた。

王立学院に在学している学生の中でも五本の指に入るほどの高貴な身分。それだけでなく威圧すら感じる品格と氷のごとき冷ややかな雰囲気が、声を掛けることは許さぬとばかりに他者を明確に拒絶し、周囲の者たちがそれを警告と受け取るには充分な威力を発揮していたから。

そうして学生たちの間を無表情に進むギルバートはといえば、それはもう盛大に内心で舌打ちをしていた。……いつものように実に力強く。

学院内では高位貴族に対する礼が免除されているため、学生たちの目の動きはギルバートからは丸見え。お陰でその奥に見え隠れする様々な感情や、時には不愉快な欲得すらダイレクトに伝わってきて、それらはことごとくギルバートの機嫌を下へ下へと押し下げていく。

幼少期から他人に見られることも注目されることも慣れているとはいえ、あまりに直接的すぎる鬱《うっ》陶《とう》しさにウンザリとしながら、彼はいっそうその長い脚を動かす速度を速めていった。

入学してほぼ一ヶ月。そろそろ皆が新しい環境や講義に慣れてきたと同時に、不躾《ぶしつけ》な視線や眉《まゆ》を顰《ひそ》める出来事も増えて、講義が終わるや早々に西棟に足を向けるのが、ここ最近のギルバートの習慣となってしまっていた。

彼が目指しているのは、西棟の裏に隠された小さな部屋。

ほんの些細《ささい》な偶然で入学当日に見つけた『隠れ家』は、狭くて日当たりも悪く、床は無骨な板張りで壁紙など所々シワが寄っている。けれどなぜか妙に居心地が良くて、簡素な部屋に不釣り合いなほど上等な造りのソファに座ってお茶を飲むと、ピリピリと神経に刺さるような感情の棘《とげ》がホロホロと溶けるように流れていき、たちまち息が楽にできるようになった。

そんな不思議な魅力のある部屋を、彼はかなり、いやだいぶ、とても気に入っていた。

――まあ、今日は美味《おい》しいお茶は飲めませんけど。

今日が金曜日で、あの上級生がいない日であることを思い出したギルバートが、隠れ家の棚にストックした飲料瓶の残り本数を素早くカウントしながら中央棟の前を通り過ぎようとしたその時。

「ギルバート！」

後方から自分を呼び止める声が響いた。しかも呼び捨てで。何の遠慮も配慮も、人の都合も気分も状況も一切構わずにこのように声を掛けてくる者など、この学院には一人しかいない。

「おや殿下、どうなさいましたか？」

条件反射のように口端を微妙に、それこそ分かるか分からないか程度に上げたギルバートが振り向くと、そこには案の定、最近お気に入りの男爵令嬢を腕にぶら下げて機嫌よく笑みを浮かべたレオン第一王子殿下の姿があった。もちろんその後ろには、セットのように公爵子息エリオット・ルクレイプと、伯爵子息ドイル・グランバートの姿もある。

「お前を見かけたセシルがな、心優しくもお前も昼食に誘ってやれと言うものだから、声を掛けてやったのだ」

どうだ嬉《うれ》しいだろうと言わんばかりに胸を張ったレオンの隣では、その腕にムギュッと胸を押しつけながら引っ付いている男爵令嬢が満面の笑みを浮かべて、

「ギルバート様も一緒に食べましょうよ。ね、みんなで食べれば楽しいわ。そうしましょう？」

と、コテンと首を傾げた。

それに一瞬だけチラリと目を向けたギルバートは、けれどすぐさま第一王子に視線を戻すと、恐らくは第一王子たちが最も訊《き》かれたくないであろう質問を遠慮なく口にする。

「ところで殿下ならびに諸兄らにおかれましては、先ほどの二限はどちらに？　確か一限の教室でもお姿をお見かけしませんでしたが……どちらも必修の講義ですよ」

無表情のまま王子、ルクレイプ、グランバートへと順に流されたその視線に、たちまち三人は分かりやすく頬を赤らめ視線をウロつかせ始める。

それを特に気にすることもなく、いないものとして扱われた令嬢の口がムッと上がったのも見ることなく、ギルバートは最短で彼らを振り切るべく言葉を続けていった。

「私へのお気遣いは無用にございますよ。私はこれから世界史の教授に質問をしに行くところです。ええ、一限の終わりに訊きそびれてしまったものですから。よろしければご一緒にいかがですか？　教授もきっと皆さま方に初めてお目にかかることができて感激なさることでしょう」

たっぷりと嫌味を込めてそう告げれば、三人は揃いも揃って口元を歪《ゆが》め黙りこくった。男爵令嬢の表情は見ていないのでよく分からない。

「もうよい。行くぞセシル、エリオット、ドイル！」

「え？　でも、だって……」

クルッと踵《きびす》を返したレオンが「え、え、なんで？」と、たたらを踏みながらも引っ付いたままの男爵令嬢と令息二人を連れて食堂へと向かっていくのを見送ることもなく、すぐさまギルバートも踵を返すと西棟に向けて再び歩き始めた。

三週前の水曜日から始まった学院の講義。その二日後の金曜日には、すでに殿下らは講義をサボり始めていた。特に午前中の講義の出席率は極めて悪い。それを知った上での嫌がらせの言い訳の、ついでに出任せの発言だった。

「せっかく誘ってやったのに」だの「セシルは優しいな」だの、どうでもいい会話が小さくなっていくのを聞きたくなくても耳にしながら、ギルバートは好奇心を隠すのが下手くそな学生たちの間をスタスタと抜けて、西棟の中へと入っていった。

そして、すっかり頭の中に叩《たた》き込んだ人気《ひとけ》のない廊下をスルスルと進んで、雑物の置かれた大きな棚の陰を曲がって、少し先にひっそりとある通用口から外に出る。

――これが西棟通過ルートだよ。

悪戯《いたずら》げに片目を細めてフワッと笑いながら上級生が教えてくれた隠れ家への道は、なるほど確かに非常に気づかれにくい。

ただ、棚やガラクタ置き場や、それこそ研究室ごと移動することも有り得ないことではないので、その際には柔軟にルートを微調整しなければ……と、ギルバートは先ほどからイラついて仕方のない気持ちを誤魔化しながらサッと西棟の裏に回ると、いちど周辺に視線を一巡させてから素早く隠れ家の中へと身体を滑り込ませた。

防音の効いた部屋の中はシンと静まり返っていて、ギルバートはパタリと丁寧に扉を閉めたと同時にスゥーと息を吸い込み、そして、

「馬鹿だろう!!」

と、床に向けて大声で怒鳴りつけた。

もう身体中がイライラとムカムカで一杯で、こうでもしなければトゲトゲチクチクと神経を逆なでする不愉快さに堪え切れそうもなかった。

ここまで我慢できたのは、ひとえに貴族としての強い矜持《きょうじ》があればこそ。そうでなければ道々で石を蹴《け》り上げブン投げてたくらいには、イライラは頂点に達していた。

声を掛けてやった？　なんであんなに上から目線なんだあの王子《バカ》は。

誘ってやれ？　食べましょう？　楽しいわ？　何様だあの女は。マトモな口ひとつ利けないのか。

「ギルバート様だと?!　勝手に名を呼ぶな!!」

無礼千万なあの態度を「無邪気」だの「純粋」だのと評するあの三人の正気を疑う。無邪気と傍若無人を混同するな馬鹿どもが！　あれは純粋じゃなくて無知で非常識なだけだろう！

一度噴き出し始めた不満の澱《おり》は次から次へと湧き上がりせり上がって、その何とも言えない苦々しさに、ギルバートは床を睨《にら》み付けたままギリッと奥歯を噛《か》む。

連中が遊び呆《ほう》けようが単位を落とそうが知ったことではない。なのになぜ、どいつもこいつも私に何か言いたげに顔を向けてくるんだ。単なる知り合いにそれ以上を求めるな！

「冗談じゃない！」

バシッと鞄《かばん》をソファに放り投げると、ボンッと弾んだ鞄がドサリと床に落ちて、それもまたギルバートを余計に苛《いら》つかせた。

まったくもって苛つきが収まらない。こんな日に限って美味しいお茶も無い。なんでないんだ。分かってる、金曜日だからだ。――――なんで今日は金曜日なんだ！

「ふっざけんな!!」

グッと拳《こぶし》を握りしめて、すでに理不尽な方向にも無差別に噴き出し始めた怒りに、ギルバートが大声を上げたその時。

「おや、威勢がいいね。お帰りランネイル殿」

突然、低くて柔らかな声が部屋の奥から響いた。

バッと顔を上げて奥に視線を向けると、キッチン奥のシャワールームから上級生がひょっこりと顔を覗《のぞ》かせている。

「ラグワーズ……ど……の」

いないはずの人間の出現に、ガチリと瞬時に身体が固まる。

なぜ彼がここに？　講義のない今日は居ないのではなかったのか？　驚きのあまり大きく目を見開いたギルバートの顔に、一気に熱が上がっていった。

聞かれた……あんなみっともない愚痴のような怒声を。恐らくは最初から全部。

そう思ったら、まるで喉《のど》が詰まったように言葉は止まって、ギルバートはなぜか両手に平桶《ひらおけ》を抱えソロソロと後ろ向きでシャワールームから出てくる上級生を、固まったまま見つめることしかできなかった。

「領から新品種の種芋が届いてね、まだギリギリ四月だし学院の畑に植えても間に合うかなって、シャワールームで下準備をしていたんだよ」

見れば彼が手に持った桶の中には、カットされ草木灰《そうもくばい》がまぶされた芋がゴロゴロと入っていて、その上にナイフやら布袋が載せられている。

シンクに桶が入らなくてねぇ……と床にその桶を置いて、キッチンでナイフを洗い出した上級生の様子は、まったくいつも通り。

「あ、ちょっと待っててね、いまお茶を淹《い》れてあげるから。午前の講義お疲れさま」

手早くナイフを洗って、次に石鹸《せっけん》で手を洗い始めた上級生……伯爵子息アルフレッド・ラグワーズは、そう言ってキッチンからギルバートにニッコリとした微笑みを向けてきた。

そうして、先ほどのギルバートの癇癪《かんしゃく》のような怒声に動じた様子も気にした様子もなく、慣れた手つきでお茶の支度を始める。

その何とも穏やかな雰囲気に背を押されるように、ギルバートもまたいつも通りにテーブルの対面に彼の椅子をセットし、少々気まずい思いを腹に収めながら床に落ちた鞄をそっと、ほんの少しだけ手早くソファの脇へと移動して、お茶の支度を手伝い始めた。

「昼食はこれから？　種芋と一緒にサンドイッチも持ってきたんだけど、よかったら一緒にどうかな。たくさんあるんだ。そこのコンソールテーブルの上にあるから広げといてくれる？」

カチャリとティーポットの蓋《ふた》を閉めた上級生が、ヒョイとまたキッチンから顔を出して入口横のコンソールテーブルに視線を流した。その視線の先に目を向けると、確かに大きめの紙袋が置いてある。最高潮に達した苛つきのせいでまったく目に入っていなかった……。

そんな事にも気づかず怒鳴り散らしてしまった自分の不甲斐《ふがい》なさと迂闊《うかつ》さを恥ずかしく思いながら、ギルバートは紙袋に入ったランチボックスを一つ二つとテーブルに並べていった。

ギルバートの昼食はこれからどころか、持ってきてもいないし調達もしていない。あの人混みの中央棟に入る気が起こらず、適当に菓子でも摘《つま》んで済ませるかと思っていたところだ。なので正直なところ物凄《ものすご》く助かる提案だった。

「お待たせ」

穏やかな声が再び聞こえて、テーブルの隅にそっとティーセットが載ったトレイが置かれた。トレイの上には手拭《てふ》き用の小さなタオルまで添えられている。

テーブルの周囲に何とも芳醇《ほうじゅん》な紅茶の香りが漂って、その香りにまるで洗われるようにギルバートの肩からフゥッと力が抜けていく。

「さ、食べよう。お腹空《す》いたでしょ？」

椅子に座ってニコリと微笑んだ上級生に、まるで釣られるように素直に頷《うなず》いてティーカップに口をつけると、温かくて香りのいいお茶はスッと喉を通って、その温かさが身体じゅうにジンワリと広がっていった。勧められるまま、添えられたタオルで手を拭いてサンドイッチに手を伸ばせば、幾重にも層をなした薄切りのハムとシャキシャキとしたレタスの相性は抜群で、酸味と甘味のバランスが絶妙なマスタードソースがいやが上にも食欲を増進させる。

見たことはあっても食べるのは初めてだったサンドイッチは、ギルバートがついつい違う具材に興味を惹《ひ》かれて手を伸ばしてしまう程にはとても美味しかった。

「我が家のサンドイッチが、ランネイル殿の初めてのサンドイッチなんて光栄だ」

基本的にパーティーで供される陳列品は口にしない高位貴族の習慣をよく分かった上で、馬鹿にするでもなくごく自然に受け入れて「今日はサンドイッチ記念日だ」と明るく笑った上級生は、その柔らかくも穏やかな声で、ギルバートにサンドイッチの具のバリエーションや組み合わせの妙について、楽しくも興味深い話題を提供してくれた。

少し低くてよく通る上級生の声はゆっくりと落ち着いたテンポで耳に心地よく響き、親しげな口調ではあるものの品を保った言葉の端々には、ギルバートに対する敬意が込められている。

自分を見つめてくる紺碧《こんぺき》の瞳《ひとみ》は深い海のように静かで穏やかで、そこにはあの自分を苛つかせる男爵令嬢や王子たちや、その他の学生たちのような衒《てら》いや欲得はまったく見当たらない。

そんな上級生の話にいつの間にかギルバートはどんどん引き込まれて、打てば響くような質問の解答に感心したり、アイデアを出し合っては声を上げて笑ったり……。

そうして昼食を終える頃には、ほんの数十分前までギルバートをチクチクと苛《さいな》んでいた不快さや澱はすっかり鳴りを潜めて、代わりに朗らかで弾むような心地よさがギルバートの心を包み始めていた。

「で、何があったんだい？」

二人でサンドイッチを平らげて腹も膨れた頃合いで、上級生がギルバートのティーカップに二杯目のお茶を注ぎ足しながら、ふっと話題を変えた。本当に自然で何気なく、スルッと間合いに入り込んできたその温かな声に、ついついギルバートはポツリポツリと事の次第を話し始め……。

「どのツラ下げて言ってやがるんだ、あの馬鹿どもは――!!」

気がつけばソファで再び拳を握りしめ、思いっきり声を張り上げていた。

目の前の上級生はと言えば、それに動じることもなくウンウンと頷きを返しながら「怒鳴ると喉が渇くからね」とお茶を薄めのものに淹れかえ、皿に食後の菓子まで並べ始めている。

そんな上級生のサポートのもと、怒声を上げるための環境は完璧《かんぺき》に整備され、ギルバートは喉を痛めることも疲れることもなく、実にスムーズに不満をブチ撒《ま》けていった。

「まあ君は目立つからね、注目されてしまうのは仕方がない。でも殿下のお言葉はともかく、確かに男爵令嬢の言い様は頂けないな。許してもいないのに同等の口を利いたり、ファーストネームで呼ぶのは礼を失しすぎている」

ギルバートの腹に溜《た》まった不満がほぼ空になったのを見計らったように、ゆるりと椅子に背を預けた上級生が、僅《わず》かに眉《まゆ》を下げながら小さく首を振った。

「そもそもファーストネームで呼び合うこと自体に抵抗がある貴族だって少なくないのだし、殿下らが何を言って来ようが気にすることはないさ。さほど抵抗のない私だって友人にしか許してないくらいだしね。ああそうだ、一応言っておくけど君ならまったく問題ないからね？」

「私だって貴方《あなた》が言ったのなら抵抗などありませんでした！」

思わず言い返すような物言いで、ギルバートの喉から再びスムーズに大きな声が飛び出した。

あ……とギルバートが口を閉じる間もなく、それに一瞬だけ目を丸くした上級生は、けれど「それは嬉《うれ》しいな」と、ほんの少しだけ照れくさそうな表情でフワリと笑い、そして、

「良ければ今後は、私のことは気軽にアルフレッドと……長かったら好きなように短くしてくれて構わないからね」

まるで外の春の陽のような温かな笑みを、真っ直ぐにギルバートへと向けてきた。

そして、そんな降り注ぐような微笑みにギルバートもまた、

「ならば、私の事もどうぞギルバートと……いえ、お好きなようにお呼び下さい」

と、なぜだか逸《そ》らしてしまいそうな視線を懸命に前に据えながら、即座に言葉を返していた。

実際、ギルバートはファーストネーム呼びそのものに抵抗などなかったし、何とも思っていない。父も母も親戚《しんせき》も自分のことをギルバートと呼ぶし、侯爵以上の当主夫妻や、殿下やルクレイプ公爵子息だって勝手に名前を呼んでくる。ただギルバートとしては高位貴族の矜持として、それ以前の礼儀として、下位の者が許しも得ずに図々しく名を呼ぶ無礼が許せなかっただけだった。

ファーストネームなど、所詮《しょせん》は個人の識別記号にすぎない。そう思っていたけれど……。

「そうかい？　じゃあこれからはそう呼ばせてもらうよ。ありがとう……ギルバート」

この人に名を呼ばれた刹那《せつな》、胸の奥が温かくざわめいた。

これほどまでに柔らかく優しく名を呼ばれたことなど今までに一度もない。まるで大切なもののように自分の名を呼ばれて、ポンッと温かい何かが身体の奥底に灯《とも》った。

くすぐったいような、ソワソワするような、そんな初めての感覚に戸惑うギルバートの対面で、けれどその上級生……アルフレッドは少し考えるように「うーん」と小さく首を傾げる。

「年上の私がギルバートと呼び捨ててしまうのは、どうにも厚かましいというか、横柄な気がしてしまうね。他に呼ばれている愛称などは無いのかい？」

「愛称……ですか？」

ギルバートも同じく首を捻《ひね》るものの、今まで一度たりとも「ギルバート」以外の呼ばれ方などされたことがない。その事を正直に告げると、アルフレッドはまた一つ二つと小さく首を傾げて「ギルバート、バート、ジリー……」と手を顎《あご》に当てながら何やら考え始め、そして、

「ギル……。うん、ギルはどうだろう？」

「ギル、ですか？　もちろん構いませんが」

パチリと瞬《まばた》きをした紺碧の瞳をギルバートに向けて、よし決めたとばかりに提案をしてきたアルフレッドに、すぐさまギルバートは同意を返した。この人が呼びたいように呼べばいいと、そう思ったから……なのだけど、そうなると自分だけが彼を呼び捨てにするのは、それこそ年上の伯爵家嫡男に対して厚かましいような気持ちがフツフツと湧き上がってくる。

「では私はアルとお呼びしましょう」

無意識に子音を揃えてそう提案したギルバートに、目の前のアルフレッドもまたすぐに大きく頷いて「いいね、私たちだけの呼び名だ」と、その目許《めもと》をふんわりと緩めた。

そうして、不満を吐露していたはずの場が愛称の決定会議となり、こうして無事に互いの愛称が決まった頃には、すっかりギルバートの不満もトゲトゲもイライラも綺麗《きれい》さっぱり消え去って、と同時に、昼休みも残り十五分になってしまっていた。

「片付けは私がやるから、君は午後の講義に向かうといい。私はこのあと種芋を畑に植えて帰るだけだからね」

そう言って扉まで見送ってくれたアルフレッドに礼を言って、ギルバートがドアノブに手を伸ばしたその時。

「じゃあまた月曜日にね……ギル」

柔らかな声に、背中をフワリと掴《つか》まれた気がした。まるでその優しい声に引き戻されるように一度振り向いたギルバートは、その声の主に小さく頷きを返して、そして、

「はい。また月曜日に――――アル」

最後の言葉をドアノブに向けるように呟《つぶや》くと、扉を開いて外に足を踏み出した。

「うん、行ってらっしゃい」

すぐさま呼応するように後ろから掛けられた見送りの声に、けれどギルバートは振り向くことなくもう一歩足を前へと進める。

この二つ年上の上級生が今、自分の背に小さく手を振っているだろう事は分かっていた。静かな紺碧の瞳でこちらを見つめ、きっとあの穏やかな微笑みも浮かべているだろうことも。

けれど、なぜだか今日は振り向くことができない。それどころか顔がいっそう下を向いてしまう。

「行ってきます……」

何やら温かくてふわふわするような、妙な感覚に戸惑いながらそれだけを口にして、ギルバートは俯《うつむ》いたままパタリと後ろ手に扉を閉めると、ホッとひとつ息を吐いて、そしてそっとその顔を上げた。

目の前に広がるのは、このひと月で見慣れ始めた学院の林。満開だった桜の木も今やすっかり緑の葉を繁らせて、他の木々に交じって春風に葉を小さく揺らしている。

視線を巡らせたそれらに、ギルバートはまるで意識を切り替えるように、もう一度スッと短く息を吸って吐き出すと、隠れ家の隠匿魔法陣の外へ向けて、しっかりと、けれど軽やかに、その一歩を踏み出していった。

【Webおまけ小話】ご令嬢は見る！　その後。

とある令嬢たちの消えた未来

――ツートンと薄桃――

――ある伯爵家の少女には二人の兄たちがいた。

妹を可愛がり、慈しむ、それはもう仲の良い兄妹《きょうだい》たちであった。けれど、少女は女学院へ進学して一年後、いわれのない窃盗の嫌疑を掛けられ、誹謗《ひぼう》中傷に耐えられず自ら死を選んだ。

兄たちがそれを知ったのは、冷たい骸《むくろ》となった妹の日記を読んだ時。少女は優しい兄たちにも両親にも、そして使用人たちにも、まったくそのような素振りを見せなかった。家族思いで優しく、そして真面目で責任感の強い娘だった。けれどそれが仇《あだ》となった。

悲嘆に暮れる両親を慰め励ましながらも、兄たちは少女の日記を元に調査を続けた。その結果分かったのは、少女への嫌疑はまったくの冤罪《えんざい》であり、それどころか窃盗事件そのものが面白半分でデッチ上げられたもので、それをまことしやかに尾ひれを付けて触れ回った者たちがいたということ。

少女が最も歴史の浅い新興の伯爵家であること、それに加えて成績の優秀さが一部の令嬢の不興を買った……そんな下らない理由を突き止めた兄たちは激怒し、そして抑えきれぬ憤怒と激情のまま、関わった令嬢たちを次々と襲撃していった。

多くの貴族家が関わる凄惨《せいさん》な事件は、その後のドミノ倒しのような悪影響の連鎖とともに長く王国で語り継がれることとなる。

――ある侯爵家の少女には二つ上の兄が一人いた。

ランネイル家のパーティーから約一ヶ月後、侯爵家当主である少女の父は倒れ、そして身体が多少持ち直した頃に、兄の勧めで治療に専念するため保養地へと向かった。

父に代わって当主代理に就任した兄は、けれど家のことは家令に任せ、領地に赴くことなく、家の金で王都を遊び歩いては怪しげな場所にも出入りし始める。

療養中の父と付き添う母に心配をかけまいと、家令と妹は兄に代わって懸命に家を支え、幾度も兄に苦言を呈した。だが兄は聞く耳を持たず、行動を改めるどころかどんどんエスカレートさせていく。

そうして少女が十八歳となった学院の試験期間中に事件は起こった。その兄が、多くの下級貴族や商人たちを巻き込んだ大規模な詐欺事件の主犯として捕縛されたのである。

高位貴族の立場を利用した悪質なやり口、そして複数の死者を出した被害の大きさに、被害者だけでなく多くの国民が怒った。病状が改善し始めた当主は再び床につき、ついには帰らぬ人となった。

そして少女は卒業まで半年を残して、学院を退学した。

その後、侯爵家は多額の賠償と兄が作った借財、そして信用の失墜により没落の一途を辿《たど》る。

これら二つの事件は、ともに高位の貴族が関わっていたことで貴族に対する大きな不安と不信の種を国民に植え付けることとなる。いつかその種は芽吹き、育ち、王国全体を揺るがしていく――。

そんな未来へ続く道がこの日、跡形もなく消滅した。

――さて、伯爵家の少女は女学院でなく王立学院へと進学した。

女学院と違って王立学院はクラスを持たず、学年の壁もほぼない。進学した王立学院で、少女は生涯の友となる令嬢たちとともに忙しくも充実した学生生活を送ることとなる。

王立学院だけでなく女学院に通う年上の友人らも交えた定期的なお茶会は、彼女の家にも人脈と、伯爵家としての揺るがぬ自信をもたらした。お茶会での話は多岐にわたり、それぞれの報告や相談に、皆ある時は目を輝かせ、ある時は知恵を出し合い、少女は多くの友人たちと絆《きずな》を深めていった。

お茶会の話題には「女学院の一年で、幾人もの令嬢を泣かせている性悪な令嬢グループを矯正《シメ》する方法」などといった物騒なものもあり、目をギラリと輝かせる公爵夫人やご令嬢方に少女が戦慄《せんりつ》することもあったけれど……。

学院での楽しい時間は、少女に多くの知識や友情だけでなく生涯の伴侶《はんりょ》との出会いもまた与えてくれた。そのお相手がたまたま、お茶会でたびたび話題に上る「推し」の分家筋の子爵家嫡男であったことは、友人とその母親らの士気を爆上げさせるには充分で、多方面から盛大な後押しを受けた二人が卒業後一年で速やかに結婚したことは当然の結果と言えるだろう。

ただ、シスコン気味の兄たちにとってはある意味、不幸なことであったのかもしれない。けれど「あの未来」に比べれば、何とも平和で微笑ましい不幸であることだけは、確かに間違いなかった。

――――侯爵家の少女の父は、やはりランネイル家のパーティーの一ヶ月後に病で倒れた。

しかし、少女がその第一報の魔法陣を受け取った場に同席していた令嬢たちの速やかな連携により、侯爵家王都邸にすぐさま優秀な医師団と薬師団が派遣され父の病が重篤になることは避けられた。

娘とともに見舞いに訪れた公爵夫人に今後のことを相談した父親は、そのアドバイスを元に娘の友人の家でもある医療に強い伯爵家から派遣された医師やスタッフらを連れて、保養地ではなく自領へ戻ることに決めた。そして自宅療養中に己の病と今後に不安を抱いた父は、まだ若いうちはと兄を甘やかしていた事を反省し考えを改め、王都に残りたいとゴネる兄を有無を言わさず領地に連れ帰ると、縁戚《えんせき》から選んだ優秀な補佐三人を兄につけ、自分の手元で実地に領地経営を学ばせた。

三人の補佐らは本家の側近に就職できるか否かのチャンスに俄然《がぜん》張り切り、侯爵家や実家の全面バックアップのもと、手を尽くしてボンクラ息子を徹底的に再教育した。その結果、息子は領地経営にやり甲斐《がい》と目標を見つけ、見事に更生。その後父親は、娘の友人の彼氏のツテで良い薬が見つかり病は改善。更生してすっかり落ち着いた息子とともに領地経営に勤《いそ》しむこととなる。

少女は学院卒業後、結婚ではなく文官の道を希望し、そうして、それはそれは体格の立派な先輩の文官と結婚することとなった。

――ある詐欺師は元は下級貴族の三男であった。

素行の悪さとトラブルで家から絶縁されたその男は、けれど最低限身につけた貴族の所作で、平民となった今でも貴族子息を装って小さな詐欺を繰り返していた。

ある日、男は思いつく。もっと高貴そうな雰囲気を持っていれば、そしてもっと準備に金をかけられれば、さらに大きく稼げるのではないかと。

そこで男は、貴族の坊ちゃん方が出入りしそうな王都の繁華街の各所で、共犯者に引きずり込めそうな……つまりは世間知らずで誘惑に弱そうな坊ちゃん《カモ》を探すことにした。金を稼いだ後はその坊ちゃんにすべての罪をなすりつけて、さっさと逃亡する腹づもりだった。

だがなかなかそんな都合の良さそうな坊ちゃんは見つからず、数日が過ぎたその日。男は夕方からのカモ探しの前に一杯引っかけようと、中身の乏しくなった財布を抱えて安くて旨《うま》いと評判の居酒屋を訪れていた。そして、そこで男は見つけた。いかにも世間ズレしていなさそうな、とてつもない高貴さを漂わせるお坊ちゃんを。

商人を装ってはいるが、あれは明らかに貴族だ。隣にいる連れは、慣れた様子を見るに案内役の裕福な商人といったところだろう……。そう踏んだ男は、お坊ちゃんの同席者が席を外した直後に、貴族子息を装ってお坊ちゃんへと近づき、言葉巧みにお坊ちゃんを仲間に勧誘しようとした。なに、連れが戻ってきても貴族子息の立場で追い払ってしまえばいいさ、と。

興味深そうに目を丸くして話を聞くお坊ちゃんに、もうひと息だと男が意気込んだその時――。

後ろから声が掛けられた。

「よろしゅうございましたね。お忍びで詐欺師に出会えるなど滅多にありませんよ」

バッと振り向けばそこには、先ほどのアッシュブロンドの商人が、いかにも高位貴族のプラチナブロンドの男とともに立っており、それぞれ穏やかな笑みとひどく冷酷な微笑を浮かべていた。そしてその二人の後ろには四人の屈強そうな男たちが……。

危機を察した男は逃げようとするも瞬時に取り押さえられた。

目の前でキョトンと首を傾げるお坊ちゃんの青紫の瞳《ひとみ》を見て、恐ろしい事実をやっと思い出した男は、己の人生の終わりを確信した。
それは春浅い時期に起きた、ほんの小さな、小さな出来事だった。

出会い　【七合目モブ第一話「隠れ家」】

王立学院高等部の入学式当日、王都はうららかな晴天に恵まれていた。

大講堂で執り行われた式は、華々しさとは無縁ながら自主・自律・自由を掲げる高等部らしく、品位を保ちつつも淡々と、短時間で進められていった。

式に参加した新入生らの顔ぶれはといえば、中等部から上がってきた王国の貴族子女とサウジリア各地から厳しい選考を突破した優秀な平民たち。

まだあどけなさを残す彼ら少年少女の顔はいずれも、今日から始まる新たな学院生活への期待に満ち溢《あふ》れ、その瞳《ひとみ》は王国と自分自身の未来への気概に輝いていた。

——一人の女子学生が気になって仕方がない第一王子殿下以外は。


「ギルバート!」

入学式が終わって、中央棟から馬車停めへと向かっていた侯爵子息ギルバート・ランネイルは、突然後ろから飛んできた大声に規則的に動かしていた足をピタリと止めた。

声がした方に上半身だけで振り返れば、視線の先にいたのはギルバートと同じく新入生で幼馴染《おさなな じ》みのドイル・グランバート。

その王国騎士団長の三男であり伯爵子息の彼が、真新しい学院の制服を大きく翻しながら、少々焦ったような顔つきでバタバタとこちらに近づいて来る。

「どうしました? 殿下を馬車停めまでお送りするのではなかったのですか?」

周囲には式を終えた新入生の平民や他の貴族子女もいるというのに、なぜこいつは高位貴族らしからぬ大声で叫び、感情も露《あら》わに走っているのか……と、ギルバートは高等部に上がってもまったく変わらぬドイルの無配慮ぶりに内心諦《あきら》めの溜息《ためいき》を溢《こぼ》しながら、まずは真っ先に浮かんだ疑問を冷静に、こちらへ突っ込んできそうな勢いの大柄な少年に向けて牽制《けんせい》がてら口にした。

「いや、それがな。殿下がいなくなっちまったんだよ」

伯爵家の子息としてはだいぶ乱暴な口調は、ここ最近のドイルのお気に入り。恐らくは周囲にいる平民出身騎士らの影響であろうな、とギルバートは推測している。

「いなくなった？」

そんなドイルの口調に今さら構うことなく僅《わず》かに目を細めたギルバートに、回り込むように目の前に立ったドイルがコクコクと頷《うなず》いた。どうやら殿下は、講堂内に張られた式典用の幕の陰で待っていてほしいと告げたドイルの言葉を無視して、さっさとどこかへ行ってしまったらしい。

もちろんそれは、入学式の開始直前にあざとく遅刻した上に有り得ない迷子となり、第一王子の控え室前まで「迷い込んだ」上で、王子が出てくるタイミングを見計らったように盛大に転んでみせたヒロインに会いに行ったわけだけれど、現段階の彼らがそれを知るはずもない。

殿下を待たせてトイレットに行くのは「自称・未来の近衛《このえ》騎士」としてはどうなのだと思いつつも、ギルバートは溜息を呑《の》み込んで、ドイルとともに先ほど出てきたばかりの中央棟へと踵《きびす》を返した。

そうして、ちょうどいい具合に食堂内をウロついていた公爵子息エリオット・ルクレイプを巻き添えにして一通り中央棟内を捜したものの、やはり殿下の姿はどこにもいない。

「手分けして捜しましょう。安全な学院の敷地内にいるうちに捜し出す必要があります」

カルガモよろしくゾロゾロと自分の後をくっついてきただけの二人に舌打ちを堪《こら》えながら、ギルバートは再び中央棟の外に出るとすぐに、そんな提案をキッパリと口にした。それから間髪を入れずに中央棟から西をギルバート、東をエリオット、少し離れた図書館から向こうの校門までをドイル、と素早く担当を割り振ると、二人から離れてサッサと西棟の方向へと歩き始める。

二人はといえば、ギルバートの提案に一も二もなくコクコクと顔だけは真剣に頷いていたけれど、本当に真剣かどうかは極めて怪しい。

彼らのことだから、きっと目星をつけて捜すことはしないだろうし、しらみつぶしに順番で捜し回るのだろうな……と、ギルバートは走り出した彼らの後ろ姿をチラリと確認しながらスッと西棟の脇の道へ入り込むと、懐から伝言魔法陣を取り出した。

「殿下、どちらにいらっしゃいますか。とにかく十五分以内に馬車停めに行って下さいね。でなければ父から陛下へ報告させて頂きます」

ピシャリとした口調で吹き込んだ魔法陣が音もなくギルバートの手から消えていった。もうこれでやることはない。これで解決。あとは適当に捜すふりをして西棟をぐるっと回って帰るだけ。

ギルバートは時間を無駄にするのが嫌いだった。そして、何かあればこれっぽっちも自分たちで考えることなく、まるで当然のごとくギルバートに解決策を求めてくる幼馴染みたちに腹も立てていた。

話を聞いてすぐに魔法陣を飛ばしても良かったのだけれど、これは彼らに対するちょっとした意趣返しであり教育的指導。もちろん続けざまに自邸の家令へ向けて「殿下を捜索するので少々遅れる」と魔法陣を送ることも忘れない。家令から宰相である父、そして陛下へと報告が行くだろうことは折り込み済みで、自分から父に報告するわけではないので嘘にはならないのがミソだ。

早めに登校して学院内を見て回ったのは正解だったな――――と、出入り自由な教室が山ほどある東棟や、捜索に手間暇のかかりそうな学生寮、あるいは捜索範囲の広い南側などを思い浮かべて、そしてそこを捜し回るだろう二人の幼馴染みを思って、ギルバートはほんの少しだけ溜飲《りゅういん》を下げた。

高等部に入学してまで、彼らにいいように使われるなどご免被りたい。いいかげん彼らも能動的に自分自身で考えるべきだし、少し考えれば魔法陣を飛ばすくらいは考えつくだろう……とギルバートは小さく肩をすくめると、頭に叩《たた》き込んだ学院内の地図を元に、西棟の裏から東棟を回って馬車停めへと向かうべく、足取りも軽く西棟の脇道を奥へと歩き始めた。


西棟の脇の道を奥に進んでいくと、先に見えてきたのは東西に伸びる学院の林。ほどよい間隔で植えられた木々の間からは穏やかな陽が差し込んで、競うように若葉を広げた枝々の隙間を、ふんわりと柔らかな春風が通り過ぎていく。

そんな林の様子に目を細めながら脇道から校舎裏へと曲がると、右側には西棟の壁が長く続いていた。研究室がメインの西棟の一階部分には、侵入防止のためかごく小さな換気窓がポツリポツリとあるだけで、年季の入ったレンガ壁が続いてるだけの校舎に沿って、やや細めの道が奥へと通じている。

それは道というより校舎と林を隔てるために必要なスペースらしく、舗装のされていない固い土道は林の木々に陽が遮られているせいか少しだけ薄暗く、足を踏み入れた先からしっとりとした土や草花の香りがフワッと上がってくるようだった。

「向こうに進んだら、いったん林に入って迂回《うかい》しなければいけませんね……」

道のずっと先に見える東棟と西棟の境目には、道を塞《ふさ》ぐように大きな木が生えていてほぼ行き止まりとなっている。それを目で確認すると、ギルバートは早めに林の遊歩道に入るべく、足元に落ちている細い枝を避けながら、楽に跨《また》げそうな植栽がある場所を探しつつ歩を進めていった。

その時――――。

ザワッと、林の木々の葉が揺れたかと思うと、ひときわ強い春風がブワリと吹き抜けた。そしてその暖かな風に、林のところどころに植わっている満開の桜から、ザァッと一斉に花びらが空へ散った。

ヒラヒラと宙を舞った無数の花びらは風に乗って校舎の方へ飛ばされ、土道を進むギルバートを巻き込み、踊るように次々と通り過ぎていく。

そんな薄紅の花吹雪に思わず片手を上げて顔を逸《そ》らしたギルバートの目の端で、スーッと滑るように流れて飛んだ一枚の花びらが、少し先の校舎の壁の手前でフッと――――突然消えた。

それは、ほんの一瞬の小さな小さな現象。

けれどその瞬《まばた》きほどの出来事は、目撃してしまったギルバートの視線と足を止めるには充分で……。

「……隠匿？」

すぐさま思考を巡らせたギルバートはスッと目を細めると、警戒心と、それを上回る挑戦的な好奇心とともに、小さな花びらが消えていった壁に向かってスタスタと歩き始めた。

花びらが消えた場所は、一見すると何てことないただの校舎の壁。

通常の隠匿魔法陣ならば、そこに足を踏み入れれば隠されたものが出てくるはず……。なのにその場所に近づいた途端、ギルバートの身体はスイッと緩やかに弾《はじ》かれて、横に流されてしまった。

その妙な感覚は、きっとギルバートほどに魔力が高くなければ、微塵《みじん》も気づかずに通り過ぎてしまうほどには自然で、実に高度な風魔法によるもの。

「ほう……」

それを敏感に感じ取ったギルバートの目が挑戦的に眇《すが》められた。

何が隠されているのかは知らないし、もしかしたら人目に晒《さら》したくない研究関連のあれこれや、あるいはただのつまらないゴミの山かもしれない。けれどそんな隠された物の内容よりも、今のギルバートにとっては、自分を穏やかに追っ払った目の前の魔法陣を打ち破ってみせることの方が、よほど重要かつ喫緊《きっきん》の課題。

一瞬にしてポポッと負けず嫌いについてしまった火は、そこに立ち塞がる謎の魔法の壁に一度ならずも二度、三度とつれなく排除されるに至って、怒りまじりにいっそう燃え上がった。

「これはもう、魔力任せで押し切るしかないですね」

そう呟《つぶや》くやいなや、ギルバートは両手に勢いよく魔力を集めると、その両手でグイッと一気に目の前の空間を押し返し始めた。間もなくパキパキパキ……と手のひらに抵抗を感じ始めると、ギルバートは徐々に徐々に、ただの空間に見える場所へと身体をねじ込ませていく。

そうしてストンと、いきなり身体が軽くなったかと思うと、目の前には一枚の扉が出現していた。

それはなんとも質素で少しばかり古ぼけた、装飾も何もない無骨な片開きの木製扉。

ここまで来たならこれを開けない選択肢はないとばかりに、ギルバートは迷うことなく、ところどころサビが浮き出た真鍮《しんちゅう》製の丸いドアノブをグイッと回して扉を開け――――。

「ここは……？」

思わずそう口にしていた。


隠されていた扉の向こうにあったのは、狭くて質素な物置のような部屋。

けれどギルバートが扉を開けたまま立ち尽くし、らしくもなく小声になってしまったのは、そこに思いがけず人がいたことと、その人物が何やら水槽に手を突っ込んで忙しそうに作業をしていたから。

ギルバートの声に、その人物はまるで弾かれたように顔を上げてこちらを振り返った。

直後、ギルバートは驚いたように目を見開いた彼と、バチンと視線が合ってしまう。

水槽に手を突っ込んだまま首だけでこちらを振り返ったその人物は、スラリと背の高い、落ち着いた雰囲気を纏《まと》った男性だった。恐らくはギルバートよりいくつか年上だろう。ふんわりとしたアッシュブロンドの下で、見開かれた群青の瞳が水槽の明かりを反射して揺れるように煌《きら》めいている。

その青年に声をかけるべきなのは分かっていたけれど、ギルバートは珍しくも何から口にすべきか、一瞬だけ迷った。真っ直ぐにこちらを見つめてくる青年の瞳が、あまりにも澄み切っていたから。

その時――――フワリと、見開かれていた青年の目が柔らかく緩められた。

それだけで、驚いたような表情は溶けるように印象を変え、何とも温かな笑みへと変わっていく。

「やあ、こんにちは。新入生かな？　悪いけどドアを閉めてくれるかい？」

少し低くてよく通る声が、ゆっくりと穏やかに、スゥッと風のようにギルバートの鼓膜を震わせた。

侯爵子息として見知らぬ相手と二人になるのは危険だと承知していたのに、気づけばギルバートは、彼が言うままに後ろ手でパタリと扉を閉めてしまっていた。

「ありがとう。助かるよ」

嬉《うれ》しげに目を細めてザバッと水槽から両手を引き上げた青年は、ポタポタと床に落ちる水滴に構わず手際良く布で両腕を拭《ぬぐ》っている。そんな雑な仕草や砕けた口調とは裏腹に、スッと伸びた背や指先からは品が感じられて、ギルバートがその態度に嫌悪感を感じることはまったくなかった。

「ここは……なんでしょう」

突然飛び込んできた自分に警戒するでもなくごく普通に接してくる青年の様子に、ギルバートもようやく思考を落ち着けて、抱いていた疑問を口にすることができた。

けれど、それに対して彼から返ってきたのは「隠れ家だよ」という何ともよく分からない返事。

警備も管理も厳しいはずの王立学院に「隠れ家」？　何かの隠語だろうか……と思わず首を傾げるギルバートに、青年は当たり前のようにお茶を勧めてきた。どうやら詳しい話をしてくれるらしい。

普段であれば見ず知らずの相手が淹《い》れたお茶など絶対に口にすることはないのだけれど、視線の先でフワリと微笑んだ青年の無害そうな雰囲気と、何よりこの謎の小部屋への好奇心が勝って、ギルバートは気づけばソファに腰かけて、キッチンに立つ青年を観察してしまっていた。

「いやー驚いたな。外の隠匿魔法陣、効いてなかった？」

朗らかに、そして軽やかに、キッチンからそう声をかけてきた青年の手元では、金属製のポットから注がれる熱湯が白い湯気を立ててコポコポとティーポットへと注がれている。

先ほどからの所作や姿勢もさることながら、湯を沸かす速さといい、その魔力の練度といい、やはり彼は貴族なのだろう……と思いながら、ギルバートは彼が気を悪くすることを承知で、すでに自身の癖になりかけている少しばかり皮肉めいた言い回しで、その質問に答えを返した。

「いえ、効いていました。でも隠匿がかかってるのが分かったので力任せに入ってきました」

けれどカチャリとテーブルにティーセットを置いた彼から返ってきたのは、「へー、すごいな。魔力高いんだねぇ……」という、何とも気の抜けるような純粋な賛辞。

まるで毒気を抜かれるように、妙なおかしさがこみ上げてくるのを堪えるギルバートの前で、青年は手慣れた仕草でティーカップに紅茶を注いでいく。

ティーポットを傾ける青年の手の動きは、うっかり見惚《みと》れてしまうほどに優雅で滑らかで、短く切り揃えられた艶《つや》のある爪先を見るだけで、彼が下位貴族ではないだろうことが分かる。

その長い指からそっと……ギルバートは無意識に視線を外すと、部屋の中に視線を巡らせた。

床は切りっぱなしの木材だし、壁紙はところどころ隙間が空いてめくれている。けれど、今座っているソファやローテーブル、あるいはコンソールテーブルやハンガーポールに至るまで、家具類はすべて上等なもので揃えられ、ティーカップすら一級品だ。……マグカップは別にして。

この狭い部屋にはちぐはぐなはずのそれらは、けれど妙にしっくりと馴染《なじ》んでいるように思えた。

――この人物は、いったい何者なのだろう。

貴族らしい棘々《とげとげ》しさもなければ遠回しな衒《てら》いや傲慢《ごうまん》さも一切感じられない。けれどこうして対面すれば、洗練された無駄のない所作と身に纏《まと》う雰囲気はしっかりと教育を受けた貴族のもの。

ソファ横のハンガーポールには、青年のものらしき制服のテイルコートが掛けられている。つまり彼は学院の在校生なのだろう。なのになぜ、こんな人目につかぬ場所に隠れる必要があるのか。

「あの……この学院の在校生の方ですよね。ここは、あなたの研究室とかですか？」

ギルバートの質問に、青年はほんの少しだけ困ったように眉《まゆ》を下げて……それからゆっくりと視線を上げると、ギルバートにこの部屋のことや、なぜ自分がここにいるのかを説明し始めた。

そうして、青年の話を聞き終わったギルバートはといえば、どうにも気が抜けるような、何とも言えない心持ちに襲われていた。

管理が厳しいはずの学院の中で、恐らくは何十年にもわたって、たった一人の学生のみに受け継がれてきた秘密の休憩場所……いや隠れ家。

なんと贅沢《ぜいたく》なことだろう。狭いスペースとはいえ、学院の校舎内の一部を学生個人が占有するなど、しかも完全に学院の管理下から外れて好き勝手に使っているなど、誰が考えようか。

学生の悪ふざけと言うには歴史が長すぎるし、高度な魔法陣といい見るからに上等なインテリアといい、歴代の「使用者」たちの本気度は相当なもの……。すでにこういった形でちゃっかり学院に馴染んでしまっている隠れ家の状況に、ギルバートは頭を抱えたくなった。

――バレたら退学もの……下手をしたら学院から高額な使用料の請求書が来ますね。

好奇心を出したばかりに妙なことに関わってしまったなと思いつつ、これはもう聞かなかったことにして立ち去るべきだろうか……とギルバートが気を落ち着けるためカップに口をつけた時だ。

「君が入学早々、この部屋に行き当たったのも何かの縁だ。この部屋の次の使用者は君ってことだな」

ニッコリと、それはもう柔らかな笑みで投下されたその言葉に、ギルバートはガチリと固まった。

――――今、この人は何と言った？

「私は、この王立学院の三年でアルフレッド・ラグワーズ。あと一年で卒業だから、君が私の卒業後も使ってくれるなら丁度いいんだけどね」

「ラグワーズ……ラグワーズ伯爵家のご嫡男ですか？」

勧誘の言葉よりも真っ先に名乗りに反応して、素早く爵位と嫡男であることを言い当てたギルバートに、目の前でマグカップを傾けるアルフレッドの目が優しげに細められた。

「申し遅れました。私はギルバート・ランネイル。一年です」

名乗りを返したギルバートに、その細められたアルフレッドの目がほんの一瞬だけ僅《わず》かに見開かれたけれど、すぐにそれは柔らかな微笑みに変わった。そして目の前の彼はマグカップをコトリとテーブルに置くと、その穏やかなよく通る声で丁寧にゆっくりと、けれど抗《あらが》いがたいほどの魅力的な文言でもって、ギルバートを「次期使用者」に勧誘し始めた。

決してそれは強引なものではなく、ギルバートに選択権を残した上でメリットを示していくような誠実なものではあったけれど、いつの間にか徐々に徐々に「断る」という選択肢は排除されて、気づけばギルバートは承諾の頷《うなず》きを返してしまっていた。

「とりあえず来年の春までは私が使用者ですが、もうランネイル殿も次期使用者ですからね。今日からは遠慮なく、貴方《あなた》が来たい時に来て下さっていいですし、ここにあるものはすべて自由に使って下さい。何を持ち込んでも自由ですよ」

狭い隠れ家の中を、一つ一つ丁寧に案内をしてくれたアルフレッドは、そう言って朗らかに笑った。

その頃にはもう、ギルバートの中では彼に対する警戒心やら猜疑心《さいぎしん》はすっかり消え去っていて、すでにギルバートは「この隠れ家をどう使いこなし、どう完璧《かんぺき》に隠し通すか」に思考を巡らせ始めていた。

「私は高等部に入学したばかりで、ラグワーズ殿の後輩です。今後は貴殿に教わることも多いでしょう。ですから私に敬語は不要です。最初のように砕けた口調でお話し下さって結構ですよ」

ランネイルを名乗ってから律儀に口調を変えてきたアルフレッドに、ギルバートは好感を抱いた。

この人ならきっと砕けた口調であっても、あのドイルのように無礼で無思慮な言動はしないだろうと、なぜだか確信できた。

「ありがとう。じゃあそうさせてもらうよ。君もどうか楽に話して？　私に気遣いなど無用だからね」

手入れを再開した水槽の前で、戯《おど》けたように手にした水草を一振りして片目を瞑《つぶ》ったアルフレッドに、ギルバートは思わずパチパチと瞬きをして……フイッと水槽の魚たちへ視線を逸らした。

「私は……普段からこういった口調で、他の話し方はできません。面白みがないことは自覚していますので、もしご不快に思われることがあれば適宜おっしゃって下さい」

まるで魚たちに話しかけるようなその横顔に、隣に立ったアルフレッドの口元がフワリと綻《ほころ》んだ。

「そう？　綺麗《きれい》な話し方だね。君が楽ならそれでいいよ」

ポンポン……と、頭に何か、大きくて温かなものが二回、優しく乗せられた。

その初めての感覚に、ギルバートは戸惑いとともにそちらに顔を向けて――――。

バチリと、いつの間にか目線を合わせるように屈《かが》み込んだアルフレッドの瞳《ひとみ》と視線が合わさった。

澄んだ群青を煌めかせ、柔らかく微笑むアルフレッドに、思わずキュッと唇を噛《か》みしめてしまう。

「あ、ごめんね。つい……。嫌だった？」

こちらを覗《のぞ》き込んだままパッと手を引いたアルフレッドが、ふにゃりと眉を下げた。

それが何だか物凄《ものすご》く残念で、この上級生の笑みが消えるのが惜しくて、そして何より……さっきの感覚が決して嫌ではなく、単に初めてのことに戸惑っただけなのだと伝えたくて。

「いえ、そんなことはありません。少し……驚いた……だけです」

口を突いて出たのは、自分でもウンザリするような愛想《あいそ》のない短い言葉。

けれどそんなギルバートに、目の前のアルフレッドは再びニコリとした笑みを浮かべると、特に気にした風でもなく水槽の手入れの続きに取りかかり始めた。

「もしこの後に時間があるなら、隠れ家に安全に辿《たど》り着くルートを案内するよ。いくつかあるんだ」

水槽の中では、植えられたばかりの緑がゆらゆらと揺れて、その間を小魚たちが泳ぎ回っている。

「ええ、お願いします」

水の中を覗き込んでいたギルバートの唇から、ごく自然にスルリとそんな返事が溢《あふ》れていた。

それは、春風に桜が舞い散る季節の、うららかな晴天に恵まれたある日の出来事。

暖かな陽差しに照らされて、ふっくらと膨らんだ花のつぼみが、美しくも鮮やかに花開くまで……。

――――あともう少し。

あとがき

異世界転生したけど、七合目モブだったので普通に生きる。

ここまでお読み下さり、ありがとうございます。

アルフレッドとギルバート。王立学院の隠れ家で出会った二人が、心を寄せ合い固く心を結ぶまでの「春学期編」、いかがだったでしょうか。「楽しかった」「面白かった」……そんな感想を抱いて頂けたのなら、書き手にとっては何よりの喜びです。

当作品の連載をウェブ上で開始したのは二〇二一年の十月。

それから二年。このお話を通じて多くの読者様と繫《つな》がり、たくさんの応援と励ましを頂戴《ちょうだい》しながら執筆を続ける中で、出版社の角川ルビー文庫様、そしてイラストレーターの北沢きょう先生とのご縁を頂き、さらに書籍となった七合目モブを通じて多くの読者様と繫がって……。

正直、連載当初はこのような転がり方をするとは露ほども思わず、人生って面白いなぁ、何が起こるか分からないなぁ……と(笑)

でもね、私がこれまでに一度も訪れたことのない場所で、どこかの誰かが私の編み上げた文章を、紙の書籍で、電子書籍で、あるいはウェブ上で、読んで何かを感じて、ほんの少しでも意識の中に残してくれたなら、それはもうその人との立派なご縁で、こんな素敵なことはないなぁと思うわけです。

そして、そういった細いご縁の糸が、ささいな触れ合いが、日常の中で繫がって波紋を広げて、少しずつ何かに影響を与えていく、ということが七合目モブの世界ではしばしば起きています。

『足元の石ころ一つで人生変わるのかも……』

これは第一巻の「自覚」で、アルフレッドがその胸中で呟《つぶや》いたセリフですが、そのまんまですね。

何気ない自分の行動が、知らないところで知らないうちに、何かに影響を与えている――。

七合目モブのお話はフィクションですが、この点に関しては、我々のいるこの現実世界でのノン・フィクションというか、真実ではないかと、白玉は思っております。

今、この瞬間に、私に影響を与えて下さったあなたに感謝を。

七合目モブを手に取ってくれてありがとう。読んでくれてありがとう。

他にも、ウェブ連載を追って下さっている読者様、感想やお手紙で「楽しかった」を伝えてくれる皆様、書籍化に当たって力を尽くして下さった出版関係の方々、素敵なイラストを描いて下さった北沢きょう先生、全国の書店の皆様……それこそ挙げきれないほどにたくさんの、私とご縁を繋いで下さったすべての皆様に心より御礼を申し上げます。

『よし、行こうギル』

『ええアル、行きましょう』

彼らの物語は、まだまだ続きます。

またいつか彼らとともに、皆様にお目にかかれる日を楽しみにしております。

二〇二三年十一月　白玉

Ruby collection

異世界転生《いせかいてんせい》したけど、七合目《ななごうめ》モブだったので普通《ふつう》に生《い》きる。 4

2023年11月 1 日　初版発行
2024年 1 月10日　再版発行

著者　白玉
©Shiratama 2023

発行者　山下直久

発行　株式会社 KADOKAWA
〒102-8177
東京都千代田区富士見2-13-3
電話：0570-002-301（ナビダイヤル）
https://www.kadokawa.co.jp/

印刷所　株式会社暁印刷

製本所　本間製本株式会社

デザインフォーマット　内川たくや（UCHIKAWADESIGN Inc.）

イラスト　北沢きょう

初出：本作品は「ムーンライトノベルズ」（https://mnlt.syosetu.com/）掲載の作品を加筆修正したものです。

ISBN 978-4-04-113856-4　C0093　　Printed in Japan